OEUVRES

DE

F.-B. HOFFMAN.

TOME III.

DE

MA MÈRE

IMPRIMERIE DE LEFEBVRE,
rue de Lille, n. 11.

ŒUVRES

DE

F.-B. HOFFMAN.

MÉLANGES.

Seconde Édition.

A PARIS,

CHEZ LEFEBVRE, IMPRIMEUR-LIBRAIRE,

RUE DE LILLE, N° 11.

M. DCCC. XXXI.

MÉLANGES.

MÉMOIRE

ADRESSÉ A MONSIEUR LE MAIRE DE PARIS PAR L'AUTEUR DE
L'OPÉRA D'*ADRIEN*.

MONSIEUR LE MAIRE,

PERMETTEZ-MOI de vous adresser des réclamations sur l'arrêté du corps municipal relativement à l'opéra d'Adrien dont je suis l'auteur.

Des bruits injurieux se sont répandus sur cet opéra. Sans examiner si des bruits suffisent pour faire défendre la représentation d'un ouvrage, j'ai pris le parti de le faire imprimer, de le livrer à la censure publique, la seule qui puisse exister, et dans un écrit répandu avec profusion, j'ai protesté contre les intentions que l'on me prêtait, et j'ai prouvé qu'une pièce de théâtre faite avant la révolution, et traduite de Métastase, ne pouvait avoir été composée dans le dessein d'insulter à la constitution.

La municipalité était déjà chargée de l'administration de l'Opéra, quandc et ouvrage a été reçu ; ou plutôt ce sont les officiers municipaux, direc-

teurs de l'Opéra, qui ont reçu *Adrien*. Depuis dix-
huit mois que cette pièce est adoptée, on a eu plus
que le temps nécessaire pour s'apercevoir si elle
était écrite dans un sentiment contraire au nouvel
ordre de choses : on a eu le loisir de remarquer
toutes les opinions dangereuses qu'elle pouvait
contenir. Cependant la municipalité ne l'a point
rejetée, on a même fait 200,000 fr. de dépenses
pour la mettre au théâtre, on a paisiblement laissé
achever toutes les répétitions ; et lorsque l'ouvrage
est prêt à paraître sur la scène, lorsque l'auteur, en
le livrant à l'impression, a prouvé la fausseté des
reproches qu'on lui faisait ; lorsque le public désa-
busé a lu l'ouvrage sans réclamer contre lui ; lorsque
tous les officiers municipaux en ont tenu et lu les
exemplaires sans les faire dénoncer, la municipalité effrayée de quelques lettres anonymes, de bruits
vagues et des déclamations de quelques malveillans ;
la municipalité, dis-je, contre les lois et les formes,
empêche arbitrairement que la pièce soit représentée. Et ce qui est plus cruel pour moi, par le
laconisme de son arrêté, elle laisse subsister, elle
semble même confirmer des calomnies odieuses,
et compromet par là mon honneur, mon bien-
être et ma sûreté. Je dis ma sûreté, car si la municipalité déclare qu'elle rejette *Adrien* par rapport
aux troubles qu'il peut causer, qui osera le jouer
sur son théâtre ? et s'il est de nature à ce qu'on
n'ose pas le jouer, qui peut oser l'avoir fait ?

C'est à vous, monsieur le Maire, que j'adresse

ma plainte, parce que vous êtes plus que personne en état d'en sentir la justice ; et je vous parlerai comme je le ferais au corps municipal tout entier.

Dans cette circonstance, vous avez à mes yeux trois caractères distincts. Je vois d'abord en vous M. Pétion, qui a été un des plus zélés défenseurs de la liberté de la presse, de la liberté indéfinie, et qui a tant contribué à faire abolir toute censure *préalable*, censure que vous avez reconnue odieuse et indigne d'un peuple libre.

Vous êtes ensuite à mes yeux le chef du corps municipal chargé de la police de la ville de Paris.

Enfin, vous êtes pour moi le premier administrateur de l'Opéra, puisque la municipalité a l'entreprise de ce spectacle.

Comme M. Pétion, il est impossible que vous approuviez un acte d'autorité contraire à une loi connue, et vous savez mieux que personne que nul ouvrage ne peut être proscrit et prohibé, sans que préalablement dénonciation en soit faite et jugement porté.

Lorsque vous étiez membre de l'assemblée constituante, vous avez énoncé et fait adopter, sur la liberté *indéfinie* de la presse, une opinion qui est devenue une loi pour toute la France. C'est cette loi que je réclame, monsieur, et je l'invoquerai jusqu'à ce qu'on m'ait prouvé que la loi n'est puissante que contre la faiblesse, et qu'elle reste faible devant la violence.

Si c'est comme chef de la municipalité que vous

i.

avez défendu la représentation d'*Adrien*, permettez-moi de vous dire que vous n'en aviez pas le droit. La loi est formelle, la voici : « *Les officiers* » *municipaux ne pourront pas arrêter ni défendre* » *la représentation d'une pièce, sauf la respon-* » *sabilité des auteurs, etc.* » Rien de plus précis que ce texte ; il est sans ambiguité, et n'a pas besoin d'interprétation. Je le répète donc, le corps municipal a fait une démarche inconsidérée, en arrêtant une pièce sans l'avoir fait d'abord dénoncer et juger, et dans ce cas, j'ai un juste recours aux autorités supérieures.

Si c'est comme entrepreneur et administrateur de l'Opéra, que vous avez pris l'arrêté du 12 mars, j'ai bien plus de réclamations à vous faire. Dans le cas où mon ouvrage cessait de vous convenir, vous, directeur de spectacle, vous deviez simplement me rendre mon manuscrit, sans l'entacher d'aucune observation défavorable, sans parler des troubles qu'il peut causer, car ce motif appartient au municipal et point au directeur : vous deviez me le rendre en toute propriété, me laisser la liberté de le porter à un autre théâtre, et vous soumettre à une indemnité, telle que vous en auriez exigé de moi, si j'avais moi-même retiré mon ouvrage ; vous deviez enfin agir comme la comédie française ou italienne, quand elle rend à un auteur la pièce qu'elle ne veut pas jouer.

Rien de tout cela n'a été fait, mais bien tout ce qui pouvait me nuire.

Vous avez donné de la publicité à la séance qui défend l'opéra d'*Adrien*. Vous avez parlé dans l'arrêté des impressions défavorables qu'on en a reçu ; vous avez excipé des troubles qu'il peut causer, vous avez pris contre lui un arrêté d'éclat, vous ne m'avez pas rendu la propriété de mon ouvrage, vous n'avez stipulé aucune indemnité envers l'auteur ; il est donc clair que vous avez agi en municipal et non en directeur de spectacle.

Il est impossible, monsieur, que vous veuilliez excuser un acte aussi arbitraire, si contraire surtout à la probité de M. Pétion, à l'intégrité de M. le maire de Paris, et à la loyauté d'un administrateur.

J'ai donc, sous ces rapports, un triple droit de vous demander que vous ayez la bonté de me déclarer si l'arrêté du 12 mars émane du corps municipal ou de la direction de l'Opéra. Dans le premier cas, vous m'approuveriez sans doute de recourir en homme franc et libre aux autorités supérieures, pour y invoquer la protection de la loi : dans le second, je vous redemande un ouvrage que vous avouez ne vouloir pas faire représenter, je vous le redemande avec l'indemnité qui m'est due, et avec une déclaration qu'en le rejetant vous n'avez pas prétendu le dévouer à la réprobation publique.

J'insiste sur cet article, parce que votre arrêté qui laisse subsister toute prévention défavorable, me compromet sous tous les rapports. Si quelques.

hommes qui osent s'appeler la nation, ont poussé l'audace jusqu'à menacer d'incendier l'Opéra, d'insulter aux acteurs et de déployer la violence à la représentation d'*Adrien*, vous sentez, monsieur le Maire, qu'ils ne sont pas disposés à traiter l'auteur plus favorablement. C'est pourtant à ces hommes que votre arrêté me livre ; en approuvant ces craintes, en cédant à la menace, en laissant croire que je la mérite, et en ne stipulant aucun dédommagement pour moi, vous ne satisfaites que les malveillans qui attaquent l'ouvrage et vous ne punissez que l'auteur qui n'est pas coupable.

« Mais (me dira-t-on), et c'est là le seul pré-
» texte de l'arrêté, il vaut mieux interdire la repré-
» sentation d'une pièce de théâtre que de s'exposer
» aux troubles qu'elle peut occasionner. »

Ce principe est bon en apparence, et il séduit tous ceux qui n'y réfléchissent pas. Mais, monsieur le Maire, vous n'en sentez que trop bien les funestes conséquences qui s'étendraient à tout autre objet qu'aux pièces de théâtre.

Eh quoi! pour éviter l'effet de quelques menaces, on proscrit un ouvrage qui ne mérite pas d'être menacé.

Mais qui vous a fait ces menaces? quels sont les gens qui doivent exciter des troubles? quels sont leurs motifs? les ont-ils fait connaître? On me répond qu'il court des bruits, qu'il y a des lettres anonymes, qu'on s'apprête à des actes de violence, qu'on parle d'incendier.

Et c'est sur des *on dit*, sur des menaces, sur des lettres anonymes, c'est pour des incendiaires, que des magistrats enlèvent la propriété d'un citoyen, et défendent un ouvrage que la loi a permis! Ils le défendent sans l'accuser, lorsqu'ils l'ont sous les yeux et qu'ils peuvent juger s'il est coupable!

Celui qui menace mérite seul la sévérité des lois, celui qui est menacé a seul droit à la protection des magistrats et au secours de la force publique. Ce principe, vrai de tous temps, est plus incontestable encore dans un siècle de liberté. Et cependant le corps municipal, en prenant l'inverse d'un principe aussi sacré, s'unit à ceux qui menacent pour nuire à celui qui est injustement menacé.

On veut prévenir des troubles, dites-vous : Empêchez-les ces troubles, punissez ceux qui les causent, et ne corrompez pas le plaisir du public dans un genre d'amusement qui lui est cher. Êtes-vous magistrats? Êtes-vous respectables? faites vous respecter, faites respecter la loi, et l'on ne vous menacera plus d'incendier vos spectacles, du moins on ne vous menacera plus impunément.

Vous voulez éviter des troubles, et vous les entretenez, et vous cédez à ceux qui les fomentent, et vous pliez devant ceux qui vous menacent!

Vous voulez éviter des troubles, et vous proscrivez un ouvrage. C'est-à-dire, que tous ceux qui voudront faire tomber une pièce quelconque, seront sûrs d'y réussir, en menaçant, en calomniant, en insultant ouvertement; c'est-à-dire, qu'un spectacle jaloux d'un autre, pourra soudoyer quelques crieurs faméliques, qui, par des allusions forcées et ridicules, jetteront un voile odieux sur une pièce établie à grands frais, et la détruiront en la dévouant à la réprobation politique ; c'est-à-dire, qu'on favorisera le perturbateur dans la crainte d'exciter un trouble ; c'est-à-dire, que celui qui m'attaquera, me calomniera, aura le magistrat pour protecteur, et sera d'autant plus sûr de me nuire, que des lettres anonymes et des bruits vagues, suffiront pour faire lancer un arrêté contre moi ; c'est-à-dire, que moi-même, par représailles, je pourrai écrire, menacer, cabaler et faire défendre l'ouvrage d'un rival littéraire ; c'est-à-dire enfin, (et j'ai quelque honte à l'exprimer), c'est-à-dire que la loi qui pliera toujours devant la menace, s'avilira au point de ne pouvoir plus se faire écouter. Voilà, monsieur le Maire, la conséquence funeste, mais infaillible, du principe qui a servi de base à l'arrêté du 12 mars.

Je me résume ; et sans doute il est affligeant qu'il ait fallu être si long pour plaider une cause aussi simple. Je dis donc, que si l'arrêté du 12 mars émane du corps municipal, la loi a été violée. Il fallait préalablement dénoncer l'ouvrage et ne me punir qu'après un jugement légal. Si l'arrêté émane d'une administration de spectacle, les entrepreneurs doivent me rendre ma pièce, m'indemniser, déclarer qu'ils n'ont pas prétendu la juger et me laisser par écrit la liberté de la porter à un autre théâtre.

Voilà, monsieur le Maire, des raisons que je crois justes, et que je soumets cependant à M. Pétion, c'est-à-dire, au plus zélé défenseur de la liberté *indéfinie* de la presse.

D'après cette réclamation, si vous ne daignez pas me répondre, et si vous croyez ne me devoir aucune satisfaction, ne soyez pas étonné, monsieur, si je donne la publicité de l'impression à ce Mémoire. S'il est décidé qu'on ne me rendra pas justice, je veux au moins que tout le public sache que je l'ai méritée, que je l'ai demandée, et que je ne l'ai pas obtenue.

PREMIÈRE RÉPONSE

A M. GEOFFROY,

RELATIVEMENT A SON ARTICLE SUR L'OPÉRA D'*ADRIEN*.

Soyez le bien-venu, monsieur Geoffroy ; vous avez dissipé mes craintes et passé mon espoir. Je tremblais que vous ne m'accablassiez de votre indulgence, et j'avais trop de raisons pour la redouter. Quand Zaïre est une *mauvaise tragédie*, je devais craindre que mes opéras ne fussent excellens ; car ceux qui aiment Zaïre peuvent raisonnablement trouver mes opéras mauvais ; jugez donc quel dut être mon effroi quand j'appris que vous aviez repris la plume, et que vous rentriez au feuilleton. Je l'avouerai, je n'osais vous lire : le malheureux, disais-je, il hait Voltaire, il est capable de m'aimer ; et, en effet, mon ouvrage était assez faible pour encourir vos éloges. Grâces au ciel, ma crainte fut de courte durée, et votre article serait assez âcre pour flatter mon orgueil, si je ne savais que vous avez été malade, et que tous les caractères s'adoucissent après quelques jours de fièvre et de purgations.

Mon opéra d'*Adrien* est donc un des plus misérables ouvrages que l'on puisse donner à ce théâtre, et la musique de Méhul une des plus mauvaises que l'on puisse entendre. Bravo, monsieur Geoffroy! c'est de la générosité ; le poète et le musicien ne sont pas assez modestes pour vous contredire. Jusques-là tout va bien, le public sait à quoi s'en tenir, et nous n'avons plus rien à craindre que la jalousie de ceux que vous avez loués. Mais malheureusement, si vous faites très-bien le mal, vous faites très-mal le bien que vous voulez faire. Vos critiques, vos injures nous font honneur, d'accord; mais comme la nature ne vous a pas donné d'être entièrement bienfaisant, vous motivez si mal les critiques qui nous flattent, que le lecteur pourrait les prendre pour des éloges de votre part ; et c'est alors que le pauvre *Adrien* serait absolument perdu.

Vous avez été malade, monsieur Geoffroy, et votre convalescence ne me paraît point parfaite. Si le mal n'a pas diminué votre bile, il a sensiblement obscurci votre mémoire. Passons aux preuves.

Je vous abandonne mon style : quel style avez-vous loué ? Je vous laisse vous égayer sur les fautes de plan, de conduite et de développement que vous relevez avec toutes les grâces de l'urbanité française. Mais permettez-moi de vous répondre sur le fonds et sur les caractères de l'ouvrage, et voyons si l'*Adrien* dont vous parlez dans votre article, est véritablement celui dont l'histoire nous a tracé le portrait. D'abord le fonds de cet opéra n'est pas de moi, mais de Métastase, que vous haïriez s'il était vivant, mais que vous devez aimer parce qu'il est mort, et qu'il ne fut point philosophe.

Le plan et la conduite de mon opéra sont les mêmes que ceux de l'*Adriano in Siria*, de Métastase. Vos honorables injures appartiennent donc de droit à l'auteur italien ; et comme j'ai de la probité, je rends à César ce qui est à César, et à Métastase ce qu'il m'a prêté. Malgré cela, je sens que votre objection subsiste, et vous demanderez où Métastase a pu trouver qu'Adrien était guerrier, et qu'il avait vaincu les Parthes, tandis que, selon vous, il ne fut qu'un prince pacifique et un voyageur philosophe.

Métastase a mis un argument à la tête de tous ses opéras : on lit dans celui de l'*Adriano*, ces mots, qui doivent suffire pour ma justification.

« Era in Antiochia Adriano, è già vincitore de » Parti, quando fut sollevato all' impero. »

Vous aviez sans doute lu cette phrase, monsieur Geoffroy ; et sans votre léthargie, vous sauriez où j'ai trouvé qu'*Adrien* était guerrier et vainqueur des Parthes.

Achevez de lire l'argument, vous y verrez qu'*Adrien* connut à Antioche une princesse Parthe qui y était prisonnière ; vous y verrez que Cosroès, roi dépossédé, s'y introduisit sous un déguisement pour délivrer sa fille, et se venger de l'empereur ; et au bas de cette notice, vous trouverez que ces faits sont tirés de Dion Cassius et de Spartien.

Mais, direz-vous, Métastase en a menti : que ce mot ne vous effarouche pas, monsieur Geoffroy, vous nous avez prouvé qu'en fait d'injures, les plus grosses sont les meilleures. Maintenant que Métastase est un menteur, j'ouvre le Dictionnaire historique, imprimé à Amsterdam, chez Rey, en 1771.

J'y lis à l'article d'*Adrien*, « qu'il fut le successeur de Trajan, et qu'il fut digne de l'être ; que son courage, ajoute le biographe, l'éleva aux premières dignités de l'empire ; qu'il fut général d'armée en Orient ; qu'il vainquit les Alains, les Sarmates et les Daces, et qu'il alla soumettre les Parthes qui s'étaient révoltés. »

N'en est-ce pas assez, monsieur Geoffroy, pour en faire un vainqueur des Parthes, et le faire triompher à l'Opéra ?

Avouez franchement que, sans votre léthargie,

vous n'auriez pas fait un long article pour me contredire sur ce point.

Mais, direz-vous, le Dictionnaire historique est
un sot; que ce mot ne vous choque pas, monsieur Geoffroy, vous le donnez à mon *Adrien*,
(*voyez l'article du feuilleton*) et vous n'aurez garde
de l'épargner à tous ceux qui vous contredisent.

Et bien! soit : le Dictionnaire est un sot ; recourons donc aux auteurs grecs et latins ; vous les avez
bien lus sans doute ; et, sans votre léthargie, vous
vous souviendriez de ce que j'y trouve.

Je vois dans Dion (1), qu'*Adrien* était un guerrier illustre, mais qu'il préférait la paix à la guerre ;
cet éloge en vaut bien un autre, mais il n'exclut
pas des victoires et des triomphes.

Je lis dans le même Dion, que dans la guerre
des Daces, Trajan eut toujours *Adrien* près de
lui ; qu'il lui donna le commandement d'une légion ; qu'*Adrien* se signala par beaucoup de grandes
actions, et que Trajan, pénétré d'admiration pour
sa valeur, lui donna le diamant qu'il avait reçu de
Nerva, le jour de son adoption ; cadeau qui parut
aux yeux d'*Adrien*, un présage de son élévation à
l'Empire. Enfin, dans une inscription rapportée
par Fabretti (2), on lit à l'honneur d'*Adrien*, que
la Dace a été conquise par sa valeur.

D'après cela, monsieur Geoffroy, ai-je eu tort

(1) *Dionis Cassii, lib.* 60. *Typis Vechelianis, anno* 1606.
(2) *Raphaelis Fabretti de Columnâ Trajanâ : Romæ,*
anno 1683.

d'en faire un vainqueur, et persistez-vous à dire qu'*Adrien* ne fut qu'un homme pacifique et un voyageur philosophe ?

Revenons à Dion ; il nous apprend que Trajan étant tombé malade après avoir levé le siége d'Atra, laissa le commandement de son armée à *Adrien*, qu'il avait fait gouverneur de Syrie.

En fallait-il davantage pour en faire un général d'armée, faisant la guerre aux Parthes ? Vous savez mieux que moi sans doute que les Parthes étaient voisins de la Syrie, et que la ville d'Atra, inutilement assiégée par Trajan, était une forteresse des Parthes.

Voulez-vous quelque chose de plus concluant ? En l'an 118 de l'ère chrétienne, le sénat décerna à *Adrien* les honneurs du triomphe : et plusieurs médailles rapportées par Birague, lui donnent les titres de Germanique, de Dacique et de Parthique. Un auteur d'opéra pouvait donc, sans être coupable, faire d'*Adrien* un vainqueur des Parthes, puisque les médailles et les inscriptions lui attribuent cette gloire.

Faut-il quelque chose de plus, monsieur Geoffroy ?

Eusèbe, dans sa chronique nous apprend qu'en l'an 119, *Adrien* vainquit les Sarmates et les Roxolans. *Adrien* fut donc guerrier même après son élévation à l'Empire, puisqu'il fut proclamé Auguste en 117, et qu'il fut vainqueur en 119.

Est-ce encore trop peu pour vous convaincre ?

Goltzius (1) rapporte une inscription où *Adrien* est nommé *Imperator* pour la seconde fois, dès la troisième année de son règne ; et vous savez très-bien que ce titre se donnait après chaque victoire ; *Adrien* n'était donc pas seulement un voyageur philosophe. Vous me direz que les Caligula et les Domitien prenaient souvent le titre d'*Imperator*, pour une victoire à laquelle ils n'avaient pas contribué, et souvent même pour des défaites qu'on transformait en victoires ; mais *Adrien*, qui avait reçu un diamant pour son courage, n'était ni un Domitien ni un Caligula.

Enfin, monsieur Geoffroy, Dion Cassius vous donne le dernier coup, en nous disant que la cavalerie d'*Adrien* passa le Danube à la nage, et épouvanta tellement les barbares, qu'ils se soumirent et demandèrent la paix. Suidas ajoute qu'*Adrien*, en personne, traversa le fleuve avec ses soldats.

Mais de tous les traits historiques, celui qui revient le plus à mon sujet, est celui-ci, que votre léthargie, sans doute, vous a fait oublier comme les autres : *Adrien* détrôna Parthamaspate, que Trajan avait fait roi des Parthes, et leur rendit Cosroès qu'ils aimaient, et qui avait été chassé par Trajan.

Je n'ajouterai pas à ces exploits d'*Adrien*, la guerre que ses généraux firent contre les Juifs. Ce prince était alors dans sa maison de campagne,

(1) *Goltzii thesaurus rei antiquariæ : Antuerp., anno* 1618.

près de Tivoli (1). Mais Eusèbe (2) et saint Jérôme vous ont appris, monsieur Geoffroy, que Jérusalem fut de nouveau assiégée, prise et détruite sous *Adrien*. Vous savez que cette ville fut rebâtie par son ordre et qu'elle fut appelée *Ælia Capitolina*, en honneur d'*Adrien* qui se nommait *Ælius*, et qu'elle conservait encore ce nom du temps de saint Chrysostôme. Ce fait ne regarde pas personnellement cet empereur ; mais comme on attribue aux souverains les actions d'éclat qui se font sous leur règne, je rapporte celle-ci pour vous prouver que sous l'Empire de ce voyageur philosophe, il y a eu des guerres et des triomphes.

J'espère, monsieur Geoffroy, que vous ne me demanderez plus comment j'ai pu faire d'*Adrien* un guerrier et un vainqueur; et quand j'avoue avec vous qu'il a aimé la paix et qu'il a été philosophe, convenez avec moi qu'il a fait la guerre avant de donner la paix, et qu'il avait été célèbre dans la guerre avant d'être heureux dans la philosophie.

Vous paraissez ignorer aussi où j'ai trouvé le personnage de Sabine. Sans votre léthargie, monsieur Geoffroy, vous vous rappelleriez qu'elle était nièce de Trajan, qu'elle fut femme d'*Adrien*, et qu'elle était dans l'Orient avec Plotine, lorsqu'*Adrien* fut élevé à l'Empire.

(1) *Villa Tiburtina.*
(2) *Eusebii Cæsariensis historia, ex edit. Valesii. Lutetiæ, anno* 1659.

Vous reprochez enfin à mon *Adrien* d'être un sot, et de n'être point galant; cela est possible, monsieur Geoffroy; l'on n'est point étonné de trouver des guerriers incivils, partout où l'on rencontre des littérateurs sans politesse.

Vous trouvez aussi très-ridicule qu'un empereur parle d'amour à une captive, quand il lui laisse les mains chargées de chaînes. C'est par faiblesse qu'un héros parle d'amour; c'est par respect pour le peuple romain et pour l'armée victorieuse, qu'un empereur fait enchaîner les reines prisonnières. Titus ne fut pas plus galant quand il chassa Bérénice qu'il aimait; et Aurélien attacha à son char la reine Zénobie qu'il combla de bienfaits, et qu'il laissa vivre dans le repos et les plaisirs, à six lieues de Rome. L'orgueil du nom Romain forçait donc *Adrien* à laisser les fers à sa captive, et l'excès de son amour le force ensuite à les lui ôter.

Le combat des Parthes ne vous paraît pas moins plaisant que les fers de ma captive. Vous ne concevez pas comment un peuple qui ne savait que lancer des flèches par derrière pût combattre à outrance contre des Romains. Comme vous avez lu l'histoire, il est impossible qu'il y ait de la bonne foi dans votre critique. Sans doute, les archers Parthes combattaient comme vous le dites, et comme l'a dit Corneille; mais il est absurde de penser qu'une nation qui a pu seule résister au colosse de la puissance romaine, n'ait su que lan-

cer des flèches en fuyant. Oubliez-vous que la
guerre contre les Parthes était appelée la grande
guerre ? Oubliez-vous que les Parthes ravagèrent
souvent la Syrie ; qu'ils prirent Daphné, faubourg
d'Antioche, et qu'ils forcèrent un empereur à
s'enfuir par une fenêtre ? Oubliez-vous que les
Romains ne purent jamais les subjuguer entièrement ? Oubliez-vous, enfin, que le malheureux
Valérien fut vaincu et pris par Sapor, roi des Parthes, et que le vainqueur barbare lui fit souffrir
toutes les humiliations et tous les tourmens sans
que l'illustre Odenat pût jamais délivrer l'empereur, ni venger la honte des Romains ? Vous
voyez donc, monsieur Geoffroy, que les Parthes
combattaient aussi bien par devant que par derrière, et que vous n'avez été, vous, qu'un archer
Parthe, en me lançant des traits que vous ne me
croyiez pas en état de parer.

Revenons maintenant à un point qui n'intéresse
pas seulement le chétif opéra d'Adrien, mais l'art
dramatique en général ; et quand bien même un
auteur tragique supposerait un combat ou un
triomphe qui ne fût point justifié par l'histoire,
qui pourrait le lui reprocher, si son héros est reconnu pour un guerrier, et s'il est célèbre par son
courage ? Les ouvrages dramatiques sont-ils des
chroniques ou des gazettes ? Vous estimez Racine,
sans doute ! eh bien ! Racine a-t-il cru devoir être
l'esclave de l'exactitude historique ? Non : il donne
à Mithridate pour rival en amour, son fils Xipha-

rès, que l'histoire fait mourir à l'âge de neuf ans;
il fait épouser Achille à Iphigénie, qui mourut sa-
crifiée sans jamais épouser personne; il fait de
Narcisse l'empoisonneur de Britannicus, tandis
que ce Narcisse fut toujours inviolablement attaché
à ce prince, et que d'ailleurs il mourut deux ans
avant Britannicus, ayant été tué immédiatement
après la mort de Claude. Tacite nous peint ce Narcisse comme un insolent valet; mais il ajoute qu'il
fut toujours fidèle à Britannicus, et qu'Agrippine
le haïssait à cause de cette fidélité.

Il y a plus; ce Burrhus, que Racine nous peint
sous des traits si admirables; ce Burrhus fut le
premier qui consola Néron du meurtre de sa mère,
et qui voulut qu'on s'en réjouît, parce que ce
meurtre délivrait Néron des dangers auxquels l'expo-
sait l'ambition d'Agrippine. Si vous en doutez,
monsieur Geoffroy, reprenez votre Tacite, et vous
y verrez ce fait. *An.* 14, *c.* 10.

Racine, le plus parfait des poètes dramatiques,
n'a donc pas craint d'altérer l'exactitude des faits
et les caractères tracés par l'histoire, et vous voulez
qu'un auteur d'opéra soit plus sévère que l'auteur
de Phèdre et d'Athalie!

Vous saviez tout cela, monsieur Geoffroy; mais
le besoin d'être méchant l'emporte chez vous sur
l'obligation d'être exact; et vous aimez mieux avoir
l'air d'ignorer que de renoncer au plaisir de nuire.

Je ne vous parlerai point de la musique de Méhul,
je crains de vous trouver aussi savant dans cet art

que vous êtes instruit sur les faits historiques :
j'observerai seulement que vous méprisez bien vos
lecteurs, et que vous leur supposez une bien
grande ignorance, quand vous leur donnez vos
erreurs pour des principes, et vos injures pour
du savoir. Je sais, monsieur Geoffroy, que quelques
personnes peuvent avoir besoin de mordre pour
vivre, je les plains ; mais la pire des conditions
est celle des gens qui ne vivent que pour mordre.

Vous voyez, monsieur, que vous n'avez été généreux qu'à demi. Dorénavant, quand vous me
ferez l'honneur de me dire des injures, faites au
moins que votre érudition ne soit pas en défaut,
afin que votre article n'ait pas l'air d'un éloge dissimulé.

SECONDE RÉPONSE

AU PROFESSEUR GEOFFROY.

J'ai lu votre diatribe, monsieur le professeur :
vous m'y donnez beau jeu, car vous êtes en colère ;
prenez-y garde, l'humeur ne produit rien de bon ;
le guerrier en colère est mort, dit Ossian, défiez-
vous de la colère, monsieur Geoffroy, c'est un
piége du démon, et vous êtes déjà puni de vous

y être laissé prendre. Vos articles sont moins gais, vos abonnés sont moins heureux en les lisant, et j'ai beaucoup moins de plaisir à vous répondre.

Vous baissez, monsieur le professeur : c'est dommage! vous avez ordinairement le style jeune, plus d'esprit qu'on n'en attendrait d'un régent de collége ; vous paraissez fort instruit quand il ne s'agit pas de science , et vous êtes méchant avec une facilité qui nous prouve que vous vous y êtes exercé de bonne heure.

Pourquoi renoncer à ces heureux avantages ? croyez-moi : je suis plus votre ami qu'on ne pense, j'espère vous le prouver si vous me faites l'honneur de me lire ; écoutez mes conseils, ils valent mieux que mes écrits ; et ne cédez pas à une passion qui vous ferait perdre vos grâces légères, et diminuerait un jour les émolumens du feuilleton.

Vos premiers articles m'avaient fait beaucoup rire, mais le dernier *ne m'a pas amusé du tout.* J'emprunte cette phrase à *Grippe-Soleil*, c'est ce qu'il dit en parlant de *Bazile.* J'ai long-temps hésité à vous répondre : plusieurs raisons m'en détournaient. Je craignais d'abord de vous rendre moins aimable , et je sentais vivement le tort que je vous faisais en présentant un appât à votre passion malheureuse.

J'avais un autre motif pour me taire ; et ce qu'il y a de singulier, c'est qu'il est encore puisé dans l'histoire de l'empereur *Adrien.*

Le sophiste Favorin dissertait un jour avec ce

prince sur un point de grammaire. *Adrien* était despote dans ses opinions, il décidait en journaliste, et voulait avoir raison envers et contre tous ; Favorin lui céda. Les amis du sophiste lui reprochèrent sa basse complaisance ; mais il leur répondit avec bon sens : Mes amis, un homme qui a trente-deux légions à ses ordres sera toujours le plus habile homme du monde.

Ce que Favorin disait de l'empereur, je le disais de vous, monsieur Geoffroi : l'homme qui tous les ans fait pleuvoir sur la France trois cent soixante-cinq fois douze mille feuilles d'impression, sera toujours, aux yeux du vulgaire, le plus habile critique, le savant le plus profond, et le juge le plus infaillible. Vous avez spéculé sur la malignité des lecteurs ; vous revenez tous les jours à la charge ; votre plume est *inévitable;* vos injures *quotidiennes* sont votre pain *quotidien ;* vous avez douze mille livres de rente pour nous prouver que nous sommes des sots; ce n'est pas là une sottise, monsieur Geoffroi ; si votre calcul n'est pas le plus honnête, il est au moins le plus sûr, et c'est là vraiment la seule science où vous ne vous trompiez jamais.

Voyez quel était mon désavantage dans notre commerce amical. Un imprimeur vous paie pour me dire des injures, et je payais un imprimeur pour vous répondre des choses honnêtes. Ce combat inégal ne pouvait durer long-temps ; les coups même que je vous portais tournaient à votre profit et à ma ruine, et je voulais sortir d'une carrière

où la malignité s'engraisse et où la raison s'em-
maigrit.

Consolez-vous néanmoins, monsieur Geoffroy,
je ne vous abandonne point ; j'ai trouvé un téméraire qui se charge des frais d'impression, et je ne
serai pas forcé de dire que vous êtes trop cher.

Ayez donc la patience de me lire ; vous me la
devez, quoi qu'il vous en coûte. La vérité peut
vous déplaire, elle est à votre égard le synonyme
d'épigramme ; mais comme on ne me paie pas
pour écrire, je ne suis point forcé de vous donner
des mensonges.

Entrons en matière, monsieur le professeur, et
examinons ensemble la bonne foi, la politesse,
l'érudition et la sagacité de votre critique.

Vous m'accusez, d'abord, de faire le savant ;
vous dites que j'entasse des bouquins poudreux,
que je vous couvre de poussière, et que je cite sans
discernement, Dion, Spartien, Eusèbe, Birague,
Fabretti, Goltzius, et même saint Jérôme.

Oui, monsieur le professeur, j'ai cité tout cela ;
mais pourquoi m'y avez-vous forcé ? je ne demande
ici que de la bonne foi ; il y a dix ans bientôt que
mon *Adrien* est imprimé, je n'y ai point mis de
préface, et dans tout cet opéra, vous ne trouveriez
pas une seule fois le nom de saint Jérôme. Depuis
dix ans, je n'ai pas écrit une ligne où il fût question de science ; et jusqu'au jour où vous m'avez
attaqué, l'on pouvait ignorer que je connusse Dion
ou Spartien.

Voyons maintenant si vous avez mis la même réserve. Dans votre premier article sur mon opéra, vous étalez de l'érudition ; vous m'accusez d'avoir altéré l'histoire ; vous voulez prouver qu'*Adrien* ne gagna jamais de batailles ; qu'il n'a jamais triomphé, et qu'il a fait reculer le dieu Terme, expression que vous tenez de saint Augustin, quoique vous ne le citiez pas ; de là vous partez pour *citer* Horace ; vous nous donnez un long détail de ce que l'on montrait au peuple sur les théâtres de Rome, et vous terminez savamment le paragraphe par cet hémistiche latin : *namque his plebecula gaudet.* C'est à propos d'un opéra que vous nous dites de si belles choses, c'est à propos d'un opéra que vous faites le savant, et maintenant vous me faites un crime de *citer* pour vous répondre. Je vous oppose des volumes, dites-vous : cela est vrai, j'avoue que je n'ai lu l'histoire que dans des livres. Vouliez-vous que je vous cédasse quand vous aviez évidemment tort ? Quand le critique cite à propos d'opéra, l'auteur ne pourra-t-il citer à propos d'histoire ? Quand le professeur parle de ce qu'il ignore, l'écolier ne pourrait-il dire ce qu'il sait ? Je vous ai demandé de la bonne foi, veuillez en faire usage. Sans doute, comme faiseur d'opéra, je n'étais point obligé de connaître les historiens ; mais vous deviez les connaître, vous, monsieur le professeur, quand vous m'accusiez d'ignorance.

Vous dites gaiement que vous allez souffler sur mon château de cartes ; soufflez donc, monsieur

Geoffroy, mais soufflez fort, car mes cartes tiennent bien.

Mes amis, dites-vous, ont cru que j'étais au moins un Scaliger ou un Saumaise! personne n'a cru cela, monsieur Geoffroy. Mes amis ont dit que mon opéra n'est pas merveilleux, mais ils n'ont jamais vu de pédantisme dans mes écrits, que quand l'inexactitude du professeur m'a forcé d'entasser les volumes. Ah! monsieur, pourquoi parlez-vous de Scaliger! il ne vous manque qu'une érudition réelle pour être un Scaliger, un Scioppius ou un Garasse.

Ces savans qui avaient du goût à votre manière, ont fait un petit recueil d'épithètes galantes que vous ne serez pas fâché de trouver ici. Garasse, dans sa querelle avec Pasquier, le nomme sot par nature, sot par bécarre, sot par bémol, sot à la plus haute gamme, sot à double semelle, sot à double teinture, sot en cramoisi, sot en toutes sottises, plume sanglante, homme sans conscience, monophile sans cervelle, chrétien sans religion, capital ennemi du Saint-Siége; opprobre de sa mère, etc. etc.... Scaliger, fils de Jules, avait encore un goût plus épuré : il nommait les *auteurs vivans*, orgueilleux, fous, sots, ânes, bêtes, plagiaires, misérables, rustiques, méchans, fats, fripons, voleurs et pendards. Cette nomenclature vous servira, monsieur Geoffroy; ce sont de petites douceurs que vous pourrez distribuer aux grandes fêtes ou au nouvel an.

Après les expressions précitées, je suis curieux de rechercher les vôtres; les voici : je suis un grand docteur, j'ai un faux bel esprit, une fausse érudition; j'ai pour amis l'arrière-ban des rimeurs, la basse-cour des journalistes et les auteurs sifflés; vous avez ri de ma gasconnade et de ma jactance bouffonne; je suis une mascarade d'écolier travesti en pédant; je suis un petit géant qui entasse des bouquins poudreux pour escalader JUPITER-GEOFFROY; je suis ridiculement couvert de la poussière des bibliothèques; j'entasse à tort et à travers des passages d'auteurs; je fais des tours de passe-passe; je donne dans des bévues un peu lourdes; j'attrape les sots; j'ai mystifié les babauds; rien n'est plus comique que mes rodomontades continuelles; je fais des questions impertinentes, et je compromets gravement ma raison; j'abuse de la crédulité publique; je suis aussi bon maître d'urbanité que d'histoire; on me fait trop d'honneur en me critiquant, et ma science, dépourvue de jugement, est pire que l'ignorance. D'après ces litanies édifiantes du professeur Geoffroy, je demande à ses lecteurs et aux miens, qui de nous deux on doit placer entre les Scaligers et les Garasses? Voilà l'homme qui m'a souhaité moins d'érudition et *plus de goût*. J'avouerai cependant que le *petit géant* m'a fait sourire. Je ne vous croyais pas capable de me traiter si généreusement; je suis fort content de mon lot; un petit géant est un homme d'assez belle taille, et il n'y a pas là de quoi se fâcher; mais

puisque vous êtes Jupiter, je vous dirai comme
Mercure : Jupiter, tu te fâches, donc tu as
tort.

Jusqu'ici je n'ai examiné que votre goût et votre
bonne foi ; passons maintenant à votre érudition
qui n'est pas moins évidente. Quel était le but de
ma petite brochure ? de prouver que j'avais le droit
de faire triompher *Adrien* sur le théâtre de l'Opéra.
Pour repousser les citations de votre critique, j'ai
été obligé de citer à mon tour Dion, Spartien et
d'autres, sur les fragmens desquels Crévier a bâti
son histoire. Si Crévier est exact, les auteurs qui
lui ont servi d'autorités ne doivent pas l'être moins.
J'ai prouvé que des médailles encore existantes
donnent à l'empereur *Adrien* les titres de Dacique
et de Parthique ; j'ai prouvé qu'un décret du sénat
décernait à ce prince les honneurs du triomphe ;
j'ai prouvé que des inscriptions le nomment *imperator*, titre qui se donnait après des victoires ; je
vous ai appris que Métastase avait pensé comme
moi, et écrit dans le même sens ; et à toutes ces
preuves, plus que suffisantes pour un triomphe
d'opéra, j'ajoutais cette phrase remarquable dont
vous vous êtes bien gardé de faire mention ; je dis :
p. 14, second paragraphe, ligne 3 : « Et quand
» bien même un auteur tragique supposerait un
» combat ou un triomphe qui ne fût pas justifié
» par l'histoire, qui pourrait le lui reprocher, si
» son héros est reconnu pour un guerrier, et s'il
» est célèbre par son courage ? » Voilà ce qu'il

fallait relever, monsieur le professeur, voilà le
véritable état de la question, et un homme de
bonne foi ne m'aurait pas reproché des citations
auxquelles je n'attachais pas tant d'importance,
puisque je n'en avais pas besoin pour faire triompher un héros d'opéra.

Ce qui peut vous arriver de pis, monsieur Geoffroy, c'est que je vous fasse toutes les concessions;
votre science alors paraîtra dans tout son jour. Eh
bien, soit : Dion, Spartien ont tort, et les médailles sont fausses, et les inscriptions supposées,
et saint Jérôme, tout saint qu'il était, a menti
comme un poète; je veux même que le tombeau
d'*Adrien*, *moles Adriani*, qui se nomme maintenant le château Saint-Ange, ne soit pas revêtu de
bas-reliefs et d'inscriptions qui attestent des victoires; je veux encore que l'assertion du professeur Geoffroy l'emporte sur des monumens que
j'ai vus moi-même à Rome; et pour comble de
docilité, j'adopte Crévier, et c'est avec Crévier
que je veux vous donner une leçon. Vous convenez vous-même qu'avant d'être empereur, *Adrien*
fut bon soldat et bon officier. Voilà tout ce qu'il
me faut, monsieur Geoffroy. Je vous accorderai
de plus, contre toute vérité, que le trône rendit
lâche ce guerrier jadis courageux; eh bien! qu'y
gagnerez-vous? mon opéra commence le premier
jour où *Adrien* fut proclamé empereur, c'est-à-
dire dans les vingt-quatre premières heures de son
règne : ce bon soldat, ce bon officier n'avait donc

pas encore eu le temps de devenir lâche, et sa
conduite postérieure est indifférente à mon sujet,
puisque mon bon *bon officier* ne s'est pas encore
couché, une seule fois, comme empereur.

Je sais que sur la fin de son règne, le successeur de Trajan oublia sa gloire ; qu'il languit long-
temps, tourmenté par une maladie cruelle ; qu'il
charmait ses douleurs par le commerce des Muses,
ou les trompait par la débauche ; mais quand il
fut élevé à l'empire, il n'était point encore l'amant
d'Antinoüs ; et comme mon opéra ne dure pas
vingt ans, j'ai dû montrer ce héros tel qu'il était
en montant sur le trône, et non tel qu'il devint
quand le trône l'eut amolli. Quand on mettra
Louis XIV sur la scène, faudra-t-il ne présenter
que les dernières années de sa vie ; et quand l'histoire parlera de Louis XV, peindra-t-elle le vainqueur de Fontenoi comme le monarque accablé
d'un règne de cinquante-neuf ans ?

Si c'est là un château de cartes, monsieur Geoffroy, soufflez dessus.

Mais vous avez eu bien soin de ne pas faire attention à la phrase où j'abandonnais tout le fatras
de la science, pour vous dire que j'avais le droit
de supposer un triomphe, quand le héros avait été
célèbre par son courage.

Cette omission n'est pas la seule que vous ayez
commise ; m'avez-vous répondu sur les Parthes ?
Vous me reprochiez de les avoir fait combattre à
outrance contre les Romains, eux qui, selon vous,

ne savaient que fuir et lancer des traits par derrière.
Vous n'aviez pas bien lu Crévier quand vous écriviez cette phrase. *Cet auteur exact et judicieux*,
dit en parlant des Parthes : « qu'*Adrien* n'avait
» pas le zèle nécessaire pour terminer une guerre
» si difficile. » Comment donc peut-il appeler *si
difficile* une guerre contre un peuple qui n'ose
combattre, qui fuit toujours et qui ne lance des
traits que par derrière ? Pourquoi Trajan a-t-il as-
siégé deux fois inutilement leur ville d'Atra ? Pourquoi ce prince a-t-il perdu la moitié de ses troupes,
et pourquoi est-il mort sans pouvoir soumettre un
peuple de poltrons ? Ah ! monsieur Geoffroy, ne
citez plus Crévier, il vous est aussi funeste que Dion
et Spartien, que vous n'avez pas lus.

Une autre omission, aussi remarquable, et qui
prouve votre prudence, est celle de Sabine. Vous
demandiez dans votre première critique où j'avais
trouvé cette *amazone aigre*, que j'appelais Sabine,
et qui vous était inconnue. Si alors vous aviez lu
Crévier, vous auriez su que Julia Sabina était petite-nièce de Trajan, et qu'*Adrien* l'épousa, quoiqu'il ne l'aimât guère. Je vous apprends maintenant
que cette Sabine était la fille de Matidie, et petite-
fille de Marcienne, sœur de Trajan. Vous allez
dire que je fais le pédant, monsieur le professeur;
mais s'il y a un pédant entre nous, ce n'est point
l'écolier qui cite pour se défendre, mais le maître
d'école qui critique ce qu'il ignore. Il n'y a ni
science, ni bouquins poudreux dans mon opéra;

mais je n'y ai rien mis que je ne pusse justifier au
besoin.

Une troisième omission est celle *des chaînes de
ma princesse Émirène.* Ces chaînes vous firent
beaucoup rire dans votre premier article ; pourquoi n'en avez-vous pas parlé dans le dernier ?
Crévier vous aurait confirmé ce que j'ai dit relativement à l'empereur Aurélien ; mais Crévier vous
ennuiera bientôt autant que Dion, car cet écrivain
exact et judicieux, n'affermit pas le trône de Jupiter-Geoffroy.

Une quatrième omission est celle des citations
prises de Racine, sur des faits d'histoire rapportés
par Tacite. Vous qui avez tant de plaisir à me convaincre d'ignorance, pourquoi n'avez-vous pas
parlé de ces deux auteurs ? ils en valent bien la
peine ; et Crévier, tout judicieux qu'il est, ne méritait pas d'occuper tout le Feuilleton au préjudice
de ces deux écrivains. Vous ne répondez pas, professeur ? Eh bien ! je vais dire votre secret.

Lorsque vous avez attaqué mon *Adrien*, vous
vous disiez *in petto*, c'est un faiseur d'opéra, il
n'en sait pas plus que moi sur l'histoire ; je puis
tout critiquer à tort et à travers, mes lecteurs sont
des oisifs et des ignorans, ils me prendront pour
un oracle : ainsi frappons d'estoc et de taille, tous
les cafés retentiront de mes louanges ; l'auteur aura
peur, il fera le mort, et je passerai pour un puits
de science, parce que j'ai lu saint Augustin, que j'ai
cité Horace, et que j'ai fait reculer le dieu Terme.

Votre sécurité fut de courte durée. Ma lettre
parut. Diable! c'est du sérieux; un professeur convaincu d'ignorance! cela est piquant. De là, votre
dépit, votre honte, votre colère, vos injures ; vous
avez pris le cher Crévier, que vous auriez dû lire
plutôt, et vous avez opposé une de ses phrases à
tous les auteurs anciens, aux médailles, aux inscriptions, à la colonne Trajane et à tous les monumens existans. Vous avez bien osé dire que Dion,
Spartien, Métastase et saint Jérôme avaient tort ;
vous risquez peu, ces auteurs ne sont pas dans la
main de tout le monde : mais tous les écoliers connaissent Tacite, tout le monde à vu jouer Racine,
il ne vous était pas si aisé de les persiffler qu'un
saint Jérôme, et vous avez jugé plus prudent de
n'en pas parler du tout, et de détourner la question pour faire oublier votre méprise. Soyez franc,
monsieur Geoffroy; n'ai-je pas écouté aux portes?

Rétablissons donc la question. Pouvais-je faire
triompher *Adrien?* Oui : tous les auteurs anciens
m'y autorisent, Rome m'en fournit des preuves
sur le marbre et l'airain ; vous avouez vous-même
qu'il fut bon soldat et bon officier, et l'action de
mon opéra commence dans les premières heures
de son règne.

Maintenant, honnête professeur, c'est votre
bonne foi que j'interroge. Ai-je dit, ou n'ai-je pas
dit dans ma lettre, que quand bien même le triomphe d'*Adrien* ne serait pas justifié par l'histoire,
j'avais le droit de le supposer, puisque mon héros

était célèbre par son courage. Ai-je dit, ou n'ai-je pas dit que Racine s'était permis d'altérer des faits plus graves? Ai-je prouvé par Tacite que Racine avait dénaturé des faits, et même des caractères?

Pourquoi donc, en répondant à ma lettre, avez-vous gardé le silence sur le point essentiel, et n'avez-vous déclamé que sur des faits dont l'existence ne m'était pas nécessaire? Parlez, honnête professeur: déclarez, si vous vous inscrivez en faux contre mes citations; pourquoi n'osez-vous ni accorder, ni contester? Répondez, ou convenez que vous n'avez rien à répondre.

Vous avouez qu'*Adrien* a refusé le triomphe; il pouvait donc l'accepter, et j'ai droit de le lui décerner à l'Opéra. Que m'importe que ses victoires soient vraies ou fausses, l'histoire en parle, des monumens les attestent, en faut-il davantage à un théâtre qui est le pays des illusions et de la fable? et quelle idée dois-je avoir du maître d'école qui me critique sur ce qu'il ignore, et qui exige tant d'exactitude dans un genre qu'il affecte de mépriser? Ma lettre est longue, monsieur Geoffroy; tant mieux! vous méritez une correction; vous la lirez jusqu'au bout, ou je vous condamne à apprendre l'histoire, et à devenir honnête, ce qui sera plus difficile. Je n'ai pas fini.

Vous qui savez si bien critiquer, et qui opposez une page d'injures à douze pages de raisonnemens, tâchez au moins de vous souvenir de ce que vous

avez écrit. Vous dites dans votre second paragraphe,
ligne 9 : « *Je n'ai jamais prétendu qu'*Adrien *fût
un lâche, je conviens qu'il fut bon soldat et bon
officier.* » Et dans l'avant dernière colonne, ligne
10, je trouve cette phrase bien étrange après la première : « *Vous frémissez, citoyen Hoffman, votre
» vainqueur des Parthes, votre triomphateur
» traité de lâche !* » Accordez-vous, professeur,
et choisissez ; je vous ai bien dit que Crévier vous
jouerait un mauvais tour ; il est votre seul défenseur, et encore ne vient-il que pour vous contredire. Voilà pourtant le savant qui a douze mille
abonnés. Il attaque, il insulte et ne peut écrire
deux pages sans contradictions.

Je n'ai pas fini, professeur : le petit géant a encore quelques montagnes à lancer à Jupiter.

Au bas de la quatrième colonne du feuilleton,
je lis cette phrase digne du professeur : « *Je vous
exhorte, et même je vous somme..... de nous apprendre, etc.....* »

Un ignorant comme moi aurait dit, je vous
exhorte à..... et je vous somme de..... mais les empereurs et les professeurs ont toujours raison, même
quand ils font des fautes de langue, et mon observation me vaudra sans doute quelque nouvelle
injure.

Mais passons sur la faute ; vous m'exhortez donc
de vous apprendre où j'ai trouvé qu'*Adrien* détrôna Parthamaspate, et rendit Cosroès aux Parthes.
Vous me tendez un piége, monsieur Geoffroy :

vous m'engagez à citer, et vous direz ensuite que
je fais le savant. N'importe! je vous réponds : vous
trouverez ce fait chez Spartien dans la vie d'*A-
drien*, et dans les commentaires de Casaubon sur
cet ouvrage. Vous y lirez qu'*Adrien* ôta aux Parthes leur roi Parthamaspate, qu'il leur rendit Cosroès ; action qui le fit aimer de ce peuple : vous y
verrez aussi qu'il dédommagea Parthamaspate par
d'autres états qu'il ne nomme point ; et enfin qu'il
donna aux peuples d'Arménie un roi qu'il ne
nomme pas davantage. Voilà donc cet homme
lâche qui ôte et distribue des couronnes ! Voulez-
vous plus d'exactitude ? lisez : *AElius Spartianus
in Adriani vitâ, p.* 3, 7, 10, ou *Casauboni notœ
in Spartianum et alios Augustœ historiœ scrip-
tores ; Parisiis, anno* 1620.

Je suis bien long, monsieur Geoffroy, je le sens ;
mais c'est vous qui l'avez voulu, et je mets sur
votre conscience, s'il y a lieu, tout l'ennui que je
donne à mes lecteurs.

Vous me demandez pourquoi je me mets derrière Zaïre pour vous répondre, et ce qu'il y a de
commun entre Voltaire et moi ! Je me mets derrière Zaïre, parce que c'est un boulevard qui vaut
bien le feuilleton ; et ce qu'il y a de commun entre
Voltaire et moi, ce sont vos injures. Voilà sans
doute le seul rapport que j'aie avec ce grand homme ;
mais l'âcreté de vos expressions sur cet Hercule
littéraire m'avait fait craindre vos éloges, et en comparant les critiques que vous lanciez contre Zaïre

3.

et Adrien, j'avais d'abord pris votre article pour
une flatterie ridicule. Dieu merci! vous m'avez tiré
d'inquiétude. Mais rien n'est comique comme la
morgue du professeur, quand il nous dit que Zaïre
mérite d'être *jugée*. Juger Voltaire! et c'est vous
qui le jugerez, monsieur Geoffroy! Répondez donc
comme dans une comédie célèbre : *Est-ce qu'on
me donne douze mille francs pour autre chose?*

Puisque vous m'avez exhorté *de* vous apprendre
où j'avais trouvé un fait historique, je vous somme
à me dire ce que vous entendez, en écrivant que
le triomphe de mon *Adrien* est *indisposé*. Voulez-
vous faire croire qu'on ne jouera plus cet opéra,
et que, par égard, on le laisse sur l'affiche? Ce
sens suppose une charité trop chrétienne; voulez-
vous dire que l'empereur est malade? quand cela
serait, pourquoi lui faire une épigramme avec des
lettres italiques? Non, monsieur Geoffroy, ce n'est
pas l'empereur qui est malade, mais le roi Cosroès,
qui est représenté par le C. Adrien, de manière à
mériter vos injures, car il y met assez de talent
pour cela. Ah! je devine, vous faites un calembour :
Adrien est retardé par l'indisposition d'Adrien.

Pas mal, monsieur le professeur; pas mal! j'a-
voue que la circonstance est plaisante; je vous sais
gré de l'avoir remarquée, et votre calembour est
assez joli pour un maître d'école qui n'en fait pas
son état. C'est vraiment ce qu'il y a de plus aimable
dans votre article; je disais bien que vous avez de
l'esprit : il perce malgré vous, et quand la colère

ne vous dominera pas, vous serez un professeur
fort amusant.

Rappelez-vous l'aimable gaieté avec laquelle
vous m'écriviez le 27 nivôse. C'est là que vous étiez
le vrai Geoffroy ; il y avait bien un peu d'humeur,
mais vous étiez encore bon soldat et bon officier,
et le trône de Jupiter n'avait point changé en lâche
l'illustre guerrier du collége. Permettez-moi de retourner à ces temps plus heureux, et d'examiner
ce que vous me disiez alors avec une légèreté piquante, et avec une demi-politesse. Patience, professeur! vous l'avez voulu ; mon château de cartes
sera lourd, il vous faudra bon souffle pour le renverser.

Dans l'article du 27, vous me compariez com-
plaisamment à un chirurgien de village, qui prodigue les termes d'anatomie. Eh! monsieur Geoff-
froy, de quels termes voulez-vous que se serve un
chirurgien ? Faut-il qu'il parle musique quand un
barbier l'accuse d'ignorance dans l'art chirurgical ?
Faut-il qu'il imite certain professeur, et qu'il dis-
serte effrontément sur les sciences qu'il ignore ?
Voulez-vous qu'un chirurgien chante la gamme,
bâtisse un sillogisme, ou décrive une cycloïde, en
faisant la ponction, ou en serrant une ligature ? Un
chirurgien vous dirait que vous avez de l'embarras
dans le cerveau, de l'engorgement dans la vési-
cule du fiel ; Lavater le jugerait à votre front sévère,
et nous le voyons dans votre style. Ah! M. Geoff-
froy, les choses n'en iraient que mieux, si les chi-

rurgiens se bornaient à l'anatomie, et si les pédans
de collége s'en tenaient aux auteurs qu'ils expli-
quent.

Si je suis chirurgien de village, vous êtes le
maître d'école de la même paroisse; et quoi que
vous fassiez, on préférera toujours le chirurgien
qui remet les membres cassés, au maître d'école
qui cassé bras et jambes à ses écoliers.

Puisque nous parlons d'école, je ne puis m'empêcher de vous faire un aveu. Vous ressemblez
d'une manière effrayante au correcteur du collége
où j'ai fait mes études. Ce brave homme était correcteur et portier de la maison ; comme vous, il
cumulait les bénéfices ; comme vous, il connaissait l'histoire, et il était poli comme le feuilleton
des Débats. Il savait un peu de latin, il disait souvent : *depone caligas* ; et le bonhomme croyait que
caligas signifie culotte. Il se nommait Cheminot,
ce nom ne sortira jamais de ma mémoire : pour
corriger ma tête, il employait le remède des contraires, et j'ai long-temps ignoré pourquoi il pla-
çait les topiques si loin de la partie souffrante.

Il est des ressemblances malheureuses, dit Picard, dans sa grande ville ; oh! monsieur Geoffroy,
comme vous ressemblez à Cheminot! cela est au
point, que vos deux noms sont devenus synonymes
dans ma pensée, et je vous déclare que dorénavant
je vous donnerai ce nom respectable, quand j'aurai l'honneur de vous répondre. Vous n'y perdrez
rien, monsieur le professeur ; j'estimais beaucoup

cet honnête homme ; et si mon goût n'est pas encore formé, ce n'est, je vous assure, ni sa faute ni
la vôtre. Je ne vois entre vous qu'une différence
notable ; vous me fouettez parce que je suis savant,
et Cheminot me fouettait parce que je ne l'étais pas.

Courage, monsieur Geoffroy ! vous arrivez au
port, et bientôt vous serez débarrassé de ce vam-
pire qui suce toute votre science, et ne vous laisse
que votre orgueil.

Je ne puis m'empêcher de déplorer ici la condition
des pauvres gens de lettres. Ils sont les seuls des hommes réunis en société, qui, dans leurs contestations,
n'aient jamais le bonheur d'être jugés par leurs
pairs. On interroge l'architecte sur les bâtimens,
le médecin sur les maladies, le pharmacien sur les
remèdes, les tribunaux même choisissent pour
experts ceux qui ont produit dans l'art dont il
s'agit ; la littérature seule est privée de ses juges
naturels. L'homme qui n'a rien fait, rien pu faire,
se venge de son impuissance en mutilant les productions des autres ; ne pouvant s'élever à eux, il
les rabaisse jusqu'à lui : l'auteur de vingt tragédies
est jugé par le rédacteur d'un feuilleton ; la musique est jugée par un régent de collège, et la poésie par Cheminot. Ce qu'il y a de pis, c'est que le
vulgaire est dupe de leur jugement : il semble ignorer qu'il est plus facile de décrier un bon ouvrage que d'en produire même un mauvais ; il
prend la morgue pour du savoir ; l'orgueil pour la
conscience de sa force ; les injures pour des preu-

ves, et le ton impératif pour un arrêt sans appel. Le barbouilleur d'enseignes déchire les tableaux de David ; le tailleur de pierres donne des leçons au lapidaire, et le faiseur de tournebroches va dénigrant les horlogers.

Encore un mot pour le dernier. Vous me souhaitez plus de goût et moins d'érudition ; c'est bientôt dit, monsieur Geoffroy ; le goût ne s'acquiert pas si facilement. Depuis si long-temps que je lis vos articles, je n'ai pu encore former le mien. Ah! si j'avais eu du goût, de la grâce, de la politesse et de l'impartialité, je me serais bien gardé de me faire auteur ; mais j'aurais rédigé le feuilleton des Débats.

RÉPONSE DÉFINITIVE

DE JULIEN-LOUIS GEOFFROY,

ANCIEN PROFESSEUR D'ÉLOQUENCE, ET RÉDACTEUR DE L'ARTICLE
SPECTACLES DANS LE FEUILLETON DU JOURNAL DES DÉBATS;

**Aux deux brochures du citoyen HOFFMAN,
sur l'opéra d'Adrien.**

> « Oui, monseigneur, oui, vous avez raison ;
> » Je suis un sot, la chose est par trop claire,
> » Et votre épée a prouvé cette affaire. »
>
> *Sacrogorgon à Dunois*, Chant. VII
> de LA PUCELLE.

Paris, ce 1er ventôse an 10.

MES ennemis répandent partout que je suis le plus suffisant des hommes. Il est temps d'imposer enfin silence à ces clameurs scandaleuses ; il est temps de prouver que, lorsqu'il m'arrive d'avoir des torts, je sais les avouer avec franchise et les réparer avec éclat.

Par deux articles de mes feuilletons du 10 nivôse et du 1er pluviôse derniers, j'ai prétendu qu'Hoffman avait altéré le caractère historique d'Adrien, en faisant paraître ce prince sur un char de triomphe, dans son opéra de ce nom ; que cet empereur n'avait jamais eu les qualités qui constituent le grand capitaine, digne d'obtenir de tels honneurs ; qu'il n'était qu'un philosophe voyageur et ami de la paix ; qu'en vain Hoffman avait essayé de créér une réputation militaire à un homme qui, à peu de chose près, n'avait été qu'un lâche, etc.

Les auteurs à la main, Hoffman a réfuté mon opinion. Sa réfutation, j'en conviens, avait vivement piqué mon amour-propre. Que ceux qui connaissent la faiblesse humaine, se mettent à ma place ; il n'était pas gai pour un ancien professeur d'éloquence de se voir convaincu de ne pas connaître l'histoire. De là vient que j'ai persisté avec aigreur dans mon premier sentiment ; mais une seconde réponse d'Hoffman, plus accablante encore que la première, m'a ouvert les yeux ; j'ai vu, en la lisant, que je devais sérieusement renoncer à donner mes erreurs pour des vérités.

Alors j'ai fini par où j'aurais dû commencer ; j'ai approfondi la question, et je vais donner loyalement au public le résultat de mes recherches. Afin d'éviter un double emploi, je ne citerai aucun des auteurs invoqués par Hoffman. Je reconnais que les passages qu'il a rapportés de Dion, de Spartien, d'Eusèbe et même de saint Jérôme, sont exacts. Je me renfermerai donc dans les écrivains modernes qui sont dans les rayons de toutes les bibliothèques, et que mon adversaire a eu la générosité de ne pas m'opposer, sans doute en reconnaissance des ménagemens que j'ai eus pour lui dans notre dispute polémique. Je l'ai appelé *petit*

*géant couvert de la poussière des bibliothèques,
mascarade d'écolier travesti en pédant.* Bref, je lui
ai adressé une foule d'autres petites gentillesses,
infiniment propres, comme chacun sait, à jeter du
jour sur une discussion.

A coup sûr, cette addition aux autorités pro-
duites par Hoffman, sera, du moins je l'espère
ainsi, considérée comme un acte d'humilité de ma
part, dont on me tiendra compte. Peut-être pen-
sera-t-on que celui qui est assez ingénu pour fournir
lui-même des preuves de son ignorance, n'est pas cet
homme que l'on cherche si méchamment à représenter comme gonflé d'un orgueil insupportable.

J'entre en matière. D'abord tous les historiens
s'accordent à dire que Trajan, quelque temps
avant sa mort, et lorsqu'il quitta l'armée, après
avoir vaincu les Parthes, en laissa le commandement à son parent Adrien.

J'aurais dû sentir que Trajan, grand homme
de guerre, n'aurait pas commis l'imprudence de
confier à un lâche le commandement de ses co-
hortes dans des contrées à peine soumises ; et en
effet Adrien avait accompagné Trajan *dans la plupart de ses expéditions ; il s'était signalé* surtout
dans la seconde guerre contre les Daces, *par des
actions SI ÉCLATANTES*, qu'après avoir été déjà
questeur et tribun du peuple, il fut encore successivement préteur, gouverneur de Pannonie et consul. (Voyez le grand Dictionnaire de Moreri, édition de Paris, 1732). *Ses belles actions militaires*

lui avaient même valu de la part de Trajan le diamant que ce dernier avait reçu de son prédeces-
seur Nerva. (Voyez le Dictionnaire de Bayle, édition d'Amsterdam, 1730).

Les historiens s'accordent également sur cet
autre point de fait, qu'aussitôt la mort de Trajan,
Adrien fut proclamé empereur par les troupes romaines.

J'aurais encore dû réfléchir que si Adrien n'eût
été qu'un lâche, les soldats qui venaient à l'instant
même de vaincre sous Trajan, ne l'eussent pas élevé
à l'Empire. Si nous avions le malheur de perdre
le vainqueur de Marengo, personne ne propose-
rait, je pense, de le remplacer par un poltron.

Voilà ce que j'aurais dû me dire; mais il ne
faut pas tant exiger d'un folliculaire, obligé de
fournir à son feuilleton, cinq ou six colonnes en
petit texte, dans les vingt-quatre heures de la représentation d'une pièce de théâtre.

Si, avant de parler comme un pédant de ce qui
m'était inconnu, j'eusse voulu me donner la peine
de feuilleter, ainsi que je l'ai fait depuis, non pas
Dion, Eusèbe et Spartien, ces vieux auteurs ne
sont lus que par les savans, mais seulement les historiens du dernier siècle et de celui-ci, que les plus
minces écoliers connaissent au moins de nom,
oh! que j'aurais parlé différemment de l'opéra
d'Adrien!

Laurent Échard, auteur anglais, tome V de son
histoire romaine, traduite en français, édition de

Paris, 1744, dit, page 216, après avoir parlé de l'avènement d'Adrien à l'Empire, qu'il prit le chemin d'Italie...... et qu'apprenant à son arrivée que LE SUPERBE TRIOMPHE qu'on avait préparé à son prédécesseur *lui était destiné, COMME AU COMPA-GNON DE SA GLOIRE*, il refusa cet honneur qu'on rendit par ses ordres à l'effigie de Trajan qui triompha ainsi après sa mort, ce qu'on n'avait point encore vu. An de N. S. 118.

Le Dictionnaire de Bayle; celui de Moreri; le Dictionnaire historique des Hommes illustres, édition de 1789; le nouvel Abrégé chronologique de l'histoire des empereurs, par Adrien Richer, édition de Paris 1754, tome 1er, page 194; enfin l'Histoire universelle, traduite de l'anglais, en 126 volumes in-8°, édition de Paris, 1781, tome 24, page 85, sont unanimes sur le triomphe décerné à Adrien et par lui refusé.

Certes, si j'avais pris la précaution, comme ma profession de critique m'en imposait la loi, de consulter ces passages historiques, j'aurais aperçu que si Adrien, *compagnon de la gloire de Trajan*, avait par *modestie* (c'est l'expression dont se servent les auteurs de l'Histoire universelle, traduite de l'anglais), refusé le triomphe à Rome, un auteur dramatique qui n'est pas assujetti à l'exactitude historique, pouvait bien le lui faire accepter, surtout à l'Opéra.

Page 226 du tome 5 de son Histoire romaine, -L. Echard ajoute qu'en l'année 119, les Alains, les

Scythes de l'Europe, et les Daces ravagèrent les
terres de l'Empire ; qu'Adrien *marcha EN PER-
SONNE* pour venger cette injure ; que *LE SEUL NOM*
de ce prince, autrefois *lieutenant* de Trajan, *inti-
mida* l'ennemi qui se soumit.

Le Dictionnaire Historique énonce le même fait.

Page 86 du tome 24 de l'Histoire universelle,
traduite de l'anglais, je lis : « l'année suivante
» Adrien fut consul pour la troisième fois..... Vers
» ce temps, les Sarmates et les Roxolans firent une
» irruption dans l'Illyrie. Adrien *sortit* de Rome,
» et gagna la Mœsie, *où il VAINQUIT les barbares*
» à leur retour d'Illyrie...... Il était aussi *REDOUTÉ*
» qu'aimé des barbares. »

Moreri et Bayle confirment les mêmes événemens. L'Abrégé chronologique de Richer dit, p. 194.
t. 1er, qu'en l'an 119 les Sarmates et les Roxolans
furent vaincus.

« Jamais l'Empire romain ne fut *plus puissant*
» que pendant les règnes de Trajan, *d'Adrien*,
» d'Antonin et de Marc-Aurèle. Le règne de ces
» *quatre* empereurs, formant une période d'envi-
» ron 80 ans, présente le plus beau spectacle dont
» ait jamais joui l'univers. Cette époque, aussi *glo-
» rieuse* que favorable à l'humanité, nous montre
» ces *quatre* princes, quoiqu'Adrien ne fût pas
» sans défauts, *comme des hommes qui approchè-
» rent de la Divinité*....... Que l'Empire dût être
» *formidable*, sous ces règnes *DU COURAGE* et de
» la vertu ! Aussi l'histoire des nations qui voulu-

» rent en secouer le joug ou l'attaquer, *n'est que*
» *celle DE LEURS DÉSASTRES.* » Pages 104 et 105
du tome 2 de l'Histoire de France avant Clovis,
par Laureau, édition de 1789.

Si j'avais connu toutes ces autorités, je me serais bien gardé de demander arrogamment à Hoffman sur quoi il s'etait fondé, pour faire d'Adrien
un vainqueur des barbares, et je ne me serais pas
avisé d'accuser de lâcheté un empereur mis, pour
le courage, sur la même ligne que Trajan, Antonin et Marc-Aurèle ; un empereur qui marchait
en personne contre ses ennemis intimidés *par son
seul nom.* Le nom d'un lâche n'intimide pas des
peuples qui ont pris les armes : il produit un effet
tout contraire.

Page 236, tome 5, L. Echard dit : » L'entre-
» prise des Parthes sur les frontières de l'Empire
» romain, la septième année du règne d'Adrien
» (an 122), abrégea son séjour dans la capitale,
» *croyant ne devoir confier QU'A LUI-MÊME le*
» *soin d'une guerre TOUJOURS CONSIDÉRABLE,*
» *quand elle était contre cette nation GUER-*
» *RIÈRE.* » L. Echard ajoute que les Parthes furent *effrayés,* et d'agresseurs devinrent *supplians,*
demandant eux-mêmes la paix qu'ils venaient de
rompre.

Le Dictionnaire historique et Moreri confirment
ce fait en d'autres termes, mais équivalens.

Or, il y a grande apparence que si j'eusse jeté
les yeux sur ces différens écrivains, je n'aurais pas

présenté comme un lâche celui qui croyait ne devoir confier qu'à lui-même la conduite de la
guerre, quand elle offrait des dangers qui sortaient
du cercle des dangers ordinaires. Je n'aurais pas
non plus improuvé lourdement une mêlée qui a
lieu entre les Romains et les Parthes dans l'opéra
d'Hoffman, sous prétexte qu'il était *de vérité historique* que ces derniers n'escarmouchaient qu'en
lançant *de loin* des javelots. J'aurais fait attention
que ce genre de combat était vraisemblablement
particulier aux *tirailleurs* Parthes. L. Echard n'eût
pas en effet, par une inconséquence inexcusable,
qualifié de guerre *toujours considérable*, une guerre
qui n'eût consisté du côté des Parthes qu'en *ti-
mides* escarmouches.

Et d'ailleurs n'aurais-je pas dû me rappeler que
l'an 701 de la fondation de Rome (voyez L. Echard,
t. 3, p. 47 et 48), les Parthes, commandés par
Suréna, remportèrent une victoire signalée sur le
consul Crassus, si fameux par son avarice ; que
20,000 Romains restèrent *sur le champ de bataille*; que 10,000 furent faits prisonniers ; ce qui
paraîtrait supposer que les vainqueurs avaient ap-
proché les vaincus de plus près qu'en escarmou-
chant *de loin*?

Pierre Corneille fait dire par un amant à sa princesse qui le fuit :

« Vous fuyez, mais en Parthe, en me perçant le cœur.»

C'est ce maudit vers qui m'a blousé ; oui, je

l'avoue, c'était uniquement dans ce vers qui, selon Voltaire, n'est qu'un jeu d'esprit, que j'avais pris connaissance de la nature de la guerre des Parthes contre les maîtres de l'univers. Je ne sais, mais je crois que je fais preuve de sincérité. Tant de candeur doit effacer bien des torts. Je continue.

Page 228 et 229 du tome précité, L. Echard parle du voyage d'Adrien dans les différentes provinces de son Empire.

« Pendant ce long voyage, dit l'historien, il
» marchait d'ordinaire *à pied* et *nue tête*, traver-
» sant les neiges des Alpes, comme les sables brû-
» lans de l'Egypte...... Quoiqu'il n'y eût point alors
» de guerre, il voulait cependant que la discipline
» fût observée de même que dans une guerre dé-
» clarée, et que le soldat ne relâchât rien de cette
» vie dure qu'on mène dans les camps, et qui
» maintient la vigueur et *le courage* des troupes.
» Il était vêtu, dans ses revues, *en simple soldat.*
» Il mangeait avec eux le pain de munition, le lard
» et le fromage, à l'exemple de Scipion et de Me-
» tellus ». An 120.

L'Histoire universelle sacrée et profane de l'académicien Hardion, composée par ordre de Mesdames de France, et continuée par Linguet, t. 7, p. 56, éd. de 1756, et l'Histoire universelle, traduite de l'anglais, p. 81 du t. 24, disent la même chose, et presque dans les mêmes termes. » C'est
» ainsi, ajoutent les auteurs de cette dernière his-
» toire, qu'Adrien rétablit l'ancienne discipline

» militaire, perdue par la négligence de ses pré-
» décesseurs, depuis Auguste. »

Condillac, dans son Cours d'études qui est entre
les mains de tout le monde, et que je n'avais pas
lu, s'exprime ainsi (ch. 2 du liv. 14 de l'Histoire
ancienne) sur les voyages d'Adrien : « Il ne voulait
» pas que sa présence fût à charge aux provinces.
» Il voyageait *à pied* à la tête de ses troupes ; ex-
» posé *à la pluie, à la neige, au soleil*, il campait
» avec elles. Sa vie, quoique dans la paix, était
» *TOUTE MILITAIRE*. Il partageait les fatigues des
» soldats ; il se nourrissait comme eux ; il ne pa-
» raissait que *le premier soldat de l'Empire.* Par
» cette conduite qui le faisait respecter des troupes,
» il était aussi *redouté* des ennemis qu'il était chéri
» de ses peuples. »

L'abbé de Mably, liv. 6 de ses Observations sur
les Romains, m'instruit que l'Empire ne jouit pas
long-temps du bonheur de voir régner dans ses
armées *LE COURAGE et la discipline* qu'elles devaient à la sagesse de Trajan, d'ADRIEN et de
Marc-Aurèle.

On présume bien que si j'avais eu la moindre
notion de tous ces faits, je n'aurais pas été assez
ennemi de moi-même pour reprocher à Hoffman
d'avoir donné au héros de son opéra le caractère
d'un grand militaire. Enfin, je n'aurais pas avancé
qu'un prince *redouté des barbares ;* qu'un prince
qui maintenait *par son exemple, LE COURAGE et
la discipline* parmi ses soldats ; qu'un prince, en

un mot, assimilé dans l'histoire *à Scipion et à Me-*
tellus, était simplement un philosophe *voyageur*.

Ce n'est pas tout. Condillac dit, *loco citato* :
« *GRAND CAPITAINE*, Adrien ne craignait *ni les*
» *fatigues NI LES DANGERS.* »

Désormeaux, auteur d'une vie de Condé très-
estimée, dit p. 9 du t. 1er de son Abrégé chronologique de l'Histoire d'Espagne, éd. de Paris, 1758,
que Trajan, *Adrien* et Théodose, tous trois Espagnols, étaient tous les trois *grands hommes*,
GRANDS CAPITAINES et grands princes.

J'ouvre l'Histoire générale d'Espagne du père
Jean Mariana, jésuite, traduction du père Charen-
ton, aussi jésuite, imprimée in-4°, à Paris en 1745;
t. 1er, p. 362, je lis qu'Adrien *TOUT COUVERT DE*
GLOIRE, tant PAR SES VICTOIRES que par mille
autres actions, ne pensa plus qu'à jouir tranquillement du repos qu'il avait donné à l'Empire.

Et j'ai prétendu avec morgue qu'il n'était qu'*un*
lâche! Que de gens vont prétendre que je ne suis
qu'*un impertinent!*

Je prends l'Histoire générale d'Espagne de Jean
Ferréras, traduite par d'Hermilly, éd. in-4°, à Paris, 1752, t. 1er, p. 226 :« Adrien fut *toujours GRAND*
» *CAPITAINE* et fort attaché *à la discipline mili-*
» *taire*, se comportant à l'extérieur *comme un*
» *simple soldat.* Cependant il était ennemi des
» guerres. »

Si je voulais incidenter, je me rattacherais à cette
dernière phrase. *Il était ennemi des guerres;* mais

4.

ce ne serait qu'une misérable chicane. En effet, il
est évident que pour avoir haï les guerres, Adrien
n'était pas un lâche, puisqu'il a *toujours* été grand
capitaine. Le vrai brave n'aime pas la guerre. Il la
fait quand elle est indispensable ; mais l'olivier de
la paix précède toujours ses bataillons.

« *Voyez de quel abaissement l'état sortit sous*
» *ADRIEN*, et à quel point de gloire et de majesté
» il arriva sous Marc-Aurèle ! » Marmontel, ch. XI
de Bélisaire.

« Adrien, *quoique BON CAPITAINE*, préférait
» la paix à la guerre. » Page 205 du t. 1er de l'A-
brégé chronologique de Richer.

« Il n'aimait pas la guerre, *non faute de valeur.* »
Page 56 du t. 7 de l'Hist. univ. de Hardion.

« Adrien *ÉTAIT BRAVE et avait montré de*
» *grands talens POUR LA GUERRE*, mais l'exemple
» de son prédécesseur l'avait instruit sur les dan-
» gers de cette passion....... EN CONTRIBUANT À
» CETTE GLOIRE sanguinaire et ruineuse, il avait
» appris à la craindre. » Linguet, p. 178 du t. 2
des Révolutions de l'Empire romain, éd. de 1766.

« Si Adrien ne différait guère de son oncle Tra-
» jan, *par LE COURAGE et l'expérience militaire*,
» dit L. Echard, page 214 du t. 5 de son Histoire
» romaine, il n'avait pas les mêmes inclinations.
» Page 226, il aimait le repos et la paix, *malgré sa*
» *diligence à se mettre en campagne, quand la*
» *nécessité le requérait.* »

Voilà le véritable héros ; voilà le vrai guerrier

digne de commander à ses semblables ; voilà enfin
l'homme qui mérite d'obtenir, et dans l'histoire et
dans les chants des poètes, les honneurs du triomphe
qu'une critique ignorante et chagrine lui a inutilement refusés pendant quelques instans. C'en est
fait, s'il m'arrive dorénavant d'insérer quelques
articles d'histoire dans mon feuilleton, je ne me
fierai plus à mon éloquence ; je ne parlerai qu'après
avoir, s'il le faut, pâli sur les auteurs, dussé-je passer pour *un petit géant couvert de la poussière des*
bibliothèques.

Ce n'est pas tout : Montesquieu, que je n'ai pas
plus lu que Condillac, chapitre 16 de ses Considérations sur les causes de la grandeur et de la
décadence des Romains, s'exprime ainsi. Écoutez
bien. « La sagesse de Nerva, la gloire de Trajan,
» *la valeur d'Adrien*, la vertu des deux Antonins,
» se firent respecter des soldats. »

Remarquez que Montesquieu, qui était pour le
moins aussi instruit que moi, dit expressément
LA VALEUR D'ADRIEN ! et je me suis cru fort sur
l'histoire, et j'ai soutenu fièrement, devant mes
douze mille abonnés, qui ont dû bien se moquer
de moi, qu'Hoffman était un sot d'avoir fait du
héros de son poëme, *un grand capitaine, un triom-*
phateur ! je le sens plus que jamais ; je ne suis
qu'un faible écolier de sixième qu'il faut chasser
du feuilleton et renvoyer au collége.

Ce n'est pas tout. Les lecteurs qui sont si édifiés
de mes articles *dévots,* croient peut-être que je lis

les pères de l'église. Eh bien! ils se trompent ; je
ne lis et ne relis que mon feuilleton ; et, je m'en
aperçois, ce n'est pas ce que je fais de mieux. Si
j'eusse lu Bossuet, j'aurais vu qu'après avoir consacré quelques lignes à Trajan, dans son discours
sur l'Histoire universelle, il dit qu'Adrien main-
tint *la discipline militaire*, vécut lui-même MILI-
TAIREMENT et avec beaucoup de frugalité, soulagea
les provinces, fit fleurir les arts et la Grèce qui en
était la mère ; que les barbares *furent tenus en*
crainte PAR SES ARMES *et par son autorité.*

Mes amis, mes chers abonnés, quel soufflet à
l'érudition de votre professeur! Hélas! il n'est que
trop vrai. Bossuet le dit : Adrien vécut *militaire-*
ment. Ce dernier mot, ce mot fatal est dans le
texte ; *et les barbares tenus en crainte par les*
armes d'Adrien! Où me cacher? où fuir? je ne
critiquerai plus rien ; je louerai tout, jusqu'à Voltaire, et même je décernerai très-incessamment
les honneurs du triomphe à Chazet.

Ce n'est pas tout. Page 232 du tome déjà cité,
L. Echard dit : « quant aux nations de la haute
» Germanie qui s'étaient conservées libres, Adrien
» *leur choisit* LUI-MÊME *un roi.* »

Richer, pages 179, 188 et 194 du tome 1er de
son Abrégé chronologique, m'apprend que Trajan
chassa Cosroës de ses états qu'il donna à Parthamaspate ; que Cosroës resta errant jusqu'à ce
qu'Adrien, successeur de Trajan, *l'eût rétabli sur*
le trône des Parthes, après avoir fait Parthamas-

pate *roi d'une nation voisine.* « Il établit cette an-
» née (an 132), dit le même auteur, page 200,
» *plusieurs petits rois sur différens peuples,* situés
» au nord du Pont-Euxin. »

« IL PERMIT aux Arméniens, dit l'Histoire uni-
» verselle, traduite de l'anglais, page 84 du t. 24,
» *de se choisir un roi,* et aux Parthes *de rappeler*
» *Cosroës* que Trajan avait chassé depuis deux ans.
» Parthamaspate, dont ils étaient mécontens, *fut*
» *fait souverain d'un peuple voisin.* »

Condillac et le Dictionnaire historique disent aussi
qu'Adrien RÉTABLIT COSROES ET LUI RENDIT
toutes les provinces qu'on venait de lui enlever.

« Passant des vices qui rendent féroce à ceux
» qui amollissent, dit Mably, livre 6 de ses Ob-
» servations sur les Romains, les Parthes furent
» vaincus par Trajan. *Ils ne reconquirent point leur*
» *indépendance,* ELLE LEUR FUT RENDUE PAR
» ADRIEN. »

Ceux qui n'aiment point à passer pour des sots,
pourront juger combien je suis honteux aujour-
d'hui d'avoir sommé ironiquement Hoffman de me
dire où il avait lu qu'Adrien avait rendu à Cosroës
le trône des Parthes, avait distribué des couronnes, etc., etc. Je promets de ne plus me couvrir de
ridicule par des sommations aussi indiscrètes.

Ce n'est pas tout encore. J'ai essayé de ridicu-
liser une certaine Sabine, amazone *aigre et altière*
(ce sont les épithètes que je lui ai données), qui
figure dans l'opéra d'Hoffman, où elle finit par

épouser Adrien ; je me suis beaucoup égayé sur
cette amazone que je croyais de l'invention de l'auteur. Or, mes amis, la plupart des historiens confirment son existence. Ils m'apprennent qu'elle
était petite-nièce de Trajan, et qu'elle a épousé
Adrien, ce dont je ne me doutais pas.

Bien plus ; Moreri assure qu'elle était d'un caractère *hautain*. L. Echard dit, p. 225 du tome 5
de son Histoire romaine, qu'elle était d'une humeur *chagrine* et *pointilleuse*.

Si cette Sabine était *chagrine, pointilleuse et
hautaine*, Hoffman a donc eu raison, pour parler
mon langage, de lui donner le caractère d'une amazone *altière et aigre*, et je n'étais, moi, quand je
l'en ai brutalement repris, qu'un critique *aigre et
hautain*, et un housard noir, sans instruction,
comme sans politesse.

Maintenant, je le demande ; parmi les auteurs
sifflés qui me jettent si chrétiennement la pierre, y
en a-t-il beaucoup qui soient capables de mettre
aussi franchement au grand jour leurs bévues littéraires ? Qu'ils se taisent donc, et surtout qu'ils
cessent de dire que je suis le plus suffisant des
hommes, lorsque j'en suis devenu le plus modeste.

Un dernier aveu rendra plus complet encore le
triomphe de mon humilité et de ma bonne foi.
J'ai publié, il y a deux ans, une traduction de Théocrite, qu'un de mes anciens écoliers a loué deux
fois *à outrance* dans le journal de Paris, et une
fois *officiellement* dans le grand Moniteur universel.

Ce sont les éloges exagérés de cet écolier que, par
reconnaissance, j'ai depuis appelé poète et marchand de vin, qui m'ont gâté. Ils m'ont tourné la
tête au point que très-sottement je me suis cru bien
supérieur au *poète* que je venais de traduire *en
prose*. Je me suis persuadé dès-lors que j'étais appelé, par mes sublimes talens, à prononcer souve-
rainement sur le mérite des vivans et des morts.
Mes recherches sur *la valeur* d'Adrien, ont un peu
dissipé la brillante idée que j'avais conçue de moi.
Elles m'ont convaincu que je n'avais que de la présomption; or, j'ai résolu de m'en guérir. Cette brochure naïve doit prouver que je suis déjà en bon
train; et même pour accélérer ma convalescence,
j'ai rimé le triolet suivant que je m'adresse humblement, en me frappant trois fois la poitrine par
forme d'acte de contrition, tous les matins aussitôt
que je m'éveille, et tous les soirs avant de me mettre
au lit :

> D'un auteur grec plat traducteur,
> As-tu donc un si grand mérite?
> Pauvre Geoffroy, vois ton erreur.
> D'un auteur grec plat traducteur,
> Tu te prises plus que l'auteur
> De l'œuvre par toi mal traduite.
> D'un auteur grec plat traducteur,
> As-tu donc un si grand mérite?

Julien-Louis GEOFFROY.

P. S. Je viens de dire que les récits pompeux qu'un de
mes écoliers avait faits de ma traduction de Théocrite, dans

deux des journaux les plus répandus, m'avaient rendu vain et présomptueux, et j'ai dit vrai. Cependant *l'exacte vérité historique* exige un léger correctif à cet aveu. Les éloges de mon écolier ont pu augmenter mon amour-propre et mon impolitesse, mais ils n'en ont pas été entièrement l'origine. Dès auparavant j'avais déjà donné quelques petites preuves de vanité et d'impertinence ; et comme je ne veux plus désormais rien avancer que les livres à la main, je prends ma susdite traduction.

Page 69, j'y annonce *modestement,* et toutefois sans tenir parole, que je vais expliquer un passage de la seconde idylle de Théocrite, *qui n'a point encore été entendu, et qui a été jusqu'ici l'écueil de tous les savans.* Ce sont mes propres expressions.

Pages 274 et 275, j'assure que Pindare n'est qu'un poète fougueux qui débite des apophthegmes *à la glace,* et que ses odes sont parsemées de sentences *triviales* et de maximes *philosophiques.* Or, on sait que dans mon feuilleton, *philosophique* est synonyme de *révolutionnaire.*

Page 180, je traite avec raison Lucien d'*impudent,* pour avoir composé un dialogue cynique où la pédérastie est exaltée comme la passion des sages et des philosophes ; à la vérité, ce juste reproche se trouve affaibli dans la phrase même qui le renferme, car, par une indulgence assez remarquable dans un ancien professeur d'éloquence, j'y qualifie simplement d'*erreur des sens* le vice anti-social célébré par Lucien. Mais au fait, page xxv du discours préliminaire de ma traduction, je traite aussi Fontenelle d'*impudent,* pour avoir voulu faire de ses églogues le fondement d'une poétique sur le genre pastoral, quoique Fontenelle ait pris la précaution, dès les premières lignes de cette poétique qu'on m'a lue depuis, d'avertir que, *mieux éclairé,* il l'avait écrite dans des principes tout différens de ceux dans lesquels il avait rimé ses églogues.

Ainsi ma fatale habitude de prodiguer toujours et de peur d'y manquer, l'injure la plus grosse aux écrivains qui me déplaisent, est cause que j'ai poussé l'inconvenance jusqu'à apostropher dans les mêmes termes et l'apologiste impur du vice le plus monstrueux, et le modeste auteur d'une poétique, d'ailleurs très-innocente, en la supposant même aussi mauvaise que je le croyais avant de la connaître. Oh! combien je rougis, quand il m'arrive de rentrer en moi-même, et de songer aux réflexions peu flatteuses que font naître de toutes parts mes innombrables inconséquences!

MÉMOIRE

PRÉSENTÉ AU CONSEIL D'ÉTAT

PAR LES AUTEURS DRAMATIQUES.

Le désir de se perpétuer dans ses enfans est inné chez tous les hommes. Depuis le trône jusqu'au dernier artisan, l'on travaille pour la postérité. Interrogez toutes les classes de la société, partout on vous dira que l'homme prendrait moins de soins, se donnerait moins de peine, s'il n'avait l'espoir de laisser à ses enfans le fruit de ses travaux. Ce n'est point seulement un sentiment de la nature, c'est encore un devoir dans l'état civilisé. Si l'on ambitionne les richesses, les honneurs, les distinctions, l'égoïsme et l'amour-propre ne sont pas

toujours les causes de cette émulation générale ;
un plus noble motif l'excite et la soutient ; nous
voulons que quelque bienfait soit attaché au souvenir de notre nom. En donnant l'existence à nos
enfans, nous avons contracté l'obligation de leur
laisser les moyens de la supporter ; si nous trom-
pions leur espérance, vainement voudrait-on nous
excuser sur l'injustice d'une loi qui les déshérite ;
ne pourraient-ils pas nous dire : pourquoi avez-
vous entrepris un travail inutile à votre postérité ?
Pourquoi vous êtes-vous obstinés à cultiver une
terre ingrate qui ne donne point de pain à vos
enfans ?

Ce qui est si vrai pour tous les hommes, serait-
il donc faux à l'égard des gens de lettres ? Pourquoi seuls dans la société seraient-ils privés, nous
ne disons pas de la douceur, mais du droit incontestable de transmettre à leurs héritiers le produit
d'un travail qui honore leur pays et leur siècle ?
Pourquoi enfin la loi juste et égale pour tous, n'est-
elle injuste que pour les littérateurs, et prononce-
t-elle cette cruelle exhérédation contre les enfans
de ceux qui ont consacré leurs veilles, leurs travaux, leur existence à la gloire de leur patrie ? Il
n'est plus d'hommes assez malheureusement nés
pour contester l'utilité des lettres, leur influence
sur la politesse des mœurs, et l'éclat qu'elles font
rejaillir sur la nation qui les cultive et les honore.
Si nous avions le malheur de plaider notre cause
devant des juges insensibles au charme des beaux

arts, nous leur dirions : Consultez les pages de
l'Histoire, vous y lirez que les nations les plus illustres, sont celles qui ont aimé et protégé les
Muses ; que la célébrité des hommes et des empires
est liée à celle de la littérature ; que les états de la
Grèce, par leur peu d'importance et par la petite
place qu'ils occupaient sur le globe, étaient destinés à ne laisser aucun nom, si de grands écrivains,
de grands artistes, en perpétuant leur gloire, n'en
avaient fait *l'éternel entretien des siècles à venir;*
que sans les écrits immortels des auteurs latins,
les actions des Romains même ne seraient arri-
vées jusqu'à nous qu'à travers une tradition con-
fuse et des fables absurdes qui les auraient rendues
peu dignes de notre croyance et de notre admiration. Plus une nation est illustre, plus les hommes
y sont grands, plus ils sont intéressés à la prospérité des lettres qui sont le véhicule de leur gloire,
et la font arriver pure jusqu'à la postérité la plus
reculée.

Mais nous parlons à des magistrats éclairés,
amis des lettres, qui les ont cultivées ou pourraient
les cultiver avec succès, et qui ne négligent rien
de ce qui peut contribuer à l'illustration de leur
patrie et de leur siècle ; ils n'ont pas besoin de renseignemens sur l'importance de la littérature, ils
n'ont pas besoin qu'on leur démontre une vérité
qu'ils connaissent aussi bien que nous. C'est donc
avec une confiance fondée sur notre estime que
nous leur demandons, non pas une grâce particu-

lière, non pas une faveur du gouvernement, mais le droit commun à tous les hommes de transmettre à nos enfans le faible produit de nos travaux.

La loi qui dépouille les héritiers des gens de lettres est injuste envers tous les littérateurs en général, mais plus particulièrement envers les auteurs dramatiques ; la propriété de ceux-ci diffère assez essentiellement de la propriété des autres pour qu'il soit utile d'y faire une attention particulière, et la loi qui n'accorde aux hériters des littérateurs qu'une jouissance de dix années, est encore bien plus défavorable à ceux qui se sont spécialement consacrés à la gloire et à la prospérité du théâtre : c'est ce qu'il faut expliquer.

Un ouvrage de littérature se recommande par lui-même quand il est bon ; son mérite, son succès assurent à son auteur la récompense de son travail ; le livre, dans ce cas, n'a besoin que de paraître pour prospérer et pour être utile à celui qui l'a fait. Il n'en est pas ainsi pour les pièces de théâtre. Quel que soit leur mérite, quelque succès qu'elles aient obtenu, l'auteur n'a rien d'assuré relativement au nombre des représentations et au produit qu'il en espère. La pièce de théâtre ne se présente pas seule au public comme un ouvrage de littérature ; elle a besoin d'un organe qui la transmette. Cet organe est le comédien dont le goût, la volonté, le caprice même peuvent décider si la pièce doit vivre ou être abandonnée. Le comédien seul forme et règle le répertoire ; mille causes peuvent détruire l'espérance de l'auteur, lors même que son ouvrage a réussi. Une maladie réelle ou supposée arrête les représentations, un acteur quitte son rôle et ne peut être remplacé, il faudrait des habits dont on ne veut pas faire la dépense, des décorations qui manquent, tel rôle déplaît parce qu'on n'y brille pas assez, ou parce qu'un rival y brille trop.

La pièce suspendue par accident est oubliée, et il serait fastidieux d'en recommencer les études. A ces causes trop fréquentes et trop réelles, s'en joignent d'autres encore moins nobles que nous taisons par respect pour nos juges, et toutes concourent également à faire des ouvrages dramatiques, une propriété précaire, fugitive et souvent illusoire. De vingt ouvrages qui ont à peu près le même mérite, et qui ont obtenu le même succès, quelques-uns seront joués avec une constance qui finira par fatiguer le public, tandis que d'autres ne paraîtront qu'à des époques éloignées, ou seront abandonnés tout-à-fait. Les spectateurs ressentent tous les jours cet effet sans en rechercher la cause; ils ne cessent de se plaindre de la monotonie des représentations, et de la trop fréquente apparition des mêmes pièces; les personnes qui ont des loges à l'année, sentiront encore mieux la justesse de cette observation; elles savent avec quelle parcimonie on leur donne les bons spectacles et avec quelle généreuse profusion on leur prodigue les pièces vieilles, usées, et sans cesse reproduites. Ce vice a sa cause dans la paresse qui s'accommode mieux des ouvrages qui n'exigent aucune étude, et dans l'avarice qui préférera toujours la pièce de l'auteur mort à celle pour laquelle il faut payer un droit.

Si, à cet égard, les auteurs dramatiques sont dans une situation moins favorable que les littérateurs en général, leurs enfans et leurs héritiers sont encore plus mal traités; quand l'auteur est mort, les comédiens jouent ses ouvrages le moins qu'ils peuvent, et attendent l'expiration des dix années accordées par la loi, époque où ils héritent de l'auteur, et où ils jouent avec un zèle infatigable des ouvrages qui sont devenus leur propriété. Le bénéfice de ces dix années est donc illusoire puisque le produit en est toujours faible, très-rare et souvent nul. De ces faits que personne ne peut contester, il résulte que si la loi a été injuste envers les héritiers des gens de lettres, elle a été plus cruelle encore envers ceux des auteurs dramatiques, puisque le seul bénéfice qu'elle leur accorde est à la merci des comédiens, qui ont intérêt à le leur enlever et tous les moyens de le faire.

Mais, quoique la justice d'une cause doive suffire pour la faire triompher, cette justice a plus de force et se fait bien mieux sentir quand elle est unie à l'utilité. Examinons donc quelle serait l'influence de la propriété perpétuelle, sur les auteurs, sur les progrès de l'art et sur les jouissances du public.

Tant que la propriété créée par le génie et le

talent ne sera pas aussi respectée que celle qui est
acquise au prix de l'or, et ne sera pas transmissible
comme elle ; tant que subsistera la loi fatale qui
déshérite les enfans des auteurs, au profit des
seuls comédiens, l'auteur dramatique sera forcé de
songer au présent, et détournera ses yeux d'un
avenir qui ne lui présente que la misère de sa famille. Dès-lors, son talent deviendra l'esclave de
la mode et du goût du moment ; rien ne l'excitera
à tenter de grandes entreprises, un long travail
l'effraiera, et il s'occupera spécialement de ce
genre d'ouvrages dont le produit est plus prompt,
plus sûr et plus fréquent. Or, une fâcheuse expérience nous a démontré que les bons ouvrages,
toujours rares, si difficiles à faire, si longs à perfectionner, ne sont pas pour cela préservés des
accidens si communs au théâtre, tandis que les
pièces qui flattent le goût passager, la folie du jour
et le caprice de la mode, sont mieux accueillies,
plus protégées, et donnent à leur auteur un produit
plus certain. Les chefs-d'œuvre n'ont pas des centaines de représentations comme les pièces des
boulevards ; et si, à l'appât d'une récompense plus
sûre, se joint l'injustice d'une loi qui ne frappe
que les ouvrages durables, il faudra donc conclure
que le législateur concourt avec le mauvais goût
pour entraîner les auteurs dans le mauvais genre.
Ce ne sont point les pièces médiocres qui redoutent l'exhérédation, celles-ci ne vivent guère dix
ans après la mort de leurs auteurs ; ce sont donc les

bons, les excellens ouvrages que la loi semble
proscrire, puisque ceux-là vont seuls à la postérité.
Il est donc évident que l'auteur est entraîné dans
la carrière la moins noble, puisqu'elle seule lui
permet de préparer à sa famille des secours contre
l'avenir; et si on lui reproche la faiblesse de ses
productions : il suffit qu'elles vivent autant que
moi, dira-t-il, puisque, après ma mort, d'avides
étrangers doivent en dépouiller mes enfans.

Si, au contraire, vous rendez sa propriété sacrée
et perpétuelle, ses yeux, ses désirs, ses conceptions
vont se tourner vers l'avenir; il sait que les bonnes
choses sont les seules qui arrivent à la postérité;
il sait que ses enfans seront d'autant plus heureux
que ses ouvrages seront plus estimables; au lieu de
se livrer au caprice du moment, il fera moins de
pièces, et les fera meilleures, il préférera la qualité
honorable à la quantité productive, et au lieu d'é-
lever un bâtiment fragile, il fondera un édifice où
ses enfans trouveront un abri contre la misère.

Cette vérité devient plus frappante encore quand
on l'applique à toutes les classes de la société. Quel
est l'homme, dans quelque état que ce soit, qui
tenterait de grandes entreprises, qui se livrerait à
de pénibles occupations, qui renoncerait aux douceurs du repos, qui songerait à bâtir solidement,
qui aurait de l'émulation, de l'activité, de l'ambition enfin, s'il n'avait le juste espoir de transmettre
les fruits de ses longs travaux aux êtres qui lui
sont chers et qu'il laisse après lui?

Nous croyons avoir démontré que la transmission de la propriété littéraire et dramatique, est juste dans son principe, sera utile dans ses effets, et que ses conséquences seront favorables au progrès d'un art qui est cher au peuple français, qui contribue à sa gloire et à ses plaisirs, et qui est devenu en quelque sorte un besoin pour la nation la plus polie et la plus éclairée. Il nous reste à combattre les objections qu'on nous oppose.

La première objection nous a été faite par la loi même. En 1791, le législateur a laissé pénétrer ses intentions et ses motifs, quand il a dit dans l'article II de cette loi : *Les ouvrages des auteurs morts depuis cinq ans, sont une propriété publique.* Ces expressions que nous allons examiner, prouvent d'abord clairement que jamais le législateur n'a prétendu dépouiller les enfans des auteurs, au profit *de quelques particuliers*, mais seulement au profit *du public.*

Mais combien son intention n'a-t-elle pas été trompée ! que signifie cette *propriété publique ?* comment le public dispose-t-il de cette prétendue propriété que la loi lui abandonne ? quel est l'homme assez habile pour nous expliquer comment le public est plus propriétaire des pièces des auteurs morts que de celles des auteurs vivans ? Leur produit est-il affecté à quelque établissement national ? se verse-t-il dans une caisse de bienfaisance ? le public voit-il *gratis* les comédies des auteurs morts ? paie-t-il moins cher leurs repré-

5.

sentations? rien de tout cela ; tout est pour lui dans un même et semblable état, soit que la pièce ait un siècle, soit qu'elle ait un seul jour. Les comédiens seuls jouissent de ce produit qu'ils enlèvent aux héritiers des auteurs, il leur est affecté spécialement et exclusivement ; la loi a donc une disposition fausse, son exécution est donc entièrement contraire à l'intention du législateur ; et quand on lit ces mots : les ouvrages des auteurs morts sont une propriété publique, il faut entendre : les ouvrages des auteurs morts seront enlevés aux héritiers légitimes, et deviendront la propriété *particulière* et exclusive des comédiens.

Cette loi, dont les effets mêmes font la critique, était cependant moins déraisonnable en 1791 et 1793, qu'elle ne l'est à présent. La liberté illimitée de construire des théâtres, le droit qu'avait tout homme de se faire directeur de spectacles et de jouer toutes les pièces, expliquaient l'intention du législateur et donnaient un sens à cette expression de *propriété publique.* A la vérité, l'on enlevait une propriété à des héritiers légitimes, mais c'était pour une apparence de bien public, pour en faire la propriété de tous ceux qui voudraient jouer la comédie, et le nombre en était grand. Mais aujourd'hui qu'un décret impérial a sagement limité le nombre des spectacles, aujourd'hui que chaque genre est exclusivement affecté à un seul théâtre, comme les tragédies lyriques au seul grand *Opéra,* la tragédie au seul Théâtre Français, l'opéra-comique au seul théâtre de ce nom, l'expression de propriété publique devient absolument dérisoire, puisque les enfans des auteurs dramatiques sont dépouillés au profit, non pas de tous les comédiens, mais des comédiens d'un seul genre. La prétendue propriété publique devient donc une propriété très-particulière, ou plutôt le privilége exclusif et unique dans l'empire français, par lequel quelques comédiens ont le droit de s'approprier la substance alimentaire des enfans dont les pères ont fait prospérer le théâtre même qui les dépouille.

Cette disposition, aussi cruelle qu'humiliante, ne peut plus subsister parce qu'elle révolte la justice, parce qu'elle est en contradiction avec le décret qui réduit le nombre des théâtres, et parce qu'un décret impérial ne peut fléchir devant une loi de la révolution.

La seconde objection, a été faite à la même époque. On a prétendu assimiler la propriété dramatique au privilége attaché à un *brevet d'invention*, et comme ce privilége est limité, on s'est cru en droit de limiter par analogie la propriété des ouvrages dramatiques et littéraires.

Cette comparaison est fausse, parce que quand le privilége attaché au brevet d'invention, est expiré, tout le monde a le droit de faire des ouvrages semblables à ceux de l'inventeur, mais il n'est permis à personne de s'emparer des ouvrages que l'inventeur a faits; il est permis d'imiter, mais non pas de dépouiller; si c'est un horloger, par exemple, on peut faire des montres comme les siennes, mais non pas lui voler les montres qu'il a faites.

En littérature, au contraire, non-seulement tout le monde a la faculté d'imiter, de faire des ouvrages du même genre, de traiter le même sujet, mais la loi fatale donne encore le droit de ravir aux héritiers de l'auteur les ouvrages mêmes qu'il a faits.

Il est étonnant qu'une différence si grossière n'ait pas été aperçue. En second lieu, quand le brevet d'invention cesse, l'industrie de l'inventeur, et non pas son ouvrage, devient une propriété vraiment publique; mais à la mort de l'auteur dramatique, ce n'est pas son industrie, mais son ouvrage qui devient la propriété, non pas du public, mais des seuls comédiens.

Troisièmement enfin, la loi a dû mettre un terme au privilége de l'inventeur, parce qu'un art est toujours imparfait entre les mains de celui qui l'invente; la rivalité, la concurrence peuvent seules lui donner le degré de perfection dont il est susceptible. En littérature, au contraire, un ouvrage est, à la mort de son auteur, tel qu'il doit être toujours; on peut bien l'altérer, mais non pas le perfectionner, et ce n'est pas le rendre meilleur que de l'enlever à l'héritier légitime. L'objection fondée sur la similitude avec le brevet d'invention, est donc absolument fausse, et tout-à-fait indigne d'occuper un esprit raisonnable.

La troisième objection est fondée sur la crainte que des héritiers ignorans, insoucians ou ridiculement scrupuleux, ne négligent ou n'empêchent la réimpression d'un ouvrage utile. On paraît craindre également que des propriétés littéraires, devenant un sujet de contestation entre cohéritiers, la réimpression de ces ouvrages n'en soit retardée trop long-temps.

Nous répondrons : d'abord il ne peut être ici question que des livres déjà publiés, car les ouvrages inédits n'étant que des manuscrits que le propriétaire peut brûler ou détruire, sans même qu'on le sache, aucune loi ne peut régler l'usage qu'on doit en faire. Le fils qui tient un manuscrit de son père en a nécessairement la propriété, et le seul moyen de le forcer à le céder, serait de le lui enlever de vive force, ce qu'aucune loi ne peut permettre. L'objection ne porte donc que sur les livres déjà imprimés, ou sur les pièces dramatiques qui sont déjà au théâtre. A cet égard nous pensons que la prévoyance des légataires ne doit pas aller jusqu'à supposer une chose invraisemblable; le propriétaire d'un ouvrage dont le succès a garanti l'utilité, ne négligera pas plus de le réimprimer qu'un marchand ne néglige de vendre utilement, quand il en trouve l'occasion. Mais si le vain scrupule d'un héritier peut aller jusqu'à vouloir détruire un bon ouvrage, la loi peut mettre un frein à son caprice ou à sa malveillance en ordonnant qu'après l'épuisement constaté des éditions précédentes, le possesseur perdra sa propriété, si, dans un certain délai, il n'a pas fait réimprimer l'ouvrage dont il hérite.

Quant aux contestations qui peuvent survenir entre les cohéritiers, c'est un malheur attaché à tout ce que possèdent les hommes ; ces procès qui seront rares, se jugeront comme les autres, et ne seront pas plus indignes de l'éloquence du barreau; mais si l'on craint qu'ils ne retardent la réimpression d'un livre utile, la loi peut encore parer à cet inconvénient bien léger, en déclarant que l'ouvrage sera réimprimé provisoirement, et son produit mis en séquestre, jusqu'à ce qu'il soit décidé à qui il doit appartenir. Les mêmes raisons s'appliquent aux ouvrages de théâtre, car si la pièce est encore un manuscrit non reçu, le propriétaire a nécessairement le pouvoir de l'offrir ou de le refuser; si, au contraire, la pièce a déjà été représentée, comment le scrupule de l'héritier pourrait-il empêcher une publicité que l'ouvrage aurait déjà reçue ?

Il nous reste à réfuter une dernière objection plus sérieuse en ce qu'elle est fondée sur un raisonnement, tandis que les autres n'avaient pour base que des erreurs ou des considérations frivoles. Les propriétés littéraires, dit-on, ne consistent pas dans des objets matériels qui puissent se garder eux-mêmes, comme un champ, une maison, etc. Leur conservation étant moins facile, elle exige du gouvernement, des soins, des frais particuliers, et une surveillance spéciale ; il est donc juste qu'au bout d'un certain temps elles appartiennent à l'état, comme une espèce d'indemnité pour les soins qu'il a pris de les conserver aux auteurs pendant la durée de leurs priviléges.

Les auteurs pourraient répondre que l'utilité générale des belles-lettres, les agrémens que procure l'art dramatique en particulier, l'honneur que font à la nation tous les travaux littéraires, sont une compensation suffisante des soins que l'on prend de les protéger ; mais si cette considération paraît trop fastueuse, la simple raison nous fournira des moyens plus modestes et non moins puissans pour réfuter cette objection.

1° La librairie, qui est la partie commerciale de la littérature, est d'une assez grande utilité à l'état, puisque dans les années les moins favorables, elle a jeté un produit de 54 millions de francs dans la circulation. Les belles-lettres, qui sont la source de cette industrie productive, doivent donc paraître assez utiles aux yeux de ceux même qui ne considèrent pas ce qu'elles ont d'honorable ; et elles méritent, par cela seul, qu'on prenne le soin d'en protéger et d'en surveiller la propriété.

2° Ce serait une indemnité un peu trop forte, que de s'emparer d'une propriété tout entière, pour l'avoir protégée pendant quelques années.

3° Il est faux que le gouvernement ait besoin de faire des frais particuliers et d'exercer une surveillance spéciale pour garantir la propriété littéraire.

En protégeant la librairie comme une branche de commerce, les mêmes lois peuvent protéger la littérature. Celles qui interdisent la contrefaçon et qui punissent le contrefacteur, garantiront la propriété de l'auteur comme elles garantissent celle du libraire ; il suffira de les rendre perpétuelles comme cette propriété, sans qu'il soit nécessaire d'en faire de nouvelles pour les littérateurs en particulier.

4° Les ouvrages littéraires sont, comme tous les biens, confiés à la foi publique, tels que les arbres d'une forêt, les fruits d'un champ sans clôture, les bois que les fleuves déposent sur leurs bords, et jamais l'état n'a prétendu s'emparer de ces derniers, pour la peine qu'il a prise de les protéger, et de punir ceux qui les dérobent.

5° Enfin ce ne serait point l'état qui profiterait de l'exhérédation de nos enfans ; ce seraient les libraires seuls pour la littérature, et les comédiens seuls pour les ouvrages de théâtre ; et il ne peut être ni avantageux ni honorable au gouvernement ni à la nation, que l'on prenne la part d'un citoyen pour grossir la part d'un autre. L'objection, fondée sur la protection accordée à la propriété littéraire, n'est donc pas plus vraie dans son principe qu'elle n'est juste dans ses conséquences.

Avant de terminer ce Mémoire nous nous occuperons à détruire une erreur assez généralement répandue, et qui a souvent fourni des armes contre nous. Des personnes mal instruites ou mal intentionnées ont cru, ou ont voulu faire croire que les lois de la révolution nous avaient été favorables, et qu'avant cette époque, la propriété littéraire n'était point reconnue. On s'est cru en droit de violer à notre égard les lois de 1791 et de 1793, sous prétexte que ces lois étaient révolutionnaires. Cet étrange raisonnement nous a été fait par des directeurs de spectacles qui voulaient bien avoir la propriété de leurs théâtres et de leurs machines, mais qui ne voulaient pas que les ouvrages dramatiques fussent la propriété de leurs auteurs ; c'est-à-dire tout simplement qu'ils voulaient avoir leur propriété et la nôtre.

Nous allons prouver par des faits que la révolution, loin de nous accorder une faveur, n'a fait que mettre en problème ce qui avait paru incontestable, et limiter à dix années une propriété qui avait été considérée comme devant être transmissible sans terme.

En 1777, l'article 5 du cinquième arrêt du conseil, rendu le 30 août, dit explicitement : *l'auteur jouira de son privilége pour lui et ses hoirs à perpétuité.* Quelle est la loi de la révolution qui nous rende une justice aussi éclatante ?

En 1779, le mardi 10 août, M. Séguier, avocat général, rendant compte aux chambres assemblées des arrêts intervenus en 1777, leur dit : « jusqu'au » dix-septième siècle, nous ne trouvons aucune » ordonnance, aucun arrêt, en un mot, aucune » loi dans laquelle la propriété des auteurs ait été

» reconnue ou contestée, il paraît qu'elle n'avait
» pas été mise en problème......

« Dans le dix-septième siècle, on commença
» à sentir le droit de propriété des auteurs, et on
» le reconnut dès qu'ils le réclamèrent..... »

« Enfin le 5e arrêt du conseil, en 1777, dit en
» propres termes : l'auteur d'un ouvrage quelcon-
» que aura le droit de le vendre et de le débiter
» chez lui; il jouira toute sa vie du privilége qu'il
» aura obtenu en son nom; et *ses hoirs et ayant*
» *cause* en jouiront de même à perpétuité, pourvu
» qu'il ne rétrocède son privilége à aucun libraire....

« Cette propriété paraît si évidente qu'on permet
» à l'auteur de vendre chez lui son ouvrage, *fa-*
» *culté qui dérive du droit naturel*, faculté jus-
» qu'alors inconnue dans tous les réglemens pu-
» bliés..... »

Et plus bas, en parlant de cette même propriété,
il ajoute : « Elle est incontestable, elle n'est pas
» même contestée; disons mieux, elle est reconnue,
» elle est consacrée aujourd'hui, et l'auteur a droit
» de jouir de son ouvrage, *lui et toute sa descen-*
» *dance, ses héritiers et ayant cause*, etc. etc..... »

Telle était, en 1779, l'opinion d'un magistrat
dont le nom seul est une autorité respectable, telle
est la loi de 1777, qui, douze ans avant la révolution, déclarait perpétuelle la propriété littéraire que
les lois de la révolution ont réduite à dix années
après notre mort.

Mais si les législateurs de 1793, loin de nous

être favorables, n'ont fait que dépouiller nos enfans et nos héritiers légitimes, le règne qui a terminé la révolution a déjà rendu l'espoir à nos
familles.

L'article 732 du code civil, déclare que *la loi
ne considère ni la nature ni l'origine des biens
pour en régler la succession.*

L'article 967 du même code porte : *Toute personne pourra disposer par testament, soit sous le
titre d'institution d'héritier, soit sous le titre de
legs, soit sous toute autre dénomination propre à
manifester sa volonté.*

Si ce code est fait pour tous les Français, pourquoi refuserait-on aux seuls gens de lettres la justice qu'il promet à tous les citoyens? Pourquoi les
fruits du génie et du talent seraient-ils les seuls biens
frappés d'une proscription funeste, quand *la loi
ne considère ni la nature ni l'origine des biens
pour en régler la succession?*

Pourquoi enfin les seuls auteurs seraient-ils privés du droit de léguer à leurs enfans le fruit d'un
travail honorable, quand *toute personne peut disposer par testament, soit sous le titre d'institution
d'héritier, soit sous le titre de legs, soit sous toute
dénomination propre à manifester sa volonté?*

Nous avons exposé notre demande fondée sur le
principe sacré de la propriété, et sur le droit im-
prescriptible qu'ont tous les hommes de laisser à
leurs enfans le fruit de leurs travaux; nous avons
prouvé que la transmission de notre propriété doit

être utile aux progrès de l'art, en nous engageant à faire des ouvrages durables ; nous avons démontré que la spoliation de nos enfans en faveur des hommes qui nous sont étrangers, loin d'être profitable à la nation, est au contraire indigne de notre siècle et de la gloire du souverain ; nous avons réfuté les objections qu'on nous oppose ; nous avons établi un principe qui n'a jamais été contesté et qu'on a regardé comme incontestable ; nous avons pour autorité une loi solennelle et l'opinion d'un grand magistrat ; nous avons pour appui le code civil qui, juste pour tous les Français, n'a pas prétendu être injuste envers les seuls littérateurs ; notre tâche est finie : pleins de confiance dans l'intégrité et les lumières de nos juges, nous attendrons leur décision sans la redouter ; nous sommes assurés qu'elle sera conforme aux règles éternelles de la justice, au génie de la nation, et à la grandeur d'un monarque qui travaille si solidement pour la postérité.

OBSERVATIONS

SUR LE TRAITEMENT DES AUTEURS

AU THÉATRE DE L'OPÉRA-COMIQUE.

————

CHAQUE fois qu'on s'est occupé de la réorgani-
sation de ce théâtre, dans les plans qui avaient
pour but son amélioration et sa prospérité, on est
descendu jusqu'aux plus petits détails, et l'on n'a
rien négligé que les auteurs, sans lesquels les théâtres
n'existeraient pas. On a bien compté les pièces pour
quelque chose, mais pour rien ceux qui les faisaient.
Si pourtant on s'est quelquefois souvenu d'eux, ce
n'a été que pour les trouver trop riches, et pour
faire croire qu'ils sont trop bien traités.

Quand l'administration de ce spectacle s'est
trouvée dans des circonstances difficiles, elle a
présenté la *part d'auteur* comme une cause de
sa ruine, et l'on n'a pas parlé des autres causes
que les comédiens auraient pu trouver plus près
d'eux. On a répandu dans le public, et l'on a réussi
à lui persuader que quelques succès dramatiques
procurent une fortune honnête; on a dit que les
auteurs perçoivent journellement jusqu'au tiers de
la recette, et bien des gens ont cru, non sans quel-

que regret, que le plus célèbre ou le plus heureux
des auteurs pouvait avoir presque autant de revenu
qu'un comédien du second ordre..

Ce qu'il y a de singulier, c'est que les personnes
chargées de la surveillance de ce théâtre ont adopté
cette erreur, ou du moins n'ont rien fait pour la
combattre. Mais si ces personnes qui parlent tous
les jours aux comédiens avaient daigné parler une
seule fois aux auteurs, elles connaîtraient la véritable proportion dans laquelle ces derniers partagent, et elles conviendraient que notre sort à cet
égard ne mérite pas d'être envié.

Si ces plaintes et ces reproches n'étaient que des
bruits vagues et sans effet, nous rougirions d'y répondre ; mais comme sans doute on ne trouve notre
part trop forte, qu'avec un secret désir de la diminuer, et comme l'accusation d'avidité peut nous
faire perdre la bienveillance d'un souverain qui
aime à protéger les lettres et les arts, nous sentons
la nécessité de détruire une erreur qu'il nous serait
très-permis d'appeler une fausseté.

Que l'on se donne la peine de jeter les yeux sur
notre traité avec les comédiens, on y verra ce qui
suit :

Les pièces jouées à ce théâtre, sont de deux espèces : les grandes et les petites. Les grandes sont
celles qui contiennent trois actes, ou plus ; les petites sont celles qui en ont deux, ou un seul.

A chaque représentation les comédiens commencent par prélever un tiers de la recette totale,

et les auteurs ne partagent que dans les deux tiers restans..

Les deux auteurs de la grande pièce perçoivent un neuvième de ces deux tiers seulement, c'est-à-dire un dix-huitième pour le poète, et autant pour le musicien.

Les deux auteurs de la petite pièce reçoivent un douzième de ces deux tiers seulement, c'est à-dire un vingt-quatrième pour le musicien, et autant pour le poète.

Il est clair que ce dix-huitième, pris seulement sur les deux tiers, ne fait qu'un vingt-septième de la recette totale.

Il est également clair que le vingt-quatrième de ces deux tiers ne fait qu'un trente-sixième du tout.

Il faut donc convenir que cette énorme part de chaque auteur ne s'elève jamais qu'au vingt-septième de la recette totale pour les grands ouvrages, et au trente-sixième seulement pour les pièces en un acte et même en deux.

Ce tableau que l'on ne pourra récuser puisqu'on le trouve dans le traité signé par les comédiens, ce tableau, très-digne de Barême, fait naître une réflexion singulière sur le sort des auteurs dramatiques.

Si, à l'institution d'un théâtre, un auteur s'était présenté, et s'il eût dit aux comédiens : je consacre mes talens, mes veilles, ma santé à la prospérité de votre spectacle, et pour toute rétribution je ne

demande qu'un sou par chaque livre tournois que
produiront mes ouvrages, sans doute on n'eût
jamais osé dire que cet auteur fût d'une avidité
insatiable ; et l'on aurait été forcé de convenir que
quand il s'agit d'une pièce de théâtre, celui qui l'a
faite peut être raisonnablement estimé pour un
vingtième. Quel sera donc l'étonnement des personnes qui nous trouvent trop riches, quand elles
apprendront que notre part est loin d'arriver à ce
sou pour livre qui se présente d'une manière si
modeste ? En effet, puisque chaque auteur ne touche
jamais qu'un 36e, ou tout au plus un 27e, il est bien
démontré que chacun de nous n'a réellement
qu'un peu plus de six deniers par livre pour un
ou deux actes, et un peu moins de neuf deniers
par livre pour les plus grands ouvrages ; et pour
parler plus clairement encore, au lieu de toucher
un sou sur vingt, nous ne recevons qu'un sou sur
trente-six dans le premier cas, et un sur vingt-
sept dans le second.

Tel est le produit auquel se bornent nos prétentions, sur lequel est fondée notre existence, et
que l'on trouve trop magnifique pour des hommes
qui, n'ayant pas le talent de réciter des ouvrages,
n'ont que celui de les composer.

Maintenant qu'on a vu ce que chaque auteur
perçoit, il faut, pour être juste, examiner ce que
la comédie paie à tous les auteurs joués le même
jour.

Autrefois on donnait régulièrement chaque jour

une grande pièce et une petite ; mais la prédilection de quelques comédiens pour les petites pièces,
leur a fait, depuis quelques années, composer le
spectacle journalier souvent de trois petites pièces,
et souvent aussi de deux seulement. Considérons
la part d'auteur sous ces trois points de vue.

Je suppose qu'on ait donné les *Deux Journées*,
et *Une Folie*, et que la recette ait été de 1,800 fr.,
recette qui autrefois n'était que moyenne, mais
qui serait très-belle maintenant si elle était journalière.

Les comédiens commencent par prélever le
tiers de cette recette, c'est-à-dire, 600 francs,
et sur les 1,200 restans ils donneront à chacun des deux auteurs de la grande pièce un dix-
huitième, et un vingt-quatrième à chaque auteur de la petite. Les deux dix-huitièmes font la
somme de 133 fr. 6 s. 8 d., et les deux vingt-qua-
trièmes, celle de 100 fr.; ils n'auront donc payé,
pour les cinq actes et pour la totalité du spectacle,
que 233 fr. 6 s. 8 d., qui, bien loin d'être le tiers
de 1,800 fr., n'en font presque que le huitième.

Si, au lieu d'une grande et d'une petite pièce,
ils en jouent trois petites, après avoir prélevé le
tiers qui est de 600 fr., ils paieront trois douzièmes
sur les 1,200 fr. restans ; ces trois douzièmes font
300 fr. qui ne sont pas le tiers de 1,800, mais seulement la moitié du tiers, c'est-à-dire, le sixième.
Et lorsqu'il leur arrive de ne jouer que deux petites pièces, ce que l'on voit souvent, et notam-

6.

ment à tous les succès des pièces en un acte ou en
deux, la totalité de la part d'auteur sur 1,800 fr.,
ne se monte qu'à 200, qui, loin d'être le tiers de
la recette, n'en sont que le tiers du tiers, c'est-à-
dire le neuvième, lequel neuvième se partage entre
les quatre auteurs joués, dont chacun touche 50 fr.,
quand il en reste 1,600 à la comédie.

Veut-on savoir maintenant quelle richesse un
succès procure à son auteur? Supposons qu'une
pièce en deux actes ait eu le bonheur de produire
ces 1,800 francs de recette, pendant trente-six représentations consécutives ; sans doute le succès
sera bien décidé, et il y a bien long-temps qu'aucune pièce n'a produit 64,800 fr. en 36 représentations. Eh bien! chaque auteur de cet heureux
ouvrage aura reçu 50 fr. par chaque représentation,
et les 36 représentations lui auront valu 1,800 fr.
tandis que les deux auteurs étant payés, il sera
resté aux comédiens la somme de 61,200 fr.

Cet exposé est plus que suffisant pour convaincre
toutes les personnes de bonne foi ; celles qui s'obs-
tineraient dans le doute ne peuvent nous refuser
la justice de consulter le traité qui nous sert de
preuve ; et si enfin les comédiens ne se rendent
point à l'évidence, nous leur dirons : vous prétendez que nous percevons le tiers de la recette
totale ; pour vous prouver combien cette assertion
est fausse, nous consentons dès ce moment à ne
toucher jamais pour chaque représentation que le
sixième de cette recette, et nous vous offrons d'en

passer l'acte sur-le-champ. Si vous refusez, vous avouez par là que vos plaintes sont bien injustes, puisque vous ne voulez pas même souscrire à la moitié de ce que vous prétendez nous payer.

Nous sommes bien certains que les comédiens refuseront, et ce refus doit suffire pour juger la bonne foi des reproches qu'on nous fait.

Il ne nous reste plus qu'à observer combien il est décourageant pour les gens de lettres d'être obligés de descendre à des détails aussi bas; combien il nous est plus douloureux encore de recevoir des reproches d'avidité de la part de ceux qui nous doivent l'occasion de faire briller leur talent, et la fortune que ces talens leur procurent. Les comédiens sont comblés des bienfaits de l'empereur, ils en reçoivent annuellement une magnifique gratification qui n'a jamais été accordée qu'à ceux qui jouent les pièces, et qui n'a pas même été sollicitée par ceux qui les composent; et ils nous accusent d'avidité quand nous sommes obligés de défendre contre eux la honteuse part de six ou neuf deniers pour livre du fruit de nos travaux, quand l'auteur des plus nombreux et des meilleurs ouvrages, n'a pas un revenu égal à celui d'un comédien à demi part, et quand les auteurs qui n'existent que par leur talent sont presque tous dans un état si voisin de l'indigence.

FIN DU PROCÈS

DES DEUX GENDRES.

———

CETTE histoire a deux parties distinctes : l'une
ridicule et l'autre odieuse. Conformément à l'usage
du théâtre, je devrais commencer par le *drame* et
finir par la *petite pièce;* malheureusement l'ordre
des faits s'y oppose : dans cette farce, les bouffon-
neries ont précédé les malices, et l'on a vu paraître les Arlequins avant les Matamores. D'ailleurs,
le ridicule même de l'histoire éclairera la discussion, et l'abrégera considérablement. Cette marche,
je l'avoue, ne satisfait pas l'avide curiosité du lecteur : il voudrait apprendre, dès les premières
lignes, si l'auteur des *Deux Gendres* a volé Conaxa avant de le tuer ; s'il a furtivement copié le
manuscrit de la Bibliothèque impériale, si.... si....
Mais je connais trop bien mon Aristote pour laisser
ainsi prévoir mon dénouement. Je n'imiterai pas
le bonhomme Phronime et l'honnête Conaxa, qui
font naïvement au public la confidence de leurs
projets ; et comme, dans les *Deux Gendres*, l'action ne finit qu'avec la pièce, je ne placerai le mot
de l'énigme qu'à la fin de mon récit.

J'aurai souvent occasion de parler du public et

des auteurs. Il y a bien des sortes de public ; il y a des auteurs bien différens. On donne le nom de public aux honnêtes gens rassemblés dans une salle de spectacle ; on appelle aussi public les hommes sans goût et sans éducation, quand ils sont en grand nombre. Sous le nom d'auteurs, on comprend également ceux qui honorent la littérature et ceux qui la déshonorent. Si, dans chaque phrase, j'étais obligé d'établir cette différence, je serais sans cesse arrêté dans ma marche ; je fais donc, une fois pour toutes, cette distinction, que les personnes honnêtes trouveront fort inutile ; mais j'écris au public, contre un *public* avec lequel je ne saurais prendre trop de précautions.

RÉCIT.

Depuis plusieurs années le calme et l'ordre étaient rétablis dans l'Empire français ; les Muses n'étaient plus assises sur des ruines, les gens de lettres n'étaient plus condamnés à vanter la barbarie, la décence était rentrée au théâtre, et le bon goût tâchait de s'y faire reconnaître. Quelques auteurs nous rappelaient aux vrais principes, et répondaient par des ouvrages estimables aux déclamations des journaux sur la décadence de notre littérature. Parmi eux, l'on distinguait celui chez qui la gaieté française paraît s'être réfugiée pendant l'orage révolutionnaire (1) ; semblable aux fées de

(1) Picard. (*Note de l'Éditeur.*)

nos anciens fabliaux, elle le paya de l'asile qu'elle avait reçu, en répandant ses dons sur tous les ouvrages qu'il a donnés au théâtre. Des tableaux vrais, des caractères bien saisis, des scènes pleines de comique et de naturel, des traits que Molière n'eût point dédaignés, sont ses titres à un genre de gloire que personne ne lui conteste : je ne le nomme point ; et ses rivaux, en le devinant, feront eux-mêmes son éloge.

Peu d'auteurs, à la vérité, marchaient comme lui dans la bonne route ; la foule s'était dévouée au mauvais goût et au mauvais genre, où il est plus facile d'obtenir des succès, qui durent peu sans doute, mais qui éblouissent un moment par un faux éclat. Le théâtre attendait depuis long-temps une comédie de mœurs, où l'*action*, les *caractères*, le *style* fussent également recommandables, qui pût relever l'antique réputation et rappeler les beaux jours de la scène française.

Les *Deux Gendres* parurent ; les juges les plus sévères y virent une bonne comédie : l'action, disaient-ils, y pique la curiosité, les caractères y fixent l'attention, et le style y satisfait l'esprit et le goût des spectateurs. Ce que je dis ici des *Deux Gendres* paraîtra bien froid, bien peu proportionné au talent qui brille dans l'ouvrage ; on verra que les ennemis de l'auteur en ont fait un plus bel éloge ; mais je ne veux pas enlever à la haine le mérite de savoir mieux louer que l'amitié.

Dès que le succès de la pièce fut proclamé, la

médiocrité jeta des cris de rage ; l'envie, la haine, l'intrigue sonnèrent le tocsin contre l'auteur ; là nullité s'unit à elles pour être une fois quelque chose. On vit accourir de toutes parts les petits talens à grande prétention, les manœuvres qui se disent ouvriers, les artisans que l'on nomme artistes, et les écrivains des charniers qui ont pris le titre d'hommes de lettres. La foule était immense. On y remarquait ces professeurs qui ont voulu affranchir le théâtre des règles du goût et de la bienséance, ces faiseurs de poétique *ad libitum*, et ceux qui font hurler le mélodrame, et les aiguiseurs de pointes, et les metteurs en œuvre, et les parfumeurs du Parnasse, et les enfans de Tabarin, et le Dervière du Théâtre Français, qui a rendu Thalie philanthrope, et ce monsieur si aimable, qui embrasse tout le monde, et cet homme si franc, qui se vante sans cesse, parce qu'il ne sait pas déguiser la vérité..... Quelle cohue, bon Dieu ! Et qu'on dise maintenant qu'il n'y a plus d'auteurs en France !

Que n'ai-je le talent d'un Salluste pour tracer les détails de cette grande conjuration ! ou plutôt que n'ai-je l'art d'employer les formes dramatiques pour en peindre tout le ridicule ! Ne dites plus cependant que les auteurs sont ennemis l'un de l'autre, qu'ils se haïssent, qu'ils se déchirent impitoyablement et se querellent sans cesse : voyez la belle réunion des ennemis des *Deux Gendres ;* quel accord il règne entre eux ! quelle harmonie ! quelle douce fraternité! on croirait voir une assemblée de famille.

Le nouvel Héraclite se lève : Messieurs, dit-il, vous connaissez ma sensibilité expansive ; jugez de ce que je souffre depuis quelques jours. Cet auteur que j'ai connu aussi pauvre que la plupart d'entre vous, arrive en un moment à la gloire et à la fortune, et nous laisse bien loin derrière lui dans l'opinion publique, nous qui daignions à peine autrefois le regarder comme notre égal. Je sais, vous savez, nous savons tous ce qu'il en coûte pour obtenir un honnête succès, et le jeune homme l'enlève avec une facilité qui me révolte. N'est-il pas de notre devoir d'éclairer le public sur ce triomphe du mauvais goût ? Oui, oui, s'écrient les illustres confrères ; déchirons la pièce, déchirons l'auteur, perdons-les l'une et l'autre ensemble. Philétas prend la parole : Messieurs, l'auteur des *Deux Gendres* m'a rendu des services ; je ne suis point ingrat. L'honneur me défend de dire du mal de lui ; mais je le déteste pour prouver mon impartialité.

Après ce noble préambule, la comédie des *Deux Gendres* est examinée avec la justice et la sagacité que l'on peut attendre de pareils juges. Celui-ci prétend qu'elle est une copie des Fils ingrats de Piron ; celui-là fait observer qu'elle est bien inférieure. Quelle sottise, ajoute-t-il, d'avoir substitué des gendres à des fils ! Un père a-t-il le droit d'exiger de ses gendres le respect et la reconnaissance

que lui doivent ses enfans? Est-ce un gendre que
Molière oppose à son Avare ? Est-ce un beau-père
qui fait rougir le Glorieux de Destouches? et le style?
quel mauvais goût! quelle platitude !

C'est à qui citera quelques vers de cette malheureuse pièce; celui-ci éprouve d'abord la censure
générale :

Dans le calendrier lisez-vous quelquefois?

Quelle misérable affectation, s'écrient les Aristarques, de mettre cette périphrase dans la bouche
d'un valet pour désigner un quantième ! et cet
autre :

Morbleu! si les duels n'étaient pas défendus !

Quelle plate fanfaronnade ! pour exprimer qu'un
homme refuse de se battre, on dit proverbialement qu'il a toujours dans sa poche l'ordonnance
contre les duels. D'ailleurs ce vers se trouve déjà
dans quelques comédies, et doit-on répéter un proverbe des carrefours sur le premier théâtre de l'Europe? Et le vers bourgeois :

Vous trouverez bon feu, bon lit et bonne table !

Quel mauvais ton ! un homme comme il faut va-
t-il parler de ses *bons lits* ? cela ne se suppose-t-il
pas? et puis, écrit-on une comédie en vers pour y
placer des phrases qui appartiennent à tout le monde?
Il faut convenir, disent les plus modérés, que toute
la pièce n'est pas de ce style, il y a même de beaux
vers; mais où n'en trouve-t-on point ? Nous en

faisons tous les jours, et ce n'est pas notre faute si le public ne s'en aperçoit pas.

Tel fut le jugement que ces messieurs prononcèrent sur cette comédie dans les premiers jours de son succès ; et ces apôtres du bon goût se répandirent dans la capitale pour y semer leurs observations critiques sur les nombreux défauts de l'ouvrage.

Tous leurs efforts furent inutiles. Les *Deux Gendres* poursuivaient leur carrière au bruit des acclamations publiques ; il semblait que le mérite de la pièce s'accrût avec le nombre des représentations ; les interruptions même, cette épreuve si fatale aux ouvrages médiocres, firent sentir la supériorité de celui-ci ; les spectateurs qui le voyaient reparaître y trouvaient tous les charmes de la nouveauté ; trois éditions écoulées rapidement ne laissaient plus de doute sur son mérite littéraire, et l'Institut, cédant au désir du public, ouvrit ses portes à l'auteur de cette belle comédie.

Dans cette exposition nécessaire j'ai un peu éprouvé la patience du lecteur; mais nous touchons au nœud du drame, et j'espère qu'il va devenir intéressant.

Jusqu'ici M. Étienne n'avait goûté que les douceurs du métier; tout lui souriait, tout lui réussissait au-delà de ses espérances ; on ne pouvait pas même lui reprocher son influence sur le journal de l'Empire ; il y avait été traité plus sévèrement que dans tous les autres ; on n'osait plus lui op-

poser les *Fils ingrats*, de Piron, depuis qu'on les
avait lus ; l'envie était réduite à se taire , mais elle
ne sommeillait pas ; les conjurés avaient suspendu
leurs séances, mais ils n'étaient point désunis ; ils
secouaient la poussière des bibliothèques, ils com-
pulsaient les vieux manuscrits, ils lisaient, ils étu-
diaient avec un zèle admirable ; plusieurs d'entre
eux ont dû à la haine quelque peu d'érudition.

Tout-à-coup un bruit se répand : « On a découvert un manuscrit, il a plus d'un siècle ; les *Deux
Gendres* y sont tout entiers , la pièce est d'un jésuite ; Étienne est un plagiaire ; sujet , plan, situation ; il s'est tout approprié. Il a copié deux cents
vers, dit l'un ; huit cents, répond un autre; il a
tout pris, ajoute un troisième. Quelle découverte!
quel événement! quelle rumeur dans la capitale !
Tout s'émeut, tout s'agite, on murmure dans les
coulisses, on déclame dans les coteries, on criaille
dans les cafés. La renommée porte cette nouvelle
dans toute la France , en Europe , en Asie ; l'exilé
apprend en Sibérie qu'un jésuite a fait les *Deux
Gendres* ; les Anglais même oublient un moment
la crise de leur commerce pour s'entretenir du fameux manuscrit , et deux vaisseaux qui se ren-
contrent dans l'immense océan se hèlent et se crient:
la pièce est d'un jésuite.

M. Étienne n'a pas été le dernier à publier cette
découverte. Il annonce dans les journaux que la
pièce exhumée se nomme *Onaxa*, et il exprime le
vœu qu'elle soit bientôt connue de tout le monde,

afin qu'on puisse juger de sa prétendue conformité avec la comédie des *Deux Gendres*.

Cette lettre produisit le plus mauvais effet. Dès ce moment l'opinion publique se déclara violemment contre M. Étienne. On avait fait circuler de fausses copies des scènes de *Conaxa*, on y voyait de longues suites de vers attribués au jésuite, et qui se trouvent dans les *Deux Gendres* ; il paraissait impossible que M. Étienne n'eût pas connu le manuscrit de la Bibliothèque ; le nom d'*Onaxa* au lieu de *Conaxa* ressemblait à une ruse un peu grossière ; on croyait au plagiat, et dans la lettre du journal on crut voir de l'imposture ; ce soupçon était si naturel, il était fondé sur de telles apparences que les amis mêmes de M. Étienne ne le dissimulèrent point. Je l'avouerai sans détour, je partageai l'opinion générale, et quoique bien assuré que l'on avait considérablement exagéré les torts de l'auteur, je ne doutai pas un moment qu'il n'eût consulté le manuscrit de *Conaxa* pour composer les *Deux Gendres*.

L'explication que M. Étienne donna dans la préface de sa quatrième édition ne détruisit pas les préventions défavorables ; vainement citait-il plusieurs pièces faites sur le même sujet, vainement parle-t-il d'un *projet de canevas* (je souligne ces mots à dessein), plus vainement encore il rapporte en entier l'histoire d'où sont tirées toutes ces comédies ; on s'irrite de son obstination à nier ce qui paraît évident ; huit vers qui sont à peu près les

mêmes dans les deux ouvrages semblent déposer
contre sa mauvaise foi ou sa fausse honte, et quand
il aurait déclaré qu'il s'est aidé de vingt manuscrits
autres que celui de *Conaxa*, le public n'eût point
été satisfait ; on voulait le forcer à faire l'aveu for-
mel qu'il avait pris le sujet et huit vers des *Deux
Gendres* dans le manuscrit de la Bibliothèque impériale et dans la comédie de *Conaxa*. On verra
bientôt que cet aveu eût été un mensonge ; mais
avant de faire paraître le grand personnage qui doit
dénouer cette intrigue, occupons-nous un peu de
la joie de nos conjurés qui viennent de faire cette
heureuse trouvaille.

Non, la découverte d'un nouveau monde ne
produisit pas une sensation aussi vive sur les habitans de l'ancien que celle du manuscrit sur les
ennemis de M. Etienne. Quelle joie féroce ! quelle
allégresse barbare ! Je crois lire Milton ; il me
semble que j'entends les démons hurler de plaisir
quand ils apprennent la chute du premier homme.
On baise les vieux feuillets de ce livre de vengeance ; on devine, dès le titre, que la pièce est
excellente ; la comédie de collège devient un chef-
d'œuvre ; et l'on maudit le parlement qui a expulsé
les jésuites. Autrefois les *Deux Gendres* étaient
une production médiocre, c'est une pièce sublime
depuis que l'on espère la trouver dans Conaxa.
On lit quelques vers à la hâte ; voyez, voyez, la
preuve est complète, la voici, je la tiens :

... Que dans mon almanach, où je lis quelquefois, etc.

quel joli vers! quelle tournure facile! Vainement
a-t-il déguisé cet énorme plagiat en disant :

Dans le calendrier lisez-vous quelquefois?

On y reconnaît la touche délicate et la grâce
d'un homme de collége. Et cet autre !

Mordi, si les duels n'étaient pas défendus !

Quel trait de caractère! quel vers de passion!
On le trouve dans Hauteroche, cela est vrai ;
mais ce n'est point Hauteroche que notre homme
a pillé, c'est le jésuite.

Voyez encore :

Vous trouverez bon feu, bon lit et bonne table.

Ce n'est point à Paris que l'on fait de ces vers naturels ; ce n'est qu'en province que l'on sait apprécier le bon lit et la bonne table. Cependant
leur joie n'est point complète ; huit vers seulement, huit vers sur deux mille, composent l'acte
d'accusation. Mais qu'importe! On les multiplie,
on copie ceux des *Deux Gendres* et l'on court les
répandre comme des extraits de Conaxa.

Pour repousser tant d'infamie, M. Etienne sollicite lui-même l'impression de la pièce qu'on l'accuse d'avoir copiée ; elle paraît au grand jour ;
l'opinion, flottante jusqu'alors, peut enfin apprécier les bruits qui circulent ; Conaxa doit être joué
sur le théâtre de l'Impératrice, et le public va juger
ce grand procès. Il n'y avait plus moyen de soutenir l'identité entre les deux ouvrages ; la calomnie

n'a plus qu'un moment à jouir de son triomphe,
et l'évidente fausseté des copies va couvrir de
honte les indignes copistes. La cabale change de bat-
terie. Les conjurés feignent de s'apitoyer sur le sort
de M. Etienne : « On a été trop loin, disent-ils ; il
n'a pris que quelques vers, mais ils sont excellens ;
tel d'entre eux vaut seul une pièce en cinq actes. »
La salle de l'ancien Odéon est remplie des plus
intrépides travailleurs ; de prétendus auteurs se
cachent dans la foule. Les acteurs et les soute-
neurs savent parfaitement leur rôle ; les manœuvres montrent tant d'esprit, et des gens d'esprit font
si bien les manœuvres, qu'on ne peut plus les distinguer, et l'on ignore si la pièce se joue dans la
salle ou sur le théâtre.

Le monologue de soixante et dix-huit vers qui
commence ce chef-d'œuvre paraît aussi court qu'il
est gracieux. Lorsque l'aimable Gorinet récite ces
deux beaux vers :

L'un me polit le dos, comme on fait une enclume,
L'autre d'un pot d'essence en entrant me parfume,

les Janots se regardent avec satisfaction, ils reconnaissent l'essence, et disent naïvement: voilà des
vers comiques ; c'est la nature prise sur le fait. Le
style des Clérophile et des Philidor amuse beaucoup
les amis de Conaxa. Avec quelle énergie ils parlent
au beau-père :

Tout beau, bonhomme, holà! vous gagnerez un rhume...
Vous radotez, bonhomme, avec vos prophéties.

Tous deux ils ont mêmes idées, même laugage, c'est la règle de l'*unité*. Et quand ils s'entretiennent du bonhomme, c'est :

> Vieille souche de bois, vieux rocantin pourri.
> Le bourreau de grison comme il tient à sa morgue,
> Maussade au dernier point, toujours le museau gras,
> Et trempant sans façon ses cinq doigts dans les plats,
> Etc... etc...

Rien ne choque ce public qui aime tant les pièces sentimentales, les scènes en madrigaux et le style de bon ton. On applaudit tout avec transport. Quels cris! quelles acclamations! Il semble que cette salle soit devenue l'Odéon avec ses longs amphithéâtres. La gloire du jésuite s'élève jusqu'aux cieux. On voit bien qu'il vivait dans le siècle de Molière ; il a pompé le comique de ce grand homme par les seringues de Pourceaugnac.

Ici se déroule la longue série des turpitudes en tout genre ; des goujats payés, des libelles répandus, des injures dégoûtantes, calomnies, diffamation, vociférations, rien n'est épargné ; les ennemis de M. Etienne ne sont point avares ; et le scandale fut porté à un tel point contre lui, que les personnes même qui le croyaient coupable de mauvaise foi furent indignées des outrages dont on l'accablait sans mesure.

La portion du public qui s'était laissé séduire par les apparences eut enfin honte de sa crédulité. On revit les *Deux Gendres*, on les applaudit avec estime, la foule s'y porta, comme dans les temps

heureux; on ne fit pas attention aux huit vers insignifians qui offraient de la ressemblance avec
ceux de Conaxa, et personne n'osa même comparer les deux ouvrages. Le public cependant,
et il faut en convenir, murmurait encore contre
M. Etienne, et reprochait à un écrivain aussi distingué son obstination à soutenir ce qui paraissait
une imposture évidente.

Une difficulté s'élève sur le mérite respectif des
deux pièces rivales. Quoique M. Geoffroy les ait
parfaitement appréciées l'une et l'autre, en disant
que M. Etienne avait fait beaucoup d'honneur au
jésuite, et en réduisant Conaxa à sa juste valeur;
quoique M. Michaud, dans la préface de cette
dernière pièce, ait fait sentir le ridicule de toute
comparaison, on peut m'objecter que le succès de
Conaxa, pendant toute une soirée, fut plus complet
et surtout plus chaud que celui des *Deux Gendres;*
et si l'on ajoute que le public de l'Odéon, toujours nourri de chefs-d'œuvre, doit être bien plus
éclairé que celui du Théâtre Français, j'avoue que
je n'aurai rien à répondre.

Enfin, grâces au ciel, je touche au dénouement
de ce misérable drame. Un acteur qui s'est tenu
jusqu'à présent dans la coulisse, se montre tout-
à-coup sur le théâtre, et, semblable à ces pères qui
arrivent des Indes tout exprès pour dénouer les
anciennes comédies, il entre sur la scène, son rôle
à la main, et il vient nous donner le mot de l'é-
nigme.

7.

Quand j'ai entendu parler des *révélations* de M. Le Brun Tossa, j'ai frémi ; cependant quand j'ai vu qu'elles ne remontaient que jusqu'à l'an 9, je me suis rassuré, et j'ai lu. Il y a dans cette brochure deux révélations bien différentes, dont l'une doit naturellement entrer dans le récit, et dont l'autre sera examinée quand je m'occuperai de la partie odieuse de cette affaire. Si l'on en croit M. Le Brun, M. Etienne s'est conduit envers lui de la manière la plus déloyale ; si l'on en croit M. Tossa, M. Etienne n'a pas trompé le public, et n'a pas connu le manuscrit qu'on l'accuse généralement d'avoir consulté. M. Le Brun a écrit à M. Etienne une lettre utile, qui a été imprimée dans la quatrième édition des *Deux Gendres,* mais M. Tossa prétend que M. Le Brun a menti quand il a signé cette lettre. Je prie le lecteur d'avoir un peu pitié de moi ; il voit que j'ai deux hommes à combattre, car M. Le Brun Tossa se double et se dédouble à volonté. Il affirme sur sa conscience qu'il a menti à sa conscience, et que, très-mécontent de M. Etienne, il lui a donné et signé une assurance affectueuse de satisfaction. Mais s'il a menti il y a deux mois en faveur de M. Etienne qui n'a payé cette complaisance que de deux billets de comédie, qui est-ce qui nous assurera qu'il ne ment point aujourd'hui pour plaire à quelque honnête homme plus généreux ? Sous lequel de ces noms a-t-il menti ? Sous lequel faut-il qu'on se fie à sa parole ? Ou s'il faut le considérer à la fois sous ses deux noms et avec ses deux visages, on doit donc conclure que M. Le Brun Tossa ne mérite aucune confiance quand il veut rendre service, mais que l'on peut compter sur son honneur quand il s'agit de nuire et de diffamer.

Quoi qu'il en soit, je vais prendre dans ses révélations tous les faits dont la vérité m'est bien connue, en avertissant néanmoins le lecteur que je les appuierai de preuves encore plus certaines que la conscience et l'honneur de M. Le Brun Tossa.

Il dit, page 3 de sa brochure : « Le public a dit que la comédie en cinq actes, *les Deux Gendres*, est un bon ouvrage; mais que l'auteur a trouvé pour le faire d'immenses secours : *bien jugé*. Si le public ajoute que ces secours, l'auteur des *Deux Gendres*, les a trouvés dans *Conaxa*, MAL JUGÉ. »

Dans les pages suivantes M. Le Brun ou M. Tossa nous apprend qu'en l'an 9 ou 10 il a sauvé des flammes révolutionnaires le manuscrit d'une pièce en trois actes et en vers, intitulée *les Gendres ingrats et punis;* qu'il a remis le manuscrit à M. Etienne, *gratis*, sans clauses, ni conditions; qu'il s'était associé avec lui dans l'intention de composer ensemble un grand ouvrage en cinq actes, dont ledit manuscrit aurait fourni le fonds et la matière; que cette association *dura plus de trois ans* (notez ce point), *sans autre résultat que d'être convenus verbalement des données, des principales bases du travail à faire* (ici je copie littéra-

lement); que M. Le Brun Tossa *prit alors le parti
de rompre, parce que d'indispensables occupations absorbaient tous ses instants; qu'il abandonna le manuscrit à M. Etienne, etc.* Première
conséquence de ces aveux: l'association n'a eu
d'autre résultat que d'être convenus verbalement
des premières données, et alors M. Le Brun Tossa
prit le parti de rompre ; il n'a donc rien fait, rien
écrit dans cette pièce, et nous verrons plus bas
qu'il n'a pas même pu donner des conseils utiles,
comme il le dit dans une note.

Passons aux révélations de la page 24.

« J'ai parfaitement reconnu dans la comédie de
Conaxa la composition, la marche, la contexture
des scènes de mon manuscrit, reconnu de même
le style et plusieurs vers d'un tour original et saillant d'énergie. D'où vient que, malgré cette exacte
conformité, les noms des personnes ne sont pas
identiques ? L'homonymie échapperait-elle à ma
mémoire ? Cela se peut : il me semble pourtant que
le nom bizarre de *Conaxa*, le nom plaisant de
Gorinet devait y laisser quelques traces : pas la
moindre ; je ne me les rappelle point. »

Tout ce que je viens de transcrire est parfaitement vrai, mais exprimé d'une manière trop peu
affirmative pour un homme qui devait si bien connaître cet ouvrage. Quand on a sauvé une comédie
des flammes parce qu'on la trouvait intéressante,
quand on l'a *gardée long-temps sur son bureau,*
quand on l'a méditée *pendant plus de trois ans,*

pour en faire une pièce en cinq actes, quand on
y a conseillé des changemens tels que l'admission
des femmes, etc., quand on prétend en avoir ima-
giné le nouveau dénouement, peut-on dire : *il me
semble... cela se peut... l'homonymie échapperait-
elle à ma mémoire ?* Un nom tel que celui de *Conaxa* dans une comédie française, nom du personnage principal, pourrait-il s'oublier après qu'on
l'aurait eu long-temps sous les yeux, et qu'on l'aurait répété pendant plus de trois ans en s'occupant
de l'ouvrage ?

Seconde conséquence : M. Le Brun paraît avoir
bonne mémoire, mais M. Tossa n'en a pas du tout.
Je la lui rendrai.

Son manuscrit, dit-il à la page 25, *offrait des
détails graveleux au fonds et dans la forme.*

Enfin, à la page 28 il parle d'une longue note
qui se faisait remarquer dans son manuscrit, et où
l'auteur dit *qu'il se trouvait à Bordeaux* lorsque
se passa l'événement d'où le sujet de sa pièce était
pris, etc.

La mémoire de M. Tossa trompe encore M. Le
Brun sur ce point ; à la vérité la note parle de Bordeaux, et de l'événement qui s'y passa, mais il n'y
est pas question des deux épouses, ni de l'exil peu
mérité, ni de la triste solitude, que M. Tossa n'ajoute
vraisemblablement que pour arrondir sa phrase.

Voici maintenant les faits dans leur exactitude,
et tels qu'ils me sont démontrés par les pièces que
j'ai sous les yeux.

Il est très-vrai que M. Etienne a reçu un manuscrit des mains de MM. Le Brun et Tossa, qui alors ne faisaient qu'un.

Il est très-vrai que ce manuscrit contenait des scènes, des vers, une comédie enfin telle qu'elle.

Il est également vrai que ces vers et ces scènes ressemblaient beaucoup et quelquefois entièrement aux scènes en vers de la pièce que l'on vient de jouer au théâtre de l'Impératrice.

Il est faux qu'il y ait eu conformité parfaite, et comment M. Le Brun se rappellerait-il littéralement tous les vers, lui dont la mémoire n'est pas bien sûre quand il s'agit des noms même des principaux personnages? Il me semble cependant qu'il serait plus facile de retenir les noms de Tartufe et d'Orgon que tous les vers du chef-d'œuvre de Molière.

Il est très-vrai que le nom de *Conaxa* ne se trouvait ni dans le titre, ni parmi les personnages, ni dans aucun endroit du manuscrit remis par M. Le Brun Tossa.

Il est très-vrai que ce manuscrit contenait des gravelures, et entre autres des vers sur le *trictrac*, qui sont d'une obscénité révoltante.

Il est très-vrai que dans tout ce manuscrit il n'est nullement question de collége, ni de jésuite, ni de la ville de Rennes.

Il est vrai aussi (et M. Le Brun ne le dit pas, parce qu'il veut que son manuscrit soit un chef-d'œuvre), il est vrai qu'en général les vers en sont plus défectueux que ceux de *Conaxa*, et qu'il s'y trouve même des hiatus et des pluriels rimant avec des singuliers.

Il est vrai enfin qu'il y a une note de l'auteur de la pièce ; la voici littéralement transcrite :

« Cette aventure faisait lhistoire de la ville de bordeaux dans le temps que jy étais. Il ma pris fantaisie den faire une comédie dans le temps que jetais en corse quand je lai relue depuis, jai été cent fois tenté de la jeter au feu. Mais on est toujours attaché à ses enfans, tels laids et contrefaits quils soient, dailleurs je ne lay faite que pour mamuser et je ne lay jamais montrée à personne. »

Telle est cette note avec cette orthographe sans *accens*, sans *apostrophes*, presque sans *ponctuation*, sans *majuscules* aux noms propres, avec ces deux *dans le temps* et ce *d'ailleurs*. J'offre de la faire voir à tous les curieux, à M. Le Brun Tossa lui-même ; il reconnaîtra son *grand papier infolio*, la vieille écriture de l'auteur et la pièce graveleuse dont je viens de parler.

CONCLUSION.

M. Etienne savait que l'anecdote des *Gendres ingrats* avait été contée et imprimée de plusieurs manières différentes ; il savait qu'on en avait fait une comédie, *en* 1589, sous le titre de *Mirouer des enfans ingrats ;* il connaissait les *Fils ingrats* de Piron ; il avait le manuscrit de M. Le Brun Tossa ;

je demande maintenant-à tout homme de sens,
quelque prévenu qu'il soit contre M. Etienne, s'il
pouvait supposer que le *Conaxa* déterré à la Bibliothèque impériale ressemblât au manuscrit qu'il
possédait, et où il n'est nullement question de
Conaxa, de Rennes, ni du jésuite. Ne devait-il
pas croire au contraire que la pièce exhumée était
une nouvelle forme dramatique donnée à la même
anecdote?

Pouvait-il supposer qu'un manuscrit où l'on
remarque des gravelures et des obscénités était
l'œuvre d'un jésuite, et composée pour être réci-
tée par des écoliers dans un exercice public?

Pouvait-il attribuer à un jésuite de Rennes la
comédie dont l'auteur parle de l'aventure arrivée à
Bordeaux, et qu'il dit avoir faite en Corse?

D'après les grands éloges que l'on faisait du
Conaxa nouvellement découvert, M. Etienne pouvait-il le reconnaître dans le manuscrit où l'on
voit des fautes de langue, des hiatus, de fausses
rimes, et des obscénités?

Je demande enfin si un jésuite, auteur dramatique et poète, aurait écrit, accentué, ponctué et
orthographié une note semblable à celle que je viens
de transcrire?

Il est donc bien évident, non pas parce que
M. Le Brun Tossa le dit, mais évident par les faits
mêmes, que M. Etienne n'a point connu le manuscrit de *Conaxa*; qu'il a pu naturellement se
tromper sur un nom si nouveau pour lui, et qu'il

a dû constamment se refuser à faire une déclaration qui eût été un mensonge, et que le public séduit voulait lui arracher. Il n'a dit nulle part qu'il eût inventé la fable et le fonds des *Deux Gendres* ; il est convenu de ce qui était vrai, il a nié ce qui était faux ; il n'a donc rien à se reprocher envers le public, dans une affaire dont tout l'odieux doit retourner à ceux qui l'ont suscitée.

J'éprouve un sentiment de peine et de dégoût quand je vois qu'il m'a fallu discuter aussi longuement un fait aussi misérable ; mais la nécessité de mettre fin promptement à cette honteuse querelle ne m'a pas laissé le temps d'être concis. Je m'attends bien qu'il y aura dans cet écrit une foule de tournures vicieuses, d'expressions impropres, et même des fautes de langage, mais je suis plus pressé de venger un homme que j'estime, que de polir mon style, qui, quoi que je fisse, n'aurait rien d'éclatant et n'ajouterait rien aux preuves. Je rejette donc sur le compte des ennemis de M. Etienne tout l'ennui que j'ai pu causer, et celui que je vais donner encore à mes lecteurs ; et si des personnes étrangères à la discussion me reprochaient la rudesse et les longueurs de mon style, je leur dirais : vous avez bien pu vous occuper deux mois entiers d'une calomnie inventée par des goujats, vous pouvez bien donner une heure d'attention à la défense d'un honnête homme.

Je vais passer à la question littéraire, et j'examinerai dans la partie morale de ce Mémoire la

conduite *déloyale* de M. Etienne envers l'honnête
M. Le Brun Tossa.

QUESTION LITTÉRAIRE.

Est-ce d'aujourd'hui que les auteurs dramatiques, les gens de lettres en général, les savans,
les écrivains en tout genre, mettent à profit les
ouvrages de ceux qui les ont précédés? N'est-ce
que dans le dix-neuvième siècle que l'on a vu une
comédie faite sur un sujet déjà mis au théâtre?
M. Etienne est-il le seul auteur qui se soit approprié en entier, ou avec de légers changemens,
huit ou dix vers d'une tournure commune, dont
la pensée ne valait pas une nouvelle façon? Un
auteur dramatique est-il obligé d'imprimer la liste
de tous les écrivains qu'il a imités, de tous les
livres où il a puisé quelques idées, quelques tournures, quelques phrases insignifiantes? doit-il
même le faire quand il imite en entier, pour l'embellir, un sujet qui a déjà été traité moins heureusement? Telles sont les questions que la haine
et l'envie ont déjà résolues au désavantage de
M. Etienne, et qui sont agitées avec une gravité
ridicule par les personnes les plus étrangères à la
littérature.

Les ennemis de M. Etienne s'attendent à trouver ici une longue réfutation de leurs principes,
une apologie des imitations, des emprunts, du
plagiat même : ils se trompent. Je n'ai garde de
les contredire, quand ils parlent au nom de l'hon-

neur et de la bonne foi littéraires, lorsqu'ils prêchent le respect des propriétés. Leur conscience
est si pure à cet égard, leurs scrupules sont si respectables, ils ont donné de si beaux exemples en
ce genre, que je ne puis m'empêcher de leur té-
moigner publiquement mon estime et mon admiration.

Non, messieurs, je n'excuse point un homme
qui s'empare d'un sujet de comédie, qui imite un
auteur sans le nommer, qui dérobe huit ou dix
vers, et des vers admirables tels que ceux-ci :

> Vous trouverez bon feu, bon lit et bonne table.
> Dans le calendrier lisez-vous quelquefois ?

Je ne l'excuserais pas même quand il aurait pillé
les vôtres. Oh ! combien cet auteur vous ressemble
peu ! Tout ce que vous dites est neuf ; idées, expressions, tournures, tout est à vous ; ce que vous
faites ne ressemble à rien. On ne reconnaît dans
vos productions aucuns traits de nos grands maîtres :
on pourrait croire que vous ne les avez pas lus ;
ou si quelquefois vous daignez imiter vos confrères,
vous faites sonner toutes les trompettes pour annoncer vos emprunts, et les journaux retentissent
de vos nobles aveux. Hélas ! tous les écrivains n'ont
pas votre probité. Ceux que nous avons la faiblesse de regarder comme des modèles, les Molière, les Racine, les Voltaire, ont été moins
honnêtes que vous. Le sévère Boileau même a dé-
robé des expressions, des tournures poétiques,

des vers presque entiers, et à qui encore? à ce Chapelain qu'il a couvert d'un ridicule indélébile. Je suis forcé d'en convenir, messieurs, tous les grands écrivains ont été de grands voleurs, et vous êtes irréprochables.

Puisqu'il n'est pas possible de justifier M. Étienne, je vais tâcher du moins d'atténuer son crime, en le comparant à ceux des grands coupables qui ont séduit ce *jeune homme*, et lui ont donné de si mauvais exemples.

Je ne parlerai pas des emprunts faits aux auteurs de l'antiquité, ou aux langues étrangères; personne ne conteste que, dans ce cas, l'imitation ne soit très-permise; elle est même un sujet d'éloges. Je me bornerai aux emprunts *de Français à Français*; je commencerai par les imitations des *ouvrages entiers*, et je passerai ensuite à celles des vers, des idées et des tournures. Quoique mes citations soient nombreuses, elles ne formeront pas la dixième partie de celles que je pourrais faire; je ne veux pas trop ennuyer les ennemis de M. Étienne; ils méritent bien d'être ménagés, ils ont eu tant de modération!

Les plagiats de Molière sont trop connus pour les rapporter en détail, et trop nombreux pour que je puisse les renfermer dans les bornes de cet écrit. Les gens qui étaient à Molière ce que nos libellistes sont à M. Étienne, accusèrent dans le temps le père de la bonne comédie d'avoir pillé non-seulement Aristophane et Plaute, d'avoir enlevé d'énormes

lambeaux de pièces au théâtre espagnol et à celui
de Venise, mais aussi d'avoir pris des traits éminemment comiques, des situations, des caractères,
des effets admirables, des *scènes entières*, dans les
anciens auteurs français, et même dans les plus
récens, tels que Rotrou et beaucoup d'autres. On
sait que Molière répondit : *je prends mon bien où
je le trouve ;* mais ce mot qui nous plaît aujourd'hui
passait alors pour une mauvaise gasconnade ; et si
ce grand homme vivait encore, nous ne lui par-
donnerions pas de métamorphoser de mauvaises
pièces en chefs-d'œuvre, et de chercher, comme
Virgile, des parcelles d'or sur des fumiers.

Le plus grand de nos poètes, Racine, n'a pas
dissimulé ce qu'il empruntait au théâtre grec ; mais
comme s'il eût dédaigné d'imiter Sénèque, il ne le
nomme, dans sa préface de Phèdre, que pour dire
qu'il s'est écarté de lui. Il est cependant certain qu'il
lui doit la belle scène de la *déclaration* qui ne se
trouve point dans Euripide ; et la comparaison fait
voir qu'il n'a pas méprisé tout-à-fait ce Robert
Garnier qui, dans son style gothique, nous présente
néanmoins les idées principales, les tournures, et
même quelques-unes des beautés que l'on retrouve
dans Racine. Sénèque avait gâté cette scène par
une idée ridicule. Phèdre, dans l'espoir de séduire
Hippolyte, s'habille en amazone, parce que le
prince était fils de l'amazone Antiope ; or, comment
une femme qui veut éloigner l'idée de l'inceste,
peut-elle vouloir ressembler à la mère de son amant?

Racine a dû mépriser un pareil exemple ! Voyons s'il a également dédaigné le vieux Garnier qui le devançait d'un siècle.

Je n'examinerai que quelques passages de la seule tragédie de Phèdre ; mon intention n'est pas de faire un volume sur ce sujet. On verra que Racine ne s'est pas cru obligé d'indiquer la source obscure où il avait puisé ce qu'il devait embellir d'une manière si éclatante.

Quand je lis ces vers antiques :

PHÈDRE.

Dieux, qui voyez sécher mon sang dedans mes veines,
Et mon esprit rongé d'un éternel émoi ; -
O dieux ! grands dieux du ciel, prenez pitié de moi.

. . . .

Que fais-je plus au monde ? et de quoi la lumière
De notre beau soleil sert plus à ma paupière ?

. . . .

Parlé-je de mourir ? Eh ! pauvrette, mon corps,
Mon corps ne meurt-il pas tous les jours mille morts
O Phèdre ! ô pauvre Phèdre !...
Qu'il t'eût bien mieux valu délaissée au rivage,
Comme fut Ariadne en une île sauvage.
Ariadne, ta sœur, errer seule en danger !

. . . .

O vous, creuses forêts, qui recelez ma vie,
Que bien jalousement je vous porte d'envie !

. . . .

Et vous, coteaux pierreux, et vous aussi, fontaines,
Qui allez ondelant par les herbeuses plaines !

. . . .

Le repos de la nuit n'allége mes travaux,
Le somme léthéan n'amortit pas mes maux,

Ma douleur se nourrit et croît toujours plus forte,
Je brûle, misérable....

dans tout ceci m'est-il possible de ne pas penser à
Racine, quelque énorme différence qu'il y ait entre
les deux poètes ? Je n'ai pas besoin de faire observer que ces vers ne se suivent point dans l'original;
je ne transcris que ce qui offre des ressemblances.
Voyons maintenant la déclaration qui, je le répète,
ne se trouve pas dans Euripide.

PHÈDRE.

Nourrice, le voici.

LA NOURRICE.

Montrez votre assurance.

PHÈDRE.

Efforce-toi, mon cœur, aie bonne espérance,
Commence à l'aborder.....

. . . .

Prenez le sceptre en main, mettez-vous sur le front
Le royal diadême, ainsi que les rois font;
Tenez, je vous le donne; il est bien plus honnête
Que vous, plutôt que moi, le portiez sur la tête;
Or, régnez, noble prince, et prenez le souci
De moi, dolente veuve, et de ce peuple aussi.

HIPPOLYTE.

Le grand dieu Jupiter et le père Neptune
Nous veuillent préserver de si grande infortune !
Vous reverrez mon père à peu de jours d'ici.

PHÈDRE.

Non. Pluton, qui commande au royaume noirci
Ne le permettra pas.

. . . .

HIPPOLYTE.

C'est l'amour de Thésé qui vous tourmente ainsi.

PHÈDRE.

J'ai, misérable, j'ai la poitrine embrasée
De l'amour que je porte aux beautés de Thésée,
Telles qu'il les avait lorsque bien jeune encor
Son menton cotonnait d'une frisure d'or,
Quand il vit étranger la maison dédalique
De l'homme mi-taureau notre monstre crétique;
Sa belle taille droite avec ce teint divin
Ressemblait égalée à celle d'Apollin,
A celle de Diane, et surtout à la vôtre.

. . . .

Si nous vous eussions vu quand votre géniteur
Vint en l'île de Crète, Ariadne, ma sœur,
Vous eût, plutôt que lui, par son fil salutaire,
Retiré des prisons du roi Minos mon père.

Je ne fais pas à mes lecteurs l'injure de leur citer
les vers de Racine, et je suis bien sûr qu'ils se les
rappellent en lisant ceux-ci. Dans tout l'ouvrage je
trouve des ressemblances aussi frappantes, comme
par exemple quand Thésée prêt à condamner son
fils, dit :

Que les hommes sont feints, et que leurs doubles cœurs
Se voilent traîtrement de visages trompeurs !

plus loin :

Or, cours où tu voudras ; traverse vagabond
Les terres et les mers, et le grand monde rond.

Puis il dit à Neptune :

          ..... C'est ores que je veux
Te présenter dolent le dernier de mes vœux.

Tu sais qu'étant là-bas aux pieds de Radamante,
Prisonnier de Pluton sous la voûte relante,
J'ai toujours épargné ce vœu que langoureux
Je despends aujourd'hui contre ce malheureux ;
Souvienne-toi, grand Dieu, de ta sainte promesse.

J'invite le lecteur à lire dans le même auteur le récit de la mort d'Hippolyte, il verra comment des images et des idées souvent ridicules sont devenues admirables sous la plume de Racine, sans cesser de ressembler à ce qu'elles étaient auparavant.

Que de pages ne me faudrait-il point écrire si je voulais rapporter toutes les ressemblances qui existent entre tous les ouvrages dramatiques. Les uns ont pris le fonds, d'autres les plans, ceux-ci les situations, ceux-là des vers entiers et en grand nombre, plusieurs ont pris un peu de tout, et toujours sans en faire au public une confidence qu'ils ne lui devaient pas, et qui devenait inutile quand l'imitateur embellissait le modèle. Or, si nos grands maîtres se sont permis des emprunts dans un temps où l'art ne faisait que de naître, où la mine était récemment ouverte, le défendra-t-on aujourd'hui que le filon s'appauvrit, que la mine est épuisée ? Mais passons à des imitations plus fidèles que celles dont je viens de parler, et voyons si des *plagiats* réels doivent toujours être considérés comme des délits dramatiques, comme des crimes littéraires.

On ne reprochera certainement pas à M. Clément d'avoir flatté Voltaire et d'avoir voulu le mé-

8.

nager. Le surnom *d'inclément*, qu'il a si bien mérité, prouve que l'indulgence était *son moindre
défaut*. Ainsi quand il excuse Voltaire, l'auteur de
la Henriade est excusable *à fortiori*.

Voyons donc ce que dit ce terrible critique sur les
vers nombreux que Voltaire a dérobés à plusieurs
poètes, quelquefois en les déguisant un peu, quelquefois en les reproduisant sous leur forme originelle.

« Il y a des tournures qui appartiennent à tout
» le monde, et qui se trouvent nécessairement par-
» tout. *Il y aurait de la folie à s'en abstenir* parce
» que d'autres s'en sont servis. *On peut même en
» emprunter* D'AUTRES MOINS COMMUNES, mais qui
» sont peu remarquables par leur éclat, et qui
» n'ont pas demandé beaucoup de génie à ceux qui
» les ont trouvées; elles rentrent alors dans le tré-
» sor commun de la langue, *et deviennent le bien
» de tout le monde,* pourvu qu'on en fasse une
» dépense modérée et honorable.» (Lettre à M. de
Voltaire, IXᵉ lettre, vol. 5, pag. 243 et 244.)

Je demande maintenant si les vers pris par
M. Étienne dans le manuscrit de M. Le Brun Tossa
sont *remarquables par leur éclat*, et s'il a fallu
beaucoup de génie pour les faire. Si M. Étienne
est décidément un plagiaire, nous allons être forcés
de donner le même nom à Voltaire, à Racine, à
Boileau même, qui ont pillé comme M. Étienne,
mais qui n'ont pas eu, comme lui, la maladresse
de piller des vers communs.

Je vais citer beaucoup d'exemples : M. Clément m'en fournit un grand nombre, et je me hâte d'en faire la remarque ; nos auteurs d'aujourd'hui sont si honnêtes gens que je ne veux pas avoir sur la conscience le plagiat même d'une citation. Je dois encore ajouter que si quelquefois M. Clément blâme de pareilles ressemblances, ce n'est point sous le rapport de l'emprunt, mais uniquement *lorsque l'imitateur affaiblit son modèle.* Maintenant déroulons notre liste.

RACINE.

Mais lui, voyant en moi la fille de son frère,
Me tint lieu, chère Élise, et de père et de mère.

VOLTAIRE.

Condé, qui vit en moi le seul fils de son frère,
M'adopta, me servit et de maître et de père.

RACINE.

Ils regrettent le temps à leurs grands cœurs si doux.

VOLTAIRE.

Il regrettait ces temps si chers à son grand cœur.

Ces changemens ne ressemblent-ils pas à l'almanach de *Conaxa*, que M. Étienne a métamorphosé en calendrier? Suivons.

RACINE.

Et déjà les deux camps, au pied de son rempart,
Devaient de la bataille éprouver le hasard.

VOLTAIRE.

Déjà les deux partis, au pied de ces remparts,
Avaient plus d'une fois balancé les hasards.

BOILEAU.

Par lui dès son enfance à la victoire instruit.

VOLTAIRE.

Aux combats dès l'enfance instruit par la victoire.

QUINAULT.

De grands rois à vos pieds mettent leurs diadêmes.

VOLTAIRE.

Les peuples à ses pieds mettaient les diadêmes.

BOILEAU.

Déjà du plomb mortel plus d'un brave est atteint.

VOLTAIRE.

D'un plomb mortel atteint par une main guerrière.

BOILEAU.

. . . . Sans tumulte et sans bruit,
Partent à la faveur de la naissante nuit.

VOLTAIRE.

. . . . Sans tumulte et sans bruit ;
C'était à la faveur des ombres de la nuit.

CHAULIEU.

Digne de plus de vie et de plus de fortune.

VOLTAIRE.

Digne de plus de vie et d'un autre destin.

RACINE.

Du ministère saint tour-à-tour honorées.

VOLTAIRE.

Du ministère saint par Dieu même honorée.

RACINE.

De tout ce vain amas de superstitions......

VOLTAIRE.

Et d'un antique amas de superstitions.....

RACINE.

D'un geste menaçant, d'un œil brûlant de rage.

VOLTAIRE.

D'un bras déterminé, d'un œil brûlant de rage.

RACINE.

. . . . Prenant son diadême ,
Sur le front d'Andromaque il l'a posé lui-même.

VOLTAIRE.

. . . . Prenant son diadême,
Sur le front du vainqueur il le posa lui-même.

On va dire sans doute que ces vers ne se ressemblent pas parfaitement, que *il l'a posé* et *il le
posa* sont des tournures fort différentes chez Res-
taut, chez Wailly, et même chez Domergue. Je
l'avoue ; je sais que *blanc bonnet* et *bonnet blanc*
ne sont pas tout-à-fait la même chose : je propose donc à M. Étienne une variante qui va le
faire triompher de tous ses ennemis. Au lieu de
dire :

Dans le calendrier lisez-vous quelquefois ?
Vous sauriez qu'aujourd'hui c'est le premier du mois ;

qu'il écrive :

Lisez-vous quelquefois dans le calendrier ?
Vous sauriez que du mois ce jour est le premier.

et les amis de *Conaxa* s'écrieront dans leur style habituel : voilà deux fiers vers ; le jeune homme ira loin. Continuons.

L'insatiable Voltaire ne s'est pas contenté de voler les riches, il a dépouillé des pauvres du peu de biens qui leur restait. Cotin, l'ignoble Cotin pouvait montrer ce beau vers à la postérité :

Il arrachait la foudre à l'aigle des Césars ;

Voltaire le gâte en disant :

Disputant le tonnerre à l'aigle des Césars.

On lisait dans le père Lemoine :

. . . . Cette nue embrasée
Qui ravit autrefois le maître d'Élysée.

Voltaire dit :

. . . . Cette nue embrasée
Qui dérobant aux yeux le maître d'Élysée, etc.

Et cet autre vers :

Et vous apprendre à vaincre ou du moins à mourir.

Vous croyez qu'il est tout entier de Voltaire ! Eh ! non, le bienheureux Scudéry avait écrit déjà :

Allons chercher à vaincre ou du moins à mourir.

Le gouverneur du château d'If avait dit encore :

Sous leurs coups redoublés les casques étincellent.

Voltaire y a fait ce changement notable :

Sous leurs coups redoublés leur cuirasse étincelle.

Je viens de transcrire à peu près la moitié des emprunts que M. Clément a remarqués dans la seule

Henriade; et, je le répète, il ne reproche à Voltaire
que ceux où il change pour affaiblir. Mais voici un
plagiat bien plus plaisant que tous ceux dont il a
été question jusqu'ici.

On s'est beaucoup moqué de Sedaine quand il
a fait dire à son *Déserteur* :

> Chaque minute ; chaque pas ,
> Ne mène–t–il pas au trépas?

Sedaine pouvait bien se moquer des moqueurs en
leur citant ce vers de Voltaire :

> L'instant où nous naissons est un pas vers la mort.

Et ne croyez pas que Voltaire l'ai dit le premier.
Rousseau avait écrit :

> Le premier moment de la vie
> Est le premier pas vers la mort.

Et Rousseau n'était pas l'inventeur. Thomas Corneille réclame la priorité pour ce vers :

> Chaque instant de la vie est un pas vers la mort.

Mais Boileau, qui le croirait? Ce régent du
Parnasse, ce poète cent fois plus méchant qu'un
journaliste, a fait au dur Chapelain l'honneur de
le voler.

CHAPELAIN.

> On quitte alors le temple , et l'innombrable foule
> Par le triple portail avec peine s'écoule.

BOILEAU.

> Aussitôt on se lève, et l'assemblée en foule
> Avec un bruit confus par les portes s'écoule.

CHAPELAIN.

L'infortuné guerrier, contre ce double orage,
Vainement dans son sein recherche du courage.

BOILEAU.

Le chantre , qui de loin voit approcher l'orage,
Dans son cœur éperdu cherche en vain du courage.

CHAPELAIN.

. . . . Chinon baisse , décroît,
S'éloigne , se blanchit , s'efface et disparoît.

BOILEAU.

Sous leurs pas diligens le chemin disparoît,
Et le pilier loin d'eux déjà baisse et décroît.

Le même Boileau ne s'est pas fait de scrupule de
prendre des expressions neuves et poétiques dans
les auteurs les plus obscurs ; par exemple dans ce
vers :

Tient un verre de vin qui rit dans la fougère,

Il imite Théophile qui avait dit :

Bacchus riant dans le cristal.

Je demande à tout homme de goût si une pareille
expression n'est pas plus remarquable que vingt
vers insignifians tels-que

Vous trouverez bon feu, bon lit et bonne table.

Et ajoutons que *Bacchus riant* est une image plus
juste que le *vin qui rit.*

Il me semble entendre les amis de *Conaxa* qui
me crient : vous nous ennuyez. Messieurs , je
n'en doute pas ; mais voilà deux mortels mois que

vous ennuyez le public avec vos sottises contre
M. Étienne ; et il n'y a rien de plus juste que la
loi du talion. Quant aux personnes qui ont eu la
faiblesse de vous croire, il n'y a pas grand mal de
les ennuyer une bonne fois afin qu'elles s'en sou-
viennent, et qu'elles ne chicanent plus les hommes
d'un talent distingué pour dix vers communs qu'ils
empruntent, quand ils font les bons vers par centaines.

Cependant rassurez-vous, je vais bientôt terminer mes citations, et pour ménager votre sensibilité
je ne les tirerai que de l'Iphigénie et de la Phèdre
de Racine : si vous y prenez goût, nous examine-
rons dans la suite les autres pièces.

Rien n'étonne plus dans un poète que de le voir
employer heureusement des expressions qui semblaient incompatibles avec la poésie ; et une seule
de ces expressions a souvent plus de prix que plusieurs vers, parce qu'elle est une véritable invention. Je ne sais, par exemple, si un poète tragique
oserait dire *aspirer à descendre*, opposition que
Corneille a trouvée. Par la même raison, le mot
chatouiller qui paraît si peu noble, et que Racine
a su ennoblir, semble appartenir exclusivement à
l'auteur d'Iphigénie. L'employer aujourd'hui serait sans doute un grand crime, puisque ce mot est
si remarquable, et que nos auteurs sont si honnêtes gens. Racine cependant n'a pas été si scrupuleux ; cette expression qui est devenue son bien, il
l'a dérobée à Corneille.

CORNEILLE.

Chatouillait, malgré lui, son âme encor surprise.

RACINE.

Chatouillaient de mon cœur l'orgueilleuse faiblesse.

Le *bon lit* et la *bonne table* de Conaxa seraient-ils un larcin plus coupable que cet emprunt ?

Ce méchant Racine a eu comme Molière la bassesse de voler les auteurs qu'il avait tués ; et il n'a pas dédaigné de fouiller dans les poches des Gilbert et des Rotrou ; en voici des preuves :

ROTROU.

Le sang qui sortira de ce sein innocent
Prouvera malgré vous sa source en se versant.

Racine a imité deux fois ces vers :

RACINE.

Vous rendre tout le sang que vous m'avez donné.
Allez ; et que les Grecs qui vous vont immoler
Reconnaissent mon sang en le voyant couler.

ROTROU.

S'il vous souvient pourtant que je suis la première
Qui vous ait appelé de ce doux nom de père.....

RACINE.

Fille d'Agamemnon, c'est moi qui la première,
Seigneur, vous appelai de ce doux nom de père.

Ces deux-là, j'espère, valent bien *le calendrier où je lis quelquefois.*

ROTROU.

J'immolerais le prêtre aux yeux de la victime.

RACINE.

Le prêtre deviendra ma première victime.

Et cet hémistiche si fameux, cet hémistiche que
tout le monde répète : *C'est toi qui l'as nommé,*
il n'appartient pas à Racine, et cependant il lui
restera. Gilbert avait dit :

Ne m'en accuse pas, c'est toi qui l'as nommé.

et pour compléter la ressemblance il faut ajouter
que dans Gilbert ces mots sont également dans la
bouche de Phèdre, et s'appliquent à Hippolyte.
Rotrou fait dire à Hippolyte :

Si je suis exilé pour un crime si noir,
Hélas ! qui des mortels voudra me recevoir.

RACINE.

Chargé du crime affreux dont vous me soupçonnez ,
Quels amis me plaindront si vous m'abandonnez?

ROTROU.

Va chez les scélérats , les ennemis des dieux ;

. . . .

Ceux qui se sont souillés d'incestes , d'adultères.

RACINE.

Va chercher des amis dont l'estime funeste
Honore l'adultère , applaudisse à l'inceste.

Tout ceci n'est pas copié sans doute , mais l'imitation y est forte. Une nouvelle circonstance dans
un sujet dramatique est souvent aussi remarquable
qu'un bon vers; s'en emparer est un emprunt considérable : Gilbert a eu le premier l'heureuse idée

de faire mourir l'odieuse confidente de Phèdre, et il a dit :

Dans les flots de la mer elle a fini ses jours.

Racine, qui embellit tout ce qu'il touche, a imité jusqu'au genre de mort :

Dans la profonde mer OEnone s'est lancée.

Tout le monde sait par cœur les vers du récit de Théramène qui finissent par celui-ci :

Le flot qui l'apporta recule épouvanté.

On ne sera peut-être pas fâché de voir comment le vieux Garnier et le triste Pradon ont présenté cette image empruntée à Sénèque. Le vers que je viens de citer est, au contraire, imité de Virgile.

GARNIER.

L'eau se creuse au-dessous en une large fosse,
Et des flots recourbés tout à l'entour se bosse ;
Elle bout, elle écume, et suit en mugissant
Un monstre qui se va sur le bord élançant.

PRADON.

De ses longs beuglemens les rochers retentissent,
Jusqu'au fond des forêts les cavernes gémissent ;
Dans la vague écumante il nage en bondissant,
Et le flot irrité le suit en mugissant.

Tel de nos poètes qui rit du pauvre Pradon, n'a jamais fait quatre vers semblables à ceux-ci.

J'ai dit que je ne citerais rien de Molière, parce que personne ne conteste ses *plagiats ;* cependant je reçois des lettres où l'on me presse de démontrer

que le grand homme a été aussi le plus grand des
pillards, ce qui, comme on sait, nuit beaucoup à
sa réputation. Entre autres personnes, M. C. Henri
me fournit une multitude de citations, connues
pour la plupart, mais dont le rapprochement étonne.
Si la lettre de M. Henri n'était pas un peu longue,
je me ferais un plaisir de la copier, par égard pour
un zèle si louable dans un temps où tant de braves
se réunissent à la foule pour attaquer un seul
homme. Je vais seulement rassembler les principaux traits de cette lettre.

Molière doit sa dispute de Trissotin et de Va-
dius à Saint-Evremont ; à Cyrano de Bergerac la
fameuse scène des *Fourberies de Scapin ;* au *Pédant* joué du même auteur, sa *Comtesse d'Escar-
bagnas ;* à Rotrou, des traits saillans de son *Amphytrion.*

ROTROU.

Point, point d'Amphytrion où l'on ne dîne pas.

MOLIÈRE.

Le véritable Amphytrion, etc.

ROTROU.

J'étais chez nous long-temps avant que d'arriver.

MOLIÈRE.

Et j'étais chez vous, je vous jure,
Avant que je fusse arrivé.

ROTROU.

(*Amphytrion.*) Et qui t'en a chassé?
(*Sosie.*) Moi, ne vous dis-je pas?

Moi que j'ai rencontré, moi qui suis sur la porte,
Moi qui me suis moi-même ajusté de la sorte,
Moi qui me suis chargé d'une grêle de coups,
Ce moi qui m'a parlé, ce moi qui suis chez vous.

MOLIÈRE.

Moi, vous dis-je, ce moi plus robuste que moi,
Ce moi qui s'est de force emparé de la porte,
  Ce moi qui m'a fait filer doux,
  . . . .
  Enfin ce moi qui suis chez vous,
  Ce moi qui veut être mon maître,
  Ce moi qui m'a roué de coups.

Voici des imitations plus modernes : Marivaux a pris ses *Jeux de l'amour et du hasard* dans l'*E-preuve réciproque* d'Alain ; Poinsinet, son *Cercle* dans les *Mœurs du temps* de Saurin ; Collin-d'Har-leville, son *Vieux Célibataire*, non pas dans la *Gouvernante* d'Avisse, dit M. Henri, mais dans le *Vieux Garçon* de Dubuisson ; Le Grand, son *Aveugle clair-voyant*, dans l'*Aveugle clair-voyant* des frères de Brosse ; et si l'on s'occupait des *plagiats* plus modernes encore, quelle liste, bon Dieu ! Celle des *maîtresses de don Juan* ne serait rien en comparaison.

J'ai cité des imations de *pièces*, des imitations de *scènes*, des emprunts d'*expressions saillantes*, de *tournures* de *vers* en tout genre. Dans cet océan de plagiats, quelle figure, je le demande, font les dix vers prosaïques, tant reprochés à M. Etienne, et disséminés dans les deux mille qui composent la comédie des *Deux Gendres ?* Un anonyme m'é-

crit avec un grand sérieux que M. Etienne n'a pas
pris dix vers, mais quinze! Eh bien! soit, *quinze;*
veut-on qu'il y en ait vingt? Je le veux aussi; sur
deux mille, cela fera juste *un pour cent;* c'est un
compte qu'entendront très-bien certains ennemis
de l'auteur : et quel est le poète vivant, quel est
même l'académicien qui puisse dire avec assurance :
les quatre-vingt-dix-neuf centièmes de mes vers
sont bien à moi?

CONCLUSION.

Les vers nombreux que j'ai cités ne sont-ils pas
plus élégans, plus remarquables que ceux dont
on fait un si grand crime à M. Étienne? La comédie où il les a placés n'est-elle pas supérieure
à celle où il les a pris? Doit-on lui faire l'honneur d'être plus sévère envers lui qu'on ne l'est
pour les Boileau, les Molière, les Racine et les
Voltaire? Serait-il défendu de placer dans une comédie les vers suivans :

Je ne sais où je vais, je ne sais où je suis.
Madame, retournez dans votre appartement.

parce que le premier se trouve dans Phèdre et
l'autre dans Britannicus? Si l'on pardonne aux
grands maîtres de l'art des emprunts considérables,
faut-il accabler M. Etienne des injures les plus
atroces pour s'être approprié quelques vers communs. J'attends une réponse à ces questions.

QUESTION MORALE.

JE reçois tous les jours des lettres anonymes; on me croira facilement quand je dirai qu'elles ne sont pas toutes fort polies. Quelques-unes cependant m'ont étonné par la modération qui y règne. Pourquoi ne pas signer ce que l'on peut avouer sans rougir? Je ne parlerais point de ces lettres, si l'on ne m'y faisait pas le reproche d'avoir été *peu modeste*, en annonçant *la fin* de ce ridicule procès. Comment a-t-on pu se méprendre sur le sens de mes expressions? Ai-je dit que je terminerais tous les procès que l'on peut intenter à M. Etienne; que je ferais cesser toutes les injures; que j'apaiserais toutes les querelles? J'ai parlé des *Deux Gendres* et de *Conaxa*, voilà tout. Si j'ai prouvé que M. Etienne n'a point trompé le public en disant qu'il ne connaissait pas le manuscrit intitulé *Conaxa*; si je prouve ensuite que M. Le Brun Tossa mérite seul le reproche de déloyauté qu'il adresse à M. Etienne, je me serai acquitté de ma promesse, et j'aurai terminé ce procès, sans me mêler dans les autres différends qui peuvent s'élever par la suite. Je n'ai pas besoin de *modestie* pour affirmer que deux et deux font quatre; eh bien! la honte de M. Le Brun Tossa sera aussi évidente que cette proposition arithmétique.

On attribue généralement aux succès de M. Etienne la haine furieuse dont il est l'objet.

Ses succès, son bonheur y entrent pour beaucoup
sans doute ; mais les pamphlets et les lettres anonymes m'ont révélé une cause bien plus certaine
et bien plus agissante. C'est la place de *rédacteur*
en chef du Journal de l'Empire qui vaut à
M. Etienne cette haine implacable et ce torrent d'injures. Ses ennemis se sont persuadés qu'il pouvait
à son gré faire distribuer le blâme ou la louange ;
qu'il peut diriger, selon son caprice, la conscience
et le goût des autres rédacteurs ; qu'il peut commander des *articles* critiques ou favorables. Jamais
on n'imagina rien de plus faux. Un M. Bouvet a
la naïveté d'adresser publiquement cette phrase à
M. Etienne : « Vous l'avez bien mérité, et pour
» l'*insouciance* et pour la *partialité* que vous avez
» montrées dans mes querelles avec Dussault. »
Tâchez, si vous le pouvez, de concilier la *partia-*
lité avec l'*insouciance ;* voyez si les ennemis de
M. Etienne sont insoucians. Eh bien! c'est pour
dire une pareille absurdité que l'on fait circuler
une brochure. On m'écrit à moi : « On vous par-
» donne vos méchancetés dans le Journal de l'Em-
» pire, parce qu'on sait que vous obéissez à
» M. Etienne. » Ces messieurs ont trop bonne
opinion de mon caractère ; il n'a pas tant de docilité : et s'ils refusent de m'en croire, quand je
dis que M. Etienne est incapable de donner de
pareils ordres, il est au moins bien sûr que je ne
les recevrais pas.

N'est-ce que depuis la nomination de M. Etienne

9.

que l'on déclame contre le journal de l'Empire ?
Autrefois M. Dussault avait-il toujours l'encensoir
à la main ? Les mauvais écrivains le regardaient-
ils comme leur protecteur ? Le Journal de l'Empire a-t-il jamais passé pour être doucereux ?

Qu'on cesse donc d'attribuer à M. Etienne un
pouvoir et une intention qu'il n'a pas ; et occupons-nous enfin des fameuses *révélations* de son
très-cher ami.

On se demande quelle a été l'intention de
M. Le Brun Tossa, ce qu'il a voulu prouver, quel
a été son but en publiant sa brochure. Il dit *qu'il
figure bien malgré lui dans ce procès* ; quelle puissance l'a forcé d'y entrer ? Ce n'est pas moi du
moins qui lui en fais le reproche ; je lui ai de
grandes obligations ; il a considérablement allégé
ma tâche : sans les aveux de ce nouvel ennemi,
bien des personnes seraient restées dans le doute.
Il dit qu'il n'a point reçu d'argent ; et il le répète
avec une affectation qui a tout l'air du regret.
M. Etienne est en effet bien ingrat, car s'il n'a pas
dû payer le manuscrit de M. Le Brun, il devrait
au moins payer sa brochure. M. Le Brun affirme
qu'il n'a pas travaillé aux *Deux Gendres* : eh ! bon
dieu ! son innocence, à cet égard, est bien évidente ; j'ai sous les yeux quelques-uns de ses ouvrages ; ils suffisent pour l'absoudre de toute comparaison avec M. Etienne. Est-ce pour éloigner
un pareil soupçon que M. Le Brun Tossa se croit
obligé de déshonorer son ancien ami, qu'il l'ac-

cuse d'avoir commis *un faux*, d'avoir *falsifié une
lettre?* Ici je prie le lecteur de me prêter toute son
attention ; voici véritablement la fin de ce procès.
M. Le Brun Tossa devait s'associer à M. Étienne
pour faire avec lui la comédie des *Deux Gendres*.
Il rompit, comme il l'avoue, la société avant
d'avoir travaillé à la pièce. M. Étienne devait donc
exiger de lui une reconnaissance, un titre par lequel il fût bien démontré que M. Le Brun Tossa
n'avait aucune part à la paternité, ni à la propriété
de l'ouvrage. La date d'un pareil écrit était fort
indifférente, pourvu qu'il constatât la non propriété de M. Le Brun. M. Étienne avait le droit,
et, par un esprit prophétique, il a eu la précaution d'exiger que cette déclaration fût conçue dans
les termes les moins équivoques. Il a pu, il a dû
dire : On croit que nous avons travaillé ensemble,
vous y avez renoncé, donnez-moi une reconnaissance par laquelle il soit prouvé que j'ai fait seul
l'ouvrage, et qu'il m'appartient tout entier.

M. Le Brun Tossa dit qu'il a eu la *complaisance*
d'écrire et de signer cette lettre ; que M. Étienne
ne l'a imprimée qu'après l'avoir altérée ; mais il ne
dit pas qu'à cette lettre il avait joint le billet que
je vais transcrire. Je préviens le lecteur que, dans
ce billet et dans les lettres suivantes, je soulignerai
des expressions *utiles*, qui ne sont point soulignées
dans l'original.

Billet de M. Le Brun Tossa. (Sans date.)

. « Voyez, mon ami, si cela vous convient. Dans
le cas où vous jugeriez à propos de faire des changemens notables, je ne vous demande qu'à les
connaître avant le public. Vous êtes trop bon pour
me refuser cette petite satisfaction.

» Plaisanterie à part, *changez, conservez,* je
vous en laisse le maître. Il ne tenait qu'à vous
d'avoir beaucoup plus tôt cette preuve de mon entier dévouement à vos intérêts. Les commères ***
et autres ne prévaudront pas contre mon *imperturbable loyauté.* Je ne tourmente, en vous donnant
cette lettre, NI MA CONSCIENCE NI MON CŒUR.

» Votre domestique ne m'a point apporté la
préface annoncée ; je présume que vous ne l'avez
pas faite encore. »

Ce billet n'est signé que par trois initiales ; mais
il est entièrement de la main de M. Le Brun
Tossa, et de la même écriture que ses lettres qui
sont bien signées, et que l'on trouvera, avec le
billet, chez Me Grelet, notaire, rue Basse-d'Orléans.

M. Étienne avait donc, par ce billet, la permission de *changer* ou de *conserver*, dans la lettre,
tout ce qu'il voudrait, et le droit d'y choisir les expressions qui constatassent le mieux qu'il est possible son entière propriété de la comédie des *Deux
Gendres.* Si cette lettre avait été une ruse, une su-
percherie convenue, M. Le Brun Tossa parlerait-il

de son *imperturbable loyauté?* si elle avait été un mensonge, dirait-il qu'il ne tourmente, en la donnant, NI SA CONSCIENCE NI SON COEUR? enfin, dans ses indignes *révélations* mêmes, il dit que cette lettre n'énonce rien de faux.

Mais quelle a été la conduite de M. Etienne pour mériter l'infamie dont son *cher ami* cherche à le couvrir? Ces mots : *plaisanterie à part, changez, conservez, je vous en laisse le maître*, le dispensaient de toute communication ultérieure ; cependant il renvoie à M. Le Brun Tossa cette lettre et sa préface, *toutes deux imprimées, en épreuves*, pour les soumettre à son approbation définitive, par égard pour l'ancienne association ; et M. Le Brun Tossa lui répond la lettre suivante, où je souligne également les mots qui feront apprécier *sa conscience et son cœur.*

Lettre de M. Le Brun Tossa.

Paris, le 10 décembre 1811.

» Je vous remercie, *mon très-cher ami*, de votre communication, et vous renvoie tous les matériaux. Je trouve cette préface *bien convenable*, et quant à ma lettre, je vois que vous n'avez fait *que les changemens exigés* pour que l'ensemble soit coordonné. »

» Je désirerais cependant qu'à cette phrase, *et surtout* (1) *écrire, en vers, une comédie*, vous ajou-

(1) Ces mots sont soulignés dans l'original.

tassiez *du haut genre*. Une pièce peut être du haut genre en trois actes comme en cinq; il n'y aurait rien là de contradictoire avec votre narration.

» Je vous prie aussi de soigner la phrase italienne de la fin; elle est barbarement *imprimée*.

» Je ne sais quelle espèce et quel nombre de sottises on me prête, mais sans doute que ma lettre clora le bec *aux* CORBEAUX, OIES *et* GRE-NOUILLES *qui font tant de bruit*. Attendu que ma *franchise*, peut-être un peu brusque, m'a de tout temps valu de nombreux ennemis, si quelqu'un d'eux allait se cacher derrière un journaliste pour m'adresser des camouflets, dans cette circonstance je dois compter assez sur votre amitié pour m'é-pargner la peine d'écrivasser dans les journaux, et de perdre à répondre un temps dont je ne suis pas tout-à-fait le maître.

» Adieu, *mon très-cher ami*; j'irai vous voir dans quelques jours, si le temps et mes nerfs y consentent.

Signé LE BRUN TOSSA. »

Et c'est après avoir laissé la liberté de changer, et c'est après avoir approuvé les changemens, qu'il fait cet odieux scandale, qu'il imprime une infâme calomnie, et qu'il choisit pour publier ce men-songe le moment où son ancien ami est l'objet de tant de haine et de persécutions!

Ce billet et cette lettre suffisent bien, ce me semble, pour prouver *l'imperturbable loyauté* de

M. Le Brun Tossa ; mais ils ne dévoilent pas encore entièrement *sa conscience et son cœur.* Je
viens de vous montrer son portrait de profil, vous
allez le voir en face et parfaitement ressemblant.
Cet homme se plaint, dans sa brochure, de ce que
M. Etienne parle seulement d'un *projet de canevas,* tandis qu'il lui a remis une comédie entière,
qui offrirait identité parfaite avec *Conaxa,* si le titre
et les noms étaient les mêmes, s'il n'y avait pas
des *gravelures* dans le manuscrit de M. Le Brun
Tossa, et sans une note où l'auteur parle de Bordeaux, et non pas de Rennes et d'un jésuite. Voici
ma réponse.

L'intention de M. Le Brun Tossa était-elle de
faire jouer cette comédie telle qu'elle se trouvait
dans le manuscrit ? Non certainement, puisque
pendant plus de trois ans les deux associés *sont
convenus verbalement des premières données, des
principales bases du travail à faire,* comme il le
dit dans ses belles *révélations.* Or, la pièce la plus
complète n'est plus qu'un *canevas* pour l'auteur
qui veut en faire un autre sur le même plan ; et
tant que ce plan n'est point tracé, tant qu'on ne
s'en occupe que verbalement, le *canevas* n'est
encore qu'un *projet.* Mais que vont dire mes lecteurs quand ils verront que l'honnête M. Le Brun
Tossa pressait M. Etienne d'avouer au public non
pas une pièce, ni même un canevas, mais seulement une anecdote. Ecoutons ce qu'il dit dans une
autre lettre, qui sera également déposée.

Autre Lettre de M. Le Brun Tossa.

» Puisque des journaux ont dit que Piron avait ou paraissait avoir bâti son mauvais drame sur une anecdote, quel inconvénient trouveriez-vous à imprimer vous-même que je vous ai communi- qué *cette anecdote* avec des détails qu'on ne peut guère douter que Piron ne l'ait connue, et qu'on ne conçoit pas comment il a pu se déterminer à substituer des fils à des gendres. Vous me remer- ciez, chemin faisant, de vous avoir beaucoup pressé de traiter ce sujet, et moi de me pavaner comme l'eunuque présent aux couches de la sultane *Validé.* (Souligné dans l'original.) Croyez-moi, réfléchis- sez sur ma proposition. Si la forme que j'indique ne vous paraît pas bonne, choisissez-en une autre. J'écrirai moi-même, si vous voulez, et *ce que vous voudrez;* il suffira de nous entendre à cet égard. Pensez-vous qu'il n'y ait rien à faire? Je ne suis pas de votre avis, mais je n'insisterai pas; c'est bien à vous, au reste, à juger de vos véritables in- térêts, les miens sont de vous prouver que *je vous suis attaché de tout cœur*, parce que vous êtes *un bon enfant*, et le *** d*** est de mon avis.

> » Tout à vous.

> » LE BRUN TOSSA. »

» Ce que je propose pourrait avoir son appli- cation dans la préface ou postface de votre ouvrage imprimé; mais il serait mieux encore de l'employer doublement. Si vous adhérez, *ed anch' io piu non muojo*. Feriam sidera vertice. Je le puis sans danger, car j'ai la tête dure. »

Mais vont dire les personnes prévenues, M. Etienne voulait ensevelir dans le plus profond secret la communication même de l'anecdote. Je réponds que cela était impossible, puisque les *Fils ingrats* de Piron existaient, et que M. Etienne ne pouvait plus passer pour inventeur du sujet ; mais si l'on en doute encore, écoutez M. Le Brun Tossa ; il dit, dans la même lettre : « Vous avez vous-même *dit et redit* à certaines gens, *qui ne méritent ni votre confiance, ni la mienne*, que je vous avais donné ce sujet. » C'est un plaisant moyen, sans doute, de garder un secret, que de le *dire et redire* à des gens qui ne méritent point de confiance.

Maintenant je déclare que je n'ai point transcrit en entier cette longue lettre, parce que M. Le Brun Tossa y a nommé plusieurs personnes que je n'ai pas le droit de tympaniser et de mêler à cette discussion. C'est par le même motif que j'ai désigné par des *** le nom propre qui se trouve dans le premier billet ; il est celui d'un homme de lettres, et je ne crois pas devoir, pour le plaisir de défendre M. Etienne, citer une personne honnête d'une manière désagréable. Il faudra bien que, sur ce point, mes lecteurs m'en croient sur parole, ou qu'ils se donnent la peine de vérifier mon assertion chez le notaire désigné ci-dessus.

En réunissant tous les traits de *franchise* de M. Le Brun Tossa, le lecteur peut apprécier toutes les expressions de sa brochure. Dans ses *révélations* il dit, page 6 : « La prodigalité de *mes* confi-
» dences explique comment et pourquoi circulaient
» tous ces bruits plus ou moins rapprochés de la
» vérité. » Dans sa lettre du 1er septembre 1810, il se plaint au contraire de ce que c'est M. Étienne qui *dit* et *redit* avoir reçu ce sujet de comédie. Dans les *révélations*, M. Le Brun Tossa est un homme si franc qu'il n'a pu s'empêcher de prodiguer les confidences; dans sa lettre, c'est M. Étienne à qui l'on reproche de dire trop franchement ce que M. Le Brun Tossa voudrait cacher. Dans les *ré-vélations* de janvier 1812, M. Le Brun Tossa blâme la *ridicule* préface des *Deux Gendres;* dans sa lettre de décembre 1811, c'est-à-dire quinze ou vingt jours auparavant, il avait trouvé cette préface *très-convenable.* Dans ses *révélations*, il réclame contre l'altération de sa lettre ; dans son billet il avait dit : *changez, conservez, je vous en laisse le maître.* Par ses *révélations* il semble prouvé qu'on a imprimé sa lettre *altérée* sans sa permission ; dans sa lettre de décembre 1811, il remercie M. Étienne de la communication, approuve les *changemens*, et se félicite de sa *franchise*, qui clora le bec aux *cor-beaux, oies et grenouilles.* Par ses *révélations* il paraîtrait que la lettre imprimée dans la quatrième édition n'était qu'une ruse concertée; dans son billet, M. Le Brun Tossa dit qu'*elle ne tourmente ni*

sa conscience ni son cœur. Par les *révélations* il semble que M. Étienne voulait taire la vérité, et que M. Le Brun Tossa, beaucoup plus honnête, conseillait un aveu qui ne fût ni une *vérité* ni un *mensonge* (page 7); dans sa lettre du 1er septembre 1810, M. Le Brun Tossa imagine et conseille le mensonge; il offre de mentir publiquement, il dit : *J'écrirai si vous voulez,* ET CE QUE VOUS VOU-DREZ. Et qu'on ne croie pas que M. Étienne ait désiré, demandé, sollicité cette supposition; M. Le Brun Tossa ajoute dans la même lettre : « *Pensez-vous qu'il n'y ait rien à faire ?* » Est-ce ainsi que l'on parle à celui qui propose ? Il dit ensuite : *si vous adhérez......* Exprime-t-on ce doute si l'on a été sollicité? Dans ses *révélations* enfin M. Le Brun Tossa fait soupçonner, sous le voile de l'ironie, que M. Étienne lui a de grandes obligations non-seulement pour le manuscrit, qui était une pièce toute faite, mais pour l'idée d'introduire des femmes dans l'ouvrage, et surtout pour le dénouement qui paraît être un fruit du génie de M. Le Brun Tossa; mais cet homme si *imperturbablement* loyal a fort peu de mémoire. On a vu qu'il avait oublié le nom du principal personnage dans une pièce qu'il a méditée pendant trois ans, et voici qu'il oublie la lettre qu'il écrivit à M. Étienne le 12 août 1810, c'est-à-dire le lendemain de la pre-mière représentation des *Deux Gendres.* Je prie le lecteur de bien peser les expressions de cette lettre, et de décider si elle ressemble à celle d'un homme qui juge l'ouvrage qu'il connaissait d'avance, où qui voit une pièce toute nouvelle pour lui.

Lettre de M. Le Brun Tossa.

Paris, 12 août 1810.

» Mon cher ami, les fondemens de l'édifice sont solides, et les *Deux Gendres* auront le prix décennal au second concours.

» Quelques crudités dans le style, quelques contrastes trop brusques, et qu'il serait superflu que je vous indiquasse, attendu que vous ne manquerez pas d'indicateurs, voilà les défauts que la tourbe a remarqués hier.

» *Vous avez fait* un parent du protégé éconduit, je ne l'improuve pas ; mais il y a, je crois, à modifier le refus. Ce n'est pas tout-à-fait de cette manière que des ambitieux, des gens qui caressent l'opinion publique, éconduisent ceux que le sang ou l'alliance rapproche d'eux. Je ne développe pas mon idée ; si elle est bonne, vous la saisirez bien.

» Je suis mécontent de la scène où les valets insolens viennent s'excuser auprès de Comtois. En la pressentant, tout le monde espérait qu'elle serait très-comique : elle est vide, ou du moins trop écourtée. Regardez-y.

» Puisque le membre du comité de bienfaisance est un avare, pourquoi ne pas motiver principalement sa restitution sur l'espoir d'obtenir exclusivement, par ce procédé, le reste imposant de la fortune qu'on suppose au beau-père ? la vengeance ne peut être une raison suffisante. C'est ici que vous devez regarder de vos deux yeux. Je vous le répète, les corrections me paraissent et sont, en effet, très-faciles ; mais, sans elles, point de prix décennal. On dira avec raison que, soit précipitation, soit autre cause, vous n'avez pas fait tout ce qu'il fallait et tout ce que vous pouviez.

» J'irai vous voir quand je le pourrai ; mais si, en attendant, vous pouvez disposer d'un billet pour un de nos chefs de bureau, qui est mon ami, et pour sa femme, je vous en remercierai.

» Vous m'avez également offert des billets de *Cendrillon*. Pourriez-vous m'en envoyer un de galerie ou de secondes loges, ne fût-il même que de troisièmes ? C'est une vieille dame et sa fille qui m'ont arraché la promesse de vous en demander un.

» Evohé ! évohé ! toutes les *Cendrillons* passées, présentes et futures ne valent pas la moitié d'un acte des *deux Gendres*.

» Félicitations et amitié constante.

» LE BRUN TOSSA. »

Comparez le ton de cette lettre avec les faits allégués dans les *révélations*. Si l'on dit vrai dans les *révélations*, a-t-on dû écrire cette lettre ? Quand on a écrit cette lettre, a-t-on pu faire de telles *révélations* ? Eh quoi ! c'est avec cette douceur, cette

complaisance, cette constante approbation, cette
offre d'écrire ce que l'on voudra, ces protestations
d'amitié, de dévouement, que le faiseur de révélations écrit toujours, même jusqu'à la fin de l'année
1811, à un ami perfide, lâche, déloyal, qui a eu tant
de torts envers lui! Certes, M. Le Brun Tossa est
un bien bon homme! Quoi! dans le milieu de décembre 1811, M. Étienne est le *très-cher ami*, on
lui jure un *entier dévouement*, on approuve tout ce
qu'il a fait, on le remercie de ses *communications;*
ses ennemis sont des corbeaux, des oies et des
grenouilles ; et dès le commencement de janvier
1812, le *très-cher ami* est déloyal, il a falsifié une
lettre, n'a point fait de *communications*, et M. Le
Brun Tossa le quitte brusquement pour se mêler
aux oies, aux grenouilles et aux corbeaux : que dis-
je? Il veut le déshonorer pour des faits antérieurs
aux protestations d'amitié, de dévouement, et à
l'approbation donnée à sa conduite !

Je commence à m'apercevoir que j'ai été présomptueux en annonçant la fin de ce procès. Si
l'on peut rester honnête homme, si l'on mérite
quelque confiance, en démentant dans une brochure ce que l'on a écrit dans cinq lettres différentes
et dans des temps différens, ce procès ne doit jamais finir ; mais, certes, je n'y plaiderai plus.

Le faiseur de révélations annonce qu'il va faire
connaître les lettres de M. Étienne ; s'il veut l'ef-
frayer, il n'y réussit que trop. C'est comme s'il
lui disait: Je prouverai que vous avez été mon ami.

M. Le Brun Tossa sait bien que ce n'est pas là une petite menace.

C'est sans doute son imperturbable loyauté qui lui donne le droit de parler de M. Étienne avec ce ton de supériorité qui sied si bien à la vertu. Il se compare fièrement à un maître qui donne un certificat à un *valet*. Rien ne m'a plus étonné que cette expression. Dans un ouvrage de M. Le Brun Tossa je trouve des idées plus libérales, plus de penchant à l'égalité, et le noble espoir de faire cesser toute distinction entre les valets et les maîtres; mais j'aurai la méchanceté de ne point déposer cette comédie avec ses lettres : je ne suis pas assez content de lui pour lui donner cette satisfaction.

Je lui sais gré, néanmoins, de la leçon qu'il donne à M. Étienne, en le nommant sans cesse *le jeune homme*. Jamais il n'a rien dit de plus vrai ; et, dans une circonstance moins odieuse, je me permettrais aussi de rire du *jeune homme*, qui a si mal connu les hommes, qui s'est fié aux protestations, à la franchise, à la loyauté, à la conscience, au cœur de M. Le Brun Tossa. C'est bien un *jeune homme*, celui qui n'a pas cru possible que le *très-cher ami* du mois de décembre devînt un calomniateur au mois de janvier. C'est encore un *jeune homme*, celui qui, enivré, et peut-être un peu enflé (comme on le dit) d'un si brillant succès et d'une fortune littéraire aussi rapide, est resté dans une sécurité parfaite au milieu des trames que l'on ourdissait de tous côtés pour l'y envelopper avec sa gloire. Oh! c'est bien un *jeune homme*, celui qui, apprenant qu'on avait déterré un manuscrit, n'a pas couru à la bibliothèque pour le comparer avec celui qu'il possédait. Il aurait vu que les deux pièces se ressemblaient beaucoup, quoique le titre soit différent ; quoique les noms des personnages ne soient pas les mêmes ; quoique l'une soit d'un homme de Bordeaux, et l'autre d'un jésuite de Rennes ; quoique l'une porte le nom de *Conaxa,* qui ne se trouve pas dans la seconde ; quoique l'une contienne des gravelures, et que l'autre soit assez chaste pour être jouée dans un collége. Il aurait su qu'il ne suffit point de n'avoir pas menti, mais qu'il faut encore n'avoir pas l'air de mentir. C'est là que M. Étienne s'est véritablement conduit en jeune homme.

Pourquoi donc ne lui a-t-on pas reproché ce tort bien réel ? c'est qu'il pouvait s'excuser : on voulait lui en trouver d'inexcusables, et l'on eut recours à la calomnie. De son côté, M. Étienne entend dire qu'il a pillé deux, trois, quatre cents vers : il savait bien que cela était faux ; on parle d'un manuscrit de la Bibliothèque impériale, il savait bien qu'il ne l'avait pas vu ; on cite une comédie intitulée *Conaxa*, il n'avait jamais entendu ni lu ce nom bizarre ; on parle d'un jésuite de Rennes, d'une pièce de collége, tout cela éloignait l'idée de ressemblance avec le manuscrit de M. Le Brun Tossa. Quel est celui de mes lecteurs, je le demande, qui, dans une pareille circonstance, se

serait douté de l'analogie entre deux objets qui se
présentent sous des apparences si contraires ? N'aurait-il pas cru que le fameux *Conaxa* que l'on disait un chef-d'œuvre, et qui, par cela même, devait
être bien différent du *manuscrit*, était comme *les
Fils ingrats* de Piron, une toute autre comédie
traitée sur le même sujet. D'ailleurs, après tant
d'avanies, tant d'outrages, tant d'infamies, un
mouvement d'indignation, d'orgueil irrité n'est-il
pas un peu pardonnable ? Doit-on tant de déférence
à des gens qui se conduisent d'une manière si honteuse ? Au fait; en quoi son honneur est-il com-
promis ? A-t-il connu le manuscrit de *Conaxa ?*
Non. A-t-il dû le nier ? Oui. A-t-il soutenu qu'il
eût inventé le sujet ? Non. A-t-il pu faire, comme
Piron et tant d'autres, une nouvelle comédie sur
un fonds ancien ? Oui. A-t-il fait parler M. Le
Brun Tossa sans y être autorisé par lui ? Non.
M. Le Brun Tossa est-il bien un calomniateur ?
Oui. Maintenant, si le procès n'est pas fini, je
dois avouer que je n'ai aucune idée ni de la logique,
ni de la justice.

Et vous, gens d'esprit, hommes d'un talent distingué, hâtez-vous de prendre la plume, travaillez
nuit et jour, négligez votre santé, vos affaires; on
vous demande une bonne comédie, une comédie
de mœurs; on vous crie de toutes parts d'abandonner les Marivaux, les Dorat, et d'entrer dans
la route qu'a tracée Molière. Une noble ambition
s'empare de vous; votre ouvrage paraît, le public

l'applaudit ; et aussitôt l'envie, la haine, la rage, se déchaînent contre la pièce et contre l'auteur. Voilà sans doute un bel encouragement ! Pour avoir fourni sur cette affaire une simple anecdote, l'auteur des *Étourdis* est insulté dans un libelle : il suffit donc d'avoir fait une bonne comédie pour recevoir un outrage.

C'est pour cette troisième partie surtout que je réclame l'indulgence du lecteur ; une pareille discussion n'est guère compatible avec l'élégance. J'ai le droit d'exiger au moins que mes fautes ne nuisent point à la cause de M. Étienne. Si l'on veut considérer ensuite que l'honneur même m'imposait l'obligation de me presser ; si l'on pense à tout ce qu'il m'a fallu lire, comparer, écrire en moins de huit jours, j'espère que l'on sera peu sévère sur les fautes de style ; je désire, au contraire, qu'on le soit beaucoup sur ce qui tient à la raison et à la justice.

HOFFMAN.

P. S. On me demande pourquoi M. Étienne ne s'est pas chargé lui-même de sa défense. On ignore sans doute que, dans le moment où ses ennemis l'accablaient de tant d'outrages, il a eu le malheur de perdre une mère chérie qui était venue dans la capitale pour jouir des succès de son fils, et qui n'a emporté dans la tombe que le sentiment de ses chagrins.

Tous les amis de M. Étienne lui ont offert le secours de leur plume : il m'a fait l'honneur de me désigner. S'il a consulté le zèle, il a bien choisi : s'il a cru trouver en moi le talent nécessaire, je crains qu'on ne lui reproche encore de s'être conduit en jeune homme.

NOUVEAUX ÉCLAIRCISSEMENS,

EN FORME DE CONVERSATION,

SUR

CONAXA ET LES DEUX GENDRES.

QUINZE jours s'écoulent sans que j'entende parler ni de *Conaxa*, ni des *Deux Gendres*. Je m'applaudis en secret de cet heureux calme, je me félicite d'avoir rassemblé des preuves si évidentes. Tout est fini, me dis-je ; les ennemis de M. Étienne ont rougi de s'être réunis à un homme qui fait parade de sa mauvaise foi, qui dément publiquement ce qu'il a écrit dans quatre lettres confidentielles et affectueuses ; qui a la honteuse franchise d'avouer que l'on ne doit se fier ni à ses protestations d'amitié ni à son honneur. C'est à ce degré d'infamie que l'on doit la *fin du procès*. Qui voudrait, en effet, se dire l'associé de l'homme qui a deux noms, deux visages, deux consciences.? Aussi, depuis que le *très-cher ami* s'est nommé, tous les pamphlets sont anonymes : tant on frémit du soupçon de *fraternité!* L'un des coalisés, qui signe M. S. L...t, ne veut pas renoncer à haïr M. Étienne ; mais il redoute tellement l'amitié du *révélateur,* qu'il le

nomme *un fripier de littérature dont la déloyauté
et la mauvaise foi sont aujourd'hui dans la plus
odieuse évidence.* Dieu soit loué! les méchans se
battent entr'eux, et la guerre va finir. Je me com-
plaisais dans ces idées agréables, quand tout-à-
coup ma porte s'ouvre: je vois entrer un de mes
amis chargé de brochures; il les jette sur ma
table, s'assied, et nous commençons le colloque
suivant:

L'AMI.

Eh bien! je vous l'avais dit; vous avez eu tort
d'annoncer la fin du procès: voyez ce qu'a vomi
la boutique de Dentu!

H.

J'ai annoncé la fin du procès, mais non pas la
fin des libelles.

L'AMI.

Mais ces libelles sont les pièces du procès.

H.

Non.

L'AMI.

Eh! vous ne les connaissez pas.

H.

Qu'importe? le procès n'en est pas moins fini.
De quoi s'agit-il?

L'AMI.

De savoir si M. Étienne a connu le manuscrit
de *Conaxa.*

H.

J'ai prouvé que non, et le *révélateur* lui-même le disculpe à cet égard.

L'AMI.

Tout ceci n'est qu'une subtilité. Qu'importe qu'il ait connu le manuscrit de la Bibliothèque ou celui de Le Brun Tossa, s'il y a presque identité entre les deux?

H.

Et vous aussi, vous me faites cette misérable objection! Ai-je voulu prouver que M. Étienne ne s'était aidé d'aucun manuscrit? Non, sans doute, puisque j'avais sous les yeux celui de M. Le Brun. Relativement à l'imitation, il est fort indifférent qu'il ait pris le sujet à la Bibliothèque ou ailleurs; mais il était nécessaire de démontrer qu'il n'avait pas trompé le public en affirmant qu'il ne connaissait point *Conaxa.* Voilà ce que j'ai voulu mettre en évidence : l'ai-je fait?

L'AMI.

Il devait toujours dire qu'il avait eu des secours pour composer sa comédie des *Deux Gendres.*

H.

Il l'a dit, page 6 de sa Préface.

L'AMI.

Oui, il parle des *Fils ingrats;* mais il veut faire croire qu'il a eu l'idée de substituer des gendres à des fils.

H.

Vous êtes dans l'erreur : il dit qu'*on a traité avant lui le sujet des* DEUX GENDRES , et non pas des *Deux Fils.*

L'AMI.

Oui, oui... mais en parlant du manuscrit de Le Brun, il ne le nomme qu'un *projet de canevas.*

H.

Et ce n'était que cela , puisqu'on *projetait* d'en faire une nouvelle pièce.

L'AMI.

Il devait supposer que son manuscrit et *Conaxa* n'étaient qu'une seule et même comédie.

H.

Sans doute ; il devait deviner aussi que *Conaxa* était la même pièce que *les Fils ingrats* de Piron ; qu'il était impossible de faire plusieurs comédies sur le même sujet, et qu'un manuscrit où se trouvent des obscénités révoltantes était l'ouvrage d'un jésuite, et destiné à un collége. M. Étienne est inexcusable de n'avoir pas prévu des choses aussi vraisemblables.

L'AMI.

Mais pourquoi n'a-t-il pas déposé ce manuscrit avec les lettres de Le Brun Tossa ?

H.

Il en avait égaré la moitié ; moi-même je n'ai vu que le troisième acte et la fin du second.

L'AMI.

Ah! il avait égaré... Ceci n'est pas clair.

H.

Doucement! il l'a retrouvé, et vous pourrez le lire.

L'AMI.

Eh bien! qu'y verra-t-on?

H.

Que la pièce, comme je l'ai dit, est à peu près la même que celle de *Conaxa* ; mais que ce nom ne s'y trouve nulle part ; que le beau-père s'y nomme Molineau, le valet Sotinet ; qu'il y a des fautes de rime et de versification ; que le véritable auteur n'est point un jésuite ; qu'il a fait cette pièce en Corse et non pas à Rennes ; que le manuscrit enfin contient certains vers d'une obscénité si dégoûtante, qu'il faut être poussé à bout pour les mettre sous les yeux des honnêtes gens. Parlez donc encore à présent de la pièce du jésuite.

L'AMI.

C'est égal ; Le Brun Tossa vient de vous répliquer...

H.

Lui? C'est impossible!

L'AMI.

Eh parbleu, voilà sa brochure!

H.

S'inscrit-il en faux contre ses lettres ?

L'AMI.

Non , il les avoue.

H.

Eh bien, il ne réplique donc pas? A-t-il écrit à M. Étienne , en lui envoyant sa lettre : *Changez, conservez, je vous en laisse le maître ?*

L'AMI.

Il en convient.

H.

A-t-il ensuite approuvé ces changemens? A-t-il continué à nommer *son très-cher ami* celui qui les avait faits ?

L'AMI.

Il ne le nie pas. Ses lettres , dit-il., sont *autographes.*

H.

Comment donc M. Étienne a-t-il été *déloyal* en janvier, pour avoir fait vingt jours auparavant ce que le *cher ami* approuvait en décembre? Vous voyez bien que le procès est fini, et que M. Le Brun décide lui-même la question comme *juge* ou comme *juré,* car il s'entend très-bien en jugement.

L'AMI.

Malgré tout cela, sa brochure est foudroyante.

H.

Y ferait-il mon éloge, par hasard? Ne me donnez donc pas de ces frayeurs-là.

L'AMI.

Rassurez-vous; il vous accable d'injures.

H.

C'est ainsi qu'il traite ses amis; il a toujours cette louable attention. Quand il veut se rapprocher de quelqu'un, il lui donne les jolis noms de *lâche* et *déloyal;* il sait que l'amitié exige de l'analogie. Cet homme-là ne me hait pas, j'en suis certain, puisqu'il me dit des injures.

L'AMI.

Il vous couvre de mépris.

H.

Vous voulez dire qu'il me le rend? Il y a bien long-temps qu'il m'en doit: je le défie de s'acquitter; mais il est toujours beau de commencer à payer ses dettes. Si je voulais jouer sur le mot, je dirais que le mépris de M. Le Brun n'est point à mépriser. Je compte bien en faire mon profit; je ne dois pas négliger mes titres à l'estime publique.

L'AMI.

Il vous peint comme un *vilain monsieur, long et maigre.*

H.

Je ne suis ni petit, ni gras, ni beau; ne dites

donc plus que M. Le Brun ment toujours, car voilà trois vérités, et surtout fort utiles à sa cause. Puisque je suis long et maigre, comment voulez-vous que M. Le Brun ne soit pas un honnête homme?

L'AMI.

Il vous nomme sans cesse le vilain homme, le vilain monsieur.

H.

Il y a cinquante ans que les femmes me font ce compliment, et j'ai vu que les plus laides ne me l'épargnaient pas. Mais depuis qu'il est bien prouvé que je suis un vilain homme, je veux parier qu'avant trois mois M. Le Brun me nommera son *très-cher ami.*

L'AMI.

Il apprend au public que vous êtes bègue, et que ceux qui ri.... ri.... ri.... ront, auront affai.... fai... faire à vous.

H.

Oh! c'est charmant! Vous aviez bien raison de dire qu'il m'avait répliqué. Je l'avoue, je suis confondu; dès que je suis bègue M. Etienne doit perdre son procès : la conséquence est inévitable. Mais ce n'est pas quand il s'agit de ceux qui ri... ri... ront, que j'hésite; il y a des syllabes bien plus embarrassantes pour ma pauvre langue. Quand, par exemple, je veux dire : Honneur à M. Tossa! ce diable de mot ne veut pas sortir de ma bouche, et je répète si souvent hon.... hon.... hon.... que l'on croit entendre honte. Son nom même est un supplice pour moi : TOSSA ! quel mot pour un bègue honnête !

L'AMI.

Il se moque de M. Etienne, avec *son habit d'enterrement.*

H.

Admirable! persiffler un homme qui porte le deuil de sa mère! Quelle délicatesse! On voit bien que M. Le Brun écrit pour les honnêtes gens. Quelquefois il faut mille traits pour peindre un caractère : celui-ci suffit pour faire connaître l'âme et le cœur de M. Tossa. Mais je devine; en 1793, on ne portait le deuil de personne, et M. Le Brun croit toujours être au bon temps.

L'AMI.

A propos de *bon temps*, il insinue que vous avez été jacobin.

H.

Comment? mais cela est connu de tout le monde. Mon jacobinisme a éclaté plus d'une fois. C'est pourquoi j'avais tant de frayeur en 1793, quand je rencontrais M. Le Brun Tossa.

L'AMI.

Il cite de vous deux mauvais opéras....

H.

Deux! il n'en nomme que deux! Oh! le brave

homme! J'en ai fait vingt. Voyez comme il me
ménage; il décuple les torts de M. Étienne, et il
n'expose que la dixième partie des miens.

L'AMI.

Oui, mais il vous reproche certain opéra lugubre intitulé *Callias.*

H.

Lugubre, oui. Quand cet ouvrage parut au
théâtre, tout était lugubre et tout réussissait; M. Le
Brun même ne tombait pas : c'était le bon temps.

L'AMI.

Il fait entendre que ce Callias sentait un peu le
jacobinisme.

H.

Horriblement : vous allez en juger. Il y est question de l'expédition de Xercès et de la victoire des
Grecs. Or, vous savez que les Spartiates et les Athéniens portaient le bonnet rouge, et traduisaient
les Perses au tribunal révolutionnaire; il est donc
bien clair que j'étais jacobin quand j'ai traité ce
sujet. D'ailleurs, le premier rôle de la pièce était
joué par M. Elleviou, qui était aussi jacobin que
moi. Voilà des faits que je ne puis nier. Dans le
même temps, M. Le Brun était le noble défenseur
de la monarchie; il eut même l'honneur de porter
les attributs de la royauté.

L'AMI.

Comment donc? Oh! contez-moi cela.

H.

Il eut l'art de tromper les républicains dans une comédie où les frères et amis furent pris pour dupes.

L'AMI.

Dites donc, dites donc ce que c'est.

H.

Il y détrônait un roi qui vit et règne encore aujourd'hui ; il le faisait paraître *sur un char d'ignominie*, et il faisait porter *par un âne, le sceptre, la couronne et le manteau*. Un jour la pièce allait être retardée par l'indisposition de l'acteur à longues oreilles ; l'auteur, qui savait très-bien ce rôle, s'est offert pour le remplir ; il a donc paru avec les attributs de la royauté ; et c'est ainsi que M. Le Brun a été couronné sur le théâtre.

L'AMI.

Cette pièce doit être bien curieuse.

H.

C'est un chef-d'œuvre. J'ai eu la malice de ne pas la citer dans mon Précis ; mais puisque M. Le Brun exhume mes opéras, je dois par reconnaissance lui rendre le même service. Je déposerai donc à côté de ses lettres, sa belle comédie et mon pauvre Callias. J'invite surtout les curieux à lire le dénouement de M. Tossa, et de le comparer avec ce qu'il dit dans sa dernière brochure. On verra qu'il a parlé de son ouvrage et du mien avec cette

imperturbable loyauté qui se trouve toujours.....
dans ses lettres. Au reste, le libraire Barba conserve ces deux pièces dans un recoin de son arrière-
boutique, et grâce à M. Tossa, l'édition de mon
Callias ne sera plus vierge.

L'AMI.

Ce Tossa parle sans cesse de son honneur.

H.

Finissez donc, mon ami, vous allez encore me
faire bégayer. On peut bien imprimer l'honneur
de M. Tossa, le papier souffre tout, mais ma
langue n'est pas aussi docile que la presse. A Dieu
ne plaise que je lui conteste cet honneur; il en a
même deux, celui de décembre et celui de janvier,
et ils sont bien fermes, car ils se tiennent dos à
dos pour ne pas tomber.

L'AMI.

On vous fait cependant le reproche grave de
n'avoir pas cité en entier l'une de ses lettres, d'avoir
laissé en blanc quelques noms dans les autres, et
de n'avoir rapporté que le *post-scriptum* de celle
que vous nommez *billet sans date*.

H.

Ecoutez bien, mon ami, une fois pour toutes,
et priez même les ennemis de M. Etienne de répliquer à ce que je vais dire :

1° J'ai cité en entier et textuellement les trois
lettres qui servent à faire juger la question. Elles

suffisent pour prouver que M. Le Brun a voulu déshonorer son *cher ami* pour avoir fait ce que lui, Le Brun, avait conseillé, permis, approuvé.

2° J'ai supprimé dans ces lettres les noms du duc d***, et de M. B***, homme de lettres, pour des raisons que personne ne peut blâmer.

3° En parlant de cet homme de lettres, M. Le Brun ne le nomme pas dans sa brochure; que penserait-on de moi si j'avais eu moins de délicatesse que M. Le Brun?

4° J'ai nommé *billet* l'écrit que je rapporte, parce qu'il n'est qu'un *billet*, et je défie M. Le Brun d'y trouver le mot ou les initiales de *post-scriptum*.

5° Je n'ai pas transcrit la lettre que M. Le Brun envoyait avec ce billet, parce qu'elle est imprimée dans la quatrième édition des *deux Gendres*.

6° Je n'avais pas besoin d'indiquer les changemens que M. Etienne y avait faits, puisque j'avouais ces changemens, puisque M. Le Brun les avait *permis* et *approuvés*.

7° Je n'ai rapporté qu'une partie d'une autre lettre, parce qu'elle contient des détails étrangers à la discussion, parce qu'il y est question d'un chef de bureau, d'un M. R., et d'un rédacteur du Journal de l'Empire, qui pouvaient trouver fort mauvais que je les citasse dans cette vilaine affaire.

8° Notez bien que l'homme qui me reproche l'omission de l'un de ses paragraphes, parle de *sept* lettres de M. Etienne, et n'en rapporte que *quatre*.

9° Enfin, quand on dépose des lettres dans un

lieu où tout le monde peut les voir, et quand ces
lettres sont reconnues *autographes* par leur auteur, il n'y a plus lieu à disputer. Donnez-vous
donc la peine de vérifier ces assertions, et n'imi-
tez pas les gens qui refusent de voir la vérité pour
se conserver le prétexte de vous accuser de mensonge.

L'AMI.

Il faut avouer, en effet, que les lettres de
M. Etienne ont été bien maladroitement citées par
Le Brun Tossa : elles tournent à la honte de l'accusateur. Aussi Le Brun dit-il que M. Etienne
*s'est trop observé dans sa correspondance pour y
laisser contre lui des preuves décisives.*

H.

Plaisante logique ! il faudra donc en conclure
que celui dont la correspondance est conforme
avec ses actions, est perfide et déloyal, tandis que
celui qui écrit contrairement à sa pensée, qui dément dans un imprimé ce qu'il a dit dans quatre
lettres, doit être considéré comme un honnête
homme. Ainsi toute correspondance qui ne prouvera rien, sera une preuve de mauvaise foi, tandis
que celle qui dévoilera le mensonge et l'infamie,
sera un titre à l'estime des honnêtes gens. Pour
dernière conséquence il faudra dire que M. Etienne
est coupable d'avoir écrit ce qu'il fallait écrire, et
M. Le Brun est un homme d'honneur pour avoir
démenti ses écrits et sa signature.

L'AMI.

Il convient qu'il a eu tort de *réclamer*, qu'il n'en avait pas *l'intention*, qu'il s'est servi d'un terme *impropre*, d'un mot *inconvenant*.

H.

Il en convient? oh! le pauvre homme! son repentir me touche.

L'AMI.

Il s'écrie, à sa page 35 : *Oh! que ces maudites impropriétés d'expressions ont eu dans tous les temps de funestes conséquences!*

H.

Quoi! ce n'est qu'un *terme impropre* que de réclamer contre son approbation et sa signature! il n'en avait pas *l'intention.* Quelle candeur! et quelle est son intention? qui pourra deviner celle d'un homme qui est *blanc* quand il écrit, et *noir* quand il imprime? Je lui sais gré de son adresse à s'excuser : s'il trouve dans cet écrit quelques vérités dures, n'ai-je pas aussi, moi, la ressource et l'excuse des *impropriétés de termes*, des *mots inconvenans!* Ainsi quand je lui dirai : Vous avez menti à Dieu et aux hommes, ce ne sera qu'un *terme impropre*, je voulais dire seulement vous êtes dans l'erreur. Quand je l'accuserai d'une *infâme impudence*, ce sera un *mot inconvenant*, cela signifiera seulement une assurance étonnante. D'après l'exemple qu'il donne, quel juge pourrait me condamner?

L'AMI.

En parlant de juge, vous me rappelez une de ses menaces.

H.

De m'estimer peut-être?

L'AMI.

Non, non; mais de vous traîner devant les tribunaux.

H.

Il y a dix-neuf ans que cette menace m'aurait effrayé; il était homme à le faire comme il le dit, et attendu que j'étais *jacobin*, j'étais perdu sans ressource. Aujourd'hui c'est une autre affaire; M. Tossa n'est pas plus puissant devant Thémis que chez les Muses; mais, mon ami, n'êtes-vous pas honteux de me parler si long-temps de cet homme?

L'AMI.

Ma foi, oui.

H.

Que tenez-vous donc là?

L'AMI.

Des pamphlets, des libelles, des brochures sans nombre.

H.

Disent-ils quelque chose de nouveau?

L'AMI.

Tous répètent ce qu'on a dit cent fois : c'est toujours Conaxa, c'est toujours le jésuite.

H.

Cela ne vaut donc pas la peine d'être lu?

L'AMI.

Je ne vous le conseille pas : les libellistes vous attaquent vivement.

H.

Moi?

L'AMI.

Votre style, votre logique, votre pathos, vos mauvais raisonnemens.

H.

Ils sont bien maladroits de prouver eux-mêmes que le procès est fini.

L'AMI.

Comment cela?

H.

Observez deux plaideurs dont la cause vient d'être jugée ; écoutez leurs discours ; celui qui a gagné son procès n'a plus ni haine ni passion ; il est d'un calme parfait et d'une bienveillance admirable pour tout autre que pour son ennemi. Mon avocat, dit-il, a bien plaidé, mais il n'a pas eu beaucoup de peine, ma cause était si bonne! L'avocat adverse a plaidé comme un ange : que d'esprit, que de chaleur! Il fallait que j'eusse bien raison pour l'emporter. Celui qui a perdu dit au contraire : Mon avocat est un sot, il a plaidé tout de travers ; l'avocat adverse est un coquin, un misérable, son plaidoyer est rempli de calomnies et de sottises ; il faut que les juges n'aient pas le sens commun pour m'avoir condamné. Si tel est le langage de la plupart des plaideurs, vous pouvez juger de la confiance des libellistes par la manière dont ils me traitent, moi qui ne connais aucun d'eux, qui n'ai nommé que le seul M. Le Brun, moi qui n'ai pas le tort d'avoir fait une bonne comédie. Si ces messieurs avaient triomphé, m'auraient-ils dit des injures? Non, certainement. Il a fait, diraient-ils, tout ce qui était possible ; il faut qu'Etienne soit bien coupable pour avoir succombé après une telle défense. C'est ainsi qu'ils m'auraient accablé de complimens ridicules qui auraient été autant de coups de poignard pour M. Etienne. Mais, Dieu merci, ils reconnaissent que j'ai mal plaidé, mal écrit, mal raisonné; aveu dont je prends acte, parce que tous les gens sensés vont dire : Eh! que serait-ce donc si M. Etienne avait été bien défendu?

L'AMI.

En général, cependant, ces brochures sont des modèles de politesse en comparaison de celles de Tossa.

H.

Sont-elles signées?

L'AMI.

Une seule offre une signature connue.

H.

Honneur aux gens de lettres! il ne s'en est trouvé

qu'un seul qui ait voulu faire cause commune avec
M. Le Brun.

L'AMI.

Vous avez dit cet *honneur* sans bégayer.

H.

C'est qu'il ne ressemble pas à l'autre.

L'AMI.

Plusieurs des pamphlétaires traitent ce Le Brun
avec le dernier mépris.

H.

C'est le sort des coalitions. Les hommes trom-
pés finissent par s'apercevoir qu'ils ont joué une
bonne réputation en s'associant à un homme qui
ne pouvait pas mettre son enjeu.

L'AMI.

La brochure intitulée : *Réponse à M. Hoffman,*
se distingue par un style plus correct et plus poli
que celui de toutes les autres. Il fait toujours la
guerre à M. Etienne ; mais, dans son erreur même
sur le fond du sujet, il a la franchise de faire cette
concession : « Que de tout cela M. Etienne ait
composé une bonne comédie ; que sa pièce, pour
la marche et le ton du dialogue , pour quelques
caractères plus variés, plus fortement tracés, mieux
adaptés aux mœurs du jour, et pour la versification en général, ait une grande , une immense
supériorité sur celle du jésuite , c'est ce que per-

sonne (au moins parmi les gens d'esprit et de goût)
n'a songé à contester à M. Etienne. » Je vous cite
cette phrase, parce qu'elle est dans le pamphlet
où l'on vous ménage le moins. L'auteur y déclare
qu'il n'aime point vos opéras.

H.

Sur ce point nous sommes bien d'accord : mais
laissons donc tous les libelles, ne répondons plus
aux pamphlétaires, et parlons à la portion saine
du public.

Plusieurs *nouvelles*, *fabliaux* ou *relations* rap-
portaient l'anecdote des fils ou des gendres ingrats; dans plusieurs villes, des aventures à peu
près semblables se sont répétées. En 1589, on en
fit une comédie qui fut jouée pendant la ligue. Au
commencement du dernier siècle, un anonyme
traita le même sujet, et en fit, dans l'île de Corse,
une comédie en trois actes et en vers. Un jésuite
de Rennes trouva un manuscrit de cette dernière
pièce, vit qu'elle convenait à un collége, parce
qu'il n'y avait point de rôles de femmes : il chan-
gea le titre, les noms de deux personnages, sup-
prima les gravelures, corrigea des hiatus, rectifia
des rimes, et la fit jouer par des écoliers. Piron
tira du même fond ses *Fils Ingrats,* qui ont trop
de ressemblance avec les autres pièces pour qu'on
puisse affirmer qu'elles lui étaient inconnues. On
a lu encore et refusé au Théâtre de l'Impératrice
une autre comédie sur le même sujet. Enfin,

M. Le Brun Tossa communiqua à M. Etienne le manuscrit de l'anonyme qui dit avoir fait la pièce en Corse, et avoir été témoin de l'anecdote à Bordeaux. Tout le reste est connu. Si je voulais maintenant donner la liste de toutes les pièces qui ont été tirées d'un même fond, ce supplément serait encore plus volumineux que ma première brochure. Je m'en garderai bien. Je ferai seulement observer que des auteurs traitant un sujet pour la troisième ou quatrième fois, n'ont jamais nommé leurs devanciers que lorsque ceux-ci avaient fait des chefs-d'œuvre. Ils ne les nommaient même pas pour éviter le soupçon de plagiat, mais pour s'excuser de travailler après d'aussi grands maîtres. Dans la querelle qui s'éleva, en 1677, entre Racine et Pradon, les nombreux amis de ce dernier se portèrent contre Racine aux mêmes excès qui honorent aujourd'hui M. Etienne ; avec cette différence remarquable que des princes et des ducs étaient alors du côté de Pradon, tandis qu'aujourd'hui *Conaxa* n'a vu sous ses drapeaux ni des ducs ni des princes. On reprochait alors à Racine de n'avoir cité dans sa Préface que l'*Hippolyte* d'Euripide, et de n'avoir point parlé de ce qu'il devait à Sénèque, à Garnier, à la Pinelière, à Gilbert, à Ségrais et à Bidart, qui tous avaient traité ce sujet avant lui. Les partisans même de Racine le comparaient à ce grand peintre qui composa sa Vénus de traits empruntés à plusieurs belles femmes. Racine ne contredit pas ses amis, et méprisa ses ennemis. Sa *Phèdre* est restée ; et, sans l'esprit de parti, celle de Pradon n'aurait vécu qu'un jour.

Qu'on ne m'accuse point ici de vouloir flatter M. Etienne ; je ne compare point les personnes, mais les faits. Quel succès aurait eu *Conaxa* s'il eût paru avant *les deux Gendres?* Je n'adresse cette question qu'à ceux qui sont capables d'y répondre de bonne foi. Cette pièce aurait-elle été soufferte ? Qu'aurait-on dit de M. Picard, de M. Duval, de M. Etienne, si l'un d'eux avait fait le fameux *Conaxa?* On a vu tomber lourdement de bien meilleurs ouvrages. Eh bien ! supposons qu'après la chute de ce *chef-d'œuvre*, quelque auteur se fût emparé du sujet, et qu'il eût fait *les deux Gendres*, que d'éloges ne lui eût-on pas donnés !

Telle est la réflexion que font tous les gens sensés, et qui survivra à toutes les clameurs de la cabale. Les libelles courront encore tant que le public ne se lassera point de les acheter ; mais sa patience ne sera pas éternelle, et *les deux Gendres* resteront au Théâtre Français tant qu'on y aura le goût de la bonne comédie.

Je finis en priant mes lecteurs de se souvenir de ce qu'on dit maintenant sur ce sujet, et de le comparer avec ce qu'on dira l'année prochaine. Je leur prédis qu'alors ils ne penseront plus à Conaxa, aux libelles, à ma brochure, mais qu'ils applaudiront *les deux Gendres* comme ils les applaudissent aujourd'hui.

DES FAISEURS DE CONSTITUTIONS.

QUAND vous avez assisté à la première représentation d'un ouvrage dramatique, vous avez sans
doute observé le mouvement qui s'opère dans
cette foule de spectateurs, et toutes les peines qu'ils
se donnent, tout l'amour-propre qu'ils mettent à
rechercher et à faire remarquer les défauts de la
pièce. Les plus ignorans ne sont pas ceux qui glo-
sent le moins : la plus petite bourgeoise s'attache
aux expressions de mauvais ton, et le dernier artisan fait la guerre au style; le plan, la conduite,
les situations éprouvent la censure de ceux mêmes
pour qui ces mots sont autant d'énigmes, et dût-on
ne dire que des sottises, on veut absolument juger : on a payé pour cela. Mais c'est peu de critiquer l'ouvrage ; les Aristote du parterre et des
loges veulent encore le recomposer. J'aurais supprimé cette scène, dit celui-ci ; j'aurais commencé
par le troisième acte, répond un autre ; à votre
droite, vous entendez proposer un dénouement;
à votre gauche, on trace un plan tout nouveau.
La pièce est refaite en cent manières, toutes excellentes, et chacun de ces juges sort du spectacle,
bien persuadé que l'auteur aurait fait un chef-
d'œuvre, s'il était venu le consulter.

Ce que je viens de dire du théâtre peut s'appliquer au gouvernement. Quelquefois nous voyons et nous blâmons des fautes réelles, mais aussi combien de fois prenons-nous pour des fautes des mesures sages dont le but et les motifs nous sont inconnus! Combien de fois voyons-nous un tort où il y a nécessité! Avant la révolution, le Parisien, naturellement frondeur, se contentait de critiquer les actes du gouvernement; une chanson ou une épigramme signalait le choix, le renvoi d'un ministre, ou une opération de finances. La guerre surtout exerçait la sagacité de nos politiques; et l'arbre de *Cracovie* couvrait d'une ombre tutélaire des Polybe, des Frontin, des Vauban et des Cohorn, qui faisaient *filer* trente mille hommes par ici, trente mille hommes par là; qui traçaient avec la canne le cours du Rhin ou du Danube, franchissaient ces fleuves redoutables, battaient les ennemis à plates coutures, et prenaient dix ou douze places avant dîner. Mais ces bonnes gens qui rêvaient des plans de campagne ou des plans de finances, ne faisaient point de *constitutions;* fiers de passer pour de fins politiques, ils n'ambitionnaient point le titre de publicistes.

La révolution nous a rendus bien plus savans; les publicistes pullulent parmi nous : chacun d'eux a une constitution toute prête, et qui sera excellente tant qu'on ne l'essaiera pas; tous nous promettent liberté, sûreté, prospérité; tous parlent comme des anges, et nous effraient par leur éru-

dition. Vous croyez qu'ils ont médité les Machia-
vel, les Grotius, les Puffendorf, les Harrington,
les Montesquieu, etc... Non; le *Contrat social*,
les *Entretiens de Phocion*, et la collection des
Moniteurs suffisent à leur génie, et ils se présentent avec assurance pour régénérer et reconstituer
les Empires. Laissons-les faire : à force de mettre
la main à la roue de fortune, ils tireront peut-être
le bon numéro. Les Anglais n'ont vu s'écouler
que cinq cents ans entre la *Grande-Charte* et la
révolution de 1688. Après avoir versé des flots de
sang pour choisir entre Yorck ou Lancastre, après
avoir passé sous le joug de Henri VIII, fanatiques
avec Marie, hérétiques avec Elisabeth, très-obéis-
sans sous Cromwel, ils ont proscrit, rappelé et ré-
expulsé les Stuart pour arriver enfin à cette constitution dont ils parlent avec tant d'orgueil : espérons
que nous serons plus heureux, et que quand M. de
Montlosier et autres publicistes nous auront présenté trois ou quatre douzaines de constitutions,
nous finirons par rencontrer la bonne. Mais, au
lieu de disputer sur l'avenir, songeons un peu au
moment présent; et avant de disserter sur les droits
futurs de nos petits neveux, commençons par nous
tirer de l'embarras où nous sommes.

Un trait particulier caractérise tous ces régénérateurs des nations, ces réformateurs des Empires.
Au lieu de faire des constitutions qui conviennent
à tel peuple, ils imaginent une espèce de peuples
à qui leurs constitutions puissent convenir. L'un

nous ramène à l'âge d'or, l'autre aux Grecs et aux Romains; un troisième veut modeler la grande France sur la petite république de Genève; j'en aperçois un quatrième qui rêve une perfection imaginaire, et s'écrie avec un enthousiasme ridicule : « *Faites-vous un tableau du spectacle que présenterait la terre, si tous ses habitans, semblables au divin Socrate, réunissaient en eux toutes les vertus.* » Eh! messieurs, dirai-je à ces graves penseurs, il ne s'agit pas de discuter si les hommes sont faits pour vivre en société comme Rousseau le nie et comme Mably l'assure, mais les hommes vivent en société, et c'est de là seulement qu'il faut partir. Il ne s'agit pas de savoir si les hommes font bien ou mal de se quereller, de se battre, de se détruire, mais depuis qu'il existe des hommes, ils se font la guerre et la feront vraisemblablement toujours, et toute bonne politique consiste à l'éviter tant que l'on peut et à la faire avec le plus d'avantage possible : il ne s'agit pas de rêver ce que serait la terre si tous les hommes étaient vertueux, mais les hommes sont tous plus ou moins vicieux, et il faut tirer de leur imperfection le meilleur parti possible pour le maintien de la société : il ne s'agit plus enfin de s'apitoyer sur les malheurs de la révolution, de vouloir nous rajeunir d'un quart de siècle pour nous replacer à l'année 1789, ni de rechercher ce qu'il eût fallu faire pour éviter cette grande catastrophe ; mais il y a eu une révolution, elle a été terrible, elle

a changé nos idées, nos mœurs, nos habitudes ;
un peuple nouveau habite la vieille France, il l'a
conquise ; c'est comme nation nouvelle qu'il faut
le gouverner, et vouloir lui rendre, comme par
un coup de baguette, les anciennes idées, l'ancienne croyance, et tout le prestige des institu-
tions antiques, est une faute grossière pour laquelle
sera infailliblement puni tout gouvernement qui la
commettra.

M. de Montlosier a très-bien senti cette vérité,
et l'un des plus grands reproches qu'il adresse au
dernier gouvernement, est d'avoir voulu *faire entrer la France nouvelle dans l'ancienne France.*
Il est dommage qu'il n'ait pas développé cette idée
qui me paraît extrêmement juste. Une seule considération, une simple supposition suffira, ce me
semble, pour lui donner une grande clarté. Supposons donc qu'en 1815 on puisse rassembler dans
une vaste plaine toute la population de la France :
plaçons d'un côté tous les hommes qui ont connu
l'ancien régime, et qui, assez âgés en 1789, pour
faire un choix raisonnable, étaient attachés à l'ancienne monarchie par goût, par opinion, par habitude ou par intérêt. Rangeons de l'autre côté
tous les hommes qui sont nés depuis la révolution,
ou qui étaient trop jeunes en 1789 pour avoir une
opinion politique ou un attachement raisonné. Je
suis certain que les princes de la maison de Bour-
bon seraient effrayés de voir, dans cet immense
tableau, le grand nombre de Français qui ne les

connaissent point, et le petit nombre de ceux dont
ils peuvent réclamer ou le souvenir ou la reconnaissance : d'un côté, l'enfance, la jeunesse, l'âge
viril, c'est-à-dire l'espérance et la force de la nation ; de l'autre, l'âge mûr, la vieillesse, la décré-
pitude, et encore de cette dernière classe faut-il
retrancher tous ceux qui ont pris part à la révolution ou qui l'ont approuvée, tous ceux qui ont
secoué le joug des idées religieuses, tous ceux qui
ont leur fortune fondée sur le nouvel ordre de
choses, tous ceux enfin qui craignent, justement
ou injustement, que le retour des hommes anciens
ne ramène les anciens abus. Il est donc certain
qu'en 1814 Louis XVIII devenait le monarque
d'une nation toute-nouvelle, et qu'il lui eût été
plus facile et surtout plus avantageux *d'entrer
dans la France nouvelle*, selon l'expression de
M. de Montlosier, que de refondre tout-à-coup
un peuple entier, et le ramener brusquement à
des temps qui sont devenus historiques. Quand
on a dit que le Roi pardonnait à la nation, le
jeune homme ne pouvait-il pas répondre comme
l'agneau de la fable : « *Je n'ai pu être coupable,
puisque je n'étais pas né.* »

Quel que soit le gouvernement que le ciel nous
destine, quelle que soit la révolution dont l'Europe entière nous menace, nous pouvons prédire
hardiment que toute institution qui ne sera pas
appropriée à la France nouvelle ne pourra subsister ; et tout gouvernement qui voudra s'opposer

au mouvement général, imprimé depuis vingt-cinq ans à la nation, s'écroulera bientôt dans le gouffre d'une nouvelle révolution dont ses efforts mêmes seront la cause.

Lorsqu'en 1814 des écrivains ont cité l'exemple du rétablissement des Stuart en Angleterre, loin de favoriser la cause des Bourbons qu'ils voulaient flatter, ils leur ont fait une application injurieuse et surtout de bien mauvais augure, puisque cet exemple semblait annoncer une nouvelle chute; la religion n'a pas plus gagné à cette comparaison, puisque c'est par excès de zèle pour le catholicisme que les derniers Stuart ont perdu pour jamais le trône d'Angleterre. Mais passons sur les convenances, et la comparaison n'en paraîtra pas moins vicieuse. Il s'est à peine écoulé douze années entre la mort de Charles Ier et le retour de Charles II; douze années ne forment point un homme; l'enfant qui était né à la première époque n'était qu'un adolescent à la seconde; mais, en France, vingt-cinq ans avaient formé une génération entière, et l'homme né dans le nouvel ordre de choses avait acquis le raisonnement qui pouvait l'attacher aux idées nouvelles, et la force nécessaire pour défendre les principes qu'il avait reçus depuis son enfance. Or, si après douze années seulement le retour aux anciennes idées a été impossible en Angleterre, pouvait-on l'espérer chez nous après un laps de temps qui avait peuplé la France d'hommes nouveaux et dans la vigueur de l'âge?

CONSIDÉRATIONS HISTORIQUES

SUR LES RÉVOLUTIONS.

L'HISTOIRE, dit-on, est l'école des princes et des hommes d'État; toute bonne politique est fondée sur la connaissance de l'histoire : l'inflexible burin de l'histoire trace la conduite des rois; on ne peut impunément négliger les leçons qu'elle nous donne.... etc.... etc.... On ne finirait point si l'on voulait rapporter tout ce qu'on a dit sur l'utilité, la majesté, l'impartialité de l'histoire, et sur la nécessité de la prendre pour guide, soit dans l'administration des États, soit dans la politique extérieure. Cependant, depuis vingt-trois siècles, l'histoire a donné bien des leçons aux rois et aux peuples, et ces leçons n'ont pas empêché les rois de commettre les mêmes fautes, les peuples de faire les mêmes folies, les hommes d'État de mépriser les conseils de l'expérience. Malgré les leçons de l'histoire, les mêmes malheurs, les mêmes désastres, les mêmes catastrophes, ont été produits par les mêmes causes; les hommes qui les avaient prévus et annoncés ont été traités de visionnaires, et quand la bombe a crevé, les gouvernans, quoique bien avertis, se sont écriés naïvement : Pouvait-on le prévoir ! Cette imprévoyance doit-elle faire conclure que l'histoire n'est bonne à rien? En vérité, plus on lit plus on est tenté d'admettre cette fâcheuse conséquence , et l'histoire même nous apprend que ses leçons les plus claires sont presque toujours inutiles.

Deux malheureuses dispositions de l'esprit humain détruisent ou dénaturent tout le fruit des études historiques. La première est un penchant irrésistible à juger de la stabilité des choses d'après l'intérêt que nous y prenons, et à regarder comme invariable l'état qui nous convient le mieux. Porté à ne voir que des chances heureuses dans l'avenir, notre esprit n'admet que des changemens en mieux. Le pauvre qui vient d'obtenir un emploi lucratif calcule sa dépense sur les émolumens de sa place, car il ne peut la perdre que pour en obtenir une meilleure ; le parvenu prodigue l'or, nous éblouit par son luxe, et croit son trésor inépuisable : il a trouvé la fortune facile , il en conclut qu'elle sera constante ; l'auteur dramatique dont la pièce vient de réussir, se compose un revenu sur les succès futurs , car certainement il ne tombera jamais ; le révolutionnaire croit et dit que la république est impérissable , la république périt ; deviendra-t-il plus réservé dans ses pronostics? non, c'est l'Empire français qui est éternel ; il n'y a pas jusqu'au triste Directoire qui n'ait compté sur l'immortalité. Tout gouvernement , légitime ou non , se croit fondé sur le mont Atlas.

12.

L'autre disposition est encore plus inhérente à la nature de l'homme, puisqu'elle a sa source dans notre orgueil. Formons-nous une entreprise, l'expérience a beau nous apprendre que vingt spéculateurs y ont échoué, qu'importe? nous nous y prendrons mieux que n'ont fait les autres, et nous éviterons les fautes qu'ils ont faites. Ici les grands hommes rentrent dans la classe commune, et ne diffèrent de nous qu'en ce que, se trompant en grand, leurs fautes sont plus grandes, et ont des conséquences plus déplorables. Quand Trajan voulut poursuivre les Parthes au-delà de l'Euphrate, si on lui avait objecté la malheureuse expédition de Cambyse, il aurait sans doute répondu : Cambyse était un fou; on ne conduit pas une armée immense dans les sables de la Lybie, sans risquer de la perdre. L'empereur Décius, qui périt avec son armée dans les marais du Tanaïs, avait sans doute blâmé l'imprudence de Trajan à poursuivre un peuple qui aurait fui jusqu'au bout du monde sans pouvoir être vaincu; ces exemples n'ont pas empêché Charles XII de s'enfoncer dans l'Ukraine; un autre grand homme s'est peut-être moqué du don Quichotte du Nord avant de l'imiter; et des héros futurs qui, par le progrès des lumières, seront bien supérieurs à ceux que je viens de citer, feront de bien meilleures dispositions, et cependant finiront de même. Tous ces grands hommes néanmoins connaissaient ou connaîtront l'histoire! à quoi leur a-t-elle servi ou leur servira-t-elle?

Si l'on examinait toutes les branches de la politique et de l'administration, en y appliquant les faits historiques les plus avérés et relatifs à chacune de ces parties, on verrait que la Muse de l'histoire, comme une autre Cassandre, a presque toujours parlé à des sourds, et ouvert son livre devant des aveugles. Mais de toutes les fautes que signalerait un pareil examen, aucune ne choquerait plus le lecteur et ne se reproduirait plus souvent à ses yeux, que celle qui résulte de l'imprévoyance et d'une fausse sécurité. On y verrait que les exemples les plus récens, que les symptômes les moins équivoques n'ont pu guérir les hommes d'Etat de cette confiance en leur propre génie, de ce mépris pour des dangers auxquels ils se croient supérieurs, de cette aversion pour les conseils les plus sages, de cette antipathie pour tous les avis qui troublent leur présomptueuse quiétude. Prédisez-leur des succès, ils souriront et ne vous demanderont point sur quels motifs vous fondez vos conjectures ; mais si quelque péril les menace, gardez-vous de les en avertir ; ils vous repousseraient comme Jean-Jacques Rousseau (1) repoussait la main officieuse qui voulait l'aider à franchir un passage dangereux. Presque tous les troubles, tous les malheurs politiques ont été annoncés par l'histoire, ou par

(1) Rousseau étant tombé dans un trou profond, quelqu'un voulut l'aider à en sortir : « Croyez-vous que je ne » sache pas me servir de mes pieds et de mes mains ? » répondit le philosophe.

des hommes éclairés qui, comparant les circonstances, prévoyaient les résultats. Ni l'histoire, ni
les hommes prévoyans n'ont été écoutés. On a
inventé pour ceux-ci le beau nom d'*alarmiste*,
qui dispense de tout examen ; et l'histoire a beau
crier, *ab actu, ad posse, valet consecutio*, on lui
répond : Cela est faux ; ce qui s'est fait ne peut plus
se faire, ce qu'on a vu ne se verra plus, et ce qui
est arrivé est désormais impossible. Voilà ce que
l'on dit de la révolution, et cette logique suffit au
vulgaire des raisonneurs.

Si vous dites que l'esprit révolutionnaire survit
à la révolution et en médite une seconde, on vous
demande des preuves ; mais on ne demande pas
de preuves si vous affirmez que tout est bien dans
le meilleur des mondes possibles. Les gouvernans,
comme le peuple, se laissent prendre par des mots,
et les *idées libérales* ont ébloui les hommes d'Etat
comme le vulgaire. On ne veut pas se rappeler que
les jacobins ne se nommaient d'abord que la société des amis de la liberté ; que tous les séditieux
indiquent un but apparent, très-différent du but
secret qu'ils se proposent ; que tous les factieux
s'assemblent d'abord *pour remédier aux maux de
l'Etat.* Le peuple est toujours dupe des intentions
qu'ils annoncent, de la devise qu'ils prennent, et
il se laisse entraîner par eux lorsqu'ils avouent leur
projet, parce qu'alors ils sont assez puissans pour
ne plus se déguiser.

Les hommes de la Fronde ne voulaient renver-

ser que Mazarin ; cependant des révoltés insultaient
à la monarchie, outrageaient la religion, portaient
au cou le portrait de Jacques Clément, et disaient
que les rois étaient passés de mode, toutes choses
absurdes s'il n'eût été question que de remplacer
un ministre.

La Ligue ne voulait que maintenir la religion
catholique ; lui supposer un autre plan était une
calomnie odieuse. Le prince crut faire un grand
coup d'état en se plaçant dans la Ligue ; mais elle
avait un chef plus puissant que lui. Pour avoir
trop tardé, il fut obligé de se venger par un crime...
inutile. On n'ouvrit les yeux que quand Philippe II
promit sa fille à celui qui usurperait le trône de
France ; et, sans l'héroïsme du roi légitime, cette
Ligue si sainte nous aurait vendus à la Lorraine.

Les factions qui se disputèrent le gouvernement,
sous Charles VII, ne voulaient que remédier aux
maux de l'Etat ; mais tout était préparé pour donner le trône au duc de Bourgogne, comme il fut
donné au roi d'Angleterre quelque temps après.

Philippe II avait usurpé le trône de Portugal,
mais les ministres de ses successeurs devaient le
conserver comme un bien légitime. La révolte de
la Catalogne n'ouvrit cependant pas les yeux au
comte-duc Olivarès ; et la conspiration qui cou-
ronna le duc de Bragance, l'étonna comme s'il
n'avait pas dû s'y attendre : pour s'excuser, il fit
répandre que cette conspiration avait été tramée
et exécutée en huit jours, et conduite avec un se-

cret impénétrable. Cependant les possessions por-
tugaises du Brésil et des Indes s'insurgèrent simul-
tanément, ce qui prouvait qu'il avait fallu plus de
huit jours; et Olivarès qui dit à Philippe IV: Le
duc de Bragance est fou, méritait un autre nom.

Les dix-sept provinces des Pays-Bas donnaient
depuis long-temps des signes de sédition que la
cour d'Espagne était encore dans une sécurité profonde. Les chefs des rebelles parvinrent même à
persuader au cabinet de Madrid que le cardinal
Granvèle faisait tout le mal. Le plus dissimulé, le
plus défiant des princes, Philippe II, y fut trompé.
Les gueux, c'est ainsi que l'on désignait les rebelles, à la cour de la Régente, firent courir une
gravure qui représentait un mendiant, et au bas
de laquelle on lisait : *Fidèle au roi jusqu'à la be-
sace.* Comment douter de la fidélité des hommes
qui en donnaient une si belle preuve? Granvèle fut
rappelé ; mais en partant, il écrivit à Philippe :
« Votre majesté ne tardera pas à connaître les intentions des Flamands ; *on* veut faire de mon corps
un pont pour arriver jusqu'à vous. » Sa prédiction
s'accomplit, et les cruautés du duc d'Albe, et les
talens de don Juan d'Autriche, et le génie d'A-
lexandre Farnèse, et soixante-dix ans d'une guerre
acharnée, n'empêchèrent pas l'établissement de la
république de Hollande.

L'histoire moderne nous prouve en cent endroits que l'expérience la plus terrible et la plus
récente a été nulle pour les hommes d'Etat, et qu'ils

ont méconnu ou négligé la maxime : *principiis
obsta*, qui est un axiome de politique comme un
aphorisme de médecine. Mais de tous les exemples
que nous fournit l'histoire il n'en est point de plus
frappant que celui que nous offre un peuple chez
lequel nous ne sommes pas habitués à chercher
des leçons. Je veux parler des Juifs.

On croit généralement que la guerre des Juifs
et la ruine de Jérusalem, si amplement et si bien
décrites par Flavius Josephe, ont été la suite de la
résistance que la nation juive opposa aux Romains, lorsque l'empereur Caïus voulut faire placer sa statue dans le temple saint. Mais cette fantaisie de Caligula est de l'an 40 de l'ère chrétienne,
tandis que dès l'an 7, c'est-à-dire sept ans avant
la mort d'Auguste, il existait à Jérusalem une
secte ou société dont les membres, d'abord peu
nombreux, devinrent bientôt si puissans, qu'ils
s'emparèrent de toute l'autorité et causèrent la
ruine de Jérusalem, après soixante-trois ans d'une
guerre civile et étrangère. Voici des détails puisés
dans l'histoire de Josephe, témoin oculaire, et
acteur dans la guerre qu'il décrit ; détails recueillis
par le Nain de Tillemont, le plus exact et le plus
scrupuleux des historiens.

Deux séditieux, Judas le galiléen et le pharisien
Sadoc furent les chefs d'une secte *qui ne cessait
d'exciter le peuple à la liberté...* Leurs discours
étaient fort bien reçus du peuple, et apportèrent
beaucoup de troubles dans le pays..... Ils se réu-

nirent à tous les voleurs de la Judée, et surtout à
la bande commandée par Manaïms, fils de Judas,
leur premier chef.... Ils prirent le nom de *zélateurs*, qu'ils expliquaient par leur zèle *pour le
bien public*, et par *leur aversion pour toute supériorité dans un homme quelconque*. (Ce n'est
donc pas de nos jours seulement que des voleurs
ont prêché la liberté et l'égalité.) Il semblait, dit
Josephe, que ces prétendus zélateurs eussent entrepris de renverser toutes les lois de Dieu et de la
nature. Ils s'emparèrent du temple qu'ils desti-
nèrent aux plus vils usages ; le *Saint des Saints*
devint leur arsenal ; ils pillèrent la ville, égor-
gèrent les prêtres et tous les citoyens qui n'adop-
taient pas leurs maximes ; ayant enlevé toutes les
provisions qui se trouvaient dans Jérusalem, ils y
causèrent une telle famine, qu'une mère fit cuire
et mangea son enfant, fait historique placé par
Voltaire dans *la Henriade*. Lorsqu'enfin ils virent
qu'ils ne pouvaient plus résister à la haine du peuple et aux armes des Romains, ces hommes, aussi
lâches qu'ils avaient été cruels, se cachèrent dans
les égoûts de la ville, et y restèrent jusqu'à ce que
la faim les eût forcés de se montrer. Plus de cent
pages sont remplies des crimes et des atrocités
qu'ils commirent au nom de la liberté, et le peuple s'obstina long-temps à les considérer comme
des hommes zélés pour le bien public. Tout le
monde cependant n'était pas aveugle ; des Juifs
plus sages ou plus éclairés faisaient tous leurs ef-

forts pour démasquer les zélateurs, mais on riait de leurs prédictions comme on se moque aujourd'hui de ceux qui parlent des sociétés secrètes. Un nommé Jésus, fils d'Ananus, courut pendant sept ans dans les rues de Jérusalem, en prédisant la ruine de cette cité, et en criant : *Malheur sur le temple! malheur sur la ville!* Mais il ne produisit d'autre effet que de se faire passer pour un insensé, ce qui le fit épargner par les zélateurs.

Si je prolongeais cet extrait, je présenterais un tableau si conforme à celui que nous avons eu sous les yeux, qu'au lieu de dire que je vais chercher des exemples bien loin, on me reprocherait de les prendre trop près de nous.

Que conclure de tous ces faits et de ceux que le défaut d'espace me force de rejeter? C'est que les révolutions, les malheurs, les catastrophes politiques semblent toujours arriver à l'improviste, quoiqu'il ait suffi d'ouvrir les yeux pour les prévoir, et d'étendre le bras pour les arrêter; c'est que l'axiome *principiis obsta* n'est qu'une vérité spéculative, entièrement négligée dans la pratique; c'est enfin que tous les *jacobins* du monde ont commencé par être des *libéraux*, et qu'on a toujours été dupe de ce beau titre, jusqu'à ce que les frères et amis aient cru pouvoir découvrir le secret de leur libéralité.

DU POUVOIR MILITAIRE.

JE vais prouver, non par des raisonnemens, mais par des faits, qu'il n'y a plus de calme et de bonheur à espérer dans un Empire, quand la force armée s'affranchit du joug des lois civiles, et se fait l'arbitre des destinées des peuples. Comme nous avons voulu être Romains, et l'on sait avec quel succès, c'est dans l'Empire romain que je vais chercher mes exemples et mes preuves : MM. les libéraux ne mépriseront pas sans doute les leçons d'un peuple qu'ils ont toujours pris pour modèle ; Rome, d'ailleurs, est la ville où le libéralisme a régné le plus long-temps, puisqu'elle est celle où il y a eu le plus de troubles, de guerres civiles et de massacres patriotiques; puisque, sous les plus cruels tyrans et dans les plus affreuses calamités, les enseignes romaines ont toujours porté les initiales des mots *Senatus populusque Romanus* (S. P. Q. R.), mots qui étaient une reconnaissance de la souveraineté du peuple sous les Tibère, sous les Néron, les Domitien, etc. Nous avons été souverains de la même façon.

Je ne m'arrêterai pas aux *tribuns militaires* des premiers âges de la république, je ne parlerai pas même de ces armées qui, sous Marius et Sylla, puis sous Octave et Antoine, ont donné de si beaux spectacles à la ville de Rome. Quoiqu'elles fussent alors l'instrument servile des ambitieux, les armées étaient encore soumises à la discipline, et les soldats ne délibéraient pas le sabre au côté sur le sort de l'Empire. Auguste, qui les avait employés à construire l'édifice de sa puissance, les fit rentrer sous le joug des lois civiles dès qu'il n'eut plus de compétiteurs ; et la maxime *cedant arma togæ* procura aux Romains le plus long calme et le seul bonheur dont ils eussent joui depuis l'expulsion des rois. Tibère avait trop d'esprit pour partager son autorité avec des chefs de légions ; il comprima constamment l'essor de l'ambition militaire : aussi, malgré les vices de ce sombre tyran, malgré ses arrêts sanguinaires qui frappaient toujours des têtes illustres ou des membres du sénat, l'Empire goûta la tranquillité la plus parfaite au-dedans et au-dehors ; et, sous ce règne, quelque odieux qu'il soit, aucun trouble, aucune guerre n'éclata. Les folies de Caligula émancipèrent les troupes, et il fut la première victime de l'insubordination de ses propres gardes. C'est à l'avènement de Claude que commence le règne des soldats ; et quoique l'influence du régime militaire ait été modérée par quelques princes énergiques tels que les Vespasien, les Trajan, les Septime-Sévère, elle n'a jamais entièrement cessé, et elle a fini par détruire l'Empire romain, après l'avoir désolé pendant quatre siècles. Maintenant, spécifions les faits.

A la mort de Caligula, la plus étrange confusion régna dans Rome ; les soldats parcouraient le palais et la ville, pillant partout et égorgeant, sans choix et sans motifs, tous les citoyens qui se présentaient à leur fureur. Il n'est pas inutile de faire observer que les conjurés furent sacrifiés comme les amis du prince, et Cherea, chef des premiers, ne put se soustraire à la mort que par une prompte fuite : avis à tous les conspirateurs qui, dans leur aveuglement, espèrent se faire respecter par les soldats quand ils leur ont donné l'exemple de la révolte et du mépris des lois. Le pauvre Claude, oncle de l'empereur assassiné, voyant porter des têtes au bout des piques, s'enfuit dans le lieu le plus retiré du palais, soulève un coin de tapisserie, et se blottit derrière. Des soldats aperçurent ses pieds que la tapisserie trop courte n'avait pu cacher ; ils les saisissent, les tirent avec force, et le malheureux Claude, tombant aux pieds de ses véritables souverains, leur demande la vie en répandant un torrent de larmes. Les soldats le relèvent, le placent sur une chaise curule, le portent au camp des prétoriens, et le proclament empereur. Cependant le sénat était assemblé, et délibérait s'il rétablirait la république ; cet avis allait prévaloir, quand la foule qui assiégeait les portes du sénat, annonça que Rome avait un maître. Quel maître ! quelle élection ! nouveaux meurtres, nouveau pillage sous le prétexte de punir ceux qui avaient blâmé le choix des prétoriens.

Les soldats furent amplement récompensés par le prince reconnaissant ; et comme dans la suite , à chaque avènement , il y avait une nouvelle gratification , les soldats comprirent facilement que plus on tuerait de princes, plus les gratifications seraient fréquentes.

Ce fut en flattant les soldats et en leur prodiguant l'or du peuple , que Néron put régner treize ans et près de huit mois. Mais les légions qui occupaient les provinces éloignées sentirent qu'elles pouvaient aussi donner un prince à l'Empire , et gagner la gratification. Les légions d'Espagne nommèrent Galba, celles des Gaules Vindex, celles de Cologne Vitellius, celles de Syrie Vespasien , celles de Germanie Virginius Rufus, qui fut assez sage pour refuser l'Empire. Ainsi, grâce à la souveraineté du sabre, Rome eut six empereurs dans l'espace d'une année , sans compter Othon qui régna quatre-vingt-dix jours après Galba. Mais au moins, dira-t-on, les prétoriens que Néron traitait si bien lui auront été fidèles ? Voici quelle fut leur gratitude : Quand ils surent que les légions approchaient de Rome , ils craignirent qu'elles ne leur enlevassent une bonne partie du butin impérial , et ils se mirent à piller le palais, tandis que leur empereur, caché sous le lit d'un portier, se laissait mordre par un chien , sans oser crier, dans la crainte d'être reconnu. Rome fut un théâtre de carnage à la mort de Galba, qui fut massacré en pleine rue par ses propres soldats. Bientôt après Vitellius éprouva le même sort, et le trouble fut si grand dans la ville, que le Capitole même fut brûlé. A l'exception de Domitien, tous les princes qui régnèrent depuis Vitellius jusqu'à Commode, surent contenir la turbulence des légions, mais ce fut en les occupant à des guerres étrangères, et le peuple romain ne fut pas plus heureux sous ses meilleurs empereurs que sous les plus mauvais, puisque Trajan et Marc-Aurèle ne cessèrent de combattre les Parthes et les Daces; et le premier de ces princes périt après avoir perdu son armée dans une funeste expédition. Sous Commode, les légions reprirent leur insolence. L'indigne fils de Marc-Aurèle ayant péri par une conspiration dont le chef était préfet du prétoire, les prétoriens élurent Pertinax qu'ils massacrèrent après l'avoir laissé régner pendant quatre-vingt-sept jours.

A la mort de Pertinax, le peuple de Rome voulut le venger; mais les prétoriens lui inspirèrent une telle terreur, que chacun s'enferma dans sa maison comme si la ville eût été prise d'assaut, et les prétoriens déclarèrent que l'Empire était à l'encan. Sulpicien, gendre de l'empereur assassiné, se présente pour lui succéder au trône; mais tandis qu'il marchandait avec les soldats, Julien, qui était hors du camp, ayant monté sur des planches et des tonneaux, cria, par-dessus les murailles, qu'il paierait cinq mille drachmes par tête; le trône lui fut adjugé d'une voix unanime, et ce Romain libéral fut salué empereur.

Le peuple romain fut donc condamné à payer le marché passé entre Julien et les soldats ; mais les légions répandues sur toute la surface de l'Empire, ne voulurent pas que les seuls prétoriens eussent le droit de le vendre ; celles de Syrie nommèrent Niger, celles d'Illyrie Sévère, et celles de la Grande-Bretagne Albin, que Sévère avait cru se concilier en lui donnant le titre de César. De là, guerre entre Sévère et Julien qui est abandonné et tué par l'un des soldats qui lui avaient vendu le trône ; autre guerre entre Sévère et Niger, qui perd deux batailles, et finit par périr de la main des soldats mêmes ; autre guerre encore entre Sévère et Albin qui, après une bataille sanglante, est tué à Lyon, ou se tue lui-même. Que de bonheur accumulé sur l'Empire pendant les quatre années qu'a duré cette contestation !

Le vainqueur sentit bien qu'il n'y aurait plus de sûreté ni pour lui ni pour les peuples tant qu'une soldatesque effrénée disposerait du destin de Rome : il casse les prétoriens, qui n'osent se soulever ; mais il était écrit dans le ciel que Rome devait périr par les mains qui devaient la défendre. Sévère créa d'autres prétoriens, et même il augmenta leur nombre. Son génie et sa fermeté imposèrent à ces mutins le joug salutaire de l'obéissance ; mais la faiblesse de ses successeurs affranchit les soldats de toute discipline, et les rétablit dans *leurs droits*.

J'entre ici dans une affreuse carrière : la lecture

de l'Histoire romaine, à cette époque, est aussi dégoûtante que celle du Bas-Empire. Caracalla est tué par Macrin, préfet du prétoire, que les soldats élèvent au trône. Macrin est tué par les soldats qui nomment empereur un adolescent : cet adolescent (Héliogabale) est tué dans les latrines du camp des prétoriens, où il s'était réfugié ; et ne dites pas que les soldats ne tuaient que de méchans princes : sans compter Galba qui ne mérite point ce reproche, et Pertinax, digne d'être comparé aux meilleurs empereurs, ces soldats massacrèrent sans pitié Alexandre Sévère, le prince le plus sage, le plus honnête homme de son siècle, et donnèrent le trône à Maximin, dont les titres à la suprême puissance consistaient dans la gloire d'avoir tué un bœuf à coups de poing. Mais que peut la force corporelle contre une milice sans discipline ? Le nouvel Hercule est tué dans sa tente ; Maxime et Balbin, qui lui succèdent un moment, sont victimes des prétoriens ; les trois Gordien règnent ensemble, et sont tués presqu'en même temps ; Philippe, élu par les assassins, est égorgé par eux ; enfin, je trouve Décius qui périt du moins de la main des ennemis, honneur bien rare chez les souverains de Rome ; encore la chose est-elle racontée de tant de manières différentes, que je ne la crois pas bien sûre. Je recommence donc la fatale kyrielle. Gallus est tué par ses propres soldats ; Emilien, tué par ses soldats ; Valérien, qui aurait vraisemblablement fini de même, n'échappe à ce

sort que pour être pris par les Perses qui lui font
souffrir mille indignités ; mais son fils Gallien
rentre dans la loi commune ; car il est tué par les
prétoriens qui ont élu Auréole. Que dis-je, Auréole ? Ne suis-je pas arrivé au règne des *trente tyrans ?* Chaque légion n'a-t-elle pas nommé son
empereur ? Quelle brillante époque pour la gloire
du régime militaire ! Trente empereurs à la fois !
Que les peuples doivent être bien gouvernés ! Le
Nain de Tillemont prétend que ces trente tyrans
doivent être réduits à *dix-huit ;* dix-huit, soit ; cela
est encore fort honnête, et cela suffisait, ce me
semble, au bonheur des Romains. Je trouve enfin
un empereur qui, assez heureux pour mourir de
la peste, n'est pas égorgé par les soldats : c'est
Claude II ; mais l'Empire lui fut disputé par un Vic-
torin ou un Censorin qui fut élu et tué par ses
électeurs.

Le vainqueur de Zénobie, le fameux Aurélien,
malgré ses victoires, malgré les belles murailles
qu'il construit autour de Rome, est tué par ses
soldats ; le bon Tacite, cet empereur qui se faisait
gloire de descendre de l'historien du même nom,
est tué par ses soldats, et j'ai honte de finir toutes
mes phrases par cette formule que *la force des
choses* me commande. La vérité m'oblige à répéter encore que l'excellent Probus, cet empereur
qui fit planter des vignes dans les Gaules, fut tué
par ses soldats. La mort d'un si brave homme
m'empêche de m'apitoyer sur celle d'un Satur-

nin, d'un Procule et d'un Bonose que les soldats couronnèrent et tuèrent. Parlerai-je des pauvres princes Carus, Carinus et Numérianus dont la vie et la mort sont également ignorées, si ce n'est que le dernier fut certainement tué par les soldats, et fit place à Dioclétien? Celui-ci fit très-bien de se retirer à Salone et de cultiver son modeste jardin, car j'aurais parlé de lui avec la formule ordinaire. Je ne suivrai pas la fortune des empereurs jusqu'à Romulus Augustulus et jusqu'au dernier des Constantins : le plus ignorant des lecteurs sait très-bien que j'y trouverais trop d'exemples semblables à ceux que j'ai cités. Le résumé suivant suffira, je l'espère : en 349 ans, depuis la mort de Jules César jusqu'au règne de Constantin, de cent cinq empereurs nommés par les légions, huit seulement sont morts de mort naturelle, quatre de mort douteuse ou inconnue, et les *quatre-vingt-treize* autres ont été massacrés par les soldats. Maintenant que l'on se donne la peine de rechercher quelle était la situation des provinces pendant ces bouleversemens, quels ont été les résultats de tant de conspirations, de révolutions, de guerres civiles et de massacres, et à moins d'être privé du simple bon sens, on dira, comme je l'ai dit au commencement de cette note, que tout repos, tout bonheur, tout espoir même est perdu pour le peuple chez lequel les soldats délibèrent, usurpent la puissance, et décident du sort de l'Etat.

DIFFÉRENCE

ENTRE L'INSURRECTION DES ETATS-UNIS

ET CELLE DE L'AMÉRIQUE DU SUD.

La guerre et le succès des colonies anglaises contre la métropole sont la base sur laquelle les agitateurs, les fauteurs de révolutions et les prophètes de mauvais augure fondent leurs raisonnemens. Les Etats-Unis, disent-ils, ont donné l'exemple *glorieux* de l'insurrection; ils ont voulu être indépendans, ils l'ont été : or, si les efforts réitérés d'une puissance aussi formidable que celle de l'Angleterre n'ont pu les remettre sous le joug, il est évident que l'Espagne, bien moins puissante que l'Angleterre, épuisée d'ailleurs par une guerre récente, ne pourra triompher des cent mille héros que les dents du serpent ont fait pulluler sur toute la surface du Nouveau-Monde. De ce syllogisme ils tirent de nombreuses conséquences : les colons espagnols, ajoutent-ils, étaient opprimés; leur haine contre la tyrannie va leur faire chérir la liberté dans toute sa plénitude et avec toutes ses douceurs; des lois oppressives gênaient le commerce, le commerce va fleurir à la faveur d'une

liberté sans bornes ; les gouverneurs espagnols
étaient des hommes durs, arrogans, cruels, ignorans, inhabiles ; les nouvelles républiques auront
des magistrats sages, éclairés, humains et désintéressés. Puisque les États-Unis, moins favorisés par
la nature, ont vu leur population et leur prospérité s'accroître avec une rapidité qui tient du prodige, que sera-ce donc du Mexique, de la Terre-
Ferme, du Pérou et de la Plata, situés sous le
plus beau ciel et sur la terre la plus féconde ? Toutes
les armées royales que l'on enverra contre les insurgés trahiront bravement leur souverain ; ou
seront exterminées jusqu'au dernier homme. Quel
beau spectacle ! qu'il est affligeant de ne pouvoir
revivre dans un siècle pour admirer les grands
résultats de cette grande révolution !

Qu'un ministre de paix ne rêve que guerres,
combats et massacres (1) ; qu'il fasse rouler du
canon sur les rochers où les mulets ne peuvent
gravir, et courir des armées sur des sommets glacés
où l'on ne voit que des vigognes, je n'ai pas le don
des miracles, et je me borne à ce qui est humai-
nement vraisemblable ; dégoûté des sottes prédictions, je me garderai bien moi-même de prédire
si l'Espagne triomphera ou succombera dans cette
lutte ; mais, d'après la connaissance des *lieux*, des
hommes et des *choses*, je pense, qu'il ne reste aux
insurgés du Nouveau-Monde que l'alternative

(1) M. de Pradt.

d'une prompte réconciliation avec la métropole, ou de longs déchiremens qui, loin de leur procurer un bonheur ineffable, anéantiront leur commerce, diminueront leur population déjà si faible, et combleront leur misère. Cette opinion, que je ne donne pas comme une prophétie, acquiert un grand degré de probabilité par une comparaison exacte entre les États-Unis et l'Amérique espagnole.

A l'époque des dissensions entre l'Angleterre et ses colonies d'Amérique, la population de celles-ci était resserrée sur les bords de la mer Atlantique, et ne s'étendait qu'à peu de distance dans l'intérieur des terres ; la communication était facile entre les différens États. L'Amérique espagnole présente, au contraire, l'immense étendue de quatre-vingts degrés en latitude, c'est-à-dire de deux mille lieues ; les communications y sont difficiles entre les différentes possessions, et, dans l'Amérique méridionale, absolument impossibles pour toute espèce de chariots ou voitures. Aux États-Unis, de nombreuses rivières toujours navigables, les lacs et les golfes offraient partout des facilités à la navigation et des débouchés au commerce. Dans la vaste étendue des deux Mexiques on ne compte que deux rivières considérables, jusqu'à présent inutiles ; et la route qui conduit à la Vera-Cruz, seul port sur le golfe du Mexique, n'est qu'une pente si rapide et si pénible, que ce seul obstacle au transport suffirait pour empêcher les farines du Mexique de rivaliser, dans les mar-

chés de l'Europe, avec celles de Philadelphie. Le
Pérou, *dont une grande partie n'est pas propre à
la culture*, est encore bien moins favorisé sous le
rapport des communications; on n'y peut voyager
qu'à pied ou sur des mulets, les marchandises y
sont toutes transportées par des bêtes de somme,
et il n'y reste à la navigation que le dangereux passage du Cap-Horn, le Maragnon lui étant fermé
par l'empereur du Brésil.

Aux contrastes physiques, si l'on joint les dif-
férences morales ou politiques, la comparaison
devient une opposition continuelle. Toute la population des États-Unis était européenne ou ori-
ginaire d'Europe, occupant une lisière de côtes
facile à défendre, difficile à envahir. Sur une étendue de deux mille lieues, la monarchie espagnole
ne compte en Amérique que quinze millions d'habitans, disséminés sur des contrées d'une nature
différente, et séparés par des obstacles souvent
insurmontables; deux millions d'hommes répandus sur toute la surface de la France formeraient
une population comparativement plus considérable
que celle de toute l'Amérique espagnole. Mais
combien ces quinze millions d'habitans vont-ils
encore diminuer d'importance à nos yeux, quand
nous apprenons qu'il ne s'y trouve que cinq millions de blancs, et que tout le reste se compose
d'indigènes, de gens de couleur et de nègres esclaves. Les taxes imposées par l'Angleterre ont causé
la révolte de ses colonies; les indigènes des pos-

sessions espagnoles ne sont soumis qu'à une capi-
tation très-modérée, ne connaissent aucun autre
impôt, et les ennemis même de l'Espagne sont
forcés de convenir que le régime colonial n'y est
point tyrannique. Un seul et même intérêt animait
les habitans de l'Amérique anglaise. Les intérêts
sont différens dans toutes les parties de l'Amérique
espagnole : au Mexique, par exemple, le travail
des mines est libre, tandis qu'il est forcé au Pérou;
la culture, l'exploitation des produits, les facilités
commerciales et l'administration y étant partout
différentes, doivent apporter nécessairement beaucoup de différence dans les motifs d'insurrection
ou de soumission. Dans toutes les colonies anglaises, aucune caste privilégiée, aucune distinction
de couleur, ne pouvaient diviser les diverses classes
de la société; dans l'Amérique espagnole, les blancs
venus d'Europe, les créoles, les métis, les zam-
bos, les chinos, les quarterons, les quinterons,
les indigènes et les nègres forment autant de peuples
distincts qu'il y a de nuances de couleur; ces diverses nations réunies politiquement, mais enne-
mies par caractère, se méprisent ou se détestent
mutuellement, et il faudrait être insensé pour croire
qu'elles pussent être unies par un intérêt commun
et concourir à un même but. Les indigènes s'arme-
ront-ils pour anéantir l'autorité qui les protége
contre l'oppression des créoles? Les nègres se ré-
volteront-ils pour se donner des maîtres plus arrogans et plus cruels? Les hommes de couleur,

plus actifs et plus vigoureux que les créoles, ne braveront-ils l'autorité royale que pour se soumettre à l'autorité plus oppressive des blancs? Une réunion d'hommes où l'on trouve une hiérarchie de distinctions et de prétentions jusque dans l'esclavage, est-elle propre à fonder une république? Des hommes chez qui la moindre nuance, un quart, un cinquième de blancs, sont des titres de noblesse, voilà les héros que l'on nous présente comme sincèrement liés d'affection, et combattant ensemble pour la *liberté*, l'*égalité*, les *droits de l'homme*, et le bonheur du Nouveau-Monde! Ajoutons enfin que malgré tous les avantages dont jouissent les États-Unis, malgré l'unité de principes, la communauté d'intérêts, et une population tout européenne, sans mélange de castes, leur triomphe était fort douteux sans les puissans secours qu'ils reçurent d'Europe, tandis que vraisemblablement aucune puissance de l'ancien Monde ne sacrifiera ses hommes et ses trésors pour donner une seconde fois l'exemple d'une mauvaise politique; et pour terminer ce parallèle qui est une suite d'antithèses, opposons l'indolence apathique des habitans de la Nouvelle-Espagne à l'industrieuse activité des Anglo-Américains : Aux États-Unis, « partout » l'homme est occupé à bâtir des maisons, à fon- » der des villes, à subjuguer la nature, à défricher » des terrains; nous entendons partout les coups » de la coignée, le ronflement des forges; nous » voyons les antiques forêts livrées aux flammes,

» et la charrue sillonnant leurs cendres ; nous aper-
» cevons des villes riantes, des palais, des temples
» à peu de distance des cabanes habitées par les
» sauvages, etc... » Jetons maintenant un coup
d'œil sur le Mexique, la plus belle portion de
l'Amérique espagnole, et nous verrons que parmi
les fléaux qui s'y opposent à l'accroissement de la
population, la famine est le plus fréquent et le plus
cruel de tous ; indolens par caractère ou par l'influence du climat, les habitans n'y cultivent que
ce qui est strictement nécessaire à leur existence ;
de sorte qu'une sécheresse ou tout autre cause
accidentelle diminuant la récolte, ils se trouvent
subitement dans la plus grande détresse. En 1804,
le maïs ayant gelé, car il gèle au Mexique, trois
cent mille habitans y périrent ou de la famine ou
des maladies qui en résultèrent. Telle est la prétendue ressemblance qui existe entre l'Espagne
américaine et les Etat-Unis ; telles sont les notions
sur lesquelles nos savans politiques ont conclu
que ce qui s'était fait chez les Anglo-Américains
devait nécessairement arriver chez les insurgés
espagnols.

Il ne me reste plus qu'un point à éclaircir : tout le
monde sait que l'insurrection des colonies espagnoles n'a pas été causée par les vices de l'administration coloniale, mais par l'interruption des communications entre les colonies et la métropole, et
par le changement de domination que l'Espagne
d'Europe a temporairement éprouvé. Je répondrai

par des chiffres à ceux qui prétendent trouver les
motifs de la révolte dans la gêne, le monopole et
la diminution du commerce : « En 1778, la totalité
des droits d'entrée et de sortie avait produit à
l'Espagne 6,761,291 réaux ; et en 1788, ces droits
s'élevaient déjà jusqu'à 55,456,949 réaux ; il y eut
donc, en dix années seulement, une augmentation
de 48,695,657 réaux. » Et voilà comment on juge
en Europe de ce qui se passe en Amérique !

QUELQUES RÉFLEXIONS

SUR L'ÉTAT FINANCIER DE L'ANGLETERRE.

LA DETTE PUBLIQUE. Il y a vingt-cinq ans que le
gouvernement anglais était déjà insolvable, et cette
insolvabilité était reconnue des Anglais mêmes. Or,
quand la dette est hors de toute proportion avec
les facultés, quand il y a impossibilité absolue,
l'augmentation de cette dette ne change pas la
question ; et ceux qui n'ont pu exiger le paiement
quand il était impossible, n'y pensent certainement plus quand il est devenu plus impossible
encore. Et quant aux intérêts de cette dette, qui
forment eux-mêmes un énorme capital, il m'est
bien démontré que tant que la nation voudra et
pourra supporter la surcharge de ces intérêts, il

n'y aura rien à craindre pour le gouvernement, et l'émission du papier-monnaie me paraît plus propre à retarder l'époque fatale qu'à l'accélérer.

LE DÉSORDRE DANS LES FINANCES. Je sais qu'il peut causer de grands maux; mais quand la France n'a pas succombé à la chute du système de Law, quand le misérable gouvernement que l'on nommait *Directoire* a survécu à la banqueroute de quarante milliards d'assignats, je ne vois pas pourquoi la nation la plus industrieuse, et qui tient dans ses mains le commerce du monde, périrait d'une maladie qui n'a été pour nous qu'une légère indisposition. Pourquoi d'ailleurs ces habiles économistes ne font-ils pas entrer dans leurs calculs l'heureuse position géographique de l'Angleterre? En supposant même que l'embarras dans les finances dût nécessairement causer des troubles dans la Grande-Bretagne, ces troubles auraient-ils en Angleterre la même importance que sur le continent? Je sais seulement que quand messieurs les Anglais ont voulu faire des folies, l'Europe a été réduite à les regarder du rivage, et aucune armée étrangère n'est venue les mettre à la raison; tandis que nous autres habitans de la terre-ferme, nous n'avons pas pu faire une sottise sans en rendre compte aux Autrichiens, aux Prussiens, puis aux Espagnols, puis aux Russes, puis à tous ceux qui ont voulu s'en mêler. Concluons donc que si l'Angleterre a pu augmenter son commerce, ses possessions et sa puissance, depuis vingt-cinq ans qu'elle est reconnue insolvable et ruinée, elle pourra bien fournir encore une pareille carrière, et dans vingt-cinq ans nous lirons d'autres brochures où l'on prédira sa chute pour d'autres causes et par d'autres calculs.

Reste le PAPIER-MONNAIE. Quand tous les hommes civilisés se sont accordés à reconnaître l'or comme le meilleur représentatif des objets nécessaires à la vie humaine, ils ont fondé leur choix sur ce que l'or étant la substance la moins altérable et la plus pesante des matières connues, son poids, sous un volume déterminé, donnait les moyens de reconnaître la fraude. Toute autre substance que l'on ne pourrait altérer, et qui inspirerait la même confiance, aurait donc la même valeur représentative quand on serait convenu de la considérer comme telle. Il est donc certain que la valeur du papier-monnaie dépend de la confiance de ceux qui le reçoivent, et de la juste proportion entre sa masse et celle des besoins. Les assignats français devaient tomber, d'abord par leur masse hors de toute proportion avec la richesse de l'État, et ensuite par la défiance, la haine ou le mépris qu'inspirait le gouvernement. Quand on me prouvera que le gouvernement anglais n'obtient aucune confiance, et qu'il y a dans ce pays surabondance de papier-monnaie, et moi aussi je prédirai la banqueroute ; mais alors même je ne serai pas certain qu'une banqueroute doive causer nécessairement la mort du corps politique.

La plus grande erreur où tombent ces calcula-
teurs économistes est de prendre leurs comparai-
sons dans la révolution française. Sans entrer sur
cet objet dans des discussions interminables, il
suffit de dire que cette révolution s'est opérée, non
pas selon le calcul des probabilités et les conjectures de la raison, mais contre tous les calculs et
toutes les notions du sens commun. On a bien
voulu perdre des milliards pour ne pas remplir
un *déficit* de cinquante millions. On s'est révolté
contre le *despotisme royal,* sous le roi le plus populaire (et peut-être trop). On a détesté et détruit
la noblesse quand les nobles s'étaient mêlés dans
la foule, dissimulaient leurs titres, ne se distinguaient plus ni par le ton ni par le costume, et
lorsqu'un roturier aimable était préféré dans les
plus hautes sociétés aux nobles ignorans ou ennuyeux. On a détruit, lorsqu'elles étaient vides,
des prisons d'État qu'on avait respectées quand
elles étaient pleines; et, pour me servir des expressions de Rivarol, les révolutionnaires ont
renversé la Bastille où ils n'auraient jamais eu
l'honneur d'être enfermés, et ils ont négligé Bi-
cêtre qui leur ouvrait ses portes.

ÉCONOMIE POLITIQUE.

APRÈS avoir lu ce titre, bien des gens me demanderont ce que c'est que l'*économie politique;* et quand je leur aurai dit qu'elle est la science des administrations, que cette science est purement *spéculative* pour les hommes privés, et *pratique* pour les administrations seules, je doute qu'ils en aient une idée bien nette. Voilà cependant bientôt un siècle que l'on parle de cette science; elle a fait naître des théories, des examens, des recherches, des brochures et de gros livres, des guerres de plume, des disputes sérieuses; et c'est aux économistes, a-t-on dit, que l'on doit la révolution: car à qui n'a-t-elle pas été attribuée? Observons en passant qu'on ne s'est occupé d'économie politique que quand les affaires ont commencé à s'embrouiller, que les beaux ouvrages des économistes n'ont pas empêché ces affaires de s'embrouiller davantage; qu'on n'a jamais payé plus d'impôts que quand on a disserté sur la théorie de l'impôt; que plus on est devenu savant plus on a été incertain; et que, dans le corps politique comme dans le corps humain, le grand nombre de médecins habiles paraît avoir fait croître le nombre des malades.

Il y a tout juste un siècle que le *Télémaque* de Fénélon, publié en 1717, présenta la première ébauche d'économie politique ; on ne se doutait guère que ce germe, caché dans un ouvrage d'imagination, deviendrait un arbre vigoureux qui repandrait une ombre épaisse sur toute la France. Cet arbre n'a point donné de fruits ; les malins prétendent qu'il en a produit de fort amers : contentons-nous de dire qu'il a été stérile. Malgré l'excellent Mémoire de M. Turgot, Mémoire peu connu, mais qui a la priorité sur le Traité d'Adam Smith ; malgré l'ouvrage de Melon, sage disciple de ce fou de Law ; malgré les travaux du docteur Quesnay et de M. de Gournay ; malgré les économistes qui étaient philosophes, et les philosophes qui se croyaient économistes, nous ne sommes pas plus avancés sur cette matière qu'avant la découverte de cette science ; j'ose dire même que nous le sommes moins, puisque l'erreur est bien plus loin de la vérité que l'ignorance.

AVONS-NOUS

LES VÉRITABLES MÉMOIRES DE SULLY ?

Celui qui n'a pas lu les Mémoires de Sully ne peut pas se flatter de bien connaître Henri IV. Ni l'Etoile, ni Péréfixe, ni Mathieu, ni le Grain, ni les Chroniques ou autres Mémoires du temps ne donnent une idée aussi complète de cet excellent prince. Si, parmi les écrivains plus modernes, il en est qui aient parlé dignement de ce grand roi, il est facile de reconnaître que Sully a été leur guide et leur première autorité. Cependant Sully était l'ami de Henri IV, et peut-être le seul véritable ami qu'ait jamais eu un monarque. Sous ce rapport, sans doute, on pourrait craindre de la partialité ; et le ministre, comblé des bienfaits du prince, ne semble guère appelé à devenir son historien ; mais, par une rare et honorable exception à la règle générale, cet ami du meilleur des rois a été en même temps l'appréciateur le plus impartial de ses vertus, et le censeur le plus sévère de ses faiblesses. Je ne parlerai pas des écrits publiés pendant la Ligue ou dans l'esprit de la Ligue : ce ne sont pas des censures, mais des calomnies ; je ne désignerai pas même les historiens étrangers qui,

comme Vittorio Siri, ont cédé aux préventions ul-
tramontaines; et pour me tenir également éloigné
des deux écueils, j'écarterai certain tableau très-
moderne où Henri, dépouillé de tous les défauts
qui tiennent à la nature humaine, n'est plus qu'une
grande figure froide et sèche, qui inspire une vénération sans amour et une admiration sans intérêt. La femme célèbre qui a tracé ce portrait de
fantaisie, a bien réussi à rendre Henri plus parfait; mais elle semble avoir craint de le faire paraître aimable : elle a vaincu cette difficulté, et
certes la tâche était pénible ; car, quand il serait
prouvé que Henri n'a pas été le plus grand de
nos rois, on ne pourrait nier au moins qu'il n'ait
été le plus aimable des princes et des hommes; et,
comme on l'a dit avec autant d'esprit que de justesse : *On l'aime tant, que souvent on ne songe
pas à l'admirer.* C'est dans les *Mémoires de Sully*
qu'il faut chercher à le connaître; c'est là que
l'on voit le prince et l'homme dans toutes les vi-
cissitudes d'une vie agitée ; c'est là que l'on aime,
que l'on admire, que l'on blâme tour à tour cette
valeur qui, de l'héroïsme, passe trop souvent jusqu'à la témérité, cette excessive bonté qui descend
quelquefois jusqu'à la faiblesse, cette clémence
que la haine et la trahison n'ont jamais pu fatiguer, cette douce familiarité, cet aimable en-
jouement, et quelques-uns de ces défauts pour
qui l'honnête homme a beaucoup d'indulgence,
mais que les hypocrites n'excusent jamais. C'est à

14.

Sully qu'il appartenait de peindre Henri IV : et à
qui serait réservée la noble tâche de présenter ce
prince à notre admiration et à notre amour, si ce
n'est à son compagnon d'armes, à son incorrup-
tible ministre, à son ami, au confident de toutes
ses affections, au consolateur de toutes ses peines,
au dépositaire de tous ses secrets?

Mais avons-nous les Mémoires de Sully? Si j'en
crois Voltaire, ils ont été, non pas mis en ordre,
mais COMPOSÉS (1) *par les secrétaires de ce mi-*
nistre alors disgracié par Marie de Médicis. La
grande influence que Voltaire a eu sur son siècle
n'a cependant pas fait prévaloir cette opinion. On
convient généralement que ces Mémoires ont été
composés sur des notes écrites, en forme de journal, par Sully lui-même, mais recueillies, réunies et classées par des secrétaires qui ont bien
pu les altérer, et qui, par une bizarrerie inconce-
vable, s'adressent au duc de Sully, lui parlent à
la seconde personne, et lui racontent tout ce qu'il
a fait. Cette forme a pu tromper des lecteurs peu
réfléchis; mais Voltaire pouvait-il être dupe de
cette apparence? Il faut donc supposer que, rebuté par un style incorrect, souvent lâche et dif-
fus, par le désordre de la narration, par de fréquens anachronismes et d'autres fautes grossières,
il n'a pu attribuer à Sully un ouvrage aussi informe, quoiqu'il ait dû souvent y reconnaître une

_____

(1) *Dissertation sur la mort de Henri IV.*

raison supérieure, des tableaux très-animés, des vues saines et profondes, et de nombreux passages où l'expression est aussi remarquable que la pensée.

Pour être bien convaincu de l'authenticité de ces Mémoires, il suffit de les lire avec attention : j'y trouve partout la preuve que Sully en est le véritable auteur, et je suis persuadé que les altérations commises par les secrétaires ne sont pas aussi considérables qu'on le pense. Le lecteur partagera vraisemblablement mon opinion à cet égard, s'il veut peser les considérations suivantes :

1° Les qualités éminentes qui ont fait de Sully le digne ministre d'un excellent roi étaient tempérées plutôt qu'obscurcies par une vanité qui perce dans ses écrits et dans ses discours, et qu'il ne se donne presque pas la peine de déguiser. Cependant il a dû sentir que ces fréquentes déclamations sur sa noblesse, ces éloges sans cesse répétés de sa bravoure, de son administration et de son aptitude à toutes les affaires, deviendraient fastidieux, s'il parlait à la première personne, et il a pu regarder comme un heureux expédient de se les faire adresser par ses secrétaires.

2° On sait que les deux premiers volumes de l'édition originale et *in-folio* de ces Mémoires, ont été imprimés au château de Sully, sous la rubrique d'Amsterdam, sans date d'année et sans nom d'imprimeur; car celui qu'on y trouve est un nom barbare, presque illisible, et visiblement supposé.

Or, il n'est guère probable que le sage Sully ait laissé imprimer sous ses yeux des Mémoires qui portent son nom, sans les connaître et sans les avoir approuvés.

3° On trouve fréquemment dans ces Mémoires des aveux que Sully a bien pu faire, mais que certainement aucun de ses secrétaires n'aurait hasardés sans une permission formelle. A la prise de Villefranche, il se fit donner mille écus par un malheureux vieillard que des soldats voulaient tuer; à la prise de Cahors, il ne rougit pas de partager le pillage, et *sa bonne fortune fit tomber dans ses mains une boîte de fer où il trouva quatre mille écus en or.* Lorsque le bagage du duc de Mercœur fut pillé en Touraine, Sully réclama sa part du butin, qui fut de deux mille écus. Les habitans de Louviers ayant été trahis par un gentilhomme nommé Beaugrard, leur concitoyen, on découvrit les toiles et les cuirs qu'ils avaient cachés; tout fut pillé assez vilainement, et Sully se félicite d'avoir eu trois mille livres pour sa part. A Mantes, un vieillard nommé de Fourges, se préparait à conduire, en contravention, un bateau de vivres à Paris; mais il fut dénoncé par son propre fils, et conduit devant Sully. Dans le moment où le duc l'interrogeait, la poche du vieillard, qui était percée, laissa échapper des pièces d'or. Sully le fit d'abord courir dans la chambre pour faire tomber les *écus au soleil;* puis l'ayant fait fouiller, il trouva *sept mille écus en or, qu'il*

saisit, et dont il avait grand besoin, dit-il, *en at-*
tendant la vente de ses blés et de ses bois. Enfin,
dans une tentative sur Paris, le faubourg Saint-
Germain fut pillé, *Sully y gagna trois mille écus,*
et ses gens firent un butin considérable. Si maintenant on considère les nombreux et fastueux
éloges que Sully reçoit dans ses Mémoires sur sa
loyauté à la guerre, sur sa sévère probité, sur
son désintéressement, on conviendra que ses secrétaires n'auraient osé lui rappeler les traits que
je viens de citer, si le duc lui-même ne les avait
pas consignés dans ses notes, et n'en avait pas
fourni les détails.

4° Enfin, en voici la preuve la plus concluante:
dans le livre III, Sully nous apprend lui-même
comment et pourquoi il a composé cet ouvrage,
auquel il donne quelquefois le titre de *Journal.*
« Pour soulager ma mémoire, dit-il, je com-
» mençai à jeter sur le papier quelques traits qui
» m'avaient frappé, et en particulier les discours
» que le roi m'avait tenus, ou que je lui avais
» entendu tenir sur la guerre, sur la politique,
» où je voyais qu'il y avait infiniment à profiter
» pour moi. » Notez que Sully avait six ans de
moins que Henri IV. « Ce prince qui s'en aper-
» çut, parce que je lui rappelais quelquefois mot
» pour mot ce qui était sorti de sa bouche, m'or-
» donna de mettre quelque ordre dans mon tra-
» vail, et de l'étendre. J'y trouvais de grandes
» difficultés; mais, sur le commandement réitéré

» de S. M., je repris et continuai ce travail assi-
» duement. Voilà ce qui a donné naissance à ces
» Mémoires. »

S'il pouvait rester encore quelque doute, je demanderais comment les secrétaires de Sully auraient pu connaître et rapporter aussi fidèlement
les longs et fréquens entretiens du roi avec son
ministre, et les scènes qui se passèrent à huis clos
entre Sully et la princesse Catherine, et la du-
chesse de Beaufort, et la marquise de Verneuil,
et le comte de Soissons, et le prince de Condé,
et le duc de Bouillon, et tant d'autres conférences
délicates et secrètes que nous aurions toujours
ignorées, si Sully lui-même n'avait pris le soin de
nous en instruire. Je crois donc que l'on doit regarder ces Mémoires comme l'ouvrage de ce ministre; et cependant, malgré cette conviction, je
puis encore demander si nous avons réellement
les *Mémoires de Sully?*

Pour expliquer cette énigme, il faut savoir qu'en
1745, un écrivain qui se nommait l'abbé de l'E-
cluse, ou qui prit ce nom comme le chartreux
Argonne prit celui de Vigneul-Marville, publia
une nouvelle édition des *Mémoires de Sully,* cor-
rigés, commentés et remis dans un meilleur ordre.
Dans une préface adroite et sagement écrite, il
expose les motifs qui l'ont déterminé à retravailler
ces Mémoires. Toutes les matières y étaient, dit-il,
dans la plus grande confusion; le style y réunis-
sait presque tous les défauts; les nombreuses let-

tres de Henri IV y étaient placées sans ordre et
sans rapport avec les événemens : voilà sans doute
d'excellentes raisons pour corriger et pour refaire.
L'abbé de l'Ecluse ajouta d'ailleurs au texte une
grande quantité de notes explicatives, apologéti-
ques ou critiques, et faisant parler Sully lui-même
à la première personne, il lui prête un style qui,
sans être d'une élégance et d'une pureté remarquables, est au moins très-supérieur à celui de
l'édition originale. Quel qu'ait été le travail de
l'abbé de l'Ecluse, sa version prévalut (car c'est
une véritable version); les Mémoires ne se réim-
primèrent plus sous l'ancienne forme; toutes les
éditions successives depuis 1745 jusqu'à l'année
1814, n'ont reproduit que l'ouvrage de l'abbé de
l'Ecluse; et, à l'exception de quelques gens de
lettres en petit nombre, il y a peu de personnes
qui aient lu l'édition originale, celle qui fut imprimée sous les yeux de Sully, et que l'on nomme
l'édition *aux lettres vertes*, parce que le frontispice y offre une vignette où trois grands V V V
sont entourés d'un feuillage vert.

SUR LES ABRÉGÉS HISTORIQUES.

Si nos enfans, si nos petits-neveux ne sont pas
très-savans, ils ne pourront pas nous en accuser;
il n'y aura pas eu de notre part négligence ou parcimonie : les livres élémentaires pleuvent autour
de nous; les jeunes gens n'ont plus que l'embarras du choix : il n'est aucune science, aucune partie
de la littérature que des spéculateurs adroits n'aient
mise à la portée de la jeunesse, je dirai presque
de l'enfance, tant ils ont pris soin d'aplanir tous
les obstacles, d'écarter toutes les épines, pour faire
un court amusement de ce qui était autrefois un
long travail. Certains jeux sont devenus une étude;
l'étude, en revanche, n'est plus qu'un jeu. Tel
petit volume contient tous les secrets d'une profonde science; l'histoire universelle se renferme en
quelques pages, la morale en quelques lignes; et
nous aurons bientôt une Encyclopédie portative
dont le poids ne fatiguera pas un enfant de douze
ans.

On a commencé par faire des *abrégés* des bons
livres; ils étaient utiles; les in-folio sont trop
lourds pour la jeunesse; mais bientôt ces abrégés
ont paru trop volumineux encore, on en a fait des

extraits où l'on a prétendu n'avoir rien omis d'essentiel ; ces extraits à leur tour ont été jetés dans
de nouveaux alambics, on en a tiré la quintessence,
et l'on a obtenu une nourriture très-peu substan-
tielle, très-sujette à s'évaporer, très-propre à former des enfans extraordinaires et des hommes
fort ignorans.

Quelques bons esprits se sont élevés contre cette
mode, qui avait dégénéré en véritable manie ; ils
ont dit aux parens que ce qui s'apprend trop facilement s'oublie de même ; que la mémoire, comme
le corps, acquiert de la vigueur par l'exercice et
le travail ; que ces phénix de l'enfance deviennent
presque toujours des hommes médiocres ; mais
les parens n'ont pas voulu les entendre. Des
hommes pressés de jouir ont rejeté toute idée de
lenteur et de retard ; il ont cru que leurs enfans
étaient privilégiés, que la science en eux pouvait
précéder la raison ; et les mères, encore plus crédules, n'ont pu résister au plaisir de voir dans leurs
marmots des beaux-esprits en petite robe, et des
docteurs en bourrelets. Dès-lors les jouets de l'enfance sont devenus de savans hiéroglyphes : on
apprit à lire avec un jeu de cartes ; la géographie,
avec des écrans ; la poésie, avec les bonbons à de-
vises ; les lois de l'équilibre, avec le bilboquet ; et
le temps n'est pas loin sans doute où les petits
enfans feront un cours d'anatomie sur des pou-
pées, comme les grands enfans étudient la crânio-
logie sur des tabatières.

Si vous leur demandez les motifs qui leur font adopter cette nouvelle méthode, ils vous répondront qu'il faut inspirer aux enfans du goût pour l'étude, et que pour la leur faire aimer il faut en écarter tout ce qu'elle a de fastidieux et de pénible; ils ajouteront enfin d'un ton très-affirmatif, qu'on ne fait jamais bien que ce qu'on fait facilement. Mais il est bon de s'entendre sur cette prétendue facilité. Il est inconstestable que les leçons les plus courtes sont celles qui s'apprennent le plus vîte; mais ce qu'ils paraissent ignorer, c'est que les leçons courtes sont aussi celles que l'on retient le plus difficilement. Prenons un exemple dans l'Histoire de France. Si nous la lisons avec ses détails essentiels, avec tous ses faits intéressans, les événemens, les images, les catastrophes qu'elle nous présentera seront autant de points d'appui qui soutiendront notre mémoire; les noms et les dates s'y attacheront presque à notre insu, et nous n'oublierons pas des personnages avec lesquels nous aurons eu le temps de faire connaissance. Supposons au contraire que pour faciliter cette étude on ait fait abrégé sur abrégé de cette histoire, et qu'on l'ait réduite à un très-petit nombre de faits sans aucune liaison, à la nomenclature des rois dans leur ordre successif, et aux dates des naissances, avènemens et morts des souverains, qu'arrivera-t-il? L'enfant ou le jeune homme aura d'abord besoin d'une mémoire vigoureuse pour retenir soixante-sept noms dans un ordre prescrit, avec les dates qui y sont attachées; mais quand il serait capable de cet effort, il est presque impossible qu'après quelques jours il ne lui échappe pas plusieurs de ces noms qu'aucun intérêt, aucune image, aucun fait remarquable, n'auront classés dans sa mémoire; et bientôt, trompé par l'ordre apparent des chiffres, il sera tenté de nommer Louis XIII après Louis XII, comme il nomme Henri IV après Henri III.

Dans une histoire détaillée, on ne court pas ce risque; les noms se classent dans la mémoire sans qu'on y songe; et leur ordre y est déterminé par celui des faits mêmes.

Supposons que le jeune homme lise le règne de Charles VII.: les prodiges de la Pucelle d'Orléans, l'expulsion des Anglais, la France reconquise, sont des événemens qu'on ne peut oublier; mais pendant qu'on s'en occupe, on voit figurer le Dauphin qui se révolte contre son père, et qui finit par lui causer la mort, on reconnaît bientôt ce mauvais fils dans Louis XI, qui néglige à dessein l'éducation de celui qui doit lui succéder sous le nom de Charles VIII, et les démêlés de ce dernier avec le duc d'Orléans apprennent d'avance à connaître Louis XII. On voit par ce court exemple que les noms sont attachés aux faits, et que l'on ne peut s'en rappeler un sans penser en même temps à celui qui précède et à celui qui doit suivre. En voilà plus qu'il n'en faut pour prouver que les histoires les plus abondantes en événemens et les plus détaillées sont les plus faciles à retenir, et que les nomenclatures sèches sont, au contraire, ce qu'il y a de plus pénible et de plus désagréable à classer dans la mémoire.

DES VÊPRES SICILIENNES.

QUAND un événement mémorable est raconté par plusieurs historiens, et présenté de plusieurs manières très-différentes, la version la plus simple, la plus vraisemblable et la plus naturelle est adoptée par tous les hommes qui sont doués de l'esprit de critique, et qui ont fait une étude approfondie de l'histoire. Une vaste lecture, une longue expérience, leur apprennent que si un fait approchant du merveilleux n'est pas absolument impossible, il est au moins fort rare, et qu'entre deux écrivains dont l'un s'attache aux probabilités et l'autre à l'éclat des événemens, la présomption est, par cela seul, en faveur du premier. Ce n'est point par scepticisme, comme on le croit communément, que les hommes sages se défient de tout ce qui est extraordinaire et qui tient du merveilleux. Leur préférence pour la narration simple est fondée sur ce raisonnement : Quel motif aurait pu faire négliger des faits qui ajoutent à l'intérêt et à l'éclat du récit ? Tout homme qui écrit veut être lu : il veut plaire, il veut intéresser, toucher, étonner le lecteur ; or, tous les hommes ont un penchant pour les récits extraordinaires, pour les grands tableaux, pour le dramatique et même pour le romanesque ; si ce dramatique, ce romanesque, est cependant vrai, est-il naturel de supposer que des historiens, estimés pour leur exactitude et leur savoir, se soient accordés à rejeter des vérités qui, sans peine et sans efforts, auraient animé leurs compositions historiques, et en auraient doublé le prix ? Me répondra-t-on qu'ils ont mis leur amour-propre à combattre des opinions reçues, et qu'ils ont voulu prouver leur sagacité par leur scepticisme ? Cette objection est fort bonne si on l'oppose aux écrivains qui ont discuté et nié les faits adoptés généralement, mais elle tombe devant ceux qui, connaissant les traditions vulgaires, n'ont pas même daigné les combattre et les ont entièrement passées sous silence ; on ne peut donc reprocher à ceux-ci d'avoir voulu briller en argumentant contre la croyance commune ; et il faut d'ailleurs se pénétrer de ce principe : qu'un seul historien, contemporain et témoin oculaire, qui raconte un fait simplement, est une autorité plus respectable et plus forte que trente écrivains qui, venus plus tard, présentent ce même fait avec des circonstances romanesques.

Mais le vulgaire des lecteurs ne juge point ainsi. Le récit le plus dramatique et le plus brillant est celui qu'il adopte. Si un grand personnage meurt après une courte maladie, le poison paraît bien plus vraisemblable qu'une apoplexie ou un anévrisme ; des milliers d'hommes égorgés au premier coup de cloche des vêpres , sur une vaste surface, et à la même heure, à des très-grandes distances , sont un événement bien plus croyable que l'explosion successive d'une haine long-temps comprimée. Ainsi le roman de Francesco Pipino, qui a écrit long-temps après le massacre , doit l'emporter sur le récit de Neocastro, écrivain distingué et témoin oculaire , et sur celui de Speciali, qui raconte le même fait sans en faire un mélodrame.

Avant d'aborder la discussion , détruisons une objection qui inquiéterait au moins le lecteur, si elle ne l'égarait pas. Un témoin oculaire, me dira-t-on, peut avoir des raisons pour dissimuler ou pour altérer la vérité, et il ne serait pas étonnant qu'il eût voulu dérober à la postérité les circonstances atroces d'un complot aussi odieux. Voilà, ce me semble, l'argument dans toute sa force, mais il n'a de valeur qu'aux yeux de ceux qui ont lu ce trait d'histoire isolément, et n'ont aucune connaissance des faits qui ont précédé, accompagné et suivi les Vêpres siciliennes. Bien loin d'avoir horreur de ce massacre, les Siciliens en faisaient gloire ; ils y ajoutaient même des circonstances révoltantes et fausses, comme pour l'embellir et mieux faire éclater leur haine contre les Français. Tel Silicien qui n'avait pas osé regarder en face un soldat de Charles d'Anjou , se vantait, après l'événement, d'en avoir égorgé et torturé une douzaine. Tous les historiens d'ailleurs, ceux même qui détestent cet acte de fureur, le présentent néanmoins comme une vengeance horrible mais juste. Ils y voient les représailles de la mort de Conradin, du supplice de vingt-quatre barons, de la cruauté avec laquelle le vainqueur fit couper les jambes à ceux qui avaient suivi l'étendard de Souabe, et surtout du massacre d'Auguste, ville dont tous les habitans furent plus complètement exterminés que les Français ne le furent aux Vêpres de Palerme. Jean de Procida lui-même, qui ne dissimulait pas sa haine contre les Français, et qui allait chercher des vengeurs en Aragon et à Constantinople; Jean de Procida qui, depuis trois ans, excitait les Siciliens à la révolte, et croyait tout légitime contre les oppresseurs de sa patrie, n'aurait pas manqué de se glorifier d'un aussi grand complot, si réellement il l'avait conçu. Ce n'est donc pas par pudeur que les premiers historiens n'ont rien dit du fameux coup de cloche qui devait être le signal, mais parce que le fait est absolument faux. Présentons d'abord cette grande catastrophe selon la croyance commune, et voyons si cette version peut résister à la critique.

On sait qu'après la défaite et la mort de Mainfroy, et après le supplice de Conradin, Charles d'Anjou, n'ayant plus de compétiteur, régnait seul à Naples et occupait la Sicile, où commandaient en son nom Eribert d'Orléans, Jean de Saint-Rémi et Thomas de Bussaut. Gardons nous d'appliquer nos principes politiques du dix-neuvième siècle aux révolutions du treizième. Les deux princes qui se disputaient le royaume de Naples, pouvaient également se dire légitimes ; Conradin, comme fils de l'empereur Conrad IV, et Charles d'Anjou comme ayant reçu l'investiture du pape, dont la suprématie, *même temporelle*, sur tous les États chrétiens, était encore reconnue par un grand nombre de peuples. J'écarte donc toute idée d'usurpation de la part de Charles, ou plutôt je rétablis cette vérité que chacun des deux princes avait le droit de considérer son ennemi comme usurpateur. Ce qui serait faux aujourd'hui ne l'était pas à cette époque. Jean de Procida, qui était sincèrement attaché à la maison de Souabe, avait été dépouillé de ses titres et de ses biens par Charles d'Anjou. Tout ceci est exact et n'est contesté par personne. Mais on ajoute que ce Procida trama une grande conspiration en Sicile, et que, d'après le plan des conjurés, on devait égorger tous les Français au même signal sur toute la surface de l'île ; que ce signal était le premier coup de cloche annonçant les vêpres du lundi de Pâques, à Palerme. Ce grand secret, dit-on, fut religieusement gardé ; le complot fut ponctuellement exécuté comme il avait été ourdi ; tous les Français furent massacrés le même jour, à l'exception seulement de Guillaume des Porcelets, qui, étant généralement aimé et estimé, eut la permission de se retirer en Provence, sa patrie. On ajoute encore que pour reconnaître les Français, et ne pas faire de méprise, avant d'immoler une victime, on la forçait d'articuler le mot *ciceri*, très-difficile à prononcer pour les Français, qui ne savent jamais distinguer les mots *sdruccioli* des mots *tronchi* et *piani*.

Telle est l'opinion vulgaire qu'il faut examiner logiquement et historiquement avant de rétablir les faits dans toute leur exactitude. Si les conspirations, dont le secret est confié à un très-petit nombre de personnes, réussissent rarement, et sont si souvent découvertes, comment n'est-on pas étonné d'un secret si bien gardé par les habitans de tant de villes et de villages répandus, à de grandes distances, sur la surface d'une île qui n'a pas moins de cent quatre-vingt lieues de circonférence? Pour que le complot réussît, il fallait qu'il éclatât partout en même temps. Il fallait donc aussi qu'il y eût des conjurés et des assassins partout : que d'hommes dans la confidence ! Et parmi ces hommes, plusieurs étaient liés d'amitié, d'intérêt avec les Français qu'ils devaient égorger ; et beaucoup de femmes ou filles étaient attachées par le mariage, ou autrement, à ces mêmes Français qu'elles allaient voir livrer aux poignards, et qu'elles n'avertissaient pas. Voilà déjà bien des difficultés, mais je n'ai pas encore exposé la plus grande. C'est en 1279 que Jean de Procida, le héros de cette tragédie, et l'inventeur, dit-on, du coup de cloche, arriva en Sicile, et les Vêpres fatales n'eurent lieu qu'en 1282. Dans ce long intervalle, Procida fit deux voyages en Aragon, deux voyages

15.

à Constantinople et à Rome. Quoi! pendant tout
ce temps, les Français n'ont conçu aucun soupçon,
ils n'ont aperçu aucuns préparatifs! De Messine à
Catane, et de Girgenti à Palerme, aucun homme,
aucune femme n'a révélé l'affreux secret à un ami,
à un mari, à un amant! Convenons qu'ici le
merveilleux commence : mais il est temps de faire
voir l'absurdité.

Jean de Procida, qui cherchait à susciter partout des ennemis à Charles d'Anjou, avait enfin
déterminé Pierre III, roi d'Aragon, à faire une
invasion en Sicile. Le jeune Conradin, avant de
recevoir le coup mortel, avait jeté son gant au pied
de l'échafaud. Ce gant fut ramassé et porté à Constance, fille de Mainfroy, et dernier rejeton de
l'arbre de Souabe. Pierre III, son époux, regarda
la transmission de ce gant comme une espèce d'investiture ; il arma une flotte qui devait débarquer
dix mille hommes en Sicile, et Procida n'attendait
que ce renfort pour soulever les Siciliens dont il
connaissait les dispositions, et pour chasser les
Français. Or, la flotte du roi d'Aragon ne fut prête
qu'en juin 1282, plus de deux mois après les Vêpres
de Palerme. Je demande à tout homme sensé s'il
est raisonnable de supposer que Procida, qui,
pendant deux ans avait sollicité cet armement, ait
confié le salut de sa patrie au succès d'une conspiration aussi peu certaine, tandis qu'il était assuré
de réussir avec la coopération des Aragonnais.
Charles venait d'armer contre l'empereur de Cons-

tantinople; les Siciliens n'attendaient que le moindre secours pour se soulever, et Jean de Procida, qui fondait toutes ses espérances sur l'Espagne, aurait éclaté avant de recevoir les puissances auxiliaires qui allaient rendre le succès assuré! Cela est trop absurde. Il faut donc reconnaître qu'un événement quelconque fit soulever les Siciliens avant que Pierre pût les y aider, et que les vêpres du lundi de Pâques en fournirent l'occasion fortuite, sans être le signal d'une explosion dès long-temps méditée. Voyons maintenant si le récit des historiens sages, et notamment d'un témoin oculaire, présentera quelque chose de plus vraisemblable que le roman de Pipino.

Soit à tort, soit avec raison, les Siciliens abhorraient le joug étranger, et il faut avouer que les lieutenans de Charles abusaient étrangement du droit de conquête et de l'éloignement de leur maître. Jean de Procida, pendant son séjour en Sicile, avait entretenu ces dispositions à la révolte, et il n'attendait que les dix mille soldats de l'Aragon pour la faire éclater. Mais le lundi 30 mars 1282, seconde fête de Pâques, les habitans de Palerme ayant été, selon leur usage, entendre les vêpres à l'église du Saint-Esprit, dans le village de Montréal, à une lieue de Palerme, la licence d'un soldat français dérangea le plan de Procida, loin de le servir, et rendit douteuse une entreprise qu'elle faisait éclore beaucoup trop tôt. Ce soldat, qui se nommait Drouet, ayant porté une main impudente sur

le sein d'une jeune femme, fut aussitôt assailli, et
percé de sa propre épée. Les Siciliens, quoique encore désarmés, assommèrent les Français répandus
dans la campagne, le nombre suppléant au défaut
d'armes. Un massacre général s'organisa à Palerme,
et des armes, cachées jusqu'alors, y sont employées.
De proche en proche, d'autres villes imitèrent Palerme ; Messine fut la dernière qui prit part à la
révolte : tous les soldats français qui s'étaient ré-
fugiés dans cette ville, voulurent résister au torrent ; mais voyant la partie trop inégale, ils capi-
tulèrent ; on leur fournit des barques pour passer
le Phare, et cette capitulation est du 28 avril. Du
30 mars à cette dernière époque, il y eut des combats ou des massacres partiels, et les Français ten-
tèrent inutilement de reprendre Palerme, tentatives
qui, tout infructueuses qu'elles ont été, prouvent
au moins que tous les Français n'étaient pas morts
au son de la cloche des vêpres.

Ce récit, j'en conviens, n'est pas aussi dramatique et aussi brillant que le premier ; mais les
personnes qui voudront réfléchir et consulter les
historiens dignes de foi, le trouveront plus vraisemblable. Je pourrais citer un grand nombre d'autorités, et entre autres, ce M. Koch dont l'exactitude est connue de toute l'Europe. Il daigne à peine
employer quatre lignes pour détruire une fable
qui a fait une si grande fortune. Les hommes qui
lisent peu ne retiennent que les faits extraordinaires,
qu'ils adoptent sans examen ; et les hommes qui

lisent peu sont en grande pluralité. On dit que la
vérité seule triomphe et reste ; non, c'est l'erreur
qui dure long-temps, et j'en pourrais citer des
exemples. J'aime mieux revenir aux Vêpres siciliennes et m'étayer d'une autorité qui ne sera pas
suspecte.

On n'accusera pas M. Simonde de Sismondi de
rejeter, de nier ou d'affaiblir les révolutions, les
conjurations, les troubles civils et les massacres
dont l'Italie a été le théâtre dans le cours du moyen
âge. Je lui ai reproché, au contraire, l'espèce de
complaisance avec laquelle il retrace ces tableaux
effrayans, et j'ai combattu surtout cette opinion
bizarre qui ne voit de bonheur pour les peuples
que dans les agitations des guerres civiles. Par
l'une de ces contradictions dont l'esprit humain
n'offre que trop d'exemples, M. de Sismondi,
avec les intentions les plus droites et un grand
amour pour l'humanité, veut que nous admirions
tous les conspirateurs en général, et il a écrit deux
chapitres pour honorer les Pazzi, assassins des
Médicis. S'il y a de l'erreur dans cette thèse étrange,
il n'y a point d'inconséquence ; et, en effet, si les
peuples sont d'autant plus heureux qu'ils sont plus
agités par les fureurs intestines, c'est être philanthrope que de leur souhaiter des révolutions. A
cela près, j'ai reconnu que M. de Sismondi est un
historien très-exact et très-impartial, même envers
les rois qu'il n'aime guère, et les papes qu'il n'aime
pas. On peut donc s'en rapporter à lui sur le mas-

sacre de Palerme; car, si effectivement Procida
l'avait conçu et l'avait fait exécuter, M. de Sismondi
ne lui ravirait pas cette gloire, et Procida serait
excusé comme l'a été Salviati. Eh bien! M. de Sismondi ne parle pas même de ce complot, et il
raconte le fait presque littéralement comme je viens
de l'exposer plus haut. C'est à lui que je dois la
date de l'expédition de Pierre III, preuve chronologique dont j'ai tiré le plus fort argument contre
la prétendue conjuration. On peut consulter à cet
égard le vingt-deuxième chapitre de l'histoire des
Républiques italiennes, il ne laisse rien à désirer
sur le fait et sur les autorités qui le constatent.

Malgré cela, je ne me flatte pas d'avoir déraciné
la vieille erreur; elle est trop théâtrale pour cesser
d'être une *vérité*. Dans mille ans encore on parlera
du fameux coup de cloche, de Bélisaire qui mendiait
son pain, de la pomme de Guillaume Tell, anecdote qui se retrouve dans l'histoire de Danemarck
et dans celle de la Corse; des vertus du roi Pélage,
et des hauts faits de Pharamond, princes dont je
ne contesterai pas la gloire quand on prouvera
qu'ils ont existé.

LE VÉSUVE.

Tout le monde parle du Vésuve; une foule de curieux l'ont visité, un grand nombre d'auteurs l'ont décrit; et malgré tous ces renseignemens ceux qui n'ont point vu cette montagne célèbre, n'en conçoivent qu'une idée obscure, ne s'en forment qu'une image incomplète. Il ne suffit même pas d'avoir visité ce volcan pour le connaître, et il arrivera souvent que deux voyageurs qui l'auront observé ne s'entendront point en se communiquant leurs observations. Rien de plus varié, rien de plus contradictoire que les différentes relations sur le Vésuve; et la difficulté de les concilier devient bien plus grande, quand on compare le Vésuve moderne à celui que les anciens ont décrit.

J'ai pensé qu'il serait intéressant de réunir sous un même point de vue, les diverses notions qu'on nous a laissées sur ce volcan, et d'expliquer la cause de leurs contradictions apparentes.

Interrogez plusieurs voyageurs qui reviennent de Naples, et questionnez-les sur la figure du Vésuve; l'un vous dira que ce volcan est un cône tronqué, dont le sommet creusé en forme de coupe, vomit de la fumée et quelquefois des flammes : vous concevrez donc l'idée d'une montagne co-

nique, et rien de plus. Un autre voyageur vous
assurera que le Vésuve a deux cimes très-distinctes,
comme le Parnasse ; que le sommet septentrional
se nomme *Somma*, et que l'autre est le Vésuve
proprement dit, mais que tous deux ensemble ne
forment qu'une seule montagne portée sur une
seule base. Le troisième voyageur dira que les premiers ont mal observé, que ce volcan a réellement
trois sommets d'une hauteur presque égale, et que
le troisième sommet se nomme *Ottaïano*. Un quatrième enfin aura vu beaucoup d'autres cimes, sans
compter celle de l'Hermitage, les *Viuli* et les *Mon-
tagnoles*, qui sont d'autres petits cônes semés çà
et là au pied du Vésuve.

Si vous demandez ensuite d'autres détails, l'un
vous montrera ce volcan comme un amas de cendres, de pierres-ponces et de laves, d'une couleur
noirâtre, privé de toute substance végétale, et ne
représentant que l'image de la mort et de la destruction. Un autre vous parlera des belles vignes
du Vésuve, qui produisent le vin grec et le *lachry-
-ma christi*, de ses maisons de plaisance, de ses
jardins, de ses sources d'eau fraîche et limpide.
Celui-ci vous peindra les dangers de son voisinage (1), au point de vous ôter l'envie d'en approcher ; celui-là vous fera l'énumération des villes et
villages situés sur la base de ce volcan, et vous

(1) Une inscription placée sur le grand chemin, au pied
du Vésuve, commence par ces mots effrayans : *Fugite*,
posteri, vestra res agitur !

nommera Saint-Jean, Portici, Resina, la Tour du Grec, la Tour de l'Annonciade, San-Angelo, Bosco-tre-Case, Ottaïano, et beaucoup d'autres, tous également exposés à être brûlés par les laves, ou engloutis par une éruption.

Parlez-leur du cratère, leurs descriptions se ressembleront encore moins. Celui-ci vante le courage qu'il a eu de descendre dans ce cratère effrayant, et assure qu'il est parvenu jusqu'à la bouche d'où sortaient les flammes et les matières embrasées. Celui-là niera la possibilité d'y descendre, et accusera le premier d'une jactance ridicule. Un troisième, pour concilier les deux autres, vous apprendra qu'il y a deux cratères; que le premier que l'on trouve en arrivant au sommet du volcan, se nomme *cratère antique*, et que l'on peut y descendre; mais que l'autre, qui est dans le centre du premier, se nomme *la bouche*, et qu'il est inaccessible, parce qu'il est enveloppé d'une petite montagne conique et creuse, sur laquelle il faut monter pour voir l'orifice du gouffre. Alors survient un quatrième observateur qui dit : Cette petite montagne est purement imaginaire; j'ai été dix fois au Vésuve; j'ai parcouru le cratère, je n'y ai jamais vu de petite montagne, mais bien un bourrelet de quelques pieds qui couronnait la bouche du volcan. La montagne existe, s'écrie un autre voyageur, je l'ai mesurée; elle s'élève à 180 pieds au-dessus des bords extérieurs du cratère, et même du môle de Naples on l'aperçoit très-bien.

Voulez-vous maintenant quelques éclaircisse-
mens sur les laves, sur le lieu d'où elles sortent,
sur leur étendue, leur abondance, leur rapidité ?
Les uns vous répondront : c'est un torrent de
terres, de pierres embrasées et dans l'état de fusion, qui sort avec vîtesse de la montagne, et
se précipite dans la mer, après avoir dévoré tout
ce qu'il a rencontré sur son passage. Rien n'est
plus faux, vous diront les autres : ces matières ne
sont point dans l'état de fusion, puisqu'elles offrent
à la vue des inégalités, des aspérités considérables ;
ce sont des amas de rochers mêlés à des torrens
de sables rougis par le feu : tous ces rochers incan-
descens sont très-certainement solides, puisqu'ils
élèvent des angles et des pointes qui ont 10, 12 et
15 pieds de hauteur ; d'ailleurs, le bruit qu'ils font,
en se heurtant mutuellement dans leur cours,
prouve assez qu'ils ne sont point fluides ; et les
corps les plus lourds se soutiennent à leur surface
et ne s'y plongent pas, dernière preuve de solidité.
Quant à la source qui vomit ce Phlégéton, les uns
la placent dans le cratère même, au sommet du
volcan ; et d'autres soutiendront que les laves sortent toujours par le flanc, et quelquefois même du
pied de la montagne.

Les rapports ne différeront pas moins sur l'étendue de ces laves, et des voyageurs les compareront
à une petite rivière, tandis que d'autres leur donneront la largeur de deux lieues et une longueur
trois fois plus grande. Celui-ci leur suppose une

effrayante rapidité ; elles engloutissent les villes avant que les habitans n'aient eu le temps de se dérober à la mort : celui-là soutient que leur cours est d'une extrême lenteur, qu'elles se traînent sur le sol plutôt qu'elles n'y coulent, et qu'il leur a fallu souvent quatre ou cinq jours pour parcourir l'espace de trois mille toises.

Interrogeons maintenant les auteurs anciens qui ont parlé du Vésuve, et voyons si leurs écrits pourront expliquer les contradictions des observateurs modernes.

L'histoire fixe l'époque de la première éruption du Vésuve à l'an de Rome 832, de J. C. 79, du règne de Titus I, au 1er de novembre, à midi (1). De tous les auteurs qui en ont parlé, Eusèbe est le seul qui place cette éruption dans l'année 80 de l'ère chrétienne ; mais on peut voir cette opinion réfutée par le Nain de Tillemont, dans sa note IV sur Titus. Tout le monde sait que Pline, qui commandait alors l'armée navale à Misène, s'approcha du Vésuve pour reconnaître la cause de l'incendie qui se manifestait sur la montagne, et que cette curiosité lui causa la mort. On sait aussi que cette éruption détruisit, ou plutôt ensevelit sous un déluge de cendres les quatre villes d'Herculanum, Retina, Stabia et Pompeii. Il paraît donc bien démontré que le Vésuve n'est devenu un volcan que depuis la première année du règne de Titus.

(1) Selon quelques-uns, le 24 août de la même année.

Voyons cependant si cette opinion est aussi certaine qu'elle est accréditée. Diodore de Sicile, qui écrivait sous Auguste, plus de soixante ans avant l'éruption que l'on regarde comme la première, nous décrit ainsi le Vésuve (je me sers de la version latine) : *Phlegræus campus sic appellatur a colle qui, Ætnæ instar Siciliæ,* magnam vim ignis *eructabat; nunc Vesuvius nominatur, multa* inflammationis pristinæ *vestigia reservans.*

Sous le règne d'Auguste, le Vésuve était donc déjà considéré comme un volcan, puisqu'il avait anciennement jeté beaucoup de feu, *magnam vim ignis,* et qu'il conservait des traces d'une ancienne déflagration.

Strabon, qui écrivait vers la fin d'Auguste et sous Tibère, dit, en parlant de Stabia et d'Herculanum : *Supra hæc loca situs est Vesuvius, mons cinctus agris optimis,* dempto vertice, *qui magnâ sui parte* planus, *totus sterilis est, adspectu cinereus...., ut conjecturam facere queus ista loca* quondam arsisse, *etc....* Voilà encore le Vésuve considéré comme volcan un demi-siècle avant le règne de Titus : et ce passage de Strabon présente une autre difficulté; car, au lieu d'une montagne à trois ou quatre cimes, il nous montre le Vésuve plane dans sa plus grande partie, *magnâ sui parte planus,* et sans aucun sommet, *dempto vertice.*

Florus, que l'on croit contemporain de l'empereur Adrien, parle du Vésuve dans la guerre de Spartacus. Il dit que ce gladiateur, qui osa com-

battre les armées romaines, s'était retiré sur le
Vésuve comme dans une forteresse où il était as-
siégé par Clodius, et qu'ayant fait descendre ses
soldats jusqu'au fond du cratère, il s'échappa
par des conduits souterrains, tomba sur les Romains à l'improviste, et saccagea leur camp. L'état
actuel de ce volcan n'offre rien qui puisse expliquer
ce passage de Florus.

Dion Cassius, qui composa son histoire depuis
l'an 204 jusqu'à l'an 229 de notre ère, c'est-à-dire,
cent vingt-cinq ans après la mort de Pline, décrit
l'état du Vésuve, après les éruptions de 79 et de
203, qui sont les deux premières constatées par les
historiens. Voici la version latine de Dion : *Is mons
mare spectat ad Napolim, habetque fontes ignis
maximos; at olim ex omni parte pariter excelsus
erat, sed tunc ex medio ejus ignis extitit..... Vertices qui circum sunt adhuc veterem altitudinem
habent...... Ita ut totus mons formam habeat amphitheatri, etc......*

Je suis forcé d'abréger considérablement cette
citation; mais le peu de mots que je transcris suffit
pour établir une énorme différence entre le Vésuve
de Strabon et celui dont parle Dion Cassius. Le
premier l'a montré comme une montagne plane
et sans sommet, le second parle des *vertices* et
culmina; ce qui ferait supposer un grand changement opéré par deux éruptions, dans l'intervalle de deux siècles. On ne peut pas même accuser d'inexactitude le traducteur latin; car Dion se

sert du mot κορυφαι, qui répond à *vertices* et *culmi-na*, c'est-à-dire cimes ou sommets. Quant à l'expression de *veterem altitudinem*, elle est inexplicable; car si ces sommets conservaient leur ancienne hauteur, ils existaient donc déjà dans le temps de Strabon et de Diodore.

Je ne finirais pas si je voulais rapporter toutes les contradictions des écrivains à cet égard. Polybe, Lucrèce, Denys d'Halicarnasse, Pline l'Ancien, Pline le Jeune, Sénèque, Plutarque, Vitruve et Suétone, en parlant de ce volcan, semblent avoir décrit autant de montagnes différentes.

J'ai exposé les contradictions qui existent dans les différentes descriptions du Vésuve, il me reste à les concilier.

La première erreur provient de ce que le nom de Vésuve est tour-à-tour employé collectivement et particulièrement; tantôt il signifie le cône volcanique, abstraction faite des autres cimes qui l'environnent; tantôt il désigne tout le système de la montagne.

Ce volcan est situé à l'est-sud-est de la ville de Naples; sa forme est un cône qui a été plus ou moins tronqué, plus ou moins élevé aux différentes époques de ses éruptions. L'élévation actuelle de son sommet est de 600 toises, et selon M. Hamilton, de 3659 pieds français. Il a pour voisins les monts de Somma et d'Ottaïano; mais ces trois montagnes ayant une base commune, on les comprend toutes trois sous le nom collectif de Vésuve.

Somma et Ottaïano sont situés au nord du volcan, et n'en sont séparés que par une vallée, ou plutôt une gorge de 2000 pieds de largeur, et d'une profondeur de 1600. Ces mesures sont variables comme tous les autres caractères de cette montagne. Les laves qui coulent le plus souvent dans le vallon, les pierres lancées par les éruptions, et qui y retombent, en exhaussent le sol, et en rétrécissent la largeur. Somma et Ottaïano ne sont pas deux montagnes différentes, mais les cimes d'une même montagne, dont la forme est celle d'une moitié d'amphithéâtre, qui présente un demi-cercle au cône du volcan : leur face intérieure est taillée à pic, et entièrement stérile ; leur croupe extérieure est arrondie, praticable, et ornée de la plus belle végétation. Du côté du Vésuve, ce demi-cercle de rochers emprunte la couleur noirâtre du volcan ; du côté opposé, il n'offre aucune trace d'incendie.

La base de ces trois montagnes, ou plutôt de ces trois cimes, forme un cercle de trente milles de circuit dans ses racines. C'est au pied de cette base que sont situés les villes, bourgs ou villages, dont voici les noms : Saint-Jean, San-Iorio, Portici, Regina, Torre del Fico, le Marine, Torre del Greco, Ripa-Stretta, Torre l'Ancino, Torre del l'Annonciate, Bosco-tre-Case, San-Angelo, Santa-Maria, Ottaïano, Somma, et quelques autres.

L'observateur placé à Naples, voit distinctement deux cimes au Vésuve : si l'on se pose directement à l'ouest de la montagne on lui voit trois sommets, parce que la pointe d'Ottaïano, qui est la plus orientale, apparaît dans l'intervalle qui sépare Somma du Vésuve. Au midi et au nord, on ne voit qu'une cime, parce qu'elles se cachent mutuellement; et quand on est parvenu au haut du volcan, on reconnaît que les sommets d'Ottaïano, de Somma, et plusieurs autres, ne sont que la dentelure des rochers qui enveloppent le Vésuve du côté du nord, et lui présentent un demi-cercle. Enfin, on peut se faire en petit une image de cette montagne, en supposant que sur un soubassement circulaire et mamelonné, on a élevé un amphithéâtre romain, dont la moitié, détruite par le temps, a été remplacée par un édifice en forme de cône, dont la hauteur surpasse tout ce qui l'environne.

Quand on a dépassé les villages, les jardins, les habitations qui ornent la base du Vésuve, on arrive à une surface plane qui se nomme *Atrio del Cavallo.* C'est là que les cimes se séparent; c'est là que le volcan se montre isolé, et que cesse toute apparence, tout espoir de végétation. Le cône est couvert, dans toute sa surface, d'un gros sable brun, que l'on appelle le *fraisi* de la montagne, et qui est composé de petits cubes irréguliers, et qui sont le résidu des scories, des laves et des ponces projetées par les éruptions. Cet amas de pierrettes, *lapilli*, est en même temps incommode et utile au voyageur : incommode, parce

qu'il rend la montée pénible et lente en cédant
sous le pied ; utile, parce qu'on y enfonce, et que
sans ce point d'appui, la déclivité trop rapide ne
permettrait pas d'y monter.

A une certaine hauteur on rencontre une assise,
une zone plane, horizontale et circulaire qui enveloppe tout le cône; un peu plus haut on en trouve
une pareille, et enfin une troisième avant d'arriver
au cratère. On voit par-là que les côtés du cône
ne sont pas une ligne continue, et que le volcan
est formé de plusieurs portions de cône posées en
retraite l'une au-dessus de l'autre, ce qui prouve
qu'il a eu différentes hauteurs en différens temps,
et que ces additions successives sont dues à de
nouvelles éruptions.

Quand on arrive au sommet, on voit des rochers brûlés, ou des blocs de lave qui couronnent
le cratère, et tournent leur face concave vers le
centre commun : c'est ce qu'on nomme les bords
du *cratère antique*. Ce mot antique ne désigne pas
une haute antiquité, et il n'est employé que pour
distinguer le cratère de la bouche, comme je l'ai
dit. On marche quelque temps dans cette coupe
assez peu concave avant d'arriver à la bouche du
volcan. Ce petit voyage est effrayant et quelquefois
dangereux. La croûte qui porte le voyageur est souvent très-mince (1), remplie de crevasses d'où il

(1) Le P. della Torre, qui a passé quarante ans sur le
Vésuve, dit que souvent cette croûte n'a pas plus de dix
pouces d'épaisseur.

16.

sort de la fumée, et percée de différens trous en
forme de puits, qui lancent de temps à autre des
pierres et du feu.

La bouche, qui est ordinairement au centre de
ce cratère, est tantôt saillante, et tantôt enfoncée :
enfoncée, lorsqu'au premier moment d'une éruption, tout ce qui embarrassait l'orifice a été lancé
dans les airs; saillante, lorsque, par la suite de cette
même éruption, de nouvelles matières vomies par
le gouffre ont formé un nouveau bourrelet. Pour
comprendre cette construction et cette destruction
continuelle, il faut savoir que dans le nombre immense des pierres lancées par le volcan, plusieurs
retombent sur le cratère même; les autres, projetées plus loin, augmentent successivement la circonférence du cône. Celles qui retombent autour
de la bouche, s'y amoncellent en forme de bourrelet; ce bourrelet augmentant sans cesse, s'élève
en cône jusqu'à la hauteur de 180 pieds et plus,
et dépasse bientôt les bords extérieurs du cratère :
telle est l'origine de la petite montagne dont j'ai
parlé, et que tout le monde n'a pu voir, parce
qu'elle n'existe pas toujours. Lorsque cette montagne creuse et conique, qui couvre la bouche
comme une capsule, s'est accrue au point d'empêcher l'expansion des vapeurs, le volcan mugit
et gronde; bientôt il soulève la masse qui obstrue
sa bouche, il ébranle, détruit et rejette au loin les
matériaux qui composaient la petite montagne; et
la chaudière entièrement découverte, vomit de

nouvelles matières enflammées. Cette bouche alors
s'agrandit aux dépens du cratère, sa circonférence
s'approche sans cesse des rochers qui environnent
le cône du volcan, et quelquefois la bouche et le
cratère ne deviennent qu'un seul et même orifice.

Dans la suite, de nouvelles additions de matières
projetées rétrécissent peu à peu l'ouverture; la
croûte du cratère se reforme; un nouveau bourrelet couronne la bouche; ce bourrelet redevient
cône et montagne, et il continue à croître et à s'é-
lever jusqu'à ce qu'il soit ébranlé et détruit de nouveau. Si cette petite montagne acquérait par la suite
une base assez solide pour résister à une éruption,
la hauteur absolue du Vésuve croîtrait de 2 ou 300
pieds; et au lieu de trois repos en forme de zones
que l'on rencontre dans sa déclivité, le voyageur
en trouverait quatre avant de parvenir au cratère.

Si nous recourons maintenant aux descriptions
des anciens, rappelons-nous que Diodore a trouvé
le sommet de ce mont presque entièrement plane,
magnâ sui parte planus; que Strabon ne lui a
point vu de sommet saillant, *dempto vertice,* et
qu'il conservait les marques d'une ancienne déflagration, *multa pristinæ inflammationis vestigia
reservans.* Cela nous prouve que dans des temps
antérieurs à toute histoire de cette contrée, *Campus Phlegræus* avait été le théâtre des ravages vol-
caniques. Le Vésuve alors offrait dans son centre
une grande surface circulaire et plane, entourée
d'un cercle de rochers également élevés, de manière

que le tout présentait l'image d'un vaste amphithéâtre : *Ita ut mons formam habeat amphitheatri.* Le cratère avait alors pour largeur tout le diamètre de la montagne, et le côté du sud et du couchant avait son demi-cercle de rochers comme celui de l'est et du nord. Le Vésuve enfin avait en grand la figure que présente actuellement la *Solfatare*, volcan, *magnâ sui parte planus, et dempto vertice.* L'éruption de 79, sous le règne de Titus, aura soulevé la masse de terre que les pluies de plusieurs siècles avaient fait couler dans le cratère, et qui l'avaient rendu plane, de concave qu'il était. L'explosion terrible de cette éruption a détruit la partie méridionale et occidentale de l'amphithéâtre, enseveli quatre villes sous un déluge de terres et de pierres, et formé des sommets distincts de Somma et d'Ottaïano, qui antérieurement n'avaient pas été regardés comme des cimes particulières, parce qu'ils faisaient alors partie d'un cercle commun. Ainsi, Strabon avait raison de dire, avant cette époque : *Dempto vertice;* et Diodore avait également raison de dire après l'éruption : *Vertices circum sunt.* Si l'on observe maintenant que la partie des rochers circulaires qui a été détruite est celle du sud-ouest, et que les villes d'Herculanum et de Pompeii sont au sud-ouest du volcan, l'explication que je donne laissera d'autant moins de doute, qu'elle s'accorde avec les observations modernes et avec les diverses descriptions des anciens.

Depuis l'an 79, trente-une grandes éruptions, sans compter les moindres, ont vomi une énorme quantité de matières qui, retombant sur les bords du cratère, ont construit successivement des portions de cône, comme l'attestent les bandes planes que l'on rencontre sur la déclivité du volcan. De nouvelles éjections succédant aux premières ont enfin élevé le cône à sa hauteur actuelle, et opéré dans la construction des autres parties, comme elles opèrent dans la formation de la petite montagne que l'on voit s'écrouler et se reproduire dans le cratère d'aujourd'hui.

Je termine en faisant observer que Pline avait une idée bien juste sur la théorie des volcans, lorsqu'il a dit que le foyer de l'éruption n'était point placé dans la montagne, mais fort au-dessous: *Sed in aliquâ infernâ valle conceptus excæstuat, et alibi pascitur;* il ajoute que le cône volcanique n'est que la cheminée, et non point la source de l'incendie : *In ipso monte ignis non alimentum habet, sed viam.* Si Buffon avait senti cette vérité quand il composa sa *Théorie de la Terre*, il se serait épargné la peine de bâtir un système qu'il a été obligé de détruire lui-même dans ses *Epoques de la Nature.* L'avantage que j'ai eu de voir le Vésuve avant, pendant et après une éruption, m'a fait comprendre et reconnaître l'exactitude de diverses relations que jusqu'alors j'avais cru contradictoires.

PANORAMA DE NAPLES.

Vous n'aimez plus guère la littérature, et vous
aimez beaucoup les panoramas ; le succès constant du mélodrame, la décadence du théâtre de
Molière me prouvent que vous regardez attentive-
ment, et que vous écoutez avec distraction ; venez donc : c'est un grand tableau que je vais
tâcher de déployer sous vos yeux ; il ne sera ici
question ni de morale (Dieu m'en préserve !), ni
de littérature, ni de philologie, ni même de politique. C'est une grande ville, un beau golfe, un
volcan, des côteaux agréables, de hautes montagnes, des campagnes riantes, des rochers calcinés,
un sol riche, de pauvres villages, des bosquets
verdoyans, et des ruines que je vais faire passer
devant vous.

Paris a long-temps admiré le Panorama de Naples ; dans cette belle composition, le spectateur
était placé sur le palais du roi, position bien
choisie pour laisser apercevoir les détails de la
ville, mais beaucoup trop basse pour qu'on pût y
jouir du magnifique spectacle qu'offrent les envi-
rons. Le coteau du Pausilype y cachait entièrement les champs Phlégréens et le golfe de Pouzzol ;
et toute la côte de Sorrento était dans la vapeur.

Plaçons-nous donc sur cette montagne que couronne le fort Saint-Elme, et dont la ville de Naples
tapisse la base orientale. Quel immense horizon se
découvre de toutes parts, hors un point seulement,
où la haute montagne des Camaldules et son cou-
vent pittoresque interceptent la vue du nord-ouest,
et servent de repoussoir aux objets placés à la
droite et à la gauche de cette masse obscure! Sous
vos pieds, la ville de Naples descend en amphithéâtre, se courbe vers le golfe dont elle embrasse
une partie, et projette dans la mer un môle et
un château. Si, de ce dernier point, votre œil suit
le rivage qui se dirige au couchant, il parcourt la
Villa Réale, promenade située entre les coteaux
et la plage, et la route qui lui est parallèle vous
conduit à la grotte du Pausilype. Qui a creusé cette
longue caverne à travers toute la largeur de la montagne? Le peuple de Naples vous dira que c'est
Virgile, car Virgile est connu des lazzaroni même
comme un grand magicien. Sénèque, qui la nomme
la crypte napolitaine, se sert, en la décrivant,
d'une expression remarquable : « Il n'y a, dit-il,
de lumière que ce qu'il en faut pour y apercevoir
les ténèbres. » Voilà bien les *ténèbres visibles* de
Milton. Aujourd'hui ce souterrain est moins obscur; Alphonse Ier y a fait percer deux soupiraux
qui, puisant la lumière au sommet de la montagne, portent un jour douteux jusqu'au fond de la
caverne.

Quand vous avez franchi ce Pausilype, célèbre

autrefois par ses maisons de plaisance, et encore
si agréable aujourd'hui, une nouvelle scène s'ouvre à vos regards : le lac Agnano, cratère d'un
ancien volcan ; la Solfatare, qui menace encore
de se rallumer, et qui recouvre d'une croûte mince
un lac en ébullition ; Pouzzol, l'ancienne Dicéar-
chie, avec ses deux temples antiques, son amphithéâtre, et les énormes piles qui enceignaient son
port ; un nouveau golfe se présente, et il se divise
en plusieurs enfoncemens qui ont leur nom particulier. Ici, le *Monte-Nuovo*, volcan moderne,
est sorti des entrailles de la terre dans la nuit du
29 septembre 1538; il a détruit et fait disparaître
le bourg de Tripergola et tous ses habitans, il a
comblé le lac Lucrin, fait reculer la mer et bou-
leversé tout le rivage. Plus loin, le château de
Baïa, qui domine le golfe, vous rappelle Néron,
Anicet et le bateau à soupape ; sur la pente du
coteau et jusqu'au fond de la mer, sont les ruines
de cette ville de Baia dont Horace vantait les délices ; à peu de distance on trouve Bauli, lieu célèbre par la mort d'Agrippine ; suivez la ligne du
littoral, vous arriverez à la *mer Morte*, port vaste,
parfaitement circulaire et profond, où Pline commandait la flotte romaine, lorsqu'attiré sur le rivage de Stabia par la première éruption connue
du Vésuve, il y fut étouffé par les cendres du volcan. Si vous vous écartez de la mer, le second
plan du tableau vous offrira d'abord le mont Gau-
rus, fameux par les guerres des Romains et des

Samnites ; le lac Averne, dont les oiseaux ne redoutent plus aujourd'hui les eaux devenues fraîches et limpides, et la prétendue grotte de la Sibylle, avec des restes de temples. Bientôt une porte de forme élégante et d'une haute antiquité vous introduit dans une vaste enceinte où une route pavée en basaltes et une multitude de voûtes couvertes de ronces et de buissons vous annoncent que vous foulez cette ville de Cumes, déjà célèbre avant que Rome fût bâtie. Une élévation isolée au milieu de cette plaine, porte encore le soubassement d'un édifice formé d'énormes blocs; et si vous avez la manie des conjectures, il ne tient qu'à vous de prendre cette ruine pour les restes du temple bâti par Dédale. La triste Cumes vous montre encore la forme et les débris d'un amphithéâtre creusé dans une montagne ; et à l'aspect de l'immense caverne qui s'ouvre à l'ouest sur le rivage, on ne peut s'empêcher de prononcer ce vers de l'Énéide :

Excisum cuboicæ latus ingens rupis in antrum, etc.

Mais j'ai promis de ne point parler latin, et je continue ma description.

La mer me forçant à revenir vers le sud, je côtoie le lac *Achérusia*, qui n'a plus rien de remarquable que son nom, et j'arrive sur l'isthme étroit où fut Misène. Des merveilles des Lucullus il ne reste plus qu'un vaste souterrain soutenu par des piliers, et un amphithéâtre dont la mer a envahi l'arène, et où l'on ne peut entrer qu'en bateau. Ce cap, ce mont Misène est creusé et percé dans toutes les directions; vous y verrez encore quelques vestiges d'une gloire passée, mais je ne vous conseille pas d'y chercher l'endroit où Énée a enterré son trompette. Portez vos yeux vers l'occident : un canal d'une médiocre largeur vous sépare des anciennes Pythécuses. Procida, la première de ces îles, est plane, uniforme, et ne s'élève que sur son rivage oriental; Ischia, l'ancienne Œnaria, cache dans les nuages la cime de son volcan, plus haut que le Vésuve, et ressemble à une pyramide colossale destinée à servir de limite entre le domaine de Cérès et celui de Neptune.

Nous venons de terminer la moitié du cercle que nous avions à parcourir; pour examiner l'autre moitié, revenons au point où nous avons commencé, et achevons de gauche à droite l'examen que jusqu'ici nous avons fait en sens contraire. L'île de Caprée sera la borne de ce demi-cercle, comme le cap Misène l'a été de l'autre.

Quelle est cette montagne dont le sommet arrondi est surmonté d'une merveille de l'art? c'est *Capo di Monte*, maison royale, de structure imposante, qui, s'élevant sur une masse d'arbres épais, ressemble à un palais magique que la main des fées tient suspendu sur une touffe de verdure. Plus loin, cette route qui se dirige au nord est celle de Capoue; à droite, est celle de Caserte; plus à droite encore, celle de Bénévent. Ici la

plaine repose les regards fatigués des nombreuses
aspérités des montagnes. Partout la vigne mariée
à l'ormeau, et nourrie d'une sève vigoureuse, atteint et dépasse la cime des arbres qui lui servent
d'appui, et ses grappes de couleur d'ambre pen-
dent en festons sous des voûtes ombragées. L'active
fécondité d'un sol tout volcanique ne se borne pas
à ce double produit ; l'épi de Cérès, qui partout
ailleurs demande l'aspect immédiat du soleil, croît
et mûrit ici à l'ombre des pampres et des ormeaux ; et quand la moisson est faite, l'avide cul-
tivateur exige encore de nouveaux bienfaits ; il jette
sur cette terre, déjà trois fois féconde, les se-
mences des légumes, des lupins et d'autres plantes
utiles qu'il a le temps de recueillir avant les courts
et faibles frimats qui se font sentir sous ce climat
privilégié. Avançons maintenant sur le bord oriental de ce beau golfe, où d'autres phénomènes nous
attendent.

Le premier objet qui nous frappe est le Vésuve.
Entièrement détaché de la chaîne des Apennins,
il semble, dit César Braccini, qu'il dédaigne le
contact des montagnes vulgaires. Semblable au
Parnasse, il nous montre un double sommet. Au-
dessous, la mer offre un nouveau spectacle : des
vaisseaux, des barques nombreuses la sillonnent
en tous sens ; au bas de la montagne règnent le
luxe, l'industrie, l'activité ; au haut sont amonce-
lées les laves, les ponces, les cendres, les scories,
et tout présente l'image de la destruction ; enfin,

au-dessus de la mer, des villages, du volcan et des flammes, la chaîne des Apennins élève ses neiges éternelles, et couronne le tableau par la découpure de ses cimes argentées. Quelquefois, quand le vent d'est règne sur cette côte, la colonne de fumée qui sort du Vésuve s'incline sur le golfe, le traverse en forme d'arc, et se recourbant vers la région de la Solfatare, semble indiquer la communication qui existe entre ces deux ateliers de Vulcain.

Au-delà du lieu où la triste Pompéï commence à se remontrer à la lumière, dans le pli formé par la nouvelle direction du rivage, vous voyez *Castellamare*, port et maison royale, d'où le golfe de Naples, vu en sens inverse, présente le tableau le plus imposant et le plus varié; le reste de la côte contraste de la manière la plus agréable avec la sombre sévérité du Vésuve. Les villes que vous apercevez, et qui semblent se pencher vers la mer, sont Vico, Sorrento et Massa, que de nombreux villages environnent; et, dans ces lieux jadis chers aux nymphes et aux muses, Pan, Cérès, Bacchus et Pomone prodiguent à l'envi leurs richesses à l'habitant paresseux. Cette portion du continent se termine par le cap de la Minerve, et enfin, au sud, l'île de Caprée est le dernier objet qui arrête vos regards. Placée vis-à-vis Naples, elle semble fermer l'entrée du golfe; les sommets de ses rochers, découpés en forme de rayons, offrent l'image d'une grande couronne, et paraissent nous rappeler qu'autrefois l'un des maîtres du monde choisit cette île pour le théâtre de ses plaisirs, de ses débauches et de ses cruautés.

VOYAGE EN FRANCE.

PREMIÈRE LETTRE.

MONSIEUR,

Vous me demandez quelques détails sur mon voyage ; ils seront superficiels comme mes observations : j'ai à peine eu le temps de voir, et de cette foule d'images qui ont passé fugitivement sous mes yeux, le plus grand nombre échappe à ma mémoire, ou ne s'y présente que confusément. Ne pouvant être intéressant ou neuf, je tâcherai du moins d'être concis : puisse mon laconisme imiter la rapidité de ma course !

Que vous dirai-je des champs de la Beauce, qui ne présentaient qu'une surface plane, immense, monotone, couverte d'un chaume brûlé par le soleil ! A la vérité, cette vaste arène m'inspirait un profond respect quand je songeais que, depuis les Druïdes jusqu'à nous, elle est une mine inépuisable de richesses, bien plus réelles et moins précaires que celles du Potosi ; mais l'œil du voyageur ne juge point comme son estomac, et il se laisse ap-

pesantir par l'ennui et le sommeil quand il parcourt
ces longs espaces uniformes dans leur culture,
comme par leur couleur, qui n'ont pour bornes
que l'horizon, et où les arbres sont si rares qu'ils
pourraient servir de colonnes milliaires. Au reste,
je me suis reproché ma mauvaise humeur quand
j'ai appris que la récolte avait été très-abondante,
et que cette vilaine plaine avait paru charmante à
500 mille habitans.

Le bien et le mal sont mêlés dans la nature:
aux guérêts de la Beauce succèdent des landes et
des bruyères; mais on les voit bientôt disparaître,
et des champs de maïs annoncent la patrie des
dindons, des chapons et des poulardes. C'est au
maïs que ces victimes emplumées doivent le funeste avantage d'acquérir une graisse brillante et
une chair savoureuse; l'on ne peut s'empêcher de
sourire quand on pense que la Cérès du Pérou
vient engraisser les dindons de la Sarthe pour
donner des indigestions aux gourmands de Paris.

Vous croyez que je vais vous parler de la ville
du Mans, de sa belle promenade en amphithéâtre,
des heureux changemens qui s'opèrent chaque jour
dans les édifices de cette cité fameuse par ses chapons et ses procureurs? Non; je repousse les idées
nobles et sérieuses, et je me borne à une particu-
larité dont certainement les géographes ne feront
jamais mention. Au milieu d'une grande place s'é-
lève une halle immense, entièrement construite
en bois; et dans l'énorme charpente de ce vaste

édifice, il ne se trouve pas une seule toile d'arai-
gnée. Cette observation vous fait sourire, et vous
pensez que l'absence des filles d'Arachné est due
à la propreté des Manceaux ; point du tout : ce
phénomène entomologique provient de ce que
cette halle est construite en bois de châtaignier, et
les araignées en ont tellement horreur, que celles
même qu'on y apporte s'enfuient promptement
ou y périssent. On raisonnera tant qu'on voudra
sur ce fait ; mais il est certain, et je l'ai soigneusement vérifié. M. de Lalande, sans doute, ne se
serait pas plu sous cette halle ; M. Quatremère ne
pourrait y faire ses ingénieuses observations ; mais
nos petites-maîtresses pourraient s'y promener
sans crainte de s'y évanouir, et je ne doute pas
que dorénavant elles ne fassent construire des lam-
bris et des meubles en bois de châtaignier.

Autrefois, la ville d'Angers disputait à Poitiers
l'honneur de passer pour la plus vilaine ville de
France, mais aujourd'hui elle obéit à l'impulsion
donnée à tout l'Empire : on y travaille à des amé-
liorations en attendant les embellissemens ; on y
construit un quai, on bâtit élégamment à côté des
masures qui s'écroulent ; les beaux toits d'ardoise
couvriront bientôt de belles maisons, et les anti-
quaires ne reconnaîtront plus la vieille patrie des
Andégaves. Quelle ville, en effet, mériterait mieux
les soins de l'architecte ? Située dans une plaine
fertile, elle touche aux rives du Loir, de la Mayenne
et de la Sarthe, et elle n'est qu'à une lieue de la

Loire. Depuis douze ans, les villes qui étaient belles sont devenues magnifiques, les médiocres sont belles, et les plus laides aspirent à devenir jolies : si Angers éprouve cette dernière métamorphose, ce ne sera pas un des moindres miracles de ce siècle.

Nantes n'a pas besoin de la baguette des Fées pour plaire à l'observateur le plus difficile. On y voit sans doute encore des rues étroites, tortueuses et un peu sales ; mais cela se remarque même à Paris, et il existe bien peu de villes qui aient, comme Nancy, l'avantage de présenter toutes ses rues coupées à angle droit. La situation de Nantes est charmante ; descendant par une pente douce du haut d'un coteau sur la rive droite de la Loire, elle y étend ses quais nombreux dans l'espace de quatre milles géographiques ; et fière de la fertilité de son terroir, comme de la beauté de sa rivière, elle semble avoir le choix du commerce ou de l'agriculture pour faire la prospérité de ses habitans ; aussi remarque-t-on dans son port immense, beaucoup plus d'activité que les circonstances ne paraissent devoir le permettre. Le commerce du sel et le cabotage, qui se fait à la barbe des Anglais, diminuent considérablement la gêne causée par les croisières. De toutes les villes que j'ai parcourues, Nantes est la seule où, malgré l'abondance de la récolte, l'on éprouvât encore, au mois de septembre, de l'embarras dans la distribution du pain. J'en ai demandé la cause ; on m'a répondu qu'il ne faisait point de vent depuis six semaines, et que les Nantais, comme les soldats d'Agamemnon, levaient les mains au ciel, et demandaient du vent, non pour enfler leurs voiles, mais pour faire tourner les ailes de leurs moulins. L'excuse est fort bonne sans doute, mais n'est-il pas un peu honteux qu'une cité riche et populeuse attende sa subsistance des caprices du vent, tandis que la Loire lui ouvre ses sept bras qui pourraient faire agir des milliers de moulins, et nourrir les 333 millions 333 mille 333 habitans que lord Macartney a comptés à la Chine ?

Nantes offre des beautés qui la rangent parmi les plus belles villes de l'Empire : la place et le quartier Graslin, la place Impériale, le superbe cours Saint-Pierre, le quai de la Fosse, l'hôtel de la Préfecture et plusieurs autres édifices seraient remarqués même dans les plus beaux quartiers de Paris ; on y admire aussi la Bourse qui vient d'être achevée : j'ai trouvé qu'elle ressemble parfaitement à un théâtre, et j'en sais gré à l'architecte ; car, depuis vingt ans, les gens de bourse sont les comédiens de l'Empire qui ont le mieux joué leur rôle.

Après avoir passé les six ou sept ponts qui se succèdent sur autant de bras de la Loire, j'ai traversé celui de la Sèvre, et j'ai parcouru cette fameuse Vendée qui naguère...... ; mais aujourd'hui la plus belle culture y éclate de toutes parts, les ruines ont disparu, et des villages tout neufs lais-

17.

sent douter au voyageur si c'est là cette contrée si
malheureusement célèbre. Heureux le pays qui peut
si promptement réparer de si grands désastres !
Sous le règne de Louis XIII (j'allais dire de Richelieu), lorsque deux armées françaises venaient
d'être détruites en Flandre, le général autrichien
Picolomini en vit arriver une troisième, dont il
ne soupçonnait pas l'existence, et il s'écria, non
sans dépit : *Il n'y a que la France qui ait de pareilles ressources !* Voilà ce que dit l'observateur
en parcourant la Vendée.

Je ne vous parlerai pas des plaines de Marans,
de sa plage triste et uniforme, et je n'entre à la
Rochelle que pour en sortir aussitôt. Ce n'est pas
que les rues de cette ville ne soient larges et bien
percées ; on peut même les nommer belles, car
il n'y manque que des maisons : je ne puis en effet
donner ce nom aux murailles percées de trous qui
les bordent, et plusieurs d'entre elles ne m'ont
paru être des habitations que parce que j'ai vu des
fumiers à la porte. Au reste, dans cette ville,
quand on a vu le petit port, la longue jetée, les
restes de la digue de Richelieu, et quand on a
mangé des huîtres vertes, qui y sont excellentes,
on n'a rien de mieux à faire que de s'en aller.

Rochefort est beaucoup plus agréable ; les rues
y sont belles, et elles ont des maisons. Le bassin
de la Charente, le chantier de construction, les
beaux vaisseaux qui en sont sortis, invitent les curieux à s'y arrêter, avec d'autant moins de répu-

gnance que l'air y est devenu plus salubre, qu'il
y règne une grande activité, et que l'on y fait très-
bonne chère.

Saintes ressemble plus à un village qu'à une
ville, mais cette irrégularité n'est pas sans agrément;
je n'y ai passé que douze heures, et ce temps a été
plus que suffisant pour y voir quelques restes d'an-
tiquités qui sont décrits dans un grand nombre
d'ouvrages. La route de cette ville à Bordeaux ne
ressemble guère aux autres routes de l'Empire;
on risque à chaque instant de s'y rompre le cou,
quelquefois même il faut marcher *à travers champs*;
et je me souviendrai toute ma vie de la ville de
Pons et de celle de Mirambeau, dont les rues sont
plus fatales aux voitures que les gorges d'Ollioules
ou la montagne de Tarare. Je me hâte donc de les
quitter, et je me sauve à Blaye où je jouis d'un spectacle magnifique.

Pendant huit grandes heures, debout sur le tillac
d'une gabarre, j'ai admiré cette superbe Gironde
qui s'étend successivement à une, deux et trois
lieues de largeur; j'ai contemplé avec ravissement
ses rives boisées, ses îles verdoyantes, ses bords
où une foule de bourgs et de villages s'élèvent en
amphithéâtre, les vaisseaux qui sillonnent en tous
sens ses eaux un peu vaseuses, les frontières de ce
Médoc si cher aux épicuriens de Paris et de Londres.
La marée m'a poussé doucement au bec d'Ambez
qui sépare et réunit bientôt la Garonne et la Dordogne, pour en faire, non pas un fleuve, mais

une véritable mer ; et l'enchantement a été complet, lorsqu'arrivé au pied de la montagne de Lor-
mont, j'ai découvert les immenses *Chartrons* de
Bordeaux, et les nombreux vaisseaux qui peuplent
sa rivière. On va rire de mes expressions qui paraîtront trop magnifiques ; comment vanter des
beautés que nous possédons ? Peut-on admirer,
va-t-on dire, des objets qui sont si près de nous ?
Mais si un voyageur étranger découvrait dans une
contrée lointaine une ville, une rivière, des sites,
des points de vue qui approchassent de ceux-ci, les
badauds seraient en extase devant les gravures qui
les représenteraient.

Si Paris n'existait pas, Bordeaux serait très-certainement la plus belle ville de France ; et Lyon,
qui lui disputerait cet honneur, perdrait son procès. Où trouve-t-on quelque chose de comparable
à ce quai courbé en arc, qui a plus de deux grandes
lieues de longueur ; car il m'a fallu deux heures
cinq minutes pour le parcourir d'un pas ferme et
rapide ? Je ne puis que désigner les belles et bonnes
choses qui s'offrent en foule à mes yeux étonnés.
Cette Garonne si large, si profonde, sa rive gauche
couverte de beaux édifices, sa rive droite parée de
la plus belle verdure, et qui a pour bornes des
coteaux cultivés jusqu'au sommet ; ces longues
avenues abritées par de grands arbres, et connues
sous le nom de cours d'Aquitaine, cours d'Al-
bret, etc...... ; ces autres promenades que l'on
nomme *Fossés*, et qui devraient s'appeler boule-

vards intérieurs, et le Jardin public, et la superbe
rue du Chapeau-Rouge, et le grand théâtre qui est
un des plus beaux édifices de l'Empire, et le res-
taurateur Cardeillac qui rivalise avec les Véry et les
Frères Provençaux, et cette chère excellente, et
ces vins généreux, et ce gibier de toute sorte, et
ce poisson de toute espèce, et ces fruits savoureux...
Ma foi! rira qui voudra des Gascons; mais la nature et l'art les ont fort bien traités. Quelques-uns
d'entr'eux se plaignent encore; car qui ne se plaint
pas! Mais les plus sages conviennent que la fertilité du sol, le commerce des vins, le cabotage et
les licences, sont une fort douce compensation
aux entraves que la guerre oppose à l'avide ambition des négocians.

J'ai regret à quitter cette belle et bonne ville;
mais il faut continuer mon voyage. D'ailleurs,
cette lettre n'est déjà que trop longue; je remets
donc à une autre les nouveaux détails que vous
me demandez; et, dans une troisième, je vous parlerai des théâtres, qui ne sont pas la plus belle
partie de mes observations.

J'ai l'honneur d'être.

DEUXIÈME LETTRE.

MONSIEUR,

JE voyage avec un officier qui se rend en Espagne. « Voyez-vous, me dit-il, comme les travaux de la paix se multiplient partout, malgré une

guerre qui dure depuis plus de vingt ans, qui occupe toute l'Europe, et qui s'étend jusqu'à ses
extrémités les plus reculées? Avez-vous remarqué
un seul champ sans culture, une seule ville qui ne
fît des efforts pour devenir plus régulière ou plus
belle qu'elle n'était? Combien d'années de paix
n'eût-il pas fallu autrefois pour qu'on osât former
autant d'entreprises, pour qu'on eût le moyen de
les exécuter! Eh bien! une merveille plus grande
encore s'offrirait à vos regards, si vous alliez en
Espagne. La route que l'on construit pour aller à
Saragosse par Xaca (ou Jaca) sera peut-être l'ouvrage de ce genre le plus hardi et le plus admirable qu'on ait vu dans aucun temps. » Ici, l'officier me fit de ces travaux une description trop
étendue pour pouvoir entrer dans cette lettre,
mais que je regrette bien de ne pouvoir mettre
sous vos yeux.

Ce que j'ai vu me fait paraître possible tout ce
qu'on peut me dire de plus étonnant à cet égard.
Le Parisien qui voit s'élever autour de lui, comme
par enchantement, de nouveaux ponts, de nombreuses et superbes fontaines, des quais immenses,
élégans et solides, une seconde galerie du Louvre,
un arc de triomphe, des places, des avenues, des
édifices, croit sans doute que la capitale a le privilége des miracles, et que tant de travaux, qui
suffiraient à la gloire d'un siècle, sont uniquement
destinés à récréer les habitans de Paris. Qu'il sorte
de son bois de Boulogne, où il fatigue son cheval

sur un sable stérile; qu'il parcoure les départemens les plus éloignés, qu'il observe nos villes,
qu'il traverse nos fleuves, il trouvera partout la
même activité, la même industrie. Un pont solide,
et déjà commencé, va traverser, à Bordeaux, la
profonde Garonne; un autre pont s'élève sur le
Lot, à Aiguillon; un troisième rendra plus
prompte et plus facile la route d'Agen à Baïonne;
un quatrième rassurera le voyageur qui traverse,
à Moissac, le Tarn aux eaux bourbeuses, quelquefois si rapide et si dangereux : des deux ponts
qui doivent réunir Avignon à Villeneuve, le plus
oriental est déjà en état de service, ceux de la Du-
rence à Bonpas, et de l'Isère près de Valence,
sont terminés depuis long-temps. Ainsi le midi de
la France, où le voyageur ne franchissait les fleuves
les plus impétueux que sur des barques frêles et
étroites, n'offrira bientôt plus que des routes solides et continues dans toutes les parties et dans
toutes les directions. Mais la présence du bien ne
se sent pas aussi vivement que son absence; et
des hommes qui autrefois maudissaient les bacs et
y risquaient leur vie, passent aujourd'hui sur les
ponts en dormant, sans s'en douter, sans savoir
même qu'ils ont traversé ces fleuves, jadis l'objet
de leurs ennuis ou de leur effroi. Ceux-là trouveront mon admiration bien puérile; mais ce n'est
pas pour eux que j'écris.

La route de Bordeaux à Toulouse n'a pas été
remarquée comme elle méritait de l'être. A la vé-

rité, on n'y rencontre guères que des commis marchands, plus occupés de leurs échantillons que des beautés des sites, aux yeux de qui la montagne la plus pittoresque n'est qu'une côte incommode, le plus beau fleuve un obstacle, les rochers les plus imposans des pierres, et les plus belles plantes de l'herbe. L'observateur juge tout différemment, et les rives de la Garonne lui offrent un charmant spectacle, quand messieurs du comptoir n'y voient que de l'eau, des oies et des moulins. On vante partout les rives de la Seine depuis Paris jusqu'à Rouen, celles de la Saône, de Châlons jusqu'à Lyon, et celles de la Loire dans presque tout son cours ; mais il me semble que toutes le cèdent à la Garonne pour l'agrément et la variété des sites, la fertilité du sol et la variété des tableaux. Ailleurs, c'est toujours un fleuve qui coule entre des coteaux cultivés, ou que partage une plaine fertile ; mais ici il existe une opposition piquante et continuelle. A la rive droite, des collines, riches des plus belles productions, s'amoncèlent les unes sur les autres, et atteignent quelquefois la hauteur des montagnes ; à la rive gauche, au contraire, s'étend constamment une plaine qui n'a pour limites que l'horizon, brillante de la plus belle verdure, et tellement boisée qu'elle présente l'aspect d'une forêt continue : entre ces deux bordures si différentes, la Garonne roule ses ondes sinueuses, fertilise des champs de froment et de maïs, réfléchit le pampre des vignes, le feuillage des arbres qui ombragent ses rives, et arrose ces vastes vergers, dont le produit est pour Agen un commerce de plusieurs millions; ajoutez à cela que les villes se succèdent sur cette route à de petites distances; que plusieurs présentent des singularités piquantes par leur situation, leurs constructions bizarres, leurs vieilles fabriques qui rappellent les croisades, et vous aurez une faible idée de ce qu'éprouve le voyageur curieux, quand il traverse successivement Langon, la Réole, Marmande, Tonneins, Aiguillon, Agen, la Magistère, la Malauze, Moissac et Castel-Sarrasin.

Personne assurément ne s'avisera de placer Toulouse au rang des belles villes; mais personne n'est fâché de l'avoir vue, et ne renonce à la voir une seconde fois. En apercevant les grands murailles de brique qui l'environnent, on se croit transporté sur les rives de ce fleuve,

Ubi dicitur allam
Coctilibus muris *conxisse Semiramis urbem.*

Tout est de brique à Toulouse, murs d'enceinte, hôtels, maisons, églises et clochers. Le Capitole seul et quelques maisons en bien petit nombre apprennent aux Toulousains qu'il existe des pierres dans le monde. Les parapets du quai, ceux du pont et ses arches, sont aussi en pierre; tout le reste est brique; et même le long du fleuve elle sert de pavé, comme à Sienne en Toscane; et sans doute elle est bien préférable à ces énormes et

affreux cailloux qui tapissent si désagréablement
les rues de la ville, qui sont le supplice des pieds
délicats, et le patrimoine des cordonniers. Elégans
Parisiens, et vous, petites maîtresses, qui marchez
sur des tapis d'Iran ou sur des roses, ne quittez
pas vos voitures quand vous arriverez à Lyon, à
Avignon, à Montpellier ou à Toulouse ; cette dernière ville surtout est la plus effroyable aux piétons.
Les cailloux qui ont martyrisé saint Etienne, patron de cette cité, pavent encore ses rues tortueuses,
et ils m'ont martyrisé, moi qui ne suis pas petit-
maître, et qui n'aspire point à la sainteté.

En construisant Toulouse, on paraît avoir tenté
de résoudre ce bizarre problème : trouver le moyen
de pousser l'irrégularité jusqu'au dernier terme.
Toutes les rues y décrivent des courbes, et chacune
de ces courbes a d'autres élémens. L'étranger qui
croit y suivre une ligne à peu près droite, se retrouve souvent, après avoir marché une demi-
heure, au point même d'où il était parti. Vainement voudrait-on se régler sur la projection des
ombres pour s'orienter ; les maisons sont si hautes
et les rues si étroites, que le soleil n'ose y plonger
ses rayons ; vous y tournez sans cesse, comme à
l'aventure, et après avoir demandé cent fois votre
chemin, vous arrivez droit au sud, quand vous
avez cru vous diriger vers le nord.

Mais si, abandonnant cette carrière de briques,
vous ne considérez la ville que par son extérieur,
Toulouse vous plaît et rivalise à vos yeux avec ce

que nous avons de plus agréable en France. Le pont est large et hardi : percé de six arches, il ouvre encore cinq gueules circulaires placées dans la commissure des arcs et destinées à évacuer les grandes eaux. La promenade du faubourg Saint-Cyprien est enfermée par des grilles, des murs d'appui, et s'étend à la longueur de neuf cents pas sur la rive gauche de la Garonne ; une autre promenade enveloppe la partie orientale de la ville, et consiste en un grand cercle d'où partent des rayons qui sont autant d'avenues, et qui se dirigent dans tous les sens. Au-delà de cette esplanade commence le magnifique canal qui réunit la Garonne au Rhône, l'Océan à la Méditerranée ; et son cours se trace au loin dans la campagne par une ligne d'arbres qui s'élèvent sur ses bords. Tout ce qui environne Toulouse est riant et fertile, et les gourmands, dit-on, y sont dans leur élément. Les foies gras de canards, les poissons délicats, le gibier le plus parfumé, les fruits les plus exquis en font un pays de Cocagne ; on dit aussi qu'on y boit d'excellens vins, mais les aubergistes m'ont mis dans l'impossibilité d'attester ce dernier fait.

Je quitte Toulouse, et je traverse d'un bout à l'autre ce Languedoc qui était une des meilleures provinces de la France, et qui compose aujourd'hui tant de riches départemens ; malheureusement une sécheresse opiniâtre a couvert d'un voile gris ses coteaux rians et ses fertiles campagnes. A Béziers, il n'a pas plu depuis le mois de mai jusqu'à celui d'octobre; à Montpellier, avant l'orage qui éclata le 5 septembre, on n'avait pas eu d'eau depuis le mois de novembre 1811. On m'assure que dans un canton le blé a été semé et récolté sans une goutte de pluie. Tout cela me prouve que les graines céréales n'ont pas autant besoin d'humidité qu'on le pense dans le nord de l'Empire; car dans cette année si sèche, la récolte a été une des plus belles dont les vieillards puissent se souvenir. Maintenant on vendange partout, et le vin sera excellent.

Rien de plus varié et de plus agréable que cette route de Toulouse à Montpellier, quoiqu'elle n'offre pas des sites éminemment pittoresques et de ces escarpemens bizarres que l'on est convenu de nommer des accidens. On admire à Castelnaudary le vaste bassin, qui pourrait contenir une flotte. À Carcassonne, une partie de la ville présente l'aspect d'une forteresse du douzième siècle, et l'autre s'étend assez régulièrement entre le bassin, le canal, la promenade et le Champ-de-Mars. Narbonne, la triste Narbonne, mérite à bien des égards les épithètes injurieuses que lui ont données Chapelle et Bachaumont; mais le canal, qui y répand la fraîcheur, et les productions de son territoire, la vengent un peu de la causticité de ces beaux esprits voyageurs.

Je grimpe au haut de Béziers, et, placé sur le sol où fut la citadelle, je vois au sud-ouest les

sombres Pyrénées ; au sud , deux échappées assez
larges me découvrent l'azur de la mer qui s'unit à
celui du ciel ; à l'orient , une plaine immense où
l'utile surpasse encore l'agréable ; au nord , des
coteaux, grandissant à mesure qu'ils s'éloignent,
vont s'unir aux sommets des Cévennes et du Gé-
vaudan ; des jardins, des champs agréables rem-
plissent les intervalles ; et l'Orbe , qui se courbe
en arc sous mes pieds , sert de bordure brillante
à ce riche tableau. Voilà le beau côté de la médaille ;
retournez-vous vers la ville, et l'enchantement fait
place au dégoût.... Tous les sens sont désagréablement affectés ; des rues mal pavées , mal percées,
de vilaines maisons, des ruisseaux où tout ce qu'il
y a d'impur et d'horrible est entassé et s'oppose à
l'écoulement d'une eau sale et méphitique, voilà
Béziers à toutes les heures du jour ; mais, le matin,
c'est bien pire : tout y est jeté par les fenêtres , et
le pavé disparaît sous une matière nauséabonde ,
qui n'est point de la boue. Cet usage d'empoison-
ner les rues était autrefois général dans tout le midi
de la France ; l'œil ou l'odorat de la police en a
été révolté , et Marseille, Toulon, Aix et Avignon sont devenus propres ; mais apparemment
la police néglige les montagnes, et Béziers reste
plongé dans sa saleté originelle. Il semblerait que
la propreté des habitans dût être en raison de la
chaleur du climat, mais c'est tout le contraire :
plus une contrée est chaude, plus elle est sale ;
témoins l'Italie et surtout l'Espagne. Les rues de

Béziers me rappellent une anecdote qui n'est pas
sans agrément.

Quand l'empereur Joseph II traversa la France,
il s'arrêta quelques heures à Nismes pour y voir
les beaux restes de la splendeur romaine. Le municipal, qui accompagnait S. M., avait grand soin
d'exalter emphatiquement les avantages de l'ancien
Nemausus. Le prince s'arrêtait-il aux débris du
Temple de Diane? le magistrat s'écriait : *Ceci est
l'ouvrage des Romains.* L'empereur tournait-il ses
regards sur la *Tour-Magne? Ceci est encore l'ouvrage des Romains.* Le prince admire la charmante *Maison carrée,* qui est le plus beau reste ;
comme le morceau le plus entier qui ait bravé les
outrages de dix-sept siècles, et le municipal de répéter : *Oh! certainement, ceci est bien l'ouvrage
des Romains.* Enfin, on arrive aux *Arènes,* où le
prince ne peut pénétrer, parce que l'entrée en
était obstruée par les saletés les plus dégoûtantes,
et la canaille des voisinages avait converti en *privés*
les belles arcades de l'amphithéâtre. Alors l'empereur se tourne vers le magistrat, et lui dit froide-
ment : *Oh! certainement ceci n'est pas l'ouvrage
des Romains.*

Pézénas n'est recommandable que par son terroir gras et profond, et par la beauté de son climat.
Bientôt on découvre la mer, le grand étang de
Tau, et le mont Sépol, où est située la moderne
ville de Cette. Dans un atlas publié sous Louis XIII,
le mont Sépol forme une île, l'étang n'existe pas,

et la mer s'avance assez loin dans les terres ; aujourd'hui la ville de Cette est une presqu'île, l'étang
est entièrement séparé de la mer, et une grande
plage de sable mêlé de corps marins attestent visiblement le séjour récent des eaux sur cette partie
du continent : or, si en si peu de temps il s'est
opéré un changement aussi sensible, que n'a pas
dû produire une longue suite de siècles? Certes,
je ne veux faire ici ni le vulcaniste ni le neptuniste ;
mais peut-on fermer les yeux à l'évidence, et l'horreur des systèmes doit-elle faire renoncer à l'usage
de la raison?

Enfin j'approche de Montpellier ; je découvre
son Peyrou, son château-d'eau, ses maisons grou-
pées et serrées confusément sur un mamelon qui
ne mérite pas le nom de montagne. Cette ville
ressemble à Toulouse par ses rues étroites et sombres, par ses maisons obscures, par l'irrégularité
de son plan, et surtout par son cruel pavé ; mais
on y respire un air pur et balsamique, le ciel y
brille d'un azur éclatant, la température y est d'une
douceur charmante, et des eaux salutaires y coulent partout avec profusion. Les dehors de la ville
sont beaucoup plus agréables que l'intérieur ; mais
Montpellier n'eût-il que son Peyrou, il mériterait
qu'on entreprît le voyage pour le voir. C'est peut-
être la seule place de France où il n'y ait pas une
seule maison ; mais, élevée au-dessus de la plaine,
plantée d'arbres, ceinte d'une balustrade élégante,
elle est terminée par une espèce de temple hexa-

gone, où un superbe aqueduc porte une masse d'eau fraîche, limpide et excellente. Au-dessous de ce château-d'eau s'étend un bassin d'une forme agréable ; plus bas, encore une promenade ornée d'arbres et d'autres bassins ; et cet aqueduc est composé de soixante-douze grands arcs qui en supportent plus de deux cents autres, au-dessus desquels coulent les eaux, que l'on peut appeler justement *aquæ perennes*. Du haut du Peyrou, l'on découvre à la fois les Pyrénées et les Alpes, et la plaine d'Aiguemortes, et l'étang de Maguelone, et la mer, et les belles campagnes qui environnent Montpellier.

Mais je crois que vous êtes un peu las d'entendre parler de villes, de rues, de ponts, de fleuves et de campagnes ; je vais rompre cette monotonie en vous entretenant de tous les beaux théâtres où j'ai vu si mal jouer la comédie.

Le.....

TROISIÈME LETTRE.

THÉATRES DES DÉPARTEMENS.

AU RÉDACTEUR.

MONSIEUR,

LORSQUE vous avez rendu compte de la brochure de M. Dumaniant sur l'organisation des théâtres, et des réflexions de M. Ricord sur l'art théâtral, vous avez sans doute pensé que ces deux écrivains avaient un peu chargé le tableau, et qu'ils avaient exagéré le mal pour faire agréer le remède qu'ils proposaient. Désabusez-vous, monsieur, et soyez persuadé que ces deux critiques, dans la crainte de n'être pas crus sur parole, ont beaucoup diminué aux yeux de leurs lecteurs les vices qu'ils signalaient et les dangers qu'ils faisaient pressentir. Ainsi, au lieu de dire que dans la province l'art dramatique est en pleine décadence, ils devaient affirmer qu'il y est en ruine; et au lieu de prédire sa chute totale, ils auraient dû l'annoncer. Vous ne pouvez en effet imaginer l'état d'avilissement et de misère dans lequel sont tombés les théâtres des principales villes de l'Empire. Autrefois ils fournissaient à la capitale des sujets précieux; bientôt les tréteaux des boulevards seront, en comparaison, les temples du goût et de la décence. Je sens combien cette assertion va révolter les gens qui ne croient jamais aux doléances; mais si, comme la Cassandre troyenne, je ne suis cru de personne, j'aurai au moins comme elle le mérite de dire la vérité, et peut-être qu'un jour une plume plus éloquente saura convaincre le gouvernement et lui faire prendre les mesures convenables pour donner au peuple français des spectacles dignes de lui.

Si je voulais imiter certains critiques, admirateurs du temps passé et détracteurs du temps présent, il me serait facile d'assigner une cause vraisemblable à ce dépérissement de l'art dramatique.

18.

Que de gens m'approuveraient si je reproduisais ce lieu commun, *qu'il n'y a plus de génie, plus de goût, plus de littérature !* Ne pourrais-je pas, comme un autre, vanter les grands hommes ; les grands talens, les grands artistes que j'ai vu briller dans ma jeunesse, et décider sans appel qu'il n'y a plus rien de supportable aujourd'hui ? Mais je me souviens qu'autrefois on tenait le même langage ; je sais aussi que dans tous les temps on a pris plaisir à humilier les contemporains par les éloges prodigués aux hommes qui n'étaient plus, et qui, de leur vivant, avaient été l'objet du mépris ou de la satire. Je sais enfin qu'on se souvient avec plus de satisfaction des choses que l'on a vues avec des yeux jeunes, et que la vieillesse, toujours un peu chagrine, s'en prend à tout ce qui l'environne du dégoût qu'elle ressent et des plaisirs qu'elle n'éprouve plus. J'ai donc appris à me défier de ces déclamations contre le temps présent ; et au lieu d'attribuer le déplorable état des théâtres de province à cette dégénération supposée, dont on se plaint depuis Horace, je lui ai cherché, et je crois avoir découvert des causes plus immédiates et plus agissantes.

En province, l'art dramatique, ou plutôt l'art théâtral tourne successivement dans plusieurs cercles vicieux, d'où il ne sortira que quand il recevra l'impulsion de cette main puissante devant laquelle tous les abus disparaissent et tous les obstacles s'aplanissent.

1°. Partout en France on aime le spectacle, mais nulle part on ne veut le payer ; partout il existe entre l'avarice des spectateurs et la cupidité des directeurs une lutte constante, dont le résultat est la perte de l'art et le règne du mauvais goût. Dans les villes les plus riches, les abonnemens les plus chers sont de 144 fr. par année ; ailleurs, ils sont de 96 fr. ; et dans plusieurs villes très-considérables, ils baissent jusqu'à 72 fr. Chaque abonné n'y paie donc par jour, aux premières places, que 20, 30 ou 40 centimes au plus, c'est-à-dire 4, 6 ou 8 sous ; et il en est très-peu qui ne se plaignent de l'horrible cherté du spectacle. Or, monsieur, figurez-vous une petite maîtresse gasconne, languedocienne ou provençale, parée ou chargée de tout ce que la mode invente de plus dispendieux et de plus bizarre, qui vient, pour ses quatre sous, s'asseoir aux premières loges ; qui, pour cette somme, croit avoir le droit de dénigrer tout ce qu'on lui présente, de déplorer la corruption du goût, de blâmer toutes les pièces nouvelles, sans estimer les anciennes ; de mépriser même Molière qu'elle ne connaît point, mais qu'elle n'écoute pas parce qu'il est trop connu, et qui, pour ses quatre sous, voudrait qu'on lui donnât les plus grands comédiens, les costumes les plus riches et les décorations les plus brillantes. Qu'arrive-t-il ? le directeur forme une mauvaise troupe, parce qu'il est mal payé ; et le public paie mal, parce que la troupe est mauvaise : premier cercle vicieux.

2° De temps immémorial les habitans du Midi ont pour habitude de considérer une salle de spectacle comme une place publique : sans égards pour les voisins, sans respect pour la société ni pour l'art, chacun y parle, y chante, y crie librement comme sur une grande route ; les abonnés s'y réunissent dans les loges, qui deviennent des salons de mauvais ton ; et toutes ces conversations particulières qui suivent immédiatement le dîner, et qui s'en ressentent, forment un *chorus* insupportable à tout étranger qui a quelque idée de la décence et de la politesse françaises. J'ai entendu des hommes siffler, comme dans une écurie, pour s'appeler d'un bout à l'autre de la salle ; d'autres causaient ensemble à une distance de trente à quarante pieds ; j'en ai vu qui, à demi-couchés sur leurs bancs, frappaient avec des bâtons sur l'appui des loges pour se désennuyer ; ailleurs, des petits maîtres bien lourds sautaient de bancs en bancs pendant la scène la plus intéressante, enjambaient par-dessus les dames qui se couchaient pour éviter les bottes, se tenaient quelque temps debout sur les banquettes pour se faire voir ; et si, après s'être assis, ils daignaient déposer leurs énormes chapeaux, c'était plutôt pour soulager leur front que par respect pour le public. Toulouse est la ville qui m'a offert le plus d'observations de ce genre : mais, le dirai-je ? à Montpellier, dans la loge destinée à l'une des autorités, le bruit et le scandale furent portés à tel point, que le parterre, quoique bien accoutumé à de pareilles avanies, salua les perturbateurs d'une huée qui aurait dû être une leçon, mais qui n'interrompit la rumeur que pour une minute. Ce n'est pas tout : des femmes, des filles, tout ce qu'on voudra, viennent se placer à l'orchestre, où elles rassemblent des groupes de poursuivans qui font plus de bruit que ceux de Pénélope. A ma droite, des commères m'ont appris, malgré moi, que mademoiselle Clara avait fait un enfant, que madame Dumont avait renvoyé sa servante, que M. Léger était mal dans ses affaires, et que mademoiselle Stéphanie avait perdu son chien. A ma gauche, des beaux esprits de l'Aude et de la Garonne jugeaient en dernier ressort les pièces et les auteurs ; et si leurs observations n'étaient pas de la plus grande justesse, au moins elles ne manquaient ni de chaleur ni d'accent. Que résulte-t-il de tout ce tapage ? les acteurs jouent sans soin, sans intention, sans amour-propre, parce que le public n'écoute pas ; et le public à son tour n'écoute plus, parce que les acteurs sont mauvais : deuxième cercle vicieux.

3° Ce bruit épouvantable ne produit pas seulement la négligence des acteurs, mais il détruit leur talent, et empêche que les jeunes artistes en acquèrent jamais. Des musiciens de l'orchestre m'ont avoué qu'il leur était impossible d'observer aucune nuance, et qu'en jouant *à tour de bras*, ils avaient encore peine à s'entendre. Or, l'orchestre est horriblement bruyant, parce que le public fait tapage ; les chanteurs crient comme des possédés, parce que l'orchestre les étouffe, et le public, qui ne se laisse point vaincre, redouble d'efforts pour établir une conversation au-dessus de l'orchestre et des chanteurs : troisième cercle vicieux.

On me répondra sans doute que, là comme ailleurs, le public n'écoute pas ce qui ne mérite pas d'être écouté ; mais ce dont j'ai été témoin détruit entièrement cette objection. A Nantes, je n'ai pas vu que mademoiselle Pierson, qui est très-aimée et très-aimable, obtînt plus de silence que les autres ; à Bordeaux, M. Joanny, que les Gascons placent à côté de le Kain, déclamait dans le tumulte ; à Toulouse, la première représentation de ce Jean de Paris, tant attendue, fut applaudie avec transport sans qu'on en écoutât une seule note ; à Montpellier, le Martin du lieu, qui a un si joli fausset, ne fut entendu que parce qu'il n'y avait personne dans la salle ; et à Lyon même, où le public est un peu plus sage, le beau talent de M. Talma ne put corriger les abonnés de leur louable habitude, et le parterre fut sans cesse obligé d'interposer sa bruyante autorité pour faire honorer par quelques momens de silence ce phénix de la capitale.

Lorsque je n'étais pas encore habitué à cette étrange manière de voir la comédie, il m'arriva de m'en plaindre ; un Bordelais me répondit sèchement : « Est-ce qu'on vient ici pour le spectacle ? nous n'y cherchons que des femmes ou des amis

avec qui nous puissions causer ou parler d'affaires.
Pourvu qu'il y ait foule, nous sommes contens;
et j'aimerais autant une troupe de chiens qu'une
troupe de comédiens, si elle attirait autant de
monde. »

Eh bien! j'invite cet honnête Bordelais, qui a
si bon goût, à prendre la poste et à se transporter
rapidement à Lyon; il y trouvera une troupe de
chiens savans qui fait la gloire du théâtre des
Célestins et le bonheur des Lyonnais. Jamais acteurs ne surent si bien leurs rôles; jamais maître
de ballets ne trouva des figurans plus obéissans et
plus fidèles. Ces artistes à quatre pieds obtiennent
les plus brillans succès; à la fin de chaque représentation, on leur jette de la pâtée et des couronnes; ils éclipsent tous les autres genres de drame.
S'ils ne faisaient oublier que Molière et Racine,
je trouverais cela tout naturel; mais ils l'empor-
tent même sur M. de Pixérécourt, et voilà ce qui
me fait crier à la corruption du goût et à la décadence de l'art. Au reste, la troupe canine est plus
heureuse que les artistes bipèdes. Elle obtient un
profond silence de la part même des abonnés, tandis qu'on fait un tapage de chien partout où les
chiens ne sont pas artistes. J'ai souvent remarqué
cette heureuse exception en faveur de la panto-
mime. A Bordeaux, par exemple, on regarde
chanter, et l'on écoute la danse. Je crains bien
qu'à cet égard, la Seine ne veuille imiter la Garonne.

On va me dire sans doute qu'il est facile de signaler les abus, mais que ces plaintes ne sont utiles que quand elles sont suivies du remède. Dussé-je échouer, comme tant d'autres, mon intention est d'en proposer un. Je ne demanderai pas qu'on établisse des écoles de déclamation, des théâtres d'émulation; que l'on crée un jury, un tribunal, un aréopage pour juger les importantes affaires des coulisses; je me borne à un moyen plus simple, et qui ne sera peut-être pas moins efficace : Que les magistrats des villes où il y a spectacle fassent respecter le public, et se fassent respecter eux-mêmes; qu'il règne dans le temple de Thalie ce silence et cette décence qu'ont droit d'exiger les Muses et une nation éclairée : le public, plus attentif, prendra plus de plaisir aux ouvrages qui seront soumis à son jugement; il distinguera le bon du médiocre, et le médiocre du mauvais; partout le goût se formera; plus de connaissance de l'art produira plus de jouissances; on consentira à mieux payer un plaisir dont le besoin deviendra plus vif; plus de libéralité donnera le droit d'être plus exigeant; le directeur pourra et devra former une bonne troupe; l'artiste redoublera de zèle et d'efforts, parce qu'il sera mieux écouté et mieux jugé. De cette seule mesure on verra naître une amélioration sensible et toujours croissante, et une seule cause pourra faire autant de bien qu'une seule cause a produit de mal.

THÉATRE DU RANELAGH.

AU RÉDACTEUR DU JOURNAL DES DÉBATS.

MONSIEUR,

Vous ne connaissez pas toutes vos richesses ; vous rendez parfaitement bien compte des spectacles de Paris, mais vous négligez, ou peut-être même vous méprisez ceux de la banlieue, qui ont cependant leur mérite. Permettez-moi de remplir cette lacune qui vous serait un jour reprochée par les artistes de Charonne, Passy et autres lieux.

Hier, samedi, j'étais allé prendre le frais au bois de Boulogne, et j'y réussis complètement car il y faisait frais même en plein soleil. En revenant par la porte de Passy, j'y vis une fort belle affiche de spectacle, sur laquelle je lus : « Par permission de M. le Maire, et par brevet de Son Excellence le Ministre de l'Intérieur, des artistes *de profession* des provinces et *de la capitale*, réunis par M. Saint-Gérand, donneront, samedi 27 juin, par extraordinaire, *au bénéfice de M. Dorsonville, ancien acteur de la Comédie Italienne*, sur le théâtre du Ranelagh, à Passy, le Déserteur, opéra en trois actes, parole de Sedaine, *musique de M. Grétry*, précédé de l'Epreuve villageoise, opéra en deux actes, paroles de Desforges, musique de M. Grétry. »

Cette affiche, monsieur, me fit sérieusement réfléchir sur l'instabilité des choses humaines, et sur le néant des grandeurs. Eh! quoi! disais-je, M. Dorsonville qui a été la première *haute-contre* de Paris, l'un des premiers *Colins* de l'Europe, l'ancien rival et camarade des Clairval et des Michu, qui a vu briller les premiers rayons de la gloire de M. Elleviou, M. Dorsonville enfin que tout Paris connaissait et applaudissait, attend le bénéfice d'une représentation sur le théâtre de Passy!

Sic transit gloria mundi.

Je me consolai un peu en songeant qu'il recevait sans doute cette gratification de la main de ses anciens camarades; que les princes de l'Opéra-Comique contribueraient par leurs talens à cet acte de bienfaisance, et que le prix des places serait assez élevé pour ne pas rendre la faveur aussi humiliante qu'illusoire. Je me trompais; les noms des artistes généreux m'étaient absolument inconnus, et le prix des premières places étaient d'un franc; ainsi jugez de la recette.

Cependant parmi les noms des acteurs on distinguait ceux de *M. Rosambeau, de l'Opéra*, et de madame ou *mademoiselle Le Sage, première chanteuse de Bordeaux*. Que de bénédictions ne donnai-je point à l'acteur qui quitte le palais d'Armide pour venir faire une bonne action dans le bois de Boulogne; et à la première chanteuse qui passe la Garonne et la Dordogne pour venir chanter et pleurer à Passy, au bénéfice d'un brave

homme qui n'était point son camarade! A la vérité,
je n'avais point entendu parler de M. Rosambeau,
à l'Opéra, ni de mademoiselle Le Sage, à Bordeaux; mais mon ignorance, à cet égard, ne porte
aucune atteinte à la gloire de ces deux virtuoses.

Je bénis surtout M. de Saint-Gérand, qui a
réuni tous ces artistes : je pensai qu'il pouvait bien
être cet honnête Saint-Gérand dont il est parlé dans
le pélerinage de M. de Maisonterne, et qui n'aime
pas le pathos de la nouvelle école littéraire. Le
directeur du grand théâtre de Passy paraît être en
effet un homme de fort bon goût, puisqu'il aime
Grétry jusqu'à lui attribuer la musique du Déserteur. Il se trompe de fait, mais il ne se trompe pas
virtuellement, car tout ce qu'il y a d'aimable en
musique pouvait très-bien sortir du cerveau de
Grétry.

Je me décidai sur-le-champ à rester au bois de
Boulogne; participer à un acte de bienfaisance,
entendre un Orphée de l'Opéra, une Syrène de
la Garonne et de la musique de Grétry; que de
plaisirs pour 20 sols! J'entrai chez le Véry ou les
Frères Provençaux de Passy; je n'y trouvai ni
béchamelle, ni poulet à la marengo, ni tourte à
la financière, mais pour le Déserteur *de Grétry*,
on peut bien tolérer la côtelette dure, et le flacon
de vin de Surène. Après avoir dîné sagement, et
pris du café de pois chiches, édulcoré par la chi-
corée, je m'acheminai vers le Ranelagh. Cette salle
est une ellipse dont le grand axe excède d'un tiers

la longueur du petit, et l'on a pratiqué le théâtre
dans l'extrémité occidentale du grand axe. Cette
salle n'a qu'une galerie, mais en revanche, le parterre y est immense, c'est là que sont les premières
places, et la galerie unique n'est, à proprement
parler, que le paradis.

L'assemblée était assez nombreuse, mais extrêmement mêlée; on devait commencer à sept heures
précises; le rideau se leva vers huit heures un quart,
ainsi j'ai eu le temps de faire mes observations sur
tout ce qui m'environnait. Je jugeai à l'œil que le
grand théâtre de Passy pouvait bien avoir quatre
mètres cinq décimètres de largeur, une profondeur un peu moindre, et une hauteur de deux
mètres et demi. Cette hauteur fut bientôt jugée par
une échelle très-naturelle, car le plumet du Déserteur touchait immédiatement au ciel, et M. Rosambeau, qui remplissait ce rôle, pouvait dire avec
Horace : *Sublime feriam sidera vertice.*

Tandis que j'attendais le loisir des acteurs, j'eus
le bonheur de lier conversation avec une dame
qui connaît parfaitement le théâtre de Passy, et
qui a tenu note de toutes les révolutions qui se
sont opérées dans le goût de cette commune. Elle
me conseilla d'abord de me placer près des croi-
sées qui sont percées sur la partie droite de la salle.
Dans cette position, ajouta-t-elle, vous jouirez de
deux spectacles à la fois; en ce moment on fait
une nôce dans le jardin du Ranelagh; ainsi vous
verrez danser à votre droite, tandis que vous en-

tendrez chanter à votre gauche. Je vis et j'entendis
en effet, mais je ne trouvai pas que l'on dansât
mieux d'un côté que l'on ne chantait de l'autre.
Mon plaisir d'ailleurs, pour peu que j'en eusse
éprouvé, aurait été beaucoup affaibli par une circonstance assez fâcheuse. Un carreau de la vitre
qui servait de mur à la salle, offrait une solution
de continuité de quatorze centimètres, en négli-
geant les fractions. Cette ouverture qui se présentait directement au vent de galerne, était en harmonie avec le jeu des acteurs, mais elle faisait une
cruelle dissonnance avec la température de la salle.
Je résistai cependant trois heures entières à cette
douche réfrigérante; et sans cette constance, dont
j'ai le droit de me vanter, je ne pourrais pas vous
parler de cette belle représentation.

A huit heures et dix minutes, je vis allumer les
quatre quinquets de la rampe, et les quatre chandelles de l'orchestre; les violons prirent le *la*, ce
qui fut assez long, parce qu'ils étaient deux; et
l'on commença l'ouverture de l'Épreuve villageoise,
qui fut exécutée par quatre instrumens à cordes
(autant que de chandelles) et par une petite flûte.
Mon impartialité me force à déclarer qu'il y avait
aussi un cor, qui garda le silence pendant toute la
première pièce.

Nous vîmes enfin paraître la Denise de l'Épreuve
villageoise. « Cette petite femme, me dit ma voisine, n'est pas si mauvaise qu'elle en a l'air; elle
rit tant, elle s'agite tant, qu'elle paraît avoir de la

gaieté. Voyez comme elle articule avec affectation
certaines phrases, avec quelle volubilité elle en
débite d'autres. Sa tête tourne à tout moment,
comme sur un pivot ; elle minaude assez agréablement, mais elle minaude sur tout et partout. C'est
la madame Gavaudan de la troupe ; elle a cependant un peu plus de voix. Ah! (c'est toujours la
voisine qui parle) voici notre Martin; vous verrez
qu'il ne chante pas trop mal ; il fait au moins entendre les paroles, il ne change rien aux traits
écrits, et il a assez d'esprit pour se douter que Grétry en sait autant que lui en musique. Quant à la
mère, on ne trouve son modèle dans aucun théâtre
de Paris ; elle se tient bien droite quand elle marche, quand elle parle et quand elle chante : sa voix
ne redoute que les sons hauts, les sons bas, et
n'est pas très-sûre dans le *medium*; à cela près,
elle ne chanterait pas mal, si elle allait en mesure. » Elle achevait à peine ce portrait, que l'on
vit s'avancer le petit André qui occupait à peu
près les deux cinquièmes du théâtre. Après le jeu
muet de tradition et le petit duo, qui fut assez
sourd sans qu'on employât la sourdine, André se
cacha dans la loge de feuillage. La capacité de cette
loge avait sans doute été calculée géométriquement,
car André y entra tout entier sans laisser de vide,
mais non pas sans toucher les bords. Ma voisine
le laissa parler et chanter pendant quelques instans, mais enfin elle ne put plus y tenir ; et elle
s'écria de manière à faire scandale : mon petit

André; vous êtes bien gros, mon jeune André; vous êtes bien vieux, mon bon André; vous n'êtes pas bon, mon cher André; vous ne plaisez à personne.

Vous sentez, monsieur le rédacteur, combien je fus choqué de cette étourderie; mais en France il est convenu que l'on souffrira tout des dames et qu'on ne les contredira jamais; je fus donc Français dans la force du terme, je dis comme la voisine, que tout cela était fort mauvais; et, ce qui me fait honte, je le dis avec le ton de la conviction et de la franchise. Sans vous expliquer ici ma véritable opinion, je vous ferai part d'une réflexion que je crois juste: c'est que la musique vraie, spirituelle, comique et chantante est, en quelque sorte, inaltérable. Ni le carreau cassé, ni le vent de galerne, ni la maigreur de l'orchestre, ni les efforts combinés des artistes réunis, ne purent dépouiller Grétry de tous ses charmes; il plut malgré tout cela, il fut applaudi franchement et généralement, il triompha de tous les obstacles et des acteurs même qui le chantaient. Ah! si les juges de M. Belloni se trouvaient à pareille fête! Quel........ mais Dieu leur fasse miséricorde; je ne leur souhaite pas un pareil châtiment.

Il me reste à parler du Déserteur. La *première chanteuse de Bordeaux* ne manque pas de chaleur et de sensibilité, mais ses bras, ses jambes, ses yeux, tous ses membres étaient dans un tel mouvement, que je l'ai crue en proie à des affections nerveuses. Elle n'a pas mal chanté le premier air dans les parties qui ne s'élèvent pas trop, mais sa voix n'avait apparemment de justesse que pour un certain nombre de mesures, car elle a bientôt pris le parti de chanter faux, c'est-à-dire qu'elle s'est mise à l'unisson avec les autres. Comme ma voisine se taisait, je lui demandai à quelle actrice du Théâtre Feydeau elle comparaît la Bordelaise. A celle qui chante faux, répliqua-t-elle ; et cette réponse m'embarrassa.

Mais voici le plus digne objet de nos vœux ; M. Rosambeau se montre et descend la montagne qui a tout juste cent soixante-trois millimètres de hauteur. La voisine qui, jusqu'alors n'avait montré que de la causticité et de la malveillance, réservait tous ses éloges à l'intéressant Alexis. C'est notre Elleviou ; disait-elle. — Ah ! madame, quelle comparaison ! Pouvez-vous assimiler une demi-basse-taille au premier colin de l'univers ? J'avoue que M. Rosambeau est bel homme, qu'il a un beau gros buste, et qu'il le présente fort bien sous toutes les faces pour nous le faire mieux admirer; je vois aussi qu'il a méthodiquement calculé tous ses pas et ses gestes; et ses attitudes sont tellement mesurées qu'il a l'air de danser son rôle ; en cela peut-être a-t-il quelque ressemblance avec le prince de l'Opéra comique; mais M. Rosambeau *sort souvent des bornes et n'y rentre pas aussitôt,* ce qui est contraire au caractère d'Alexis.

Il me reste à peine le temps de vous parler du

Jean-Louis qui faisait l'invalide au naturel, et du grand-cousin qui était assez joliment bête, mais je dois une mention honorable au Montauciel qui nous a fait voir une métamorphose étrange. Cet artiste avait été le Martin de l'Épreuve villageoise; et comme son talent flexible se prête à tout, il quitta sa demi-basse-taille après la première pièce, il emprunta une mauvaise haute-contre, et devint tout-à-coup le Montauciel ou le Gavaudan de la troupe.

Deux accidens survenus dans cette représentation alarmèrent un moment le public; mais on eut plus de peur que de mal. Dans la première pièce, le rideau d'avant-scène tomba au beau milieu d'un acte, et il aurait infailliblement tué Denise si elle se fût trouvée dessous, car il est ample, et contient au moins six aunes de toile. Dans le second acte du Déserteur, le mur oriental de la prison fléchit sous le poids d'une chaise qu'on y avait appuyée, mais les prisonniers étaient trop honnêtes gens pour chercher à s'évader; par un effort héroïque, ils rétablirent eux-mêmes la muraille, ce qui fut fait en un instant.

Je terminerai ma trop longue lettre en appliquant au Déserteur ce que j'ai dit de l'Épreuve villageoise. Une pièce intéressante, une mélodie aussi touchante et aussi agréable que celle de M. Monsigny, peuvent résister à la plus mauvaise exécution. Le Déserteur fit pleurer comme à son ordinaire, et tous les morceaux de musique furent applaudis. D'ailleurs il ne faut pas s'en rapporter aux sarcasmes de la dame dont j'ai parlé. J'ai vu à Paris même des Louise et des Denise qui ne l'emportaient pas de beaucoup sur celles de Passy. M. Baptiste, du théâtre Feydeau, chante certainement beaucoup mieux que le Martin du Ranelagh, mais il est moins comédien, et très-certainement beaucoup plus froid. Quant à M. Rosambeau, je ne souscrirai pas à l'éloge qu'en faisait ma voisine, mais il est incontestablement très-supérieur à M. Darancourt; j'ai même grand peur qu'il ne se fâche de la comparaison. Ajoutez à cela qu'il n'y avait pas de *billets donnés* au Ranelagh, et que les acteurs n'ont pas fait entrer leurs amis par la fausse porte du théâtre.

LE RÉDACTEUR AMBULANT.

DE L'UTILITÉ DE LA GÉOGRAPHIE.

A quoi sert la géographie? quel fruit peut-on espérer de la lecture des voyages, si ce n'est une distraction semblable à celle que procurent les romans? Qu'on admire, tant qu'on voudra, les fous courageux qui vont se faire geler dans les glaces du pôle, ou mourir de soif dans les sables d'Afrique; ces braves gens me font pitié, et je ne vois pas quel bien peut résulter d'un héroïsme

aussi peu sensé. Et ces longues navigations où il
n'est question que de rumbs de vent, de sondes,
de déclinaison, d'inclinaison, de chronomètre, ba-
romètre, thermomètre, cyanomètre, etc., etc.; et
tous ces noms barbares dont on n'oserait prononcer un seul en bonne compagnie, quand la
mémoire nous jouerait un assez mauvais tour pour
nous les faire retenir : tout cela n'est-il pas assom-
mant pour un homme du monde? Toute science
qui n'amuse pas ne peut occuper que des esprits
lourds.

Ce que je viens d'écrire dans ce paragraphe est
un faible résumé de ce que j'entends dire tous les
jours. Oh! certes, je ne perdrai pas mon temps à
énumérer les avantages que les voyages et la géographie procurent à l'homme civilisé, même sans qu'il
s'en aperçoive; je me borne à une seule réflexion
dont un homme de bon sens devinera la conséquence. Supposons qu'une puissance surnaturelle
nous enlève tout-à-coup tout ce que nous devons
à la géographie et aux voyages, et nous replace, à
cet égard, dans la situation de nos premiers aïeux :
que nous resterait-il de tout ce que nous possédons? Je laisse cette recherche à faire aux beaux
esprits qui ont le privilége de tout savoir sans rien
apprendre.

Maintenant, allez chez les Anglais, et deman-
dez-leur à quoi sert la géographie. La question
d'abord les fera sourire, et s'ils veulent bien vous
répondre, ils vous apprendront quelle part la con-

naissance du globe peut revendiquer dans la puissance britannique : peu à peu vous verrez les rapports qui existent entre ces sondes, ces rumbs de vent, et vos jouissances les plus futiles ; et ces découvertes géographiques, dont vous niez ou méconnaissez l'importance, vous feront découvrir à votre tour qu'avec cette boussole, ces quarts de cercle, ces latitudes et longitudes, on travaille pour l'aisance, pour le luxe, pour la gourmandise ; qu'avec les produits de ces longues navigations, on se procure de l'or, et qu'avec l'or on obtient tout en ce monde, jusqu'à la considération.

Quelques voix s'élèvent encore, mais elles sont plus douces, car j'ai parlé du contact entre la géographie, la gourmandise et le luxe : oh! sans doute, me dit-on, il est fort agréable de voyager pour son plaisir quand il ne fait ni pluie, ni vent, ni soleil ; il est même fort utile que de braves gens s'exposent aux tempêtes pour nous aller chercher de la vanille et du café ; mais, dans les Annales des Voyages, par exemple, était-il bien nécessaire que le rédacteur me ramenât trois fois à ces monts *Himalaya*, dont on ne peut prononcer le nom sans s'agrandir la bouche? Devait-il me laisser aussi long-temps dans ce pays d'Oundès où il gèle même au milieu de juillet? M'importe-t-il beaucoup de savoir si c'est le Baghirati ou le Dauli qui est la véritable source du Gange? Pour décider cette grande question, fallait-il me promener pendant des mois entiers sur des rochers affreux, au

bord des précipices, sous les avalanches mena-
çantes des neiges éternelles? En vérité, je n'ai rien
trouvé de remarquable dans ce voyage que les
belles noisettes dont parle M. Webb, les glands
qui sont gros comme des œufs de pigeon, et j'ai
plaint de tout mon cœur les pauvres singes réduits
à manger des marrons d'Inde.

Je conviens, mesdames, que MM. Webb,
Moorcroft et Hodgson, dans leurs trois voyages,
ne vous ont pas fait marcher sur des tapis d'Iran
ou sur des roses, mais sur ces rochers qui ont
blessé votre imagination, sur ces neiges qui l'ont
effrayée : les Anglais feront passer les magnifiques
toisons qui, sous le nom de cachemires, abritent
vos épaules d'ivoire, et les distinguent des dos plé-
béiens chargés des cachemires français. La science
britannique ne se borne pas à lire des Mémoires
dans les Académies. Cette *bouche de vache* par
laquelle le Gange sort des glaciers de l'Himalaya,
ce lac *Manasarowar* que nos voyageurs n'ont pas
assez complètement examiné, cet autre lac *Ra-
vanhrad*, dont le nom vous écorche les oreilles,
ne sont pas le but du voyage ; mais l'Oundès est
la patrie de ces chèvres dont les habitans de Ca-
chémyr et de Ladak viennent acheter la laine
soyeuse ; et les habiles possesseurs du Bengale ont
pensé judicieusement qu'en faisant descendre ces
chèvres par le sud-est, au lieu de les laisser aller
à l'occident, ils pourraient vous offrir eux-mêmes
ces magnifiques tissus que vous portez avec or-

gueil. C'est donc à vous qu'ils pensent quand ils
bravent les neiges, les rochers et les tempêtes : se-
riez-vous assez ingrates pour ne prendre aucun
intérêt à leurs travaux? Aujourd'hui même, quand
ils veulent se frayer au pôle un passage que la nature leur refuse, c'est encore à vous qu'ils pensent; ils veulent prendre le chemin le plus court
pour vous aller chercher dans l'Inde les super-
fluités si nécessaires qui ajoutent à votre parure,
ou titillent si agréablement les houpes nerveuses
de votre palais délicat. Avouez maintenant que la
géographie est bonne à quelque chose. Quant à
messieurs vos maris, je la leur présenterai sous
une autre face : vous leur coûtez beaucoup, et ils
connaissent tout le prix du vil métal. Je ne leur
parlerai donc pas de ces voyageurs qui courent le
monde par amour pour la science, et qui dépen-
sent beaucoup d'argent à mesurer des montagnes.
On pourrait dire à l'un de ces Argonautes qui
necherchent pas de toisons :

> . . . . *Nec quicquam tibi prodest*
> *Aerias tentasse domos animoque rotundum*
> *Percurrisse polum, morituro.*

Mais je fixerai leur attention sur ces explorations,
ces tentatives, ces recherches qui ont pour but
l'industrie nationale et les profits du commerce :
ainsi, quand ils verront un voyageur s'avancer
dans les solitudes du Sahara, ou un navigateur
s'amarrer à une montagne de glace, qu'ils pren-

nent la lunette politique ; elle leur fera découvrir, à la suite de ces braves, des vaisseaux de transport, des fabricans, des marchands sans nombre, des commis de la douane, des percepteurs des taxes, et des torrens de guinées qui, au lieu d'emplir inutilement le fisc insatiable, vont repasser l'équateur pour solder de nouvelles matières et préparer d'autres travaux aux fabricans, aux marchands et aux douaniers. Ce sont donc, en dernière analyse, ces voyages, ces navigations, ces recherches pénibles qui ont donné à un petit pays et à une population médiocre les moyens de solder des armées innombrables et de régenter l'univers.

Il est encore une classe d'hommes auxquels je recommande l'étude de la géographie : ce sont les faiseurs de fausses nouvelles et de fausses conjectures. Je sens combien il est agréable d'inquiéter toute la population de Paris, et de voir les politiques des cafés disserter sur un fait que l'on invente, ou sur un événement qui n'éclora pas ; mais, jusqu'ici, les malins qui ont voulu semer ces germes de troubles n'ont fait que nous donner libéralement la mesure de leur ignorance. Le seul énoncé de leurs nouvelles en démontre l'absurdité ; et je crois toujours entendre parler de cette coalition d'Américains, de Nègres et de Turcs qui va fondre sur la France. Avec un peu de géographie, ils diraient au moins des faussetés vraisemblables ; qu'ils prennent donc la peine de les fabriquer plus correctement, car il serait bien

dommage de laisser perdre un si bel art ; et sans
les fausses nouvelles, que deviendraient les journaux régénérateurs et les brochures politiques?

UN ÉPISODE

DU VOYAGE DU CAPITAINE WALLIS.

SAMUEL WALLIS commandait l'expédition dans
laquelle se trouvait le capitaine Carteret. Le 11
avril 1767, les deux vaisseaux furent séparés par
la tempête dans le dangereux détroit de Magellan.
Wallis, parvenu au grand Océan, nommé alors
la mer du Sud, fait successivement la découverte
des îles de la Pentecôte, de la Reine-Charlotte,
de Gloucester, de Cumberland, du Prince-Guil-
laume et d'Osnabruck. Il donne à une nouvelle
île le nom du Roi Georges; mais elle est bien plus
connue sous celui d'Otahiti. On s'est d'abord défié
des récits presque romanesques qui furent publiés
sur cette île et sur toutes celles de la Société. Les
poètes n'ont pas peint sous des couleurs plus en-
chanteresses les lieux où ils placent leurs héros et
leurs demi-dieux. Un peuple qui n'a de la civilisation que ce qui peut contribuer au bonheur, et
qui conserve de l'état sauvage tout ce qui séduit
l'imagination, ressemblait à une nation digne de

figurer avec les Armide et les Alcine. Ce climat où
règne un printemps éternel, cette terre qui fournit
sans cesse à l'homme des richesses qui n'ont coûté
aucunes sueurs, ces mœurs si différentes des
nôtres, l'éloignement qui nous sépare de ces îles
de presque tout le diamètre du globe, tout enfin
était un sujet de doute; et cependant tout a été
confirmé par les voyageurs qui ont suivi M. de
Bougainville et le capitaine Wallis. Cook a relâché
à Otahiti dans tous ses voyages, et les dernières
relations sur cette île n'intéressent pas moins que
les premières. Il n'est sûrement pas un seul de mes
lecteurs qui n'ait entendu parler d'Otahiti, et qui
n'ait lu quelques descriptions de cette île fortunée;
je me garderai donc bien de corrompre, dans un
récit écourté, le charme que leur procure ce souvenir; je me bornerai à un seul trait, auquel
peut-être on a fait peu d'attention.

Quand Wallis débarqua à Otahiti, le fer était
à peine connu de ces insulaires; mais ils en sentirent bientôt toute l'importance. De tout ce que
les Anglais pouvaient leur offrir en échange des
vivres que l'on fournissait à l'équipage, le fer était
la substance la plus précieuse, et celle pour laquelle
on obtenait davantage. Il s'établit bientôt un marché, dans lequel les clous étaient la monnaie courante: pour un petit clou, on recevait une énorme
charge d'ignames ou de noix de cocos; pour un
clou médiocre, des fruits et de la volaille; pour
un gros clou, le cochon le plus gras : une hache

était alors un trésor inestimable. Les Otahitiens
s'aperçurent bientôt que les jolies insulaires faisaient une vive impression sur les navigateurs ; et
comme ces peuples étaient encore trop près de la
nature pour connaître la différence entre l'amour
permis et l'amour illicite, ils résolurent de profiter
des tendres dispositions des Européens. De són
côté, Wallis, quoique rigide observateur de la
discipline, n'osa priver entièrement son équipage
de la douceur des mariages temporaires. Il voulut
cependant prévenir les suites fâcheuses qui pouvaient naître des passions livrées à elles-mêmes,
et d'une communication indiscrète entre les naturels et les Anglais : il fit tracer un camp, et dé-
fendit, sous les peines les plus graves, d'en franchir
les limites ; mais l'Amour fut dans le Nouveau-
Monde ce qu'il a toujours été dans l'ancien : il se
rit de la discipline anglaise ; et le dieu qui sut pénétrer dans une tour d'airain, franchit d'un saut
les faibles retranchemens qui n'avaient été levés
qu'à regret.

Les Otahitiens, effrayés de l'énorme consom-
mation que faisaient les étrangers, virent que leur
île, toute fertile qu'elle était, ne produirait jamais
assez pour payer tous les clous que les Anglais
avaient à vendre. Ils spéculèrent sur les soupirs de
leurs hôtes, et ils sentirent que les femmes seraient
un moyen d'échange aussi sûr et moins ruineux
que la volaille et les cocos. Quoi ! dira-t-on, vendre
des femmes ! Hélas ! dans quel pays n'en vend-on

point ? L'Afrique , toute l'Asie , une partie de l'Europe en tiennent des marchés publics; et s'il m'était permis de parler des marchés particuliers , je n'irais pas bien loin pour trouver des excuses au procédé des Otahitiens. Mais pour des clous! eh! pourquoi pas? Pour l'homme de la nature , le fer n'est-il pas mille fois plus précieux que l'or? Et chez nous mêmes , si ces deux métaux devenaient également rares, le plus utile ne tarderait pas à reprendre sa prééminence : trop heureux les habitans de îles Océaniques , s'ils n'avaient pas appris de nous à employer ce fer à un usage funeste !

Revenons donc au marché d'Otahiti. Une rivière séparait les Anglais des naturels ; la communication n'était pas facile , et à l'inconvénient de cette distance fâcheuse , se joignait la difficulté de s'entendre dans deux idiomes réciproquement inconnus. Mais si l'amour est audacieux, l'esprit de commerce est bien inventif; ces deux passions se réunirent pour tromper la vigilance du capitaine. Les insulaires savaient qu'il y avait des clous de trois dimensions différentes ; celui qui voulait s'en procurer se présentait sur l'autre bord de la rivière avec trois femmes dont l'une était belle, la seconde médiocre, et la troisième laide ; car enfin , ils voulaient tirer parti de tout , et toutes les marchandises ne peuvent pas être de la première qualité. Mais comment faire entendre le tarif à des gens séparés par un fleuve ? Le marchand otahitien s'était muni de trois chevilles de bois, qui par la forme et les proportions représentaient parfaitement les trois espèces de clous qui avaient cours, et en montrant une femme il faisait voir en même temps le simulacre proportionné au prix qu'il mettait à ses charmes; ainsi entre le plus gros et le plus petit clou, il y avait justement la proportion qui se trouve entre la Vénus de Médicis et un laideron.

Dès ce moment, le fleuve fut une faible barrière, tout le monde sut nager, et les sentinelles mêmes donnaient le mauvais exemple à ceux qu'elles auraient dû contenir. Wallis s'aperçut que la cargaison de clous diminuait à vue d'œil : les coffres furent forcés; soldats et matelots pillaient à l'envi cette précieuse pacotille; on alla jusqu'à attaquer les clous du bordage, et Wallis fut obligé de quitter une rade où, sans écueil et sans tempête, il aurait vu les membres de son vaisseau se disjoindre et s'engloutir.

Si quelques personnes trouvaient ce récit trop peu grave, je leur répondrais que je n'ai inventé aucune des circonstances; que le capitaine Wallis les rapporte très-sérieusement, et qu'elles n'ont rien de plus étrange que ce que nous lisons tous les jours dans des relations qui sont sous les yeux de tout le monde. J'ajouterai une observation, par égard pour les lecteurs scrupuleux. Si dans ce récit on substituait aux clous des bourses pleines de sequins, on trouverait le marché tout simple, et l'on croirait lire un voyage à Constantinople, à Bagdad ou à Bassora; telle femme qui a un grand mépris pour les clous, trouverait les sequins de bien meilleur ton ; mais je n'y puis rien faire, et je copie exactement. Quoi qu'il en soit, depuis que j'ai lu le voyage de Wallis, je n'ai pu passer devant la boutique d'un cloutier sans me dire : Il y a là un trésor équivalent au harem du Grand-Seigneur.

Le 26 juillet 1767, Wallis quitta cette île, plus dangereuse pour lui que cette montagne d'aimant dont il est question dans les *Contes arabes*, et qui attirait aussi les clous des vaisseaux. Jusqu'au mois d'octobre, il fait la découverte des îles qu'il nomme Sunders, Lord Howe, le Groupe de Scilly, Boscawen, Reppel, et d'une autre enfin qui reçut le nom de Wallis. Il relâche à Tinian, qu'il trouva moins triste qu'elle n'avait paru au commodore Byron ; son équipage s'y guérit, s'y rétablit de ses fatigues, et il remit en mer le 15 octobre. Chose étonnante ! il a navigué depuis le 11 avril jusqu'au 18 novembre sans rencontrer, sans voir un seul vaisseau. Il jette l'ancre dans la rade de Batavia le 30 novembre ; il la lève le 8 décembre suivant, arrive au Cap de Bonne-Espérance le 4 février 1768, en sort le 3 mars, et débarque le 19 mai à Hastings, dans le comté de Sussex. Wallis a fait le tour du monde en six cent trente-sept jours ; il y a peu d'exemples d'une pareille diligence.

DIDEROT.

PARLONS de Diderot; mais sans répéter ce qu'on a dit cent fois, et ce que j'ai dit moi-même des œuvres philosophiques, des romans, des drames et des mélanges littéraires de cet écrivain, occupons-nous de cette question importante : *S'il est dangereux pour l'ordre social de permettre la réimpression et le libre cours des Œuvres de Diderot en particulier, et en général de toutes celles que l'on nomme si mal à propos* PHILOSOPHIQUES? A mes risques et périls, je me déclare pour la négative. Cette opinion va paraître fort extraordinaire, et va peut-être faire jeter les hauts cris à de fort honnêtes gens; mais par cela même qu'ils sont honnêtes, ils ne me condamneront pas sans m'avoir entendu, car alors je les comparerais à certains philosophes; il leur sera facile ensuite de me confondre s'il m'échappe quelques sottises.

On a cru et l'on croit encore les écrits philosophiques dangereux pour la religion, pour la morale et pour la stabilité du gouvernement, parce que l'on regarde la philosophie comme une doctrine opposée à la religion; mais la philosophie n'est point une doctrine; ce mot ne présente à l'esprit aucune idée précise, n'indique aucune

croyance, aucun précepte, aucune opinion. Interrogez les hommes religieux, à Paris, à Madrid, à
Rome ou à Vienne, ils seront tous d'accord sur
les points fondamentaux de la religion et de la
morale; les protestans mêmes ne diffèrent de nous
que par des subtilités théologiques, inaccessibles à
l'intelligence du vulgaire; et dans nos guerres de
religion, il n'y avait peut-être pas deux soldats, à
chaque bataille, qui eussent pu dire pourquoi l'on
se battait. Quand on prononce le mot chrétien ou
le mot catholique, je sais donc clairement ce qu'on
veut dire; j'y reconnais une doctrine parfaitement coordonnée, basée sur des principes inva-
riables; la même pour tous les peuples qui la
connaissent, qui subsiste depuis un grand nombre
de siècles; et qui est professée par le plus grand
nombre des Européens.

Mais qu'est-ce que c'est qu'un philosophe?
quelle idée peut-on se faire de l'esprit, de la raison, du caractère et des mœurs de l'homme à qui
l'on donne ce titre? Socrate était philosophe, mais
Diagoras l'était aussi : et les péripatéticiens qui
croyaient à l'âme, et les pyrrhoniens qui ne
croyaient à rien, et les épicuriens qui ne voulaient
que du plaisir, et les stoïciens qui bravaient et
niaient la douleur, et Diogène qui méprisait les
hommes, et nos philantropes qui se vantaient d'aimer tout le monde, et Descartes avec les tourbil-
lons, et Leibnitz avec les monades, et Wolff avec
son *être simple*, et Kant avec *le temps et l'espace*,

et Locke qui ennoblit l'entendement humain, et Lamétrie qui fait de nous des machines, et Voltaire qui veut que l'on croie en Dieu, et le baron d'Holbach qui professait l'athéisme, et Jean-Jacques Rousseau qui a fini par mépriser Diderot, et Diderot qui a fini par détester Jean-Jacques....... Tous ces hommes, anciens ou modernes, tous ces hommes dont il n'y en a pas deux qui aient eu la même opinion, sont réunis par une étrange absurdité sous la dénomination commune de philosophes : or, quelle doctrine peut résulter de cet amas de principes incohérens, divergens ou diamétralement opposés? que peut-on craindre de tous ces systèmes, de ces opinions, de ces rêveries qui se réfutent, se détruisent mutuellement, et dont les auteurs se feraient une guerre acharnée si on leur laissait le champ libre? Proscrivez les philosophes en masse, ils feront corps contre l'ennemi commun et ils seront d'accord entre eux pour la première fois; abandonnez-les à leur destin, ils se détruiront eux-mêmes, et vous aurez chacun d'eux pour auxiliaire contre les autres. Ainsi, bien loin de dire à un jeune homme dont l'esprit pencherait vers le philosophisme : «Gardez-vous de lire les philosophes; je lui dirais : « Lisez-les hardiment, lisez-les tous, si vous le pouvez, et vous finirez par les abandonner tous, parce qu'il ne résultera de toutes vos lectures aucun principe solide, aucune opinion stable; parce que dans chacun de leurs ouvrages vous trouverez la réfutation de tous les autres, parce qu'enfin tous ces livres se serviront mutuellement d'antidote contre les maximes pernicieuses qu'ils renferment. »

Observons que la réfutation ou la condamnation d'un livre philosophique, présentée par un philosophe, produit bien plus d'effet que si elle était prononcée par l'autorité ecclésiastique ou civile, que l'on suppose toujours intéressée à détruire l'esprit philosophique. Prenons pour exemple le *Système de la Nature;* Voltaire, que l'on n'accusera pas d'être trop favorable à la religion, s'étonne du bruit qu'a fait ce livre; il dit qu'à l'exception de deux pages où il a vu quelques objections embarrassantes, tout le reste ne lui a paru qu'un amas de raisonnemens fastidieux qui ne prouvent rien. J'ai la conviction intime que ce jugement de Voltaire a plus anéanti le fameux *Système de la Nature*, que n'aurait fait un arrêt du parlement de Paris, avec brûlement du livre sous l'escalier du palais.

Mais ce sont les livres des philosophes qui ont fait la révolution. Voilà le grand argument, voilà l'opinion vulgaire que plusieurs personnes adoptent de bonne foi, et que d'autres s'efforcent d'accréditer sans y croire.

Je répondrai que si l'on veut rechercher toutes les causes de la révolution, il faudra bien reconnaître qu'elles sont très-multipliées; que les écrits philosophiques n'y sont que pour leur part, et

20.

qu'ils sont eux-mêmes des effets de causes anté-
rieures ; que l'explosion de 1789, malgré les écrits
philosophiques, malgré la licence des mœurs et
l'audace des écrivains, n'a cependant été préparée
que pour servir une ambition qui n'avait rien de
philosophique ; que la prétendue liberté a été le prétexte et non pas le but de la révolte ; et que cette
explosion aurait pu être prévenue, retardée ou
empêchée..... Il ne m'est pas permis d'en dire davantage.

Jusqu'ici je n'ai parlé que de la révolution politique ; mais, si l'on me demande quels sont les
coupables de la révolution morale, je répondrai
que nous le sommes tous plus ou moins. Je conçois que les classes élevées de la population re-
poussent toute responsabilité à cet égard ; cette
pudeur est louable, mais est-elle bien sincère ? Les
plus sages d'entre nous ont jeté dans la balance du
mal un poids quelque léger qu'il fût, et tous auraient quelque compte à rendre, soit pour avoir
coopéré, soit pour avoir souri à un désordre qui
n'était pas sans charmes, et dont on ne prévoyait
pas les suites affreuses ; ceux même qui ont averti,
qui ont blâmé, n'ont pas laissé de cueillir quelques fleurs au bord du précipice qui allait les engloutir. Faut-il s'étonner si les écrits du temps se
sont ressentis de la licence générale ? Blâmez leurs
auteurs tant que vous voudrez ; mais par qui ces auteurs étaient-ils accueillis, par qui étaient-ils proté-
gés ? N'était-ce que pour les philosophes eux-mêmes

que les philosophes composoient des livres où
les principes de l'ordre social étaient examinés et
discutés sans respect et souvent sans décence? A
qui voulaient plaire, à qui plaisaient en effet les
écrivains qui affichaient l'irréligion et le libertinage? Pour qui la presse vomissait-elle chaque
jour tant de romans lubriques et de brochures
scandaleuses? Oui, sans doute, la liberté de penser, de parler et d'écrire, a été poussée jusqu'à
l'extravagance; mais tous ces écrits audacieux, im-
pies ou obscènes, ne sont point la cause de la
corruption générale; ils n'en sont que la preuve.

C'est une erreur assez commune que de prendre
l'effet pour la cause, mais la réflexion suffit ordinairement pour nous avertir de la méprise. Depuis l'artisan jusqu'à l'homme de lettres le plus
distingué, personne ne travaille que dans l'espoir
du succès. On ne fait pas des colifichets brillans
et dispendieux pour les hommes qui méprisent le
luxe; on ne compose pas des livres infâmes pour
les peuples qui ont des mœurs; on ne fronde pas
le gouvernement, on n'attaque pas la religion
dans les États où le gouvernement et la religion
sont respectés, et où les hautes classes de la société donnent l'exemple de ce respect. Reportons-
nous par la pensée vers le milieu du dix-huitième
siècle, interrogeons les mœurs et l'esprit public
de cette époque, et nous apprendrons si les écrits
audacieux en ont été une cause ou une conséquence. Les philosophes que l'on accuse d'être

auteurs de la corruption générale, n'existaient pas sous Louis XIV; et s'ils avaient été les sujets de ce monarque, ils n'auraient écrit ni le *Contrat social*, ni le *Dictionnaire philosophique*, ni les *Pensées philosophiques*, ni le *Système de la Nature*. Voyez cependant quelles étaient les mœurs publiques immédiatement après la mort de ce grand roi. Sont-ce les écrits de Diderot, de d'Holbach et de Rousseau qui ont produit la *Régence?* .

Mais au moins les écrits philosophiques peuvent entretenir l'esprit de sédition, d'irréligion, et la corruption des mœurs. — Oui, j'y consens; ils produiront cet effet comme les chansons bachiques entretiennent le vice de l'ivrognerie, qui subsisterait sans les chansons. Mais accordons-leur complètement cette fâcheuse influence; ce ne sera, du moins, que quand ces écrits seront lus, médités et répandus jusque dans la masse du peuple. Or, les ambitieux, les factieux, les révolutionnaires enfin sont-ils de grands amateurs de livres philosophiques? Je sais qu'ils s'en vantent, mais c'est tout. Me persuadera-t-on que les *vainqueurs de la Bastille*, les hommes de 1793 et le sénat régicide aient lu le *Tractatus philosophico-politicus* de Spinosa, le *Léviathan* de Hobbes, et même les écrits anti-chrétiens de Boullanger? Leurs chefs les avaient lus, dira-t-on. — Si vous me parlez des chefs de révolution, je répondrai que, comme ils n'annoncent jamais ce qu'ils veulent faire, et comme ils indiquent un but quand ils se dirigent en secret vers un autre, ils sauront toujours trouver des prétextes et alléguer des motifs, si ceux de la philosophie leur manquent. La religion elle-même n'en a-t-elle pas servi ? Sont-ce les philosophes qui remuèrent le monde quand des cours du nord, sous un prétexte religieux, accordèrent à Luther une protection toute politique ? Sont-ce les philosophes qui, dans le seizième siècle, ont voulu donner le trône de France à la maison de Lorraine, et ont proscrit Henri IV ?

Non, le peuple ne lit pas les gros livres; et parmi les classes moyennes de la société, les philosophes ont été bien plus vantés qu'ils n'ont été lus. Le Système de la Nature était un livre rare, même pendant la révolution, et l'on serait étonné du petit nombre d'hommes qui le connaissent aujourd'hui. Ce sont les noms des philosophes et non pas leurs écrits que l'on opposait à la religion et au gouvernement. Voltaire même, le plus séduisant de tous, était bien mal connu des révolutionnaires, puisqu'ils l'ont cru partisan de la liberté et de l'égalité, puisqu'ils ont décerné l'apothéose à l'écrivain qui ne voyait que des singes et des tigres dans la future *grande nation*. Comment est-il devenu l'idole du peuple, celui qui a dit cent fois, en vers et en prose : *Odi profanum vulgus et arceo?* Dans ses œuvres, on trouverait, sous toutes les formes, des phrases semblables à celles-ci : « Criez contre l'autorité et les impôts,

vous aurez toute la canaille pour vous ; et quand
vous aurez assez de cette canaille à vos ordres, il
se trouvera des hommes d'esprit qui lui mettront
un mors à la bouche, une selle sur le dos, et
monteront dessus pour aller renverser les trônes
et les empires. » Ah! si les hommes de *la grande*
fédération avaient bien connu Voltaire, ils n'auraient pas fait du marquis de Ferney le premier
saint de la révolution. Mort, ils l'ont porté au
Panthéon dans un char magnifique ; vivant, ils
l'eussent traîné à l'échafaud dans une charrette.

Malgré tout cela, me répondra-t-on, il vaudrait bien mieux que les philosophes n'eussent jamais écrit. Oui, sans doute, il vaudrait bien mieux
que les hommes fussent toujours contens, paisibles, dociles, sans ambition! et que nous fussions
encore à l'âge d'or; c'est un vœu fort honnête:
l'ignorance et l'incuriosité sont un mol et doux
chevet pour reposer une tête bien faite; mais celui
qui a dit cela était le plus curieux et le moins
ignorant des hommes de son siècle. On aura beau
faire, les écrits philosophiques existent, et si un
jour ils deviennent dangereux, ce sera la faute des
lois et du gouvernement. Les anéantir est impossible ; les proscrire, c'est leur donner une fâcheuse importance ; c'est faire soupçonner qu'on
les craint, et, aux yeux du vulgaire, la vérité se
trouve toujours dans ce que la puissance redoute.
Tel ouvrage hardi est tombé tout à plat, qui serait vanté et recherché s'il avait obtenu les hon-

neurs de la prohibition. Ces éditions multipliées
de Voltaire, de Rousseau, de Diderot, etc...... ne
prouvent pas qu'on lise davantage et que l'on
comprenne mieux ces écrivains, mais elles sont la
conséquence naturelle de la grande importance
qu'on a donnée à tous ces écrits par l'espèce d'interdit qu'on a voulu jeter sur eux. Si on ne s'en
était pas occupé, les hommes studieux auraient
profité de ce qu'ils ont d'excellent, et le peuple
n'aurait pas connu le reste. On a bien tort de
croire que la hardiesse d'un écrit suffise pour lui
donner de la vogue ; j'ai pour preuve du contraire
un fait qui n'est pas bien ancien, et dont le récit
terminera moins tristement cette discussion un
peu trop sérieuse.

Il y a quinze ou seize ans qu'un homme d'esprit et fort instruit publia un livre intitulé : *Du
Feu considéré dans l'Homme et dans l'Univers.*
La première phrase de l'ouvrage était celle-ci :
« *Dieu n'est autre chose que le calorique.* » Un
journal l'ayant citée, des hommes religieux se ré-
crièrent contre l'apparition d'un tel écrit, dans
un temps où les vrais principes de l'ordre social
commençaient à reprendre faveur. Mais un plaisant leur dit : « Eh! Messieurs, laissez l'auteur en
repos ; si son livre réussit, ce dont je doute, on
en fera bientôt un autre où l'on dira : Dieu n'est
autre chose que l'oxigène, et les deux dieux chi-
miques s'entretueront sans que le public prenne
part à la querelle. » Le gouvernement ne s'occupa

point du livre, et le dieu calorique se morfondit, à l'insu même des philosophes.

J'espère qu'on ne me soupçonnera pas l'intention de vouloir étendre aux écrits séditieux la tolérance que je réclame pour les ouvrages philosophiques. Ces derniers sont ordinairement volumineux; pour les lire et les comprendre, il faut une certaine instruction, une attention forte, l'habitude de la dialectique, l'aptitude à saisir et à concevoir les abstractions, et une connaissance suffisante du vocabulaire et du style didactique. Ajoutez à cela qu'ils ne présentent jamais une lecture amusante dans le sens que le vulgaire attache à ce mot. Les écrits séditieux ont un tout autre caractère : renfermés dans une légère brochure, dans un court pamphlet, et souvent portés sur une feuille volante, ils sont, par leur briéveté et par leur prix modique, à la portée et à la convenance d'un bien plus grand nombre de lecteurs. S'adressant aux passions et aux vices, ils en prennent le langage qui est toujours intelligible pour les esprits les plus obtus. Il ne faut ni attention forte, ni études préliminaires, ni connaissance de la dialectique pour en développer le sens ; ils amusent parce que l'homme est naturellement frondeur, ils paraissent forts de raisonnement parce qu'ils flattent les vices et les passions ; enfin, comme le dit Voltaire dans le passage que j'ai cité : « Criez contre l'autorité » et les impôts, vous aurez toute la canaille pour » vous. »

Pour achever le parallèle, ou plutôt le contraste que j'établis entre les œuvres philosophiques
et les écrits séditieux, il suffit d'ajouter que les
premières peuvent s'appliquer à tous les temps,
tandis que les autres dépendent des circonstances.
Les gouvernemens peuvent donc toujours arrêter
les effets de ces derniers, tandis qu'ils ne peuvent
plus anéantir tout ce qui existe d'écrits philosophiques ; et, en empêchant qu'on n'en produise
de nouveaux, ils ne feraient qu'ajouter au lustre
et à l'importance des anciens que l'on ferait passer
pour les derniers accens de la vérité ; et, au contraire, en laissant le champ libre aux nouveaux
philosophes, ils ne feront qu'augmenter la masse
des sophismes, des conjectures hasardées, des systèmes absurdes, et des contradictions qui se com-
battront, se réfuteront, et se *neutraliseront*, puisque ce mot est à la mode. Une page du père
Duchêne a fait plus de mal que toute la société
du baron d'Holbach.

Je n'ai pas parlé des écrits obscènes parce que
le goût en est passé. Les romans libertins n'ob-
tiendraient aucun succès. Au théâtre, le respect
pour la décence se manifeste tous les jours avec
une telle sévérité, qu'on n'y a plus à craindre
que l'excès de rigorisme. Dans la société, non-
seulement une expression obscène révolterait tout
le monde, mais les gravelures les mieux gazées y
sont proscrites par le bon goût et par le bon ton,
ce qui est encore plus sûr.

La vie littéraire de Diderot a été une palinodie continuelle. En rendant compte de l'édition de 1818, j'ai prouvé par de nombreuses citations que ce philosophe avait été souvent orthodoxe et même intolérant. La nature lui avait refusé la possibilité d'écrire avec modération, et il se jetait toujours dans les extrêmes : quand il lui prenait la fantaisie d'être religieux, il l'était avec despotisme, véhémence et dureté ; quand l'incrédulité survenait à son tour, elle ne s'arrêtait point au doute, et l'athéisme était son terme, avec quelque regret peut-être de ne pouvoir aller plus loin. Naigeon, l'ami de Diderot, ayant déclaré qu'il faut avoir beaucoup *d'étoffe* pour être athée, Diderot, qui avait beaucoup d'étoffe, devait aller jusque là. Ainsi, comme dans les fièvres intermittentes, les retours se manifestent par des alternatives de frisson et de chaleur, le fondateur de l'Encyclopédie éprouvait tour à tour des accès de dévotion et d'athéisme, ce qui a fait dire que ses œuvres présentaient continuellement le combat du génie du bien et du génie du mal.

Quelques lecteurs vont me prendre pour dupe : « Ne voyez-vous pas, me diront-ils, que ces pages si chrétiennes, si orthodoxes, et même intolérantes, étaient des concessions faites au despotisme ecclésiastique ? Il fallait vivre ; et Diderot était sans fortune. » Il fallait vivre ! J'admettrai cette excuse, quand on m'aura prouvé qu'un homme, plein d'esprit et de talent, ait pu se trou-

ver dans la nécessité d'écrire, tour à tour, pour
et contre la religion et l'État; quand on m'aura
démontré qu'il n'y avait pas d'autre moyen d'existence que de souffler en même temps le froid et
le chaud, et quand on m'aura fait voir un arrêt du
parlement qui ait condamné Diderot à se couvrir
d'un masque religieux quand il penchait vers l'a-
théisme. *Il faut que je vive* est l'excuse banale
des faiseurs de libelles. Un ministre répondit à
l'un d'eux : *Je n'en vois pas la nécessité;* le mot
est dur. Je n'imiterai pas l'homme d'État, et je
dirai au contraire : Il faut que tout le monde vive;
mais comme les censeurs les plus rigides, les lois
les plus impératives ne nous ordonnent que de
nous abstenir de l'attaque, sans jamais nous commander d'embrasser la défense, je refuserai toujours mon estime à l'écrivain qui professe hautement une doctrine contre laquelle il écrit en
secret.

Mais on veut que j'estime Diderot et que je
l'admire. Voyez quels éloges emphatiques on lui
prodigue depuis quelques années ! Non-seulement
on le présente comme un génie du premier ordre,
mais on le vante comme un homme rempli de
probité, d'honneur et de droiture. A Dieu ne plaise
que j'ose ternir une aussi belle réputation ! Je veux
même renchérir sur les louanges, pourvu que les
admirateurs prennent la peine d'éclaircir une difficulté qui rend mon assentiment impossible. Les
mêmes hommes qui témoignent tant de vénération

pour Diderot, affichent au moins autant d'enthousiasme pour Rousseau. L'auteur du *Contrat social*
est le plus sincère des politiques ; l'auteur du *Dis-*
cours sur l'inégalité des conditions, le plus sage
des philosophes ; l'auteur d'*Émile*, le plus vertueux des hommes. Or, je sais que Diderot et
Rousseau étaient amis, et l'amitié des philosophes
est toujours éclairée, sincère et solide. Pour estimer Rousseau à sa juste valeur, je ne puis donc
rien faire de mieux que de consulter Diderot, son
camarade philosophe, son émule en sagesse et en
probité. A force de recherches dans les OEuvres
de l'encyclopédiste, je trouve enfin qu'à propos
d'un vil délateur, nommé Suilius, et contemporain
de Néron, Diderot a exprimé, dans quinze pages,
sa grande estime pour l'ami Jean-Jacques. Voici
les traits les plus saillans de ce beau panégyrique.

« On m'a dit que ma sortie (contre Suilius)
s'adressait à Jean-Jacques Rousseau ; ce Jean-
Jacques a-t-il fait un ouvrage tel que celui que je
désigne ? a-t-il calomnié ses anciens amis ? a-t-il
décélé l'ingratitude la plus noire envers ses bien-
faiteurs ? a-t-il déposé sur sa tombe la révélation
de secrets confiés ou surpris ?..... Je dirai, j'écrirai
sur son monument : *Ce Jean-Jacques fut un*
pervers..... Jean-Jacques n'a-t-il rien fait de pareil ?
Ce n'est plus de lui que j'ai parlé. »

Voyons plus loin si c'est bien Rousseau que Diderot a voulu désigner sous l'affreux emblème de
Suilius.

« Après avoir vécu vingt années avec les philosophes, comment Jean-Jacques devint-il antiphi-
losophe ? Diderot répond immédiatement à cette
question :

» Précisément, comme il se fit catholique parmi
les protestans, protestant parmi les catholiques,
et qu'au milieu des catholiques et des protestans,
il professa le déisme ou le socinianisme.....

» Comme il écrivait dans la même semaine
deux lettres à Genève, par l'une desquelles il exhor-
tait ses concitoyens à la paix, et par l'autre, il souf-
flait dans leurs esprits la vengeance et la révolte.

» Comme il plaida la cause des Iroquois à Paris,
et comme il eût plaidé la nôtre dans les forêts du
Canada.

» Comme il écrivit contre les spectacles après
avoir fait des comédies.

» Comme il se déchaîna contre les lettres qu'il
avait cultivées toute sa vie.

» Comme il calomnia l'homme qu'il estimait le
plus, après avoir avoué son innocence....

» Comme, en prêchant contre la licence des
mœurs, il composa un roman licencieux.

» Comme... etc... etc. »

N'est-il pas bien plaisant de voir Diderot faire
un crime à Rousseau d'avoir professé secrètement
le déisme au milieu des catholiques ; Diderot, qui
professait l'athéisme après avoir écrit vingt pages
décentes et religieuses ? et ce roman licencieux reproché à Jean-Jacques, comme si la *Nouvelle Hé-*

loïse était plus scandaleuse que *la Religieuse* et
les Bijoux indiscrets !

Maintenant, messieurs les admirateurs, j'ai besoin de vos lumières. Vous m'ordonnez de respecter ces deux grands et honnêtes philosophes ;
je suis disposé à vous obéir, mais il faut opter : si
Jean-Jacques a été tel que Diderot le représente,
je ne puis voir dans l'auteur des *Confessions* qu'un
méprisable charlatan ; si au contraire Rousseau a
été vertueux, Diderot n'est plus qu'un vil calomniateur. Je vous laisse le choix : auquel de ces deux
sages dois-je aller porter mon encens ?

Je ne me charge pas de réfuter l'un après l'autre
les principes *ultrà*-philosophiques de Diderot ; on
trouvera cette réfutation complète dans les écrits
des autres philosophes, car, comme je l'ai fait observer, ils ne sont d'accord sur rien ; mais je puis,
par un seul exemple, donner une idée de la dialectique et de la manière d'argumenter de ce profond logicien. Dans une promenade qu'il fait avec
un abbé, la conversation roule sur la peinture en
général, et sur le paysage en particulier. L'enthou-
siaste Diderot élève jusqu'aux nues le génie des
grands artistes, mais l'abbé ne voit toujours que
des hommes dans ces artistes, et il admire encore
plus le créateur. Notre philosophe saisit cette occasion pour donner au bon abbé une petite leçon
de matérialisme. Notez que Diderot fait les demandes
et les réponses, et qu'il suppose son interlocuteur
un peu bête, deux moyens infaillibles de triompher

dans une dispute. « Si j'avais là, dit le philosophe, un boisseau de dés; que je renversasse ce boisseau, et qu'ils se tournassent tous sur le même point, ce phénomène vous étonnerait-il beaucoup ? — Beaucoup. — Et si tous ces dés étaient pipés, le phénomène vous étonnerait-il encore ? — Non. — L'abbé, à l'application : ce monde n'est qu'un amas de molécules *pipées* en une infinité de manières diverses. Il y a une loi de nécessité qui s'exécute sans dessein, sans effort, *sans intelligence*, sans progrès, sans résistance, dans toutes les œuvres de la nature. » Plus loin, Diderot conclut que le bel ordre qui nous enchante dans l'Univers *ne peut être autre qu'il n'est;* et notre bon abbé reste tout stupéfait et tout atterré d'un si terrible argument. Mais au lieu de cet abbé, si soigneusement hébété par Diderot, supposons un interlocuteur doué du simple bon sens, et qui eût répondu : Une infinité de molécules, *non pipées*, ne produiraient que le chaos ; une infinité de molécules, *pipées avec intelligence,* produiraient l'ordre; mais qui est-ce qui a fait les molécules, et qui est-ce qui les a pipées? » Je serais curieux de savoir quelle eût été la réplique du philosophe.

Par condescendance pour les admirateurs du grand homme, je veux bien, malgré ce que j'ai dit plus haut, leur concéder que la nécessité exprimée par *il faut que je vive,* l'ait contraint à écrire tour à tour avec sagesse et avec audace ; j'irai même jusqu'à lui pardonner le petit calcul par lequel il se faisait payer comme orthodoxe, et vanter comme esprit fort. Mais, sur les sujets qui n'intéressent ni la religion, ni le gouvernement, ni la morale publique, dans les écrits sur les beaux-arts, par exemple, pourquoi Diderot s'est-il contredit sans cesse, comme dans ses œuvres philosophiques, pourquoi n'a-t-il pas écrit une page qui n'ait été démentie par les pages suivantes ? Il n'y a point ici de *il faut que je vive*, et son libraire n'a pas stipulé dans son marché que Diderot lui livrerait quatre ou cinq volumes de contradictions. Il ne reste donc plus qu'à prouver que ces contradictions existent, qu'elles sont évidentes, choquantes et absurdes. Le lecteur jugera de l'étoffe par les jolis échantillons que je vais lui mettre sous les yeux.

Diderot avait la plus grande aversion pour la critique ; il la regarde comme un signe évident de méchanceté. « On est plus jaloux, dit-il, de passer pour homme d'esprit qu'on ne craint de passer pour méchant. N'est-ce donc pas assez des inconvéniens de l'esprit sans y joindre ceux de la méchanceté ? » Il dit ailleurs : « Tu remues le sable d'un fleuve qui roule des paillettes d'or, et tu reviens les mains pleines de sable, et tu laisses les paillettes. » Plus loin : « Il est une certaine subtilité d'esprit très-pernicieuse ; elle sème le doute et l'incertitude. Ces amasseurs de nuages me déplaisent spécialement ; ils ressemblent au vent qui remplit les yeux de poussière. » Plus loin encore : « La sotte occupation que celle de nous empê-

cher sans cesse de prendre du plaisir, ou de nous
faire rougir de celui que nous avons pris : c'est celle
du critique. » Après des déclarations si bienveil-
lantes, on peut être certain que quand ce brave
homme entrera dans un salon d'exposition , il ne
parlera des artistes qu'avec décence et modération.
S'il plonge ses mains dans le Permesse, il n'y cher-
chera que les paillettes d'or, et il ne nous montrera
pas le sable ; il se gardera bien de ressembler aux
amasseurs de nuages, et son génie ne s'abaissera
point à la sotte occupation du critique. Voilà ce
que j'ai dû penser après avoir lu son chapitre de
la critique. Voici comment il sait observer les bienséances qu'ils s'est prescrites, quand il passe en
revue les peintres français, dans son SALON de
1767 : « Belle. Belle n'est rien. — Millet. Nul. —
Lundberg. Nul. — Le Bel. Nul.— Venevault. Nul.
—Valade. Rien.—Juliart. Rien.—Voirot. Comme
Juliart. — Amand. Je n'en ai jamais rien vu qui
vaille. — Guérin. Rien. — Parrocel. Moins que
rien. — Deshays. Mauvais. — Jollain. Rien, décidément rien. — Renon. Serviteur à M. Renon. »
Vingt autres reçoivent des complimens aussi flatteurs et aussi laconiques.

Mais peut-être, six ans auparavant, Diderot
était-il moins morose, et conséquemment plus
poli. Voyons donc le SALON de 1761 ; écoutons
l'homme qui ne ramasse pas de sable et ne cherche
que les paillettes.

« M. Nastier : Le portrait de feu madame Infante, en habit de chasse, est détestable. Cet homme-là n'a donc point d'ami qui lui dise la vérité ?—M. Hallé : Il n'y a pas, à mon gré, un morceau de M. le professeur Hallé qui vaille. » En 1765, notre juge s'exprime avec autant de grâce et d'aménité : « Bachelier : M. Bachelier, il est écrit : *Nil facies, invitâ Minervâ.* On ne viole guère d'autres femmes, mais Minerve, point. La sévère et stricte déesse vous a dit : Et lorsque vous assommez Abel avec une mâchoire d'âne, et lorsque vous saisissez notre Sauveur, bien malheureux de retomber entre vos mains au sortir de celles des Juifs, tu ne feras rien qui vaille ; on ne me viole point.— Challe : Le tableau de Challe a dix-huit pieds de large sur douze de haut. C'est ma foi une des plus grandes sottises qu'on ait jamais faites en peinture. — Valade : Nous devons, mon ami (il s'adresse à Grimm), un petit remerciement à nos mauvais peintres; ils ménagent votre copiste et mon temps. Vous m'acquitterez auprès de M. Valade..... — Desportes : Ne m'oubliez pas non plus auprès de M. Desportes. — Descamp : Encore à celui-ci la petite politesse que vous savez.— Guérin (plusieurs tableaux) : Ce sont les plus misérables chiffons. » En 1767, Diderot, toujours ennemi de la critique, dit poliment à M. Hallé : « Si vous n'en savez pas faire davantage, allez-vous-en. »— A M. Lagrénée : « Est-il possible d'imaginer rien de plus pauvre, de plus froid, de plus plat ! »— A M. Monnet : « Le Christ est malheureux en

France; il est *bafoué* par nos philosophes et mal-
traité par nos artistes. Au sortir des mains de Pierre,
il tomba dans celles de Bachelier, qui l'a livré cette
année à Parrocel, à Brenet, à l'Epicié, à Monnet
qui le tient à présent. » Mais voilà bien assez de
gentillesses philosophiques ; repoussons d'avance
la grande objection que l'on peut me faire.

Si tous ces peintres, va-t-on me dire, ont été
réellement dépourvus de talent, et si leurs ouvrages
ne méritaient pas d'autres éloges, Diderot, sans
aimer la critique, et sans tomber en contradiction,
avait bien le droit de les déclarer nuls, mauvais
ou détestables, puisqu'il les appréciait ainsi à leur
juste valeur. C'est Diderot lui-même qui va répondre à ce raisonnement : voici ce qu'il dit de
Boucher. Quelles couleurs ! quelle variété ! quelle
richesse d'objets et d'idées ! Il n'y a aucune partie
de ses compositions qui, séparée des autres, ne
vous plaise ; l'ensemble même vous séduit.... Personne n'entend comme Boucher l'art de la lumière et des ombres. Il est fait pour tourner la tête
à deux sortes de personnes, les gens du monde et
les artistes..... Ce peintre est à peu près en peinture
ce que l'Arioste est en poésie..... etc. » Observons
bien qu'il ne s'agit pas ici d'un ou de deux tableaux,
mais de toutes ses compositions ; remarquons encore que ces louanges sont générales et ne s'appliquent pas seulement à l'heureuse inspiration
d'un moment : *Personne n'entend comme Boucher*, etc..... Puis on le compare à l'Arioste, l'é-

loge que nos meilleurs artistes ne dédaigneraient
pas. Consultons maintenant la page 114 du même
volume; nous y lirons :

« BOUCHER..... que voulez-vous que cet artiste
jette sur la toile? ce qu'il a dans l'imagination ; et
que peut avoir dans l'imagination un homme qui
passe sa vie avec les prostituées du plus bas étage?...
Je vous défie de trouver dans toute une campagne
un brin d'herbe de ses paysages, et puis une confusion d'objets entassés les uns sur les autres, si
déplacés, si disparates, que c'est moins le tableau
d'un homme sensé que le rêve d'un fou...... J'ose
dire que cet homme ne sait vraiment pas ce que
c'est que la grâce, j'ose dire *qu'il n'a jamais
connu la vérité*...... » Qu'on ne dise pas, pour
justifier Diderot, que le talent de Boucher s'était
dégradé, quoique cela soit vrai. Les éloges donnés
ci-dessus étaient généraux, et ici le blâme est général; ils s'appliquent au talent même du peintre
et non pas à tels tableaux. Quand même Virgile
aurait fini par faire des vers pitoyables, on n'aurait pas le droit de dire qu'il n'a jamais connu la
grâce et la vérité. Et ce nouvel Arioste qui ne sait
pas ce que c'est que la grâce!

Passons à un exemple inverse ; voyons par quel
miracle un autre peintre obtient une palinodie tout-
à-fait contraire à celle de Boucher :

« Salon de 1761. M. CHARDIN. C'est toujours
une imitation fidèle de la nature avec le faire qui
est propre à cet artiste : un faire rude et comme

heurté; une nature basse, commune et domestique.
Il y a long-temps que ce peintre ne finit plus
rien..... etc.... » Comment ce peintre, qui depuis
long-temps ne finit plus rien, mérite-t-il, *quatre
ans plus tard*, en 1765, qu'on lui crie : « Vous re-
voilà donc, grand magicien, avec vos compositions
muettes ! qu'elles parlent éloquemment à l'artiste !
on entend tout ce qu'elles lui disent sur l'imitation de la nature, la science de la couleur, et l'harmonie ! comme l'air circule bien autour de ces
objets ! la lumière du soleil ne sauve pas mieux les
disparates des êtres qu'elle éclaire..... Chardin est
si vrai, si vrai, si harmonieux qu'il se soutient,
et peut-être vous enlève à deux des plus beaux
Vernet, à côté desquels il n'a pas balancé de se
mettre. » Voilà donc ce faire rude et heurté, cette
nature basse et commune qui rivalise avec Vernet !
partout, en peinture, en littérature, en art dramatique, le grand Diderot prononce des juge-
mens semblables à ceux que je viens de rapprocher. Il en est de même des principes, comme on
va le voir.

Ce philosophe qui est devenu le coryphée de nos
indépendans en politique et en littérature, avait,
comme on s'en doute bien, la plus grande antipathie pour les règles et les préceptes. Pour élever
le drame larmoyant au-dessus de Thalie et de Melpomène, il condamne les règles d'Aristote, et les
tourne en ridicule ; s'il parle d'architecture dans
l'Encyclopédie, il se moque des règles de Vitruve;

enfin, à propos de peinture, il fait, je ne sais pourquoi, comparaître Aristote, et il dit : « Les règles ont fait de l'art une routine, et je ne sais si elles n'ont pas été plus nuisibles qu'utiles. Entendons-nous : elles ont servi à l'homme ordinaire ; elles ont nui à l'homme de génie. » Or, comme tout écrivain, tout artiste se croit homme de génie, et comme aucun ne consent à passer pour un homme ordinaire, il est évident qu'il faut briser le le joug des règles pour acquérir une grande renommée. Quel sera donc l'étonnement du lecteur quand il verra que, immédiatement après une déclaration si formelle, Diderot prescrit aux artistes six pages de règles de sa façon, qu'il exprime du ton le plus impératif, positivement ou négativement, comme : soyez terrible dans telle occasion, préférez telle chose à telle autre, sacrifiez aux grâces, même dans la peinture de la mauvaise humeur, présentez tel objet de telle façon, éclairez vos objets de telle manière, etc......, ou bien : ne me représentez jamais telle chose, n'inventez de nouveaux personnages que dans tel cas, je n'aime pas qu'Apollon poursuivant Daphné soit respectueux; quand même la nature est sèche, l'art ne doit pas l'être, etc.........

Mais Diderot, me direz-vous, ne se contredit point : il veut que l'on suive ses propres règles, et il ne proscrit que les règles d'Aristote. Vous vous trompez, car il fait revenir à Aristote, et il ordonne aux artistes de suivre fidèlement les règles

de ce philosophe grec : « Comme la poésie dramatique, dit-il, page 184, l'art a ses trois unités, de
temps, de lieu et d'action. » Vingt lignes dévelop-
pent ce précepte. Voyez ensuite l'article COMPOSI-
TION du Dictionnaire encyclopédique, vous y lirez : « Le peintre est assujetti dans sa composition
aux mêmes lois que le poète dans la sienne, et
l'observation des trois unités d'*action*, de *lieu* et
de *temps*, n'est pas moins essentielle au peintre
historique qu'au poète dramatique. » Six pages sont
employées à démontrer la nécessité de s'astreindre
à ces règles d'Aristote, dont Diderot s'est tant
moqué, et qui ne conviennent qu'aux hommes
ordinaires. Ici, j'interpelle encore les admirateurs
de l'Encyclopédie, et s'il faut que je me soumette
à ses décisions, que l'on me désigne au moins celles
qui doivent me servir de lois; mais je devine :
Diderot a seulement voulu dire : « Esclaves, assu-
jettissez-vous aux règles, Diderot seul a le droit de
les enfreindre. »

Mais enfin Diderot avait un grand talent! Je l'a-
voue; je reconnais même que la nature lui avait
départi toutes les qualités qui pouvaient en faire
l'un des écrivains les plus estimables, mais Diderot les possédait *virtuellement*, et non pas
formellement; il les a du moins presque toutes
perverties par l'usage qu'il en a fait. Oui, ce philosophe avait une instruction profonde et variée,
beaucoup d'imagination, de l'originalité, de l'enthousiasme; par une espèce de prodige, il a souvent

du coloris, malgré la rudesse et l'incorrection de son style ; c'était enfin un homme d'esprit, de talent, de génie même, et, en vérité, c'est dommage.

SUR LA CRITIQUE.

De tout temps la critique a chagriné les auteurs ; de tout temps les auteurs ont maudit la critique. La censure littéraire est si ancienne, que les gens de lettres devraient y être habitués ; ils s'en étonnent cependant comme si elle était une chose nouvelle. L'esprit de critique est né avec l'homme et ne meurt qu'avec lui. Les plus grands écrivains ont été censurés : les plus grands hommes n'échappent jamais entièrement aux traits malins de la langue ou de la plume ;

> Et la garde qui veille aux barrières du Louvre,
>   N'en défend pas les rois.

C'est à ce prix qu'on achète le bonheur idéal de s'élever au-dessus du vulgaire.

Or, si les plus grands hommes ont été soumis à la critique, il me semble que ceux qui ne brillent que d'un éclat médiocre n'ont pas trop bonne grâce de se mettre en fureur quand on ose leur reprocher quelques défauts. Auraient-ils trop d'amour-propre? Non : je pense au contraire qu'ils n'en ont pas assez. Que ne prennent-ils le parti de s'assimiler aux grands personnages qui ont été comme eux le but de la médisance et les objets de la critique? Qui leur défend de s'enorgueillir de ce qu'ils nomment une persécution? Que les écrivains deviennent fiers à raison du mal qu'on dit de leurs ouvrages : ce sera un bon tour à jouer aux critiques, si l'intention de ces derniers est d'humilier les auteurs.

Certes, ce n'est pas d'aujourd'hui que la critique s'exerce contre les talens en tout genre, ou contre les hommes qui ont peu de talent. Si l'on voulait remonter à la source, il faudrait dater du moment où un homme a parlé pour la première fois ; car sans doute celui qui l'écoutait l'a contredit, et conséquemment l'a critiqué : ainsi l'on peut dire que le second homme fut le premier critique. Homère n'a pas seulement eu ses aristarques, il a eu des zoïles ; mais il faut convenir aussi qu'un aristarque est toujours un zoïle aux yeux de l'auteur critiqué. La sotte critique a opposé à Virgile les Bavius et les Mœvius ; la saine critique a reproché au cygne de Mantoue les défauts de ses six derniers chants. Eschyle, le créateur du théâtre grec, ne put supporter la critique des Athéniens et la gloire naissante de Sophocle ; il se retira à la cour d'Hiéron, où il reçut des honneurs et des critiques.

Mais sans nous perdre dans l'antiquité, rapprochons-nous de nos meilleurs écrivains, et tâchons

d'en trouver un seul qui ait joui d'une réputation
sans tache, et d'un ciel sans nuages. Molière,
malgré son génie, malgré la protection du monarque, fut, plus que personne, en butte aux
traits de la censure. Je ne parle pas ici des *pré-
cieuses*, des mauvais juges, des faux dévots qui
lui suscitèrent une guerre cruelle, mais des critiques littéraires dont il fut accablé. S'il donnait *le
Misanthrope*, c'était un ouvrage *froid, ennuyeux
et sérieusement ridicule*. Boileau fut obligé d'employer son éloquence pour persuader à Molière
qu'il n'avait pas eu tort de faire cet ouvrage. S'il
faisait ensuite *le Médecin malgré lui*, pour soutenir *le Misanthrope* qui tombait, les écrivains
criaient à la farce et au scandale! Il marchait donc
toujours entre ces deux écueils : ou ennuyer le
public pour satisfaire les gens de goût, ou choquer
les gens de goût pour amuser le public. Mais on
ne se borna pas à lui reprocher ce qui était repro-
chable; on l'accusa d'avoir pillé les *pantalonnades
de Venise*, pour en composer ses comédies; et
l'on poussa l'impudeur jusqu'à le nommer publiquement et par écrit, *le grand maître en fait de
sottises*.

Corneille ne fut pas plus heureux. Ses chefs-
d'œuvre furent attaqués avec acharnement dans
un temps où l'on n'avait pas encore vu de chefs-
d'œuvre dans ce genre. *Polyeucte* fut l'objet de plus
de critiques qu'un auteur moderne n'en éprouve-
rait quand il ferait vingt tragédies. Un ministre

puissant se déclara chef de cabale contre l'auteur du *Cid*, et l'Académie reçut ordre d'examiner cette pièce, c'est-à-dire de la blâmer. Scudéry enfin, *le bienheureux Scudéry*, disait avec orgueil que ses tragédies valaient mieux que celles de Corneille, et il citait pour preuve qu'il y avait eu *des portiers tués* aux représentations de ses pièces : honneur que Corneille n'avait jamais obtenu.

Racine fut encore plus persécuté, et fut aussi bien plus sensible à la persécution. On osa dire, écrire que son style était, comme *l'eau d'orge, doux et plat*; qu'il n'avait que *des hélas de poche* pour toute expression ; qu'il marchait comme un pédant accompagné de *mesdemoiselles ses règles*; qu'il avait *pour Euripide une admiration de collége*; et qu'au total cependant il était un *garçon d'esprit*. Je ne parle pas de la cabale que l'on suscita contre sa *Phèdre*, cabale où les personnes les plus illustres ne rougirent pas de s'enrôler, où le grand Rousseau même prit parti pour Pradon. Il suffit de dire que les choses allèrent au point d'écrire à l'auteur des billets doux en forme de sonnets, où l'on se proposait de le corriger, non par la critique, mais

> Par des coups de bâton donnés en plein théâtre.

Racine, abreuvé de dégoûts, voulut renoncer à cette pénible carrière, et se faire chartreux; ce qu'il y a de plaisant, c'est qu'après s'être décidé à prendre un parti désespéré, il se maria. Heureusement il reprit sa plume, et il fit *Athalie*.

Qui plus que Voltaire a été critiqué? on ferait un volume des noms seuls des hommes qui ont censuré ses ouvrages; mais si l'on a dit bien du mal de lui, il l'a bien rendu, et sa vie littéraire n'a été qu'un flux et un reflux de critiques et de satires réciproques.

Dans un autre genre, La Bruyère fut cruellement déchiré, dès que l'impression le fit connaître : le chartreux Argonne, connu sous le nom de Vigneul-Marville, nous donne un échantillon des injures que le livre *des Caractères* valut à son auteur.

Fénélon même, l'aimable Fénélon, n'a-t-il pas trouvé des ennemis de son ouvrage, à la cour, à la ville, à l'église, et jusque sur le trône? Mais à quoi bon multiplier les citations? Ouvrez un dictionnaire des hommes illustres, et vous y trouverez l'histoire de la critique plus que celle des auteurs dont on y fait mention.

Qu'est-ce que tout cela prouve, me diront les ennemis de la critique? Je leur répondrai ce que leur répondrait Montaigne : Cela prouve que toute chose en ce monde a son oui et son non. Dès qu'un ouvrage sollicite pour son auteur l'admiration publique, il éveille en même temps l'attention, la discussion et quelquefois la malveillance. Celui-ci veut examiner à quel point la réputation de l'auteur est juste; celui-là veut simplement séparer des choses vantées celles qui ne méritent pas de l'être; un troisième s'élève indistinctement contre tout l'ouvrage, par ce seul droit qu'ont tous les hommes d'accorder ou de refuser leur admiration aux productions de l'esprit. Dans ce cas, le seul parti à prendre pour un auteur, est d'accabler la critique par des succès mérités. Il ne suffit pas de conquérir une réputation, il faut plus de soins et de travail pour la conserver ; il en faut bien plus encore pour légitimer celle que l'on a usurpée par un ouvrage médiocre. Si un auteur de mérite voulait qu'on respectât même ses défauts, il arriverait qu'on aurait la même indulgence pour les défauts des autres, et il serait le premier à solliciter la sévérité de la critique, pour n'être pas confondu avec les écrivains médiocres. Car, ne nous y trompons pas, ce n'est point la critique en elle-même qui choque les auteurs, mais bien celle qui les touche personnellement. Aucun ne dit : ne critiquez pas ; mais chacun dit : ne me critiquez pas.

Racine qui souffrait impatiemment toute censure, y devenait moins sensible quand il en avait triomphé. Après le succès contesté de *Britannicus,* il ne se vengea de l'injustice de ses juges que par cette phrase bien modérée de sa préface · « Il est » arrivé de cette pièce ce qui arrivera toujours des » ouvrages qui auront quelque bonté : les critiques » se sont évanouies, la pièce est demeurée. » Fontenelle fit peut-être encore plus sagement. Un de ses détracteurs vint un jour lui demander pardon du libelle qu'il avait fait contre lui : le voilà, répondit Fontenelle, en montrant la brochure ; mais il ne m'a point fâché, car je ne l'ai pas lu.

On se donne maintenant beaucoup de mouvement pour nous persuader que la critique doit être honnête, et qu'il y faut respecter les personnes. Cette vérité est tellement démontrée, qu'il était inutile de s'étayer de tant de raisonnemens ; elle est reconnue même de ceux qui s'en écartent quelquefois. Il y a plus ; la critique trop âcre manque son but : car le lecteur, prémuni contre son injustice, devient d'autant plus indulgent pour l'auteur, qu'on voulait le rendre plus sévère.

Quoique je regarde la censure littéraire comme très-utile à l'art, et même à l'artiste, je n'adopterai point l'opinion du P. Ducerceau, qui a disserté longuement sur le degré d'emportement que l'on doit permettre aux gens de lettres. Il prétend que leur commerce fréquent avec les anciens, qui n'étaient pas polis, doit les faire excuser quand ils manquent aux bienséances. Il cite Cicéron, qui osait bien, en plein sénat, traiter de stupide, de bête brute, d'insensé, et de pis que cela, Pison, homme consulaire d'une illustre naissance. Il donne une autre raison un peu meilleure : elle est fondée sur l'inconséquence du public, qui semble exiger dans un auteur de la politesse et de la modération, et qui cependant achète et lit de préférence les écrits piquans, malins, et *fortement assaisonnés.* On ne demande guère, dit-il, s'il y a de la solidité dans le raisonnement, de la sagesse dans le style ;

mais s'il y a du sel, de la vivacité, de la malignité et de l'agrément.

Malgré le P. Ducerceau, nous n'approuverons jamais les Garasse, les Saumaise, les Scaliger; et Cicéron même n'eût pas été moins bon orateur quand il n'aurait pas traité Pison de bête brute et d'insensé.

Au reste, la critique existera tant qu'il y aura une littérature. Et quelle littérature aurions-nous si tout passait sans examen? Ce qu'il y a de consolant pour les gens de lettres, c'est que les critiques se critiquent entre eux; ce qui arrive vraisemblablement aux auteurs mêmes. Enfin nous terminerons par ce dilemme difficile à rétorquer : Si la critique est injuste, l'ouvrage l'étouffera; si elle est juste, il y aurait un peu trop de despotisme à la condamner au silence.

L'ERREUR ET LA VÉRITÉ.

L'ERREUR passe, dit-on, et la vérité reste; l'erreur n'a qu'un temps, la vérité est éternelle; dès qu'elle se montre, l'homme est forcé de lui rendre hommage; elle triomphe de tous les obstacles; elle confond l'erreur, le charlatanisme, et les fait rentrer dans le néant. Malheureusement il n'y a rien de vrai dans ces belles maximes sur le triomphe de la vérité. L'erreur naît avec nous, elle nous accompagne dans tout le cours de la vie ; nous la chérissons, tout en proclamant que le vrai seul est aimable ; nous combattons pour elle bien plus chaudement que pour la vérité : celle-ci ne se montre que par intervalle ; nous feignons de ne point la voir, ou de ne pas la connaître ; modeste, elle est méprisée ; impérieuse, elle révolte ; elle est bientôt éconduite ; l'erreur prend sa place, et vient, sous son nom, siéger dans nos écoles, présider à nos conseils, s'asseoir dans nos académies. Si l'on pouvait établir un impôt sur l'erreur et la crédulité, le produit de cette taxe serait la portion la plus considérable du revenu public.

DE L'ÉTUDE

DE LA PHYSIOLOGIE.

JE conçois très-bien la répugnance qu'ont les gens du monde pour les livres de médecine : le tableau des misères humaines n'est pas fort agréable ; il faut une certaine fermeté d'âme pour passer tranquillement la revue des affections cancéreuses, herpétiques, psoriques, syphilitiques, des fièvres adynamiques, ataxiques, angéioténiques, ou des mille autres *pyrexies* qui nous assiégent sous des

noms plus ou moins épouvantables; je conçois
encore mieux l'effroi que doit causer à d'aimables
sybarites un traité des maladies chirurgicales et des
procédés opératoires; je leur pardonne même leur
dégoût pour l'anatomie; l'étymologie de ce mot
est déjà de mauvais augure; c'est de la mort que
cette science reçoit ses premières et dernières leçons; et comment oserait-on parler de scalpels,
de scies, de pinces et de rugines à des hommes
qui se plaignent de la rareté des plaisirs, qui ne
comptent dans l'existence que les sensations déli-
cieuses, et qui, à l'exemple de Tibère, décerne-
raient une couronne au savant qui inventerait de
nouvelles voluptés? A plus forte raison, je me garderai de reprocher aux dames leur antipathie pour
toutes ces vilaines sciences. Jean-Jacques aurait
désiré que la médecine pût venir sans le médecin;
je connais plus d'une dame qui prendrait volon-
tiers le médecin sans la médecine; je conseille surtout à nos jolies femmes de ne jamais ouvrir un
livre d'anatomie; elles y trouveraient la triste explication de la fable de Psyché, et elles verraient
s'évanouir ces essaims de sylphes et de farfadets
dont elles se plaisent à peupler le domaine de
l'Amour.

Mais que leur a fait la physiologie pour être com-
prise dans la proscription générale? Cette science
ne parle ni de mort ni de maladie; c'est l'homme
vivant, c'est l'homme bien portant qu'elle considère, que dis-je? c'est l'homme parfait. L'être qui

22.

sort du cerveau du physiologiste a toute la plénitude de la vie et de la santé, toute la perfection des
formes, toute la puissance des organes, toute l'é-
nergie des facultés; c'est une Vénus *de Médicis*
ou une Flore *Farnèse*, c'est un Apollon ou un
Hercule : pourquoi nos messieurs dédaignent-ils
de pareils tableaux? Et (que nos dames me le par-
donnent) leur insouciance m'étonne bien davantage.

Observons, d'ailleurs, que la physiologie n'est
point une science exacte, qu'elle n'en a pas la sécheresse, et que l'imagination du lecteur peut s'é-
garer dans le vaste champ des conjectures dont
cette science est la source inépuisable. Elle a sa
métaphysique comme la philosophie; dont elle est
une branche importante ; et, grâce à la téméraire
présomption des savans qui ont voulu tout expliquer, la physiologie a été le roman autant que
l'histoire de l'homme physique. Quoique depuis
Bacon nous soyons convaincus que l'*analyse* est
le seul fil qui puisse nous conduire dans le dédale des sciences; quoiqu'on ne cesse de répéter
qu'il faut d'abord observer les faits, les constater,
en réunir un grand nombre, et ne songer à édi-
fier que quand on a tous ses matériaux, la *syn-
thèse* a tant de charmes, elle est si bien d'accord
avec notre amour-propre, qu'elle a prévalu chez
la plupart des savans, et l'on n'a jamais vu éclore
tant de cosmogonies que dans le siècle où il a été
reconnu qu'il fallait observer le monde et non pas

le créer. La physiologie a suivi le torrent ; comme Prométhée, elle a créé l'homme à sa manière, au lieu d'observer patiemment l'homme de la nature ; et cette science est encore à l'anatomie ce que les géologues sont aux minéralogistes.

DU STYLE.

C'EST le style qui a divisé la république des lettres en deux partis, et qui a préparé les succès de la faction romantique. Cette vérité n'étant pas généralement reconnue, il n'est pas inutile de l'exposer ici dans toute son évidence. Au milieu du dix-huitième siècle, la Melpomène anglo-tudesque n'avait point encore de temple dans la patrie des Corneille et des Molière, mais elle intriguait déjà pour s'y faire des partisans et pour y établir sa doctrine. Quand on sut qu'elle n'imposait aucune loi, qu'elle ne prescrivait aucune règle, qu'elle n'exigeait aucune étude préliminaire, et qu'elle ouvrait son Panthéon aux manœuvres comme aux artistes, tout l'arrière-ban de la littérature se déclara pour elle ; tous les mauvais poètes chantèrent ses louanges, et le charlatan femelle, monté sur ses tréteaux, distribuait aux badauds du Parnasse son orviétan composé de toutes les drogues possibles, à l'exception de l'ellébore. Quelle décou-

verte, s'écriaient les prôneurs! une licence absolue, une pratique sans théorie, des succès sans
talent! Est-il rien de plus admirable? Secouez vos
chaînes, prosateurs et poètes; les préjugés sont
détruits; le règne des Aristote et des Horace est
passé; vive le triumvirat de Shakespeare, Cal-
deron et Schiller! Dès-lors, quiconque avait fait
un couplet pour la fête de sa tante, un distique
pour l'*Almanach des Muses*, ou une charade
pour *le Mercure*, se déclara poète dramatique : ils
proclamèrent que l'on pouvait écrire avant d'apprendre à lire; que le génie n'avait besoin ni
d'instruction, ni d'esprit, ni de goût; que la nature était tout, que l'art n'était rien, et que, s'il
fallait des règles pour apprendre à faire des souliers, il n'en fallait pas pour composer une pièce
de théâtre. Des propositions si évidentes furent
reçues avec enthousiasme; la doctrine fut consacrée; le monstre du mélodrame s'éleva au-dessus
des égouts du boulevard: il reçut l'encens de la
multitude à la barbe de Corneille et de Molière
abandonnés, et l'époque de cette révolution fut
nommée le siècle des lumières.

Les auteurs médiocres osèrent d'abord résister
au torrent : ceux qui avaient poussé leurs études
jusqu'en *troisième*, ceux dont le style avait quelque peu de noblesse, d'élégance et de correction,
ne voulaient pas perdre le fruit de leurs veilles, et
se confondre dans la foule des prolétaires dramatiques. Mais ils sentirent bientôt l'énorme avantage

de devenir coryphées au lieu de rester choristes,
et ils se décidèrent pour le genre romantique, d'a-
près certain proverbe qui leur promettait la couronne dans le nouveau royaume.

Malheureusement la contagion ne s'arrêta pas
à la médiocrité. L'influence de l'exemple, un certain libertinage d'esprit qui s'indigne de toute con-
trainte, l'appât des succès faciles, l'avantage de
produire vingt ouvrages dans le même temps que
Racine employait à en polir un seul, et par-dessus
tout cette folie d'indépendance qui a passé de la
politique à la littérature, séduisirent le talent même,
et des hommes d'un esprit distingué, des hommes
dont le cerveau avait été organisé pour une meilleure fin, et que les Muses avaient regardés avec
complaisance, apostasièrent lâchement, et renon-
cèrent à l'honneur d'occuper le second ou le troisième rang parmi nos grands maîtres, dans l'espoir
d'atteindre au premier sur le Parnasse plébéien.
Ils se trompèrent dans leur calcul; la bonne doctrine les désavoua, et ils n'obtinrent pas les succès
de la mauvaise. Ayant voulu régulariser le désordre,
et donner une apparence *classique* à la marche du
drame tudesque, ils manquèrent l'un et l'autre
but; le mauvais goût les trouva tout aussi ennuyeux, tout aussi froids que s'ils avaient suivi la
bonne route, et le bon goût les déclara romanti-
ques par le style; c'est le style qui trace la démar-
cation. Ainsi, quand vous lirez une tragédie écrite
d'une manière barbare, des vers durs ou plats,

des phrases d'une obscurité ténébreuse, des termes impropres, des détails d'une familiarité basse
mêlée à des périodes d'une enflure gigantesque,
vous pourrez prononcer hardiment que l'auteur
d'un pareil ouvrage est un partisan du romantique, et qu'il sera digne de faire des mélodrames
quand il aura totalement oublié la grammaire et
perdu le peu de goût qui lui reste. Règle générale :
tout écrivain qui n'a pas fait d'études, qui ne sait pas
sa langue, et qui fait de mauvais vers, est romantique de cœur et d'affection ; et tout homme qui a
de l'instruction, du goût et du style, est fidèle
aux Muses légitimes. Or, il me semble que la question devrait être jugée.

SUR LES POËMES EN PROSE.

JE vais aborder une question qui a déjà été dé-
battue, mais à laquelle je crois pouvoir ajouter
quelques observations nouvelles. On se demande
encore *s'il peut exister des poëmes en prose* : ce
point de littérature n'est donc pas bien éclairci,
puisqu'il peut encore être l'objet d'une discussion? Je le crois assez intéressant pour être examiné de nouveau.

Les partisans des poëmes en prose se fondent
sur l'opinion des anciens : ils ont en effet, chez

les Grecs, des autorités nombreuses et respectables ; mais il me semble qu'on s'est étrangement trompé en appliquant à la langue française des principes qui n'ont de justesse que pour la langue grecque, et dont les exemples n'ont pas été imités par les Latins. Je vais d'abord reproduire, dans toute sa force, l'opinion des Grecs sur ce qui constitue la poésie.

Aristote nous dit que l'épopée peut être écrite en prose ou en vers, indistinctement. Denis d'Halicarnasse ne dit pas précisément la même chose, mais il avoue qu'un discours en prose peut ressembler à un poëme écrit en vers. Strabon ne fait aucune différence des vers et de la prose ; il nous dit même qu'originairement les mots *dire* et *chanter* signifiaient la même chose.

A ces autorités, nous pouvons ajouter que Platon était appelé l'Homère des philosophes, parce que son style était plein de magie et de poésie. Aristote remarque en effet que ce style était *entre la prose et les vers* : c'est bien ce que nous appelons une prose poétique. Nous savons d'ailleurs que Cadmus ; Phérécide et Hécatée furent les premiers qui s'affranchirent des entraves de la versification (mais je dirai plus bas en quoi consistaient ces entraves) ; au reste, ces écrivains conservèrent dans leur prose tout ce qui caractérise la poésie.

On ne se serait peut-être jamais occupé, en France, de cette opinion des Grecs, si le *Télémaque* n'avait pas fourni l'occasion de la renou-

veler. Boileau le regardait comme une imitation
de l'Odyssée, et il désirait qu'Homère entier fût
traduit de cette manière. La plupart des écrivains
qui parlèrent de cet ouvrage, le comparèrent à un
poëme, et l'on s'était habitué à le considérer comme
tel, quand Voltaire et M. de La Harpe ont déclaré qu'il ne pouvait exister de poëme en prose.
Ce jugement n'a pas paru décisif, parce que Voltaire pouvait être jaloux du Télémaque, et parce
que M. de La Harpe passait alors pour le singe de
Voltaire.

D'après ce court exposé, il semble qu'on puisse
écrire le poëme en prose, puisque toute l'antiquité, tout le siècle de Louis XIV, à l'exception
de Faydit et Gueudeville, et tout le dernier siècle,
à l'exception de Voltaire et La Harpe, ont pensé
que la belle prose, comme les vers, pouvaient
constituer l'épopée.

Un traducteur italien du Télémaque a été bien
plus loin; non-seulement il cite Aristote, Denis
d'Halicarnasse et Strabon, pour prouver que la
prose peut être substituée aux vers dans un poëme,
mais il pousse l'enthousiasme jusqu'à dire qu'Homère a de la chaleur sans éclat, que Virgile a de
l'éclat sans chaleur, et que Fénélon réunit dans
le Télémaque le plus vif éclat à la chaleur la plus
vive. Voilà donc un poëme en prose au-dessus de
l'Iliade et de l'Énéide!

Je pense que cette discussion n'aurait jamais
eu lieu si l'on avait bien réfléchi sur la nature de

la langue grecque. Elle était éminemment poétique et musicale ; et *la prose n'y différait de la poésie que par le mètre ou la mesure*. L'analogie que l'on a cru voir entre le *mètre* et le *rhythme* a causé l'erreur des modernes, et leur a fait penser que l'on pouvait appliquer à la prose française tout ce que l'on a dit de la prose grecque.

Il faut observer d'abord qu'il n'existe dans la langue grecque aucun mot qui traduise littéralement ce que nous entendons par *vers* et *versification*. Tous les mots grecs qui y ont rapport, peuvent s'appliquer à la prose. *Epos*, dont nous avons fait *épopée*, ne signifie que discours ; et le mot *stichos*, qu'on nous donne pour l'équivalent de *versus*, *vers*, ne présente que l'idée de l'ordre et de l'arrangement. Ce qu'il y a de plus remarquable encore, c'est que dans cette langue, le mot *prose* ne peut s'exprimer que par une périphrase, *pézos logos*, langage commun, ordinaire.

Le *rhythme*, que les modernes confondent mal à propos avec la mesure, était commun à la prose et à la poésie. Dans le *Traité du Sublime* de Longin, *chapitre de l'arrangement des mots*, on peut voir quel était l'empire du rhythme dans la prose grecque. Ce rhéteur prenant pour exemple un passage de la harangue de Démosthène, *de coroná*, nous fait remarquer l'harmonie qui résulte du rhythme dactylique employé par l'orateur. Boileau a trouvé cette démonstration *si étrangère à la langue française*, qu'il l'a exclue de sa traduction, et

l'a rejetée *dans les remarques.* Dacier s'est étendu,
au contraire, sur l'harmonie de ce morceau, et il
le transcrit en marquant la *quantité* des syllabes :
il cite même Quintilien relativement à ce passage.
Dans le même chapitre XXXII, Longin accorde
à l'arrangement rhythmique des mots, un pouvoir
qu'il est impossible de supposer dans notre langue;
il va jusqu'à nous citer des pensées communes et
mêmes triviales, qui, par le tour musical de la
phrase, deviennent extrêmement agréables.

Voyons maintenant en quoi consiste la différence du *rhythme* et de la *mesure.* Tous nos dic-
tionnaires confondent ces deux mots ; et de cette
fausse identité, l'on a conclu plus faussement encore que la prose poétique pouvait se passer de
rhythme, parce qu'elle n'avait pas de *mesure.* Le
mètre ou la mesure règle le nombre des syllabes
qui doivent constituer un vers, et la *quantité* de
chacune de ces syllabes ; mais le rhythme n'est
autre chose qu'un *retour périodique et méthodique
des mêmes valeurs, dans le même temps et à la
même place.*

Le vers hexamètre, par exemple, est constamment mesuré, puisqu'il est toujours composé de
six *pieds,* dont chacun renferme ou deux *longues,*
ou une longue et deux brèves ; mais il n'a de
rhythme que dans ses deux derniers pieds, puisqu'il n'y a que ceux-là qui soient invariablement
un dactyle et un spondée, dont l'ordre ne dépend
pas du goût ou de la volonté du poète.

Dans les vers lyriques, au contraire, soit d'A-
nacréon, soit d'Horace, la même quantité, et
conséquemment le même rhythme, se retrouvent
dans tous les vers de même nature. Deux exemples
éclairciront cette assertion. Ce vers :

Extinctum nymphæ crudeli funere Daphnim, etc.,

est un vers hexamètre ; celui-ci en est un également :

Quadrupedante putrem sonitu quatit ungula campum.

Cependant ils ne se ressemblent point pour le
rhythme, quoiqu'ils aient la même mesure ; et un
musicien ne pourrait leur appliquer la même
phrase musicale. Mais ce premier vers de la première ode d'Horace

Mœcēnās ătăvīs ēdĭtĕ rēgĭbŭs.

nous offre un rhythme qui sera constamment suivi
dans tous les vers de la même ode ; les brèves et
les longues s'y retrouveront à la même place ; tous
les pieds y seront remplis des mêmes valeurs, dans
le même ordre, et la phrase musicale appliquée à
ce vers, pourra convenir prosodiquement à tous
ceux qui le suivront.

Il résulte de ceci que le rhythme poétique peut
se passer de la mesure, et conséquemment convenir à la prose ; et que la mesure peut se passer
de rhythme, puisque les vers hexamètres en sont
affranchis. Le rhythme, chez les anciens, était
donc un ornement de la prose, puisque Longin

l'exige comme une condition de l'éloquence ; et Quintilien dit très-clairement : *Quand la période commence par une espèce de rhythme, elle doit continuer ce rhythme jusqu'à la fin.*

La prose grecque était donc éminemment poétique, et même musicale : tous les mots y avaient une *quantité* précise, toutes les phrases une prosodie et un rhythme ; tandis que le vers homérique même n'avait pas toujours ce dernier avantage, puisqu'Aristote lui donne le nom de *psilometria*, qui signifie mètre nu, sans ornement, et qui semble le rapprocher de la prose. M. Gail, dans sa traduction de Théocrite, fait remarquer que ce poète a souvent rhythmé ses vers hexamètres, en donnant aux premiers pieds le mouvement dactylique, que les règles ne prescrivent point. Ainsi, j'ai eu raison de dire que chez les Grecs le *mètre* seul faisait la différence de la prose et de la poésie ; et cette différence paraissait si peu importante, qu'Aristote, Denys d'Halicarnasse et Strabon, n'ont pas fait de la *mesure* une partie essentielle de l'épopée.

Mais tous ces principes peuvent-ils bien s'appliquer à notre langue ? timide dans ses tournures, réservée dans ses expressions, sobre de figures et de métaphores, sage jusqu'à la pruderie, elle n'a qu'une prosodie à peine sensible et une *quantité* mal déterminée. Le *rhythme* lui est absolument inconnu ; car si un rhéteur nous commandait de procéder par iambes, trochées, anapestes ou dactyles, nous ne pourrions pas le comprendre. Que lui reste-t-il donc pour distinguer sa poésie de sa prose ? La mesure, la césure et la rime. En s'affranchissant de ces trois dificultés, on ne peut jamais écrire que de la prose, et conséquemment on ne doit pas prétendre au titre de poète. La prose grecque, au contraire, possédait tous les avantages de la poésie, hors la seule mesure ; ainsi l'opinion des Grecs sur l'épopée ne peut pas autoriser nos faiseurs de poëmes en prose.

DES PLAISANTERIES TRADUITES.

La plaisanterie consiste presque toujours dans l'expression, et une expression trouve bien rarement dans deux langues des termes équivalens. La plaisanterie résulte souvent aussi d'une équivoque, d'une acception bizarre, d'un sens détourné, d'une allusion à certains usages, d'un rapport à des circonstances, à des localités connues d'un seul peuple, d'un rapprochement forcé de termes antipathiques ; tout cela peut-il se rencontrer avec la même exactitude et la même symétrie dans un autre idiome, et chez un autre peuple ? Un Chinois se déchausse dans la rue et met son pied dans la boue pour vous saluer plus poliment ; des Indiens préfèrent les dents noires aux blanches, parce que les blanches ressemblent à des dents de chien ;

une Abyssinienne vous montrerait toute la partie
inférieure de son corps plutôt que de vous laisser
voir sa bouche ; un Turc s'accroupit pour faire
certaine chose que nous faisons debout ; un Juif
se balance et s'agite en disant ses prières, et il lève
son habit par derrière pour se débarrasser de ses
péchés ; telle dame anglaise qui, au théâtre, s'a-
muse des gaillardises des Congrève, des Cibber,
des Wicherley, rougira jusqu'au blanc des yeux
si vous avez le malheur de désigner par le mot
propre la partie de l'habillement de l'homme
qu'elle nomme *le petit vêtement;* telle chose serait
donc capable de désopiler une rate parisienne,
qui ne dériderait pas la face d'un mamamouchi,
d'un mandarin ou d'une lady.

Il a fallu être Molière pour reproduire avec
succès quelques plaisanteries d'Aristophane ; mais
*les Nuées, les Grenouilles, les Guêpes, les Che-
valiers,* et même *le Plutus,* seraient impitoyablement sifflés sur nos théâtres. Les érudits seuls y
riraient par devoir. Lucien et Apulée ne nous pa-
raîtraient pas aussi plaisans qu'ils le furent pour
les lecteurs du deuxième siècle ; j'ai ri comme un
fou en lisant *Il Ricciardetto* de Fortiguerra, et ce
poëme m'a paru fort insipide en traduction. Si le
Don Quichotte de Cervantes fait exception, c'est
parce qu'il est un véritable roman, et que les actions sont toujours les mêmes dans quelque idiome
qu'elles soient racontées, tandis que les traits d'esprit s'émoussent en passant d'une langue à une

autre. Mais voici un exemple bien plus frappant
et bien plus décisif :

Pendant la guerre civile qui conduisit Charles Ier
à l'échafaud, Samuel Butler composa le poëme
d'Hudibras, ouvrage dans lequel il tournait en ridicule les presbytériens, les indépendans, et tous
les hypocrites politiques ou religieux qui, trop
fiers pour obéir à un roi, portaient la livrée de
Cromwell. Voltaire, juge très-compétent en bonne
plaisanterie, disait d'Hudibras : « C'est, de tous les
livres que j'aie jamais lus, celui où j'ai trouvé le
plus d'esprit ; c'est Don Quichotte et la Satire Mé-
nippée fondus ensemble. § Le succès que ce poëme
obtint en Angleterre, la réputation qu'il a con-
servée, l'éloge qu'en faisait un homme tel que
Voltaire, devaient singulièrement piquer la curiosité des Français, très-portés alors à l'an-
glomanie. Eh bien ! une traduction en vers du
fameux Hudibras parut en 1757 et ne produisit
aucun effet. M. Jombert vient d'en publier une
nouvelle édition en 1819, et je crains bien que
Voltaire n'ait encore un démenti. Un échantillon
suffira pour faire apprécier la traduction de ce
livre, le plus spirituel que Voltaire ait jamais lu.
Je choisis un morceau saillant, c'est le portrait
d'Hudibras :

> Son dos comme un fardeau faisait
> Que sous lui-même il se courbait ;
> Car ainsi que portait Énée
> Son père dans Troie embrasée,

Hudibras portait sur son dos
De ses fesses tout aussi gros
Qui lui remontaient par derrière
La tête, faute de croupière;
Et pour contre-poids, par devant
Était un ventre à l'avenant,
Dont, sans faire grande dépense,
Il avait soin d'emplir la panse
De lait, de fromage, ou de fruit,
De maison des champs le produit,
Et d'autres choses, qu'à notre aise
Nous vous dirons, ne vous déplaise;
Quand ses chausses on décrira
Le magasin s'y trouvera.

Voilà d'étranges vers sans doute ; mais ne vous effrayez pas, il n'y en a que vingt-six ou vingt-sept mille de la même force.

DU GENRE OSSIANIQUE.

PAR quel caprice de la mode, par quelle aberration du goût, a-t-on si long-temps délaissé la belle et noble antiquité pour répéter les tristes complaintes du barde Ossian, ou plutôt du barde Macpherson? Dans toutes ces poésies, les mêmes images se reproduisent avec une fastidieuse uniformité. J'y vois sans cesse les rocs du Morven, les quatre pierres des tombeaux, les pâles rayons de la lune, le lac immobile; j'y suis assourdi par les vents du nord, par les vents d'automne, par

la tempête qui gronde dans les cimes des vieux
chênes, par le souffle des hivers, par les aboie-
mens des dogues noirs, par le fracas du torrent,
par le torrent qui rugit, par des hommes dont la
voix gronde comme un torrent; j'y suis entouré
de nuages gris, de nuages noirs, de nuages flottans, d'éternels nuages; et si je lève les yeux vers
le ciel, je vois encore les ombres des guerriers
assises sur des nuages; si à ces nuages, à ces torrens et à ces dogues vous ajoutez la vague qui se
brise contre les rochers, le chevreuil qui bondit
sur la montagne, des hommes qui s'égorgent ou
qui chantent lugubrement en se chauffant près
d'un arbre abattu qu'ils brûlent par un bout,
vous aurez toute la matière poétique de ces chefs-
d'œuvre.

On a dit que les poésies erses, galliques ou os-
sianiques peignaient *une autre nature*; c'est une
erreur : elles peignent seulement une petite partie
de la nature, la partie la plus triste, et la peignent
exclusivement. On trouve des rocs, des vents,
des nuages, des tempêtes, des torrens, des tombeaux dans tous les poëmes anciens et modernes ;
mais ils y font opposition, et ne reviennent pas
sans cesse fatiguer le lecteur. Dans les chants ossia-
niques, au contraire, elles sont le fonds et la
forme, le principal et l'accessoire, le but et les
moyens. J'en demande bien pardon aux admirateurs des chevreuils, des dogues, des torrens et des
nuages, mais je ne vois dans ces poésies que la

23.

parodie des chants arabes. Les uns sont toujours près de mourir de soif, les autres d'être noyés. Ici, d'immenses déserts sont brûlés par le soleil ; là, cet astre ne paraît pas plus souvent que dans l'île de Mageroé, où les rayons solaires ne percent que de loin à loin le brouillard glacé qui l'enveloppe. D'un côté je vois courir la gazelle, de l'autre bondir le chevreuil ; ceux-ci me parlent sans cesse de sables et de palmiers, ceux-là de chênes et de bruyères ; les uns comme les autres ne peignent que les extrêmes de la nature inerte ou vivante, tandis que nos classiques puisent dans la nature entière, y trouvent toutes les couleurs et toutes les formes, et ne sont pas réduits, comme les chantres d'Écosse, à venir sans cesse pincer de la harpe en plein air, sous un ciel nébuleux et au bord d'un torrent. Je ne réfuterai pas les objections tirées du bouclier de Fingal et du char de Cuchullin : ces passages sont si visiblement imités d'Homère, que Macpherson est justement soupçonné d'être un second Onomacrite ou un autre Annius de Viterbe.

DES VERS LYRIQUES.

CHEZ les anciens, les vers étaient composés musicalement ; et quoique la nature de leur musique nous soit inconnue, le rhythme de leurs vers nous prouve qu'elle était très-régulière. Dans les vers latins, on *pèse* les syllabes ; chez nous, on se contente de les *compter*. Les vers hexamètres même, qui, cependant, n'étaient point considérés comme lyriques, présentent tous la même *somme*, quelque rapides, quelque lents qu'ils paraissent. La *quantité*, chez les anciens, n'était pas un vain mot ; sans elle, il n'existait point de vers. Cette quantité formait les *pieds ;* deux *pieds* constituaient un *mètre*, et une suite de *mètres* établissait un *rhythme*. Dans les vers lyriques, la quantité coïncidait avec le nombre des syllabes ; ainsi, chaque signe musical répondait à une *brève* ou à une *longue*, et le rhythme se composait d'autant de syllabes que de notes. Lisez cette ode en vers saphiques :

> Jăm sătīs tērrīs nĭvīs ātquaĕ dīraē
> Grāndĭnĭs mīsīt pătĕr, etc.

ou, si vous l'aimez mieux, celle-ci où les vers sont tous d'une même mesure :

> Mœcēnās, ătăvīs ēdĭtĕ rēgĭbŭs, etc.

Vous verrez que la longue et la brève, ou, si vous voulez, la *noire* et la *croche*, se trouvent partout à la même place, et que, dans tous les vers, elles suivent le même ordre, et conséquemment le même rhythme que dans le premier.

Les vers hexamètres, qui, dans leurs quatre premiers pieds, laissent la liberté d'employer, à volonté, les spondées ou les dactyles, ont cependant, dans leur tout, la même valeur, et, si j'ose

le dire , le même poids. Que deux musiciens, marquant les longues par des *noires*, et les brèves par
des *croches*, récitent ensemble les deux vers suivans :

Quādrŭpĕdāntĕ, pŭtrĕm sŏnītŭ quātīt ūngŭlă cāmpūm....
Extīnctūm nȳmphæ crūdēlĭ fūnĕrĕ Dāphnīm.....

ils procéderont régulièrement en mesure , et finiront *chronométriquement* ensemble, quoique le
premier vers renferme dix-sept syllabes, et que
l'autre n'en ait que treize ; et cependant ils obser-
veront scrupuleusement la quantité.

En français, comme je l'ai dit, nous comptons
les syllabes, et nous ne les pesons point. La *prosodie*, qui sert à déterminer les *longues* et les
brèves, est absolument inutile à notre versification.
La syllabe la plus brève, l'*e* muet même, tient sa
place dans le vers comme la diphtongue avec l'accent circonflexe. Aucune règle ne nous prescrit le
nombre de brèves et de longues qui doivent al-
terner dans les vers. Celui-ci, par exemple, qui
est si rapide :

Le moment où je parle est déjà loin de moi...

et ces deux autres :

Et des fleuves français les eaux ensanglantées
Ne portaient que des morts aux mers épouvantées ,

sont tous trois alexandrins, et réputés de la même
mesure , quoique tout soit *bref* dans le premier, et
presque tout *long* dans les autres.

Cet hémistiche

Je chante le héros...

n'a que deux longues, et cependant il forme la moitié d'un vers ; un autre hémistiche n'aura que deux brèves, et il ne comptera pas pour davantage : la quantité nous est donc inutile en versification ; nous n'avons donc point de *pieds*, et conséquemment point de mètres.

Parlons maintenant des accens. Que de volumes n'a-t-on pas écrits sur ce sujet! Chez les anciens, des accens servaient à indiquer l'abaissement ou l'élévation de la voix ; la différence de ces intonations allait jusqu'à la *quarte* et même à la *quinte*. Chez nous, aucun signe imprimé ne détermine ni l'*aigu* ni le *grave* dans l'intonation. Ces mots de grave et d'aigu, dont se servent nos grammairiens, sont dépourvus de justesse. Je demande à tout homme de bon sens si l'*à* avec l'accent grave, comme *à vous*, *à moi*, est plus bas *de ton* que le verbe *il* A *dit*, *il* A *fait*. L'accent circonflexe même ne fait pas baisser la voix ; car, quand je dis, *des pieds à la* TÊTE, j'élève au contraire ce dernier mot.

L'accent aigu ne nous sert qu'à déguiser l'*é* fermé, et si nous avions, comme les Grecs, deux caractères pour distinguer nos *e*, nous n'aurions pas besoin de l'accent aigu. Ces signes ne servent donc pas au *ton* des syllabes, mais seulement à leur caractère grammatical.

Nous avons même en prosodie des règles absurdes, parce qu'elles sont contradictoires. On nous dit, par exemple, que toute consonne redoublée rend la syllabe brève, comme *musette*, *patte*, *sotte*, *cruelle*, *nouvelle*, *couronne*, *donne*, etc. Mais on nous dit aussi que toute syllabe pénultième est longue, quand elle est suivie d'un *e* muet ; or, dans *musette*, *cruelle*, *couronne*, etc., la pénultième est longue, parce qu'elle est pénultième, et elle est brève, parce qu'elle a la consonne redoublée : comment accorder cela ? Mais, peu importe, puisque ni les accens, ni la prosodie ne règlent pas la mesure de nos vers, et qu'ils sont matériellement des vers, pourvu qu'ils aient le nombre de syllabes voulu, la césure et la rime.

L'accent tonique, qui est si utile à la poésie lyrique, n'est ni l'accent grave ni l'aigu ; il n'indique ni l'élévation, ni l'abaissement de la voix ; il coïncide quelquefois avec l'accent imprimé ; il en est séparé le plus souvent. Quelle est donc sa nature, et à quel signe le reconnaître ? Il consiste dans une certaine vibration, dans un léger effort qui se fait sentir sur la syllabe qui doit le recevoir ; c'est ce que les Latins nommaient *ictus*, le coup, parce que la voix semble donner un coup sur la syllabe qui en est affectée. Il sera plus aisé de le reconnaître que de le définir ; en voici le moyen bien simple et bien facile : tous les mots terminés par un *e* muet ont cet accent sur la pénultième syllabe, et tous les autres mots sur la dernière.

Quand je prononce les mots *vérité*, *mouvement*, *maison*, *palais*, *il ferait*, *il dira*, etc...., je fais entendre plus distinctement la dernière syllabe, sans cependant l'allonger ou la raccourcir, mais je la marque par ce léger effort, cet appui que les Latins nommaient *ictus*.

- Dans les mots, au contraire, qui sont terminés par un *e* muet, ce *coup* ne pouvant se donner sur la dernière syllabe, qui est sourde, on la porte sur l'avant-dernière, comme dans *gloire*, *père*, *âme*, *fidèle*, *sensible*, etc.... Il est aisé de voir que, dans tous ces mots, l'accent tonique est différent de l'accent imprimé, puisqu'il se trouve sans lui ou avec lui. Si nos grammairiens l'avaient connu, ils n'auraient pas décidé légèrement que, dans tous les mots terminés par l'*e* muet, la pénultième est longue, car dans *musette*, *trompette*, *nouvelle*, *sotte*, *flotte*, elle est nécessairement brève; mais ils ont senti que cette syllabe devait être plus marquée, et ils ont dit qu'elle était longue, au lieu de dire qu'elle recevait l'accent tonique. Lorsque deux personnes causent ensemble, assez loin de vous pour que vous ne puissiez tout entendre, ce ne sont point les syllabes longues ou brèves qui arrivent à votre oreille, et vous font deviner quelques phrases, ce sont celles qui reçoivent l'accent tonique. On ne peut pas même dire que cet accent dépende uniquement de la force; car, dans certains mots, tels qu'*inexprimable*, *imperturbable*, et autres, vous faites plus d'effort sur *ex* et *per* que sur *a*, et cependant c'est cet *a* pénultième qui porte l'accent et qui reçoit le *coup*.

Maintenant, quel rapport cet accent a-t-il avec la versification ? Le voici : il indique les repos, et par conséquent détermine les césures. Récitez des vers alexandrins, ou des vers *de dix*, vous verrez que toutes les césures franches sont marquées par l'accent tonique, et que cet accent manque toujours aux mauvaises césures. Dans cet hémistiche : *Je chante le héros*, c'est l'*o* qui reçoit le coup; et dans cet autre : *et par droit de conquête*, si le poëte avait supprimé la conjonction, il faudrait dire : *par droit de conquête*, et comme l'*e* muet ne peut pas porter d'accent, il n'y aurait point de césure; mais avec la conjonction, l'accent se porte sur *quê*, et l'*e* muet s'élide sur l'hémistiche suivant.

Il faut faire une autre observation. J'ai dit que tous les mots qui ne finissent pas par un *e* muet ont l'accent tonique sur la dernière syllabe ; on en concluera que les pronoms, les adjectifs, les prépositions ont cet accent, et peuvent se placer à la césure : ce serait une erreur. Ces mots ont l'accent quand ils sont seuls ou quand ils terminent une phrase, mais ils le perdent devant les mots dont ils ne peuvent se séparer. Si je dis : *ce livre est bon*, *ce vers est mauvais*, l'accent ou le coup se trouve sur *bon* et sur *vais* : mais si je dis *un bon livre*, *un mauvais vers*, l'accent quitte la dernière syllabe de l'adjectif, pour se porter sur le substantif dont il est inséparable; ainsi cette phrase :

vous donnerez un bon exemple à vos enfans, ne
serait pas un vers, parce que *bon* ne peut avoir l'accent tonique, et par conséquent former une césure.

Avant d'appliquer aux vers lyriques ces principes connus des personnes même qui n'ont jamais pensé à l'accent tonique, il est bon de déterminer ce qu'il faut entendre par le mot *césure*.

Chez nous, la césure ne coupe pas les mots,
mais elle partage les vers en deux parties seulement; elle ne se trouve pas dans un mot, mais
entre deux mots, et encore entre deux mots qui
peuvent se séparer; les vers latins comme les italiens ont plusieurs césures, les nôtres n'en ont
qu'une; chez les Latins comme chez les Italiens,
elle peut être indifféremment au second, troisième
ou quatrième pied; chez nous, elle ne change jamais de place; elle existe après quatre syllabes dans
le vers *commun*, et après six dans le grand vers.

Voyons un peu l'effet que produiraient trois césures franches dans un vers; en voici un qui les
offre :

Et par droit—de conquête—et par droit—de naissance.

Quelle est l'oreille un peu délicate qui pourrait
souffrir seulement trente vers de suite ainsi mar-
telés? De pareils vers cependant seraient excellens
pour la musique, parce qu'ils offriraient tantôt une
série de deux, tantôt de trois ou de quatre syllabes,
dont le retour périodique s'accorderait avec un
pareil rhythme musical; et l'accent tonique se trou-

vant à chaque repos, la bonne syllabe se ferait toujours entendre avec la bonne note.

Les Italiens ont une richesse qui nous est refusée. Outre les mots *piani* et *tronchi*, la langue leur offre les *sdruccioli*, c'est-à-dire les *glissans*. Ces mots sont de vrais dactyles, l'accent tonique ne s'y pose que sur l'antépénultième ; nous n'avons rien de semblable dans notre langue. Ils ont encore les *più che sdruccioli*, *plus que glissans*, parce que l'accent s'y repose sur la quatrième ou même la cinquième syllabe en commençant par la fin. Les *sdruccioli* sont agréables, et jettent une grande variété dans le rhythme, mais ceux qui excèdent ce nombre de deux brèves n'ont ni noblesse ni grâce, et il paraîtra toujours bizarre de s'arrêter sur une syllabe pour en débiter ensuite quatre autres avec vîtesse.

Bien des personnes reprochent à la langue italienne de finir presque tous ses mots par des *a*, des *c*, des *i*, ou des *o* ; ils en concluent qu'elle est monotone. C'est encore une erreur fondée sur l'ignorance de la prononciation. Il ne faut pas considérer les lettres finales, mais les sons qui résultent des syllabes toniques. Qu'importe que deux mots finissent par *o*, si ces *o* ne se font pas sentir, et s'ils ne peuvent rimer ensemble ? Nous avons une infinité de mots qui se terminent par un *e* muet : dira-t-on pour cela que notre langue est monotone ? Quoique *carte* et *porte* finissent par les deux mêmes lettres, ils ne riment point ; eh bien !

carta ne rime pas mieux avec *porta*, et *regina* ne rime pas mieux avec *corona*, que *reine* avec *couronne*. En italien, comme en français, c'est l'accent tonique qui constitue la rime.

Que faut-il observer pour faire des vers éminemment lyriques? Tout le secret consiste à distribuer l'accent tonique de manière qu'il se retrouve toujours à la même place, et qu'il revienne après le même nombre de syllabes. Par ce procédé, tous les couplets d'une chanson, toutes les strophes d'une ode, pourront se chanter sur l'air fait pour l'un de ces couplets ou l'une de ces strophes. Le poète peut fixer *ad libitum* la place de cet accent dans son premier vers; mais une fois ce rhythme établi, il faut qu'il le continue, sans quoi le musicien serait forcé de rompre son rhythme musical.

On trouve souvent l'accent tonique dans les vers de Racine, de Boileau, de Voltaire, et quelques personnes en ont légèrement conclu que l'accent tonique était connu de ces poètes, et que leurs vers conviendraient au chant; c'est une erreur grossière. Si Quinault offre quelquefois l'apparence d'un rhythme ce n'est que par hasard, ou parce qu'il a parodié quelque air de Lulli, fait avant les paroles. Sans doute l'accent tonique se trouve dans Racine; mais il se trouve aussi dans Chapelain, et il est impossible de faire un seul vers où cet accent n'existe pas. Ce n'est donc pas l'existence de cet accent, mais sa distribution métho-

dique et constante qui constitue le rhythme lyrique.
On a dit aussi que l'accent tonique se fait sentir
dans le débit des orateurs ; mais ceux qui font cette
observation confondent l'accent tonique avec l'accent oratoire qui lui est souvent associé, mais qui
en diffère souvent.

On sait que toute musique a un rhythme ; ce
rhythme est le retour constant des mêmes valeurs,
dans le même ordre. Le musicien choisit celui qui
convient au caractère du morceau, quand il n'est
pas gêné par le mécanisme des vers ; après l'avoir
suivi pendant quelque temps, il le quitte pour en
prendre un autre également régulier, quoique différent ; puis il revient au premier, ou il continue
le second selon son goût, son jugement ou même
son caprice. Quand la musique est liée à des paroles, le musicien n'est plus libre dans son choix,
et il est forcé de s'astreindre au rhythme prescrit
par le poète.

Supposons maintenant que les vers destinés à
être chantés n'offrent aucune distribution régulière de l'accent tonique, et que les repos y
soient établis sans aucun ordre, on sent tout de
suite que le musicien ne pourra continuer un
rhythme régulier sur des paroles sans régularité.
Exemple :—

Fortune—dont la main—couronne
Des forfaits—les plus inouis,
Du faux éclat—qui t'environne
Serons-nous toujours—éblouis?

Ces quatre vers sont vicieux (musicalement), parce
que, dans le premier le repos est sur la seconde syllabe, comme l'indique le chiffre ; dans le second vers
le repos est sur la troisième ; dans le troisième sur
la quatrième ; dans le dernier sur la cinquième.
Examinez tous les chiffres qui indiquent le nombre
des syllabes suivies du repos, vous trouverez
d'abord 2, 3, 2 ; puis 3, 5 ; puis 4, 4 ; puis enfin
5, 3 ; tous nombres qui n'ont aucun rapport l'un
avec l'autre, et qui, réunis, n'ont aucun rhythme,
parce que chaque vers a un rhythme différent. Que
peut donc faire le musicien condamné à chanter
de pareils vers ? Il faut qu'il choisisse entre trois
partis, ou qu'il change de rhythme à chaque instant, ce qui serait insupportable ; ou qu'il viole la
prosodie en coupant les mots, et en plaçant les
bonnes notes sur les mauvaises syllabes, ce qui
n'est guère moins vicieux ; ou enfin qu'il fasse un
chant vague, sans caractère déterminé, qui ne
fasse pas trop sentir le rhythme, et qui ne choque
pas trop la prosodie. Ce dernier procédé est le
moins mauvais ; mais il n'est pas bon, et cependant nos compositeurs se trouvent trop souvent
réduits à l'employer, parce qu'il ne leur est pas
possible de donner un ordre musical à des vers
où tous les accens sont en désordre. C'est cette
impossibilité de suivre un rhythme régulier, qui
fait regarder notre musique comme inférieure à
celle des Italiens, parce qu'en effet elle satisfait
moins l'oreille ; mais on attribue faussement ce

défaut à nos compositeurs, tandis qu'on ne devrait en accuser que la maladresse, la paresse, ou l'insouciance des poètes.

Je le répète ; les Français qui ont tant de romances et de chansons charmantes, spirituelles, pleines de douceur, de grâces ou de poésie, n'en ont presque pas une que l'on puisse chanter sans blesser une oreille délicate. Dans toutes, le rhythme musical se trouve en contradiction avec le rhythme poétique, parce que ce dernier, changeant à chaque vers, est absolument nul pour la musique. Le chanteur habile évite les grosses fautes, je le sais; mais il ne peut conserver la prosodie sans altérer le rhythme musical, et il est toujours dans la nécessité ou d'estropier le poète ou de blesser le musicien. Exemple :

O ma tendre—musette,
Musette des—amours,
Toi, qui chantais—Lisette,
Lisette et les—beaux jours, etc.

Le rhythme musical étant de 4 et 2, il aurait fallu que l'accent tonique se trouvât toujours à la 4ᵉ et la 6ᵉ syllabes ; or, nous voyons dans le premier vers cité, que le chiffre 4 se trouve sur un *e* muet qui ne peut avoir d'accent ; et dans le second vers sur l'article *des* qui ne peut former un repos, parce qu'il est inséparable du mot *amours*. Ce dé-

faut est bien plus sensible dans la fin du couplet ;
on y voit cette césure ridicule :

> D'une vaine es—pérance,
> . . . .
> Chante son in—constance, etc.

Ce qui est épouvantable pour les vrais amateurs du
chant régulier. Cependant, toutes nos chansons, et
un très-grand nombre de nos morceaux de musique
sont remplis de ces fautes que les Grétry et les
autres habiles maîtres n'évitent qu'en faisant des
sacrifices ; car, il faut le dire en passant, chaque
fois que Grétry s'est trouvé dans la dure nécessité de blesser le rhythme musical ou la déclamation, il a fait comme Molière, qui préférait un
vers boîteux à une sottise.

Après avoir dit ce que les vers lyriques ne doivent pas être, citons maintenant ceux qui sont ré-
guliers et très-favorables au chant :

> Du moment—qu'on aime,
> On devient—si doux !
> Et je suis—moi-même
> Plus tremblant—que vous.

Ici, tout est régulier ; le rhythme *de trois et deux*,
établi dans le premier vers se retrouve dans les
autres, et le musicien n'a pas été forcé d'altérer
sa phrase musicale. Dans la seconde partie de l'air,
au lieu de 3 et 2, l'auteur, pour varier, a pris le
rhythme de 2 et 3, et il l'a suivi comme le premier, de sorte qu'il a régularisé la variété même.

J'espère qu'on ne m'accusera pas de citer ces

vers et d'autres pareils, comme des beautés poétiques; il n'est ici question que de *mécanisme*;
et des vers très-médiocres, même très plats, s'ils
ont la régularité rhythmique, conviennent mieux
au chant que la plus belle poésie où les repos sont
placés au hasard. Voilà pourquoi les chœurs d'A-
thalie et les cantates de Rousseau sont moins
propres à la musique que des vers médiocres,
mais symétriquement rhythmés. Autre exemple
parfait :

> Brûlé—d'une flamme
> Qui fait—mon malheur,
> Il faut—dans mon âme
> Cacher—ma douleur;
> Il faut—que j'expire
> Victi—me du sort
> Sans même—oser dire
> Qui cau—se ma mort.

Ces vers sont d'une régularité admirable, quoique
le sixième et le huitième offrent des mots coupés
par le repos. Cette espèce de césure, qui est celle
des Italiens, est condamnée par les lois de notre
versification; mais elle suffit pour le rhythme musical, parce que les syllabes *me* et *se* étant muettes,
ne peuvent recevoir l'accent tonique, et se repor-
tent sur l'hémistiche suivant. Cette césure vaut
même mieux dans les vers lyriques que la césure
franche, parce qu'elle les morcelle moins et qu'elle
établit le repos tonique sans trop séparer les deux
hémistiches.

CONSERVATOIRE DE MUSIQUE.

C'est une heureuse alliance que celle de la musique et de la déclamation : l'idée de réunir ces deux écoles dans la même enceinte, sous une même administration, caractérise le peuple français qui veut de l'esprit dans ses plaisirs, et de la raison dans les arts même de pur agrément.

Sans la déclamation, point de musique dramatique. Ce principe, dont quelques ultramontains contestent la vérité, est confirmé par les succès durables de ceux qui l'ont suivi dans leurs compositions musicales. On peut sans doute inventer des chants très-agréables, combiner une suite d'accords savans, et produire de grands effets, sans même songer à la déclamation ; mais dès que la musique s'attache à des paroles, il est ridicule de prétendre que l'on puisse impunément en négliger l'expression, et plus ridicule de croire que des héros de théâtre seront plus nobles et plus touchans quand ils auront estropié la langue dans laquelle ils s'expriment. Il est, je le sais, des amateurs enthousiastes qui ne veulent que la musique proprement dite ; ils se vantent de l'aimer pour elle seule, et d'y trouver des jouissances inconnues au vulgaire.

Ces mélomanes brûlent d'un feu pur et sans

24.

mélange ; ils rejettent avec horreur toute idée de
déclamation ; la poésie, quelle qu'elle soit, leur
paraît indigne de s'allier à la musique ; ils veulent,
du moins, qu'on n'y fasse aucune attention, et
ils regrettent bien sincèrement qu'on ne puisse
faire des opéras sans paroles. Les vers lyriques,
disent-ils, sont, pour la plupart, au-dessous du
médiocre ; ils ne méritent donc pas que le génie
du compositeur s'astreigne à les déclamer scrupuleusement. Je leur répondrai : Je n'ai pas vu
que vous ayez eu plus de respect pour les vers de
Métastase, que vous nommez votre Racine, que
pour les misérables compositions de vos petits faiseurs d'opéras ; j'ai même vu le contraire, car,
dans vos opéras *bouffes*, qui, certes, ne sont pas
des chefs-d'œuvre de poésie, vous vous éloignez
moins de la bonne déclamation que dans vos opéras sérieux, qui, par la dignité du sujet et la noblesse des personnages, devaient vous imposer
l'obligation de parler purement votre langue. Ne
rejetez donc pas sur la médiocrité des vers lyriques les fautes impardonnables et sans nombre
que vous faites contre le bon sens et la déclamation. En vous accordant même que toutes les paroles d'opéras soient au-dessous du médiocre, dites-moi, je vous prie, les rendrez-vous meilleures
en les prononçant mal, et les chants de vos héros
seront-ils plus agréables à l'oreille quand ils pro-
sodieront tantôt avec la volubilité gasconne, tantôt
avec la lenteur normande, tantôt enfin avec la

niaiserie champenoise ? Dites plutôt que vous avez étudié la musique sans penser qu'elle dût jamais avoir besoin de la déclamation, et que vous trouvez plus court et plus facile de mépriser les paroles que d'apprendre à les exprimer. Les hommes, en général, sont portés à dédaigner les talens qu'ils n'ont pas, et les sciences qu'ils ignorent.

Quand je regarde la déclamation comme nécessaire à la musique dramatique, je suis loin de prétendre qu'elle puisse lui suffire. Une déclamation sèche et sans mélodie, quelque pure qu'elle fût, ne produirait qu'une psalmodie ennuyeuse. Cet excès serait beaucoup plus désagréable que l'excès opposé, parce qu'il serait plus ennemi du plaisir. Si de deux maux il faut choisir le moindre, il n'y a pas de doute que les spectateurs ne préférassent un chant agréable sans prosodie à un long ennui très-bien prosodié ; et je pense qu'à cet égard il est utile d'établir une distinction qui n'a pas été sentie par tous les musiciens français.

Plusieurs compositeurs se persuadent que la déclamation consiste dans la seule prosodie, et ils entendent par le mot *prosodie* ce que, dans la versification latine ou grecque, on nomme la *quantité*. Il résulterait de ce principe que, pour bien déclamer, il suffirait d'observer les *longues* et les *brèves*, ce qui rendrait l'art de la déclamation très-facile. C'est une erreur grossière, très-propre à produire de la psalmodie, mais non pas de la musique dramatique. La prosodie n'est elle-même

qu'une partie de la déclamation, et la partie ma-
térielle. Elle enseigne bien à donner aux syllabes
une durée convenue, mais elle n'indique rien relativement à l'esprit du discours, à l'élévation, à
l'abaissement, à la force, à la douceur, à la vîtesse
ou à la lenteur générale des accens et des phrases
qui conviennent soit à l'âge, soit au caractère,
soit au rang, soit à la situation du personnage.
L'esprit de la déclamation consiste quelquefois
même dans l'altération de la prosodie et dans la
violation de ses principes. La prosodie, enfin, est
à la musique dramatique ce que la grammaire est
à la littérature. Ce n'est point un mérite que de
bien prosodier; c'est une obligation; de même un
littérateur n'est point célèbre pour avoir évité des
fautes de langage; il y est expressément obligé; on
lui conseille d'être élégant, on lui ordonne d'être
correct. La déclamation ne consiste donc pas dans
la seule prosodie; et tel musicien qui marque avec
soin les longues et les brèves, peut encore faire
mille fautes contre l'esprit et le bon sens, s'il ignore
les autres secrets de la déclamation.

Il était donc, je ne dis pas utile, mais nécessaire
d'enseigner aux jeunes compositeurs l'art d'exprimer avec esprit et avec justesse les paroles qu'ils
doivent mettre en musique. L'esprit de parti, la
différence des écoles, les disputes interminables
sur les différens genres de musique, ne détruiront
pas cette vérité : *Qu'il faut bien sentir et bien ex-*
primer ce que l'on chante, et que, sans décla-

mation, il n'y a point d'expression; Italiens, Allemands et Français, quelle que soit l'opposition de leurs principes, seront nécessairement d'accord sur ce point : que la musique sera plus parfaite lorsqu'à une harmonie pure et une mélodie agréable on joindra l'art de bien exprimer les paroles; quiconque néglige l'une de ces trois parties également nécessaires, pourra bien se vanter d'être musicien, mais ne méritera jamais le titre de musicien dramatique. Toute la question, enfin, se réduit à savoir si un aussi bel art que celui de la musique doit se borner à exciter des sensations physiques, et à procurer des plaisirs purement sensuels, et si l'esprit et la raison doivent être comptés pour quelque chose dans les ouvrages de théâtre.

DES DISPUTES SUR LA MUSIQUE.

En Italie, on ne dispute pas sur la musique, mais seulement sur le mérite des musiciens; quant à l'art, tous les Italiens sont d'accord sur ce point, que leur genre est le meilleur, qu'il est le seul bon ; et ils ont raison, si le chant dramatique et le chant de concert sont et doivent être une seule et même chose. Ainsi, les amateurs de ce pays, qui sont encore plus chauds et plus enthousiastes

que les nôtres, peuvent bien se quereller sur la
prééminence de tel compositeur, mais jamais on
n'y dispute sur la musique savante, sur la musique
dramatique, ou sur la musique *ad libitum*, la plus
commune de toutes, et celle qui convient le mieux
à l'ignorance bénévole.

En Allemagne, on aime, en général, le chant
italien ; mais, comme de raison, on y vante l'harmonie allemande. Ce goût, fort raisonnable en soi,
finirait toutes les disputes, si l'harmonie la plus savante pouvait toujours s'unir au chant le plus
mélodieux, et si ces deux parties de la musique
pouvaient se soumettre à la tyrannie de la scène
sans perdre ou sans abandonner quelques-uns de
leurs avantages.

En France, on dispute sur la prééminence des
compositeurs, sur le choix à faire dans leurs chefs-
d'œuvre ; on dispute sur l'excellence de telle ou
telle école, sur les différens genres de la science
musicale, sur le chant, sur la déclamation, sur la
couleur locale, sur le système d'accompagnement,
sur la légitimité de tels ou tels accords, sur l'emploi de telles dissonances ; on dispute depuis long-
temps, on disputera vraisemblablement toujours,
et Dieu veuille qu'on ne dispute plus que sur cela !

Cette division, qui règne parmi les musiciens
comme parmi les amateurs, prouve bien certainement que nous n'avons aucun principe généralement reconnu, aucune opinion fixe sur la musique de scène : cela est si vrai, que s'il vous arrive

de dire : La meilleure musique est celle qui fait le plus grand plaisir au plus grand nombre de personnes, vous trouverez des savans tout prêts à soutenir que cette musique est précisément la plus commune et la plus mauvaise.

Nous sommes très-supérieurs aux Allemands et aux Italiens ; si le nombre, la durée et l'ardeur des disputes prouvent la supériorité du goût et des connaissances, nous l'emportons sur nos rivaux à d'autres égards : je n'ai entendu aucun Allemand mépriser Haydn ou Mozart, ou parler avec dédain de l'harmonie allemande ; en Italie, personne ne m'a vanté les Orphée de Germanie ou les Amphion de France, au détriment des Linus italiens ; mais, en France, il est de bon ton, il est de devoir et presque d'obligation de mépriser les Français. Voulez-vous passer pour un fin connaisseur ? Déchirez à belles dents tous les compositeurs français, et traitez d'ânes tous ceux qui les applaudissent. Quand un journaliste *dilettante* écrit à ses abonnés : Vous êtes de grosses bêtes d'aimer la grande musique des Méhul et la petite musique des Grétry, il se trouve réellement de bonnes et grosses bêtes qui répondent : Il a raison. Je ne conseillerais à personne de parler aussi librement au café *dell' Arco* ou à la sorbetterie *de Chiaia*.

Si la discorde règne parmi les amateurs, il faut avouer que messieurs les musiciens sont complices des boute-feux ; ils ont leurs actions, leurs clabaudeurs et leurs tambours de ville ; chacun d'eux

fait préconiser la prééminence de son genre pour
assurer ensuite celle de son talent ; ils fournissent
des argumens à leurs panégyristes qui ne sauraient
comment s'y prendre pour les louer ; ils entretiennent, ils échauffent les disputes, ils embrouillent
la question, ils redoublent l'incertitude ou l'indécision du public, et un honnête homme, assis
au parterre, n'osant se livrer aux impressions qu'il
reçoit, craignant de passer pour un sot s'il s'a-
muse contre les règles, attend l'assentiment de
ses voisins pour avouer qu'il a du plaisir.

Mais sur quoi dispute-t-on ? Sur rien ; oui, sur
rien, car ce n'est pas même une dispute de mots,
comme j'espère le démontrer bientôt ; c'est pour
prouver la vanité, la puérilité de ces disputes,
que j'écris cet article. Si je fais voir que tout le
monde est d'accord, que toutes les disputes, sou-
tenues de mauvaise foi, ne sont que des chicanes
ou des subterfuges d'amour-propre, que tous ces
genres, italien, allemand, français, mélodiste, harmoniste, savant ou conservatorien, sont des dé-
nominations vides de sens, et que tous les musiciens, sans exception, ne reconnaissent, *in petto*,
qu'un seul genre, ne sera-t-il pas évident que
l'on dispute sur rien ? Eh bien ! pour atteindre à
ce but, je ne demande qu'un peu d'attention, en
défiant toutes les arguties de la logique.

Avez-vous jamais entendu un compositeur,
quelque savant qu'il fût, prétendre qu'un chant
agréable soit un défaut en musique ? Non. Un mu-

sicien mélodiste a-t-il jamais soutenu qu'un chant
heureux et régulier puisse exister sans harmonie,
ou avec une harmonie vicieuse? Non. Le mélodiste et l'harmoniste réunis ont-ils jamais osé dire
qu'il faut dénaturer les paroles et leur donner une
expression fausse? Non, sans doute; et, si vous
demandez à chacun d'eux en particulier quelles
sont les qualités qui constituent un chef-d'œuvre,
ils vous diront tous que la juste expression des paroles, un beau chant et une belle harmonie, constituent une œuvre parfaite : ils sont donc d'accord
sur les principes; et, que nous importent les procédés de l'école, si le musicien de telle ou telle
secte n'atteint pas le but? que nous importent les
procédés, s'il l'atteint?

Étant tous d'accord, pourquoi disputent-ils?
Pourquoi, surtout, avons-nous la sottise de disputer, quereller, ferrailler, pour des gens qui s'entendent fort bien, et feignent de ne pas s'entendre?
Oh! le voici le pourquoi. La nature n'a pas départi tous ses dons à un même artiste avec une
égale profusion. Celui-ci ayant reçu d'elle la faculté de créer, trouve des chants heureux, une facilité étonnante; il n'a souvent que l'embarras du
choix; mais il est bien rare que cette libéralité de
la nature ne le rende pas un peu paresseux, présomptueux, impatient de toute gêne. Sûr de plaire
sans effort, il dédaigne souvent de s'astreindre à
l'étude et au travail; les principes lui paraissent
des conventions arbitraires, les règles des entraves

au génie; la méthode une tyrannie ridicule : il n'apprend donc que ce qui est indispensable pour écrire tant bien que mal ; et, comme il réussit par la grâce de sa musique, lors même qu'il viole les lois musicales, il cherche à se persuader, il veut persuader aux autres que la faculté de trouver des chants agréables suffit pour produire un chef-d'œuvre et pour assurer la gloire du musicien.

Celui envers qui la nature a été moins prodigue, cherche et trouve dans l'étude les moyens de compenser ou de dissimuler ce défaut. A mesure qu'il s'applique, l'art s'agrandit à ses yeux ; tous les jours il y découvre de nouvelles ressources et des beautés nouvelles : il frappe, il étonne, il charme même ses auditeurs par des effets inattendus ; ses succès égalent quelquefois ceux des musiciens les plus mélodieux ; et, fier de ne devoir ces succès qu'à son travail, il proclame hautement la prééminence de sa méthode, et il méprise les *petits chants*, se gardant bien, toutefois, d'avouer qu'il ne doit tant de gloire qu'à la parcimonie de la nature dans la distribution qu'elle lui a faite.

J'en vois un troisième qui, ne trouvant jamais que des chants communs ou des variantes de chants connus, et n'ayant qu'une harmonie tristement suffisante, se jette à corps perdu dans la déclamation. Il ne manquera jamais de poser la bonne note sur la bonne syllabe ; il appuiera sur la longue, il courra sur la brève, et il fera un chant baroque plutôt que de manquer une ponctuation.

Observateur scrupuleux de la vérité dramatique,
il s'occupera plus du poëme que de la partition, il
donnera toujours à chaque personnage, à chaque
passion, à chaque caractère, la déclamation qui
lui convient; et, comme en France on veut de
la raison jusque dans les plaisirs, mon déclamateur
réussira souvent à la barbe des mélodistes et des
harmonistes, s'il a eu l'esprit ou le bonheur de travailler sur des pièces intéressantes par elles-mêmes.
Il ne manquera donc pas de soutenir que la déclamation musicale est la partie essentielle de l'art, et
que la musique dramatique est la musique par excellence. Chacune de ses parties ayant ses avantages, et
pouvant également contribuer au succès, chacun
de ces compositeurs aura d'excellentes raisons pour
vanter la supériorité de sa méthode, mais aucun
d'eux n'avouera qu'il s'est attaché spécialement à
l'une des trois parties, parce qu'il ne possédait
pas également les deux autres. Celui qui réunira le
chant et l'harmonie ne méprisera que la déclamation, le déclamateur qui sait chanter se moquera
de la *musique savante*, et l'harmoniste déclamateur appellera *petite musique* celle où il ne trouvera que du chant et de la grâce. Celui, enfin, s'il
en existe, qui possédera les trois qualités, dira très-
certainement qu'elles sont toutes trois essentielles;
mais j'attends celui-là.

Il semble que j'aie désigné les trois classes de
disputeurs, et cependant il en est une quatrième;
c'est celle des musiciens qui n'ont rien fait, mais

qui, s'attachant exclusivement à une secte, ne vantent que ce qui sort de ce laboratoire, décrient
tout ce qui est étranger à cette école, et traitent
fort incivilement les hommes qui ont le malheur
de s'amuser dans un autre système. Sans entrer
en discussion avec eux, je leur répondrai par ce
mot de Rivarol : « C'est un grand avantage que
celui de n'avoir rien fait, mais il ne faut pas en
abuser. »

La plupart des enthousiastes et des criailleurs
en musique sont des hommes fort ignorans, car
là où il y a plus d'ignorance, il y a aussi plus d'enthousiasme. Nous ne disputons pas avec aigreur
sur les choses que nous savons, mais sur celles
que nous voulons avoir l'air de savoir. Il arrive
donc que les différens amateurs et prôneurs querellent sur la leçon que le patron leur a faite ; ils
veulent faire comprendre des choses qu'ils ne com-
prennent pas eux-mêmes ; ils prodiguent les termes
techniques qu'ils n'entendent pas ; ils s'irritent sans
savoir pourquoi, et vont quelquefois se couper la
gorge pour prouver la supériorité d'un Allemand
ou d'un Italien, sans se douter que l'Italien voudrait bien avoir fait tel morceau de l'Allemand, et
l'Allemand avoir trouvé tel chant de l'Italien. Ils
se calmeraient bientôt s'ils faisaient cette réflexion
si simple, que les hommes, en général, et les artistes, en particulier, sont naturellement portés à
vanter les qualités qu'ils possèdent, et à rabaisser
celles qui leur manquent. Les petites femmes trou-

vent aux grandes un air hommasse, et les nez re-
troussés ne peuvent souffrir ces grands vilains nez
à la romaine? N'en est-il pas de même des musiciens? et quand l'un d'eux se moque du grand nez
de son confrère, regardez, vous verrez qu'il l'a
lui-même un peu trop court.

Laissons disputer ceux qui s'en font un devoir,
un métier ou un plaisir; jouissons des beautés que
nous offrent les différens systèmes, ou plutôt les
différens talens; n'oublions pas que des trois qualités que nous exigeons impérieusement dans une
musique dramatique, celle que le compositeur veut
faire prévaloir, empêche presque toujours les deux
autres de briller également. Ces trois parties doivent se faire des concessions mutuelles, et c'est
l'occasion, la situation, qui permet alternativement
à l'une des trois de dominer sur les autres. La pièce
où l'harmonie serait toujours savante et complète
deviendrait fatigante si elle n'était pas ennuyeuse;
celle qui exigerait un chant continuellement suave
déplairait par sa douceur même, et celle qui, pauvre d'harmonie et de mélodie, se bornerait à la
déclamation rigoureuse, serait une comédie plutôt
qu'un opéra.

Je répéterai donc que tous les musiciens sont
d'accord sur les principes, que leurs disputes n'ont
aucun objet réel, et que la division entre eux ne
provient que de la différence de leurs talens : ils
auraient bientôt la même opinion sur la méthode,
s'ils avaient les mêmes moyens de plaire. Ainsi

messieurs les *dilettanti* de toutes les écoles sont
de grands fous de se passionner, de se quereller,
de se battre pour tel ou tel genre, puisqu'il n'y a
qu'un seul genre, c'est-à-dire l'union parfaite de
l'harmonie, de la mélodie et de la déclamation.
Nous avons également tort de considérer la musique de scène comme une chose simple, puisqu'ici
le mot *musique* renferme plusieurs idées : il faut
toujours s'expliquer, et dire quelle partie de la musique on prétend louer ou blâmer dans une œuvre
dramatique. Si l'on prenait le soin de faire toujours
cette distinction si nécessaire, on disputerait moins
hardiment.

Il résulte de tout ceci une conclusion bien naturelle : c'est que la musique étant une langue
universelle, il n'y a point de musique italienne,
allemande ou française ; et que la meilleure de
toutes est celle qui, dans quelque système qu'elle
soit faite, prête le grand charme, et le charme le
plus durable à l'ouvrage auquel elle est attachée.
Si l'on me conteste cette assertion, je me rangerai
du côté du musicien qui tombe le plus souvent.

DE LA CHANSON.

Si les Italiens nous refusent le mérite de bien
chanter, ils ne nous disputeront pas du moins
celui de faire des chansons spirituelles et agréables.

Nous sommes plus riches en ce genre que tous les autres peuples réunis : je ne crains pas même d'assurer que le nombre de nos bonnes chansons excède le nombre des chansons bonnes et mauvaises des autres peuples. Il y a bien long-temps que l'on chante en France ; et depuis les troubadours provençaux jusqu'aux aimables convives du Rocher de Cancale, l'amour, l'amitié, la reconnaissance, la gaieté, la malice, la haine même se sont souvent exprimés par des chansons. Le Français excelle dans tous ces différens genres : simple et tendre dans la romance, il y met souvent la grâce et la douceur de l'élégie; s'il se lasse de soupirer et de se plaindre, ses vers ont quelquefois l'élégance et toute la poésie de l'idylle; léger, folâtre dans la chanson, pétillant d'esprit dans les couplets, original et d'une fécondité inépuisable dans le vaudeville, il est souvent redoutable dans sa haine; car il attache à son ennemi un ridicule qui ne s'efface point; il lui lance un trait qu'on ne peut arracher.

Malgré ce talent que nous avons quelquefois poussé jusqu'à la perfection, talent qui semble particulier à notre sol, à notre climat, et que j'oserais presque appeler endémique, nous faisons en général assez peu de cas des chansons. Des hommes qui veulent passer pour graves et qui ne sont qu'ennuyeux, affectent même de les mépriser. Qu'est-ce qu'un chansonnier? vous dira un auteur tout fier d'avoir composé un lourd volume dont

le public n'a que le titre, et dont le libraire a toute
l'édition. Ces personnages importans paraissent
ignorer que telle chanson, avec son air frivole,
prouve plus d'esprit, plus de goût, plus de finesse,
et souvent plus de raison , que tel drame labo-
rieusement divisé en cinq actes., ou telle comédie
sentimentale qui fait accourir la foule et verser
des torrens de larmes à tous les gens de goût qui
n'aiment pas Molière. Le grand Corneille a fait de
petites pièces de poésie fugitive, des couplets et
des chansons; les graves personnages de son siècle
en ont sûrement conclu que ce poète chansonnier
ne ferait jamais rien de bon et d'estimable. Mais je
me trompe, on n'avait point alors de mépris pour
les petits ouvrages quand ils annonçaient un grand
talent, ou même un talent agréable. C'est une
chose très-remarquable que cette attention que
l'on faisait à tout dans ce temps, et cette insouciance que nous avons pour tout dans le nôtre.
Les Bertaud , les Desportes, les Mainard, les Fer-
raud , les Malleville, et une foule d'autres poètes,
ont acquis de la célébrité avec une somme de talent qui ne serait pas remarquée aujourd'hui. Dans
le siècle de Louis XIV, si fécond en chefs-d'œuvre,
Chapelle et Bachaumont se sont immortalisés par
un badinage plein de facilité, de grâce et d'esprit,
mais aussi bien futile et bien rempli de négligences;
tandis que le Voyage de Desmahis, bien supérieur
pour la poésie à celui de Chapelle, n'est guère
connu que des gens de lettres. Cotin même, Co-

tin, nous a transmis un quatrain qu'on cite avec
éloge.

Le peu de goût que nous avons aujourd'hui
pour la poésie en général, nous fait regarder avec
dédain la chanson, qui est l'espèce la plus frivole
de ce genre. Nous sommes trop savans, nous
sommes trop sérieux, nous avons trop bon ton
pour nous occuper des chansons et des chanson-
niers. D'ailleurs, on ne chante plus à table ; ce
plaisir, si cher à nos bons aïeux, est maintenant
abandonné aux dernières classes de la bourgeoisie.
On chante dans nos salons ; mais on y chante des
ariettes : les sons y font tout, l'esprit n'y est pour
rien. Or, on sait quelles paroles, quels vers sont
attachés à la musique de salon ! La chanson en est
bannie, comme les roturiers sont bannis des chapitres d'Allemagne ; de sorte que les vers plats,
sans poésie, sans goût, sans esprit et sans grâce,
sont exclusivement réservés pour la bonne compagnie, tandis que les couplets fins, spirituels et
agréables sont le partage des couturières et des
servantes.

Il serait ridicule, sans doute, que les personnes
constituées en dignités, que des hommes voués
par état à des travaux utiles, s'amusassent à des
chansons, et se fissent une affaire importante de
la poésie légère et fugitive ; ils les estiment ce
qu'elles valent, et ne méprisent rien de ce qui est
bon, parce qu'ils savent que *rien n'est facile à
bien faire.* Mais des hommes fiers d'une fortune

25.

impromptu, des hommes pour qui le bon ton est une découverte récente, de graves personnages qui, selon l'expression de Figaro, s'enferment dans leur cabinet pour s'occuper à tailler des plumes, mourraient de honte si l'on s'avisait de chanter à leur table ; et ils ne parlent jamais qu'avec le sourire du mépris d'un auteur, d'un chansonnier et d'un poète.

Le peu d'estime que l'on accorde à ce genre agréable peut encore être attribué à une autre cause. Le mot *chanson* présente dans notre langue une idée mesquine ; et quand on dit proverbialement : Chanson ! chanson ! on veut dire folie, bagatelle, nullité. Cependant l'ode, pour qui nous avons tant de respect, n'est autre chose qu'une chanson. Les anciens ne distinguaient point ces deux genres ; ils les confondaient souvent dans la même pièce de vers. Anacréon s'est immortalisé par des chansons. Horace n'offre que des chansons dans un grand nombre de ses odes ; les idées les plus sublimes, les images les plus imposantes y sont mêlées aux élans bachiques et aux soupirs de l'amour. Les personnes qui ne connaissent point la littérature latine, seront fort étonnées d'apprendre que l'ode où ce grand lyrique chante d'une manière si pompeuse la mort de Cléopâtre, commence par une strophe qui dit littéralement : c'est maintenant qu'il faut boire, c'est maintenant qu'il faut danser, et charger les tables des mets les plus exquis. Ne semble-t-il pas que cette ode sorte du Rocher de Cancale ? Et lorsqu'il nous présente cette terrible image : *Pallida Mors æquo pulsat pede pauperum tabernas, regumque turres......* c'est pour nous dire qu'il faut bien boire et bien s'amuser, parce que quand on est mort on ne peut plus jouer aux dés à qui sera le roi du festin. Je crois donc avoir le droit d'assurer que si nous avions donné à la chanson le nom d'ode anacréontique, nous aurions pour elle beaucoup plus de considération.

PRÉVENTION

CONTRE LES OUVRAGES FAITS EN SOCIÉTÉ.

A cet égard., je partage la défiance du public. Que de livres annoncés comme l'ouvrage d'une société de gens de lettres, et qui n'étaient en effet que des compilations indigestes, faites par quelques spéculateurs en librairie ! Combien d'autres livres au frontispice desquels des savans ou des gens de lettres étaient réellement nommés comme auteurs de ces productions, mais auxquels ils n'avaient point travaillé, et que peut-être ils n'avaient point lus ! Je ne veux point inférer de là qu'un véritable savant ait pu jamais compromettre sa réputation et son honneur jusqu'à vouloir tromper impudemment le public ; mais cédant à l'importunité, à un sentiment de bienveillance, de bienfaisance peut-être, incapable d'ailleurs de supposer dans les autres une cupidité dont il est lui-même exempt, il consent à attacher son nom à un ouvrage qu'il croit utile, et qu'il juge devoir être fait en conscience.

Il y a plus : les livres faits par une société de savans, lorsque ces auteurs sont nommés, et lors même qu'ils les ont réellement composés, peuvent encore ne pas inspirer une confiance entière, si l'on n'y désigne pas clairement les parties dont tel savant s'est individuellement occupé. Un ouvrage, en effet, peut avoir vingt ou trente noms d'auteurs, tandis que chacune de ses parties reste anonyme. A qui demandera-t-on compte de telle erreur, de telle négligence ? Ce que tous auront fait, personne ne l'aura fait ; chacun aura mis moins d'exactitude dans son travail, parce qu'il aura su que ses torts seront partagés par ses collaborateurs ; l'ouvrage entier sera négligé par une société dont chaque membre n'eût rien négligé s'il eût travaillé seul, parce que quand le tout est de tous, chaque partie n'est de personne.

Que faut-il donc pour détruire toute défiance, pour répondre d'avance à toute objection ? Il faut faire ce qu'ont fait les auteurs du *Dictionnaire des Sciences médicales;* il faut que tout l'ouvrage ne soit pas supposé la réunion des pensées de tous, mais que chaque partie y appartienne exclusivement à un auteur qui s'y nomme, qui en réponde sans compromettre les autres, et que chacune de ces parties y soit traitée aussi complètement et avec autant de soin que si elle avait dû être publiée seule.

SÉANCE DE L'INSTITUT DE FRANCE

POUR LA RÉCEPTION

DE MM. LACRETELLE ET ETIENNE.

JE ne répéterai pas les plaisanteries bonnes où mauvaises qui ont été faites, depuis un siècle, sur les séances académiques. Ce n'est pas que je craignisse par là de déplaire au plus grand nombre de mes lecteurs; je sais, j'éprouve tous les jours que les épigrammes les plus usées, les railleries les plus froides font sourire comme des traits plaisans quand elles se dirigent sur une société littéraire, et l'on exige moins d'esprit dans le satirique qui attaque l'Académie entière que dans celui qui critique un seul académicien. Mais au lieu de reproduire toutes ses saillies sur le *fauteuil*, sur les *quarante*, sur leurs *discours soporifiques*, et autres gentillesses qui font briller à peu de frais, je leur opposerai le spectacle que m'a offert le palais de l'Institut avant que les portes en fussent ouvertes.

La pluie tombait par torrens, les vents souf-
flaient avec violence, et cependant des hommes
élégamment vêtus, des femmes délicates, quit-
taient leurs voitures pour se ranger modestement
autour d'un péristyle découvert ; et là, sans abri
comme sans impatience, tous se pressaient près
des portes, désirant sans doute, mais n'osant demander qu'elles s'ouvrissent un peu plus tôt.

Un étranger qui ne connaîtrait l'Académie que
par les sarcasmes des auteurs qui n'y siégent pas,
aurait été fort étonné de voir cette foule élégante à
pareil temps, en pareil lieu. Quoi ! se serait-il dit,
le mauvais temps qui dérange souvent des affaires
importantes, et des plaisirs plus importans que les
affaires, n'enlève pas un admirateur à l'Académie ?
Est-ce donc pour s'ennuyer que l'on brave une
tempête ?

Je répondrai à cet étranger : Et les épigrammes
lancées contre l'Académie, et l'empressement
avec lequel on court à ses séances, ont une même
cause et partent d'une même source. Pour une
personne que les Muses seules y conduisent, il y
en a mille qui s'y portent avec une malignité secrète, et avec l'espoir de la faire éclater. Si les gens
de lettres en général plaisent peu à la multitude,
parce qu'ils humilient la médiocrité ; si tout homme
qui imprime se fait une foule d'ennemis secrets,
par cela seul qu'il affiche une prétention à la supériorité sur le commun des hommes ; quel sentiment réserve-t-on pour l'Académie, qui s'élève

sur les gens de lettres mêmes, qui est un choix fait entre des hommes déjà choisis, qui enfin est composée de membres que l'on peut appeler des élus parmi les élus ? Quel plaisir si l'on peut les trouver en faute ! Comme ils sont consolés ceux qui sont incapables de faire quoi que ce soit, quand un grand écrivain, quand un protégé des Muses se trompe dans un discours, ou même quand il déplaît, parce que le public s'est trompé ! Avec quel empressement on épie leurs gestes, on scrute leurs moindres mouvemens, leurs traits, leur tournure ! et comme on s'amuse de l'enveloppe lorsque l'intérieur n'offre pas assez de prise à la malignité. Ne croyez donc plus que l'on bâille à l'Académie ; on s'y occupe trop à médire pour qu'on puisse s'y ennuyer.

Les nouveaux académiciens, les récipiendaires, sont surtout l'objet de l'attention publique, et cette attention n'est pas exclusivement fixée sur leur mérite. Avant la séance, on discute leurs titres d'admission : on leur oppose d'autres candidats auxquels on accorde alors de grands talens, qu'on aura soin de rabaisser quand ils auront obtenu le fauteuil ; on attend avec impatience le discours de réception ; et le trouble, l'émotion que cause nécessairement une pareille solennité, n'obtiennent pas toujours grâce pour les défauts que l'on remarque ou que l'on croit apercevoir, ou qui ne proviennent peut-être que de cette émotion même ; car l'air assuré, la contenance imposante et la voix sonore sont, pour bien des gens, les parties essentielles et constitutives de l'éloquence.

Me sera-t-il permis de le dire? Des académiciens mêmes partagent jusqu'à un certain point la malignité du public envers les nouveaux élus. Ceux qui ont blanchi sur le fauteuil regardent leurs anciens titres de gloire comme bien supérieurs à ceux des jeunes récipiendaires; ils reçoivent ceux-ci comme des maîtres admettent quelquefois des écoliers à leur familiarité; ils semblent dire : « Nous n'avons pas trouvé mieux ; les hommes dégénèrent : on nous a recherchés parmi les bons, nous sommes forcés de choisir dans le médiocre. » Je ne puis mieux les comparer qu'à ces vieux soldats qui s'amusent de l'inexpérience des recrues, sans songer que le jeune homme encore timide, peut-être même un peu gauche, peut devenir un jour leur général, tandis que les railleurs resteront toujours braves gens, sans doute, mais soldats.

Le trouble et l'émotion dont je viens de parler étaient visibles dans toute la personne de M. Lacretelle. Sa voix était sensiblement altérée, et n'a repris une partie de son timbre que quand de justes applaudissemens ont rendu à l'orateur un peu plus de confiance. Il a débuté par déplorer le cruel accident qui vient d'enlever aux Muses l'écrivain auquel il succède. Il a justement loué les talens de M. Esménard ; mais bientôt il s'est interrompu, comme s'il eût été troublé par les clameurs de ces

censeurs moroses, de ces critiques atrabilaires qui
vont calomniant notre siècle, et criant partout
qu'il n'y a plus en France ni goût, ni talent, ni
poésie, ni littérature.

Cette réplique aux détracteurs du temps présent
amenait tout naturellement un parallèle entre les
deux derniers siècles; M. Lacretelle l'a tracé avec
une élégante rapidité, en payant à celui de
Louis XIV un digne tribut d'éloges et d'admiration, mais en vengeant le dix-huitième siècle de
la honte, je dirais presque de l'infamie dont on a
voulu le couvrir. L'orateur n'a pas opposé les
grands écrivains de ces deux âges pour élever les
derniers au-dessus du rang qu'ils doivent occuper,
mais pour prouver que ceux-ci ont été en quelque
sorte une heureuse continuation des autres. On
sent que ces tableaux successifs, dans des genres
différens, ont dû former autant de parties distinctes
dans un même discours; mais cette unité oratoire,
qu'il est si facile de recommander, est-elle nécessaire dans toutes les circonstances? je dirai plus :
est-elle toujours possible ?

Le plan de M. Lacretelle le forçait à l'examen
d'un grand nombre d'ouvrages recommandables,
dont les auteurs vivent encore : il l'a fait succincte-
ment et clairement, sans emphase, sans partialité;
et les louanges qu'il a données à quelques-uns de
ses confrères n'ont pas excédé les bornes de la modération, elles n'ont pas même atteint les limites
académiques.

Ce discours a été souvent et vivement applaudi, et sans doute il plaira davantage encore à la lecture, parce qu'alors l'embarras et l'émotion de l'auteur ne lui enlèveront plus une partie de son charme.

M. le comte de Ségur a répondu à M. Lacretelle. La partie de son discours qui s'adresse au récipiendaire a fait un plaisir aussi fréquemment que généralement manifesté : des traits fins et spirituels, des phrases pleines de délicatesse et d'urbanité, ont fait voir clairement que le genre d'esprit qui tient à la grâce et à la politesse françaises est celui qui plaît le plus sûrement au public rassemblé. M. de Ségur a été continuellement interrompu par les applaudissemens ; mais ce sont de ces contrariétés que l'on souffre avec beaucoup de patience.

Dans la seconde partie du discours, l'orateur a présenté des considérations sur l'*histoire*, genre de composition auquel M. Lacretelle semble s'être exclusivement consacré, et qui lui a ouvert les portes de l'Académie. M. de Ségur a comparé les historiens de l'antiquité à ceux des temps modernes ; il a très-bien caractérisé les uns et les autres, mais il me semble avoir appuyé d'une manière désespérante sur l'énorme supériorité des anciens. Dans ceux-ci l'orateur n'a vu que les beautés ; dans les modernes, il n'a fait qu'entrevoir les beautés, et il a observé les défauts. Il a dit la vérité, sans doute ; mais a-t-il dit toute la vérité ?

Dans l'histoire ancienne, les événemens, les

mœurs, les usages, les opinions ont peu de rapport avec ce que nous voyons autour de nous ;
rien n'y blesse nos idées favorites, nos prédilec-
tions, notre amour-propre, nos préjugés ; nous
n'avons donc aucun intérêt à trouver des défauts
dans l'écrivain qui nous présente ces tableaux plus
ou moins fidèlement, et nous n'avons peut-être
pas les connaissances nécessaires pour les apprécier à leur juste valeur. Il n'en est pas de même
de l'histoire moderne : plus elle se rapproche de
nous, plus nous sommes en état de la juger et de
décider sur le mérite de l'historien. Celui-ci, d'un
autre côté, sera bien habile, s'il ne blesse pas
quelquefois nos préjugés, nos opinions, nos habitudes : nous ne lui accordons notre estime qu'en
disputant, tandis que nous pardonnons tout aux
anciens, parce que leurs erreurs, leurs préjugés,
leurs fables même n'intéressent plus notre amour-
propre.

Supposons que du milieu de nos écrivains il
s'élève deux hommes, dont l'un ressemble entièrement à Tacite et l'autre à Tite-Live : je ne vois
rien de plus opposé que ces deux historiens ; jamais
rivaux courant la même carrière n'ont fait des pas
plus inégaux : eh bien ! serions-nous d'assez bonne
foi pour accorder à chacun d'eux sa juste part
d'estime ? non : les uns prendraient parti pour le
premier, d'autres pour le second ; celui-ci serait
censuré, blâmé par les admirateurs de son rival,
et réciproquement. M. de Ségur même, qui n'ose

les juger parce qu'ils sont anciens , se déciderait
sans doute pour l'un d'eux s'ils étaient modernes ;
mais , quelle que fût l'impartialité de son jugement , toujours est-il certain qu'il ne les propose-
rait pas tous deux également pour modèles.

Ce discours a été terminé par un très-grand
éloge de M. Esménard. Le talent de ce poète a été
vivement senti et délicatement loué par l'orateur:
je regrette seulement qu'il ait si formellement excusé les écrivains qui s'affranchissent des règles.
Sans doute quand un ouvrage irrégulier plaît au
lecteur, quand il produit de douces ou de vives
émotions, quand le talent y brille de toute part,
il est, quoi qu'en dise la critique , une production
estimable ; mais l'estimerait-on moins s'il était
régulier? M. de Ségur a reproché à Voltaire de
n'avoir pas écrit l'histoire avec assez de dignité;
cependant Voltaire est peut-être le plus agréable
des prosateurs : on ne lit aucun auteur aussi long-
temps; on ne revient à aucun avec autant de plaisir.
Quel est donc le motif du reproche que lui fait
l'orateur? Ce sont les principes de l'art : il y a donc
des règles; et où seront-elles respectées, si ce n'est
dans le sein de l'Académie ?

M. Étienne, qui avait eu le temps de prendre
son parti et de s'acclimater en quelque sorte, a
paru beaucoup moins ému que M. Lacretelle ; il a
prononcé son discours avec assez d'assurance pour
que toutes les nuances en fussent senties; et il avait
besoin de toute sa fermeté, car il se proposait

d'établir une opinion nouvelle et de dire quelques vérités ; projet qui exige du courage, même dans le sein de l'Académie.

Son début a été noble et modeste : il s'est comparé au disciple qui s'assied pour la première fois parmi ses maîtres ; il a paru plus étonné de son bonheur qu'enorgueilli de son triomphe ; puis bientôt s'oubliant lui-même, il a jeté des fleurs sur la tombe de M. Laujon ; et cette fois l'éloge académique n'a pas été discuté par le devoir ; il était inspiré par l'estime et prononcé par l'amitié.

Je ne ferai pas à M. Etienne un mérite de son assurance : il était bien sûr de plaire à tout le monde en parlant de M. Laujon ; mais cet avantage même avait son écueil. Sans doute l'esprit, l'aménité, la vie irréprochable de son prédécesseur, semblaient rendre la louange aussi facile qu'elle était agréable ; mais le genre auquel M. Laujon s'était particulièrement consacré formait un singulier contraste avec la gravité d'une séance académique : ce n'était pas une petite entreprise que de faire l'éloge de la chanson devant des Muses sérieuses, lorsqu'on venait de parler de la dignité de l'histoire et d'évoquer les ombres des Thucydide et des Tacite.

M. Etienne a senti le danger de cette disparate. Vouloir éluder la difficulté, c'était l'accroître ; il l'a vaincue en l'abordant franchement. Que de graves censeurs se récrient sur la frivolité du genre qu'ils méprisent, la chanson, parce qu'il est très-

facile d'en faire de mauvaises : « Messieurs, leur
» dit M. Etienne, ne soyons pas plus sévères que
» l'inflexible Boileau, et montrons-nous fiers d'une
» supériorité que peut-être nous dédaignerions
» moins si on nous la disputait davantage. »

L'orateur a peu à peu réconcilié ses auditeurs
avec l'apparente frivolité de ce petit poëme; on
n'a plus été étonné d'entendre le mot chanson répété par les voûtes académiques : que de droits
n'a-t-elle pas à notre reconnaissance! « Tour-à-
» tour naïve, tendre, morale et guerrière, elle
» fait éclore les idées les plus riantes et les senti-
» mens les plus élevés ; elle inspire l'amour, ci-
» mente l'amitié, frappe le ridicule, enflamme le
» courage : elle est à la fois l'interprète du cœur
» et l'organe de l'esprit. » Cet éloge est grand et
n'est point outré : ne sont-ce pas des chansons qui
ont immortalisé Anacréon et Horace? Notre *ode
anacréontique* est-elle autre chose qu'une chanson? N'oublions pas surtout que souvent un petit
ouvrage décèle un grand talent, tandis qu'un gros
livre peut être une lourde preuve de la médiocrité.

Après avoir montré M. Laujon au milieu des
Collé, des Piron, des Favart, dans cet ancien Ca-
veau, *véritable Académie du plaisir, qui fut,
plus souvent qu'on ne pense, l'Académie du bon
goût*, M. Etienne le transporte au Théâtre-Ly-
rique. M. Laujon y fut ce qu'il était dans la société, toujours aimable, décent et spirituel ; mais
la Muse de la chanson le suit dans cette nouvelle

carrière, et fait reconnaître *Erato sous le masque de Thalie.*

Il fallait une grande flexibilité de talent, de la grâce, et surtout beaucoup d'adresse pour traiter avec succès un pareil sujet dans une pareille solennité. Le public s'y est laissé conduire par une pente douce et presque insensible ; il a souri aux tableaux gracieux présentés par l'orateur ; il a vivement applaudi l'éloge de l'académicien et le talent du panégyriste.

La transition à un genre plus relevé n'a pas été moins adroite que l'éloge du genre plus modeste. Les succès de M. Laujon dans la comédie lyrique, cet ascendant irrésistible qui lui fait suivre la pente de son talent naturel, amènent cette réflexion si juste, que *Marivaux, écrivant des comédies, faisait encore des romans, et que Le Sage, écrivant des romans, faisait encore des comédies.* Comme M. Laujon, M. Etienne obéit ici à l'impulsion de la nature ; car, par cette réflexion seule, et sans que le public s'en aperçoive, l'orateur se trouve naturellement placé dans sa sphère, je veux dire dans la haute comédie.

. Sans s'égarer dans des recherches sur le but de cet art si difficile, il fait observer que des philosophes ont regardé la comédie comme l'école de la sagesse, tandis que des critiques de nos jours la représentent comme fatale aux mœurs et à la religion. Mais, ajoute l'orateur, ces philosophes n'étaient pas tout-à-fait sages, et *ces critiques ne sont pas tout-à-fait religieux.* Voilà un trait fort adouci, que ces *critiques* ne pardonneront cependant pas à M. Etienne ; j'espère que, pour le complément de son triomphe, il en recevra quelque honorable injure, et alors il ressemblera davantage à ces triomphateurs romains qu'un insolent privilégié accablait de reproches et d'invectives, tandis que tout le peuple célébrait leur gloire et chantait leurs louanges.

C'est ici que l'orateur a présenté sur la comédie une opinion toute nouvelle, et lui a découvert un mérite qui n'avait point encore été aperçu. Après avoir démontré que la comédie ne dirige pas les mœurs, comme on le prétend vulgairement, mais qu'elle les suit et qu'elle en reçoit l'influence, il établit que, sous le pinceau des grands maîtres, elle s'est tout-à-fait associée à l'histoire, que les personnages de l'une sont les témoins qui déposent en faveur de l'autre, et que, si tous nos autres monumens littéraires se trouvaient anéantis, tandis que la comédie subsisterait seule, on retrouverait dans celle-ci l'histoire morale de la nation, et l'on y suivrait la trace de toutes les révolutions qu'elle a éprouvées depuis Molière jusqu'à nous.

Dans le moment où M. Étienne présentait ce nouvel aperçu, l'un de mes voisins, grand ami sans doute des vérités anciennes, s'est écrié : Voilà un paradoxe ! Et par le peu de mots qu'il murmura, je devinai que, dans sa langue, *paradoxe*

signifiait *opinion évidemment fausse.* Je sais en
effet que le vulgaire associe ces deux idées l'une à
l'autre, et qu'à ses yeux le paradoxe est le synonyme de l'erreur. Or, puisque des hommes qui se
croient appelés à venir juger les gens de lettres
jusque dans l'Académie, ne se donnent pas la
peine d'ouvrir un dictionnaire pour y apprendre
la valeur des termes, je leur dirai donc que le paradoxe n'est ni une vérité ni une erreur, mais une
proposition dont la vérité ou la fausseté n'a point
encore été démontrée, c'est-à-dire une idée nouvelle et soumise à la discussion.

Oui, sans doute, M. Etienne a avancé un paradoxe, mais il l'a bientôt fait changer de caractère
par les développemens qu'il lui a donnés et les
preuves qu'il a fournies. Le temps où parut le
Misanthrope était certainement celui de la politesse et de l'élégance ; *Tartufe* nous apprend que
la religion était respectée, puisque son masque
seul usurpait l'estime publique ; *les Femmes sa-
vantes*, que les lettres étaient en crédit, puisque
le faux savoir même était un moyen de fortune ;
le Bourgeois gentilhomme, que la noblesse était
considérée, puisque tout homme riche aspirait à
être noble.

Un nouvel ordre d'ouvrages dramatiques nous
annonce une révolution dans les mœurs, suite naturelle d'un changement dans le gouvernement de
l'Etat : *Turcaret* nous dit aussi fidèlement que
pourrait le faire un historien, que la fortune pu-

26.

blique a été livrée à des parvenus grossiers, et
que des laquais enrichis foulaient aux pieds toutes
les lois de l'honneur. Le *Philosophe marié* nous
apprend qu'on rougit des affections les plus douces; plus tard, *Nanine* nous montre un noble,
un sage qui croit s'honorer en se mésalliant; et
pour ne pas suivre M. Étienne dans la longue
galerie qu'il parcourt, jetons les yeux sur les comédies des temps révolutionnaires, et nous verrons que ces affreux ouvrages sont l'histoire fidèle
de cette affreuse époque.

Qu'il me soit permis de suppléer par une seule
réflexion à l'impossibilité où je suis de rapporter
toutes les preuves de l'orateur. Tout ce qu'un auteur peut ou ne peut pas présenter au théâtre,
tout ce qu'il ose ou n'ose pas dire; les mœurs, les
usages qui y paraissent naturels ou invraisem-
blables; les caractères que l'on y souffre ou que
l'on en écarte; les opinions que l'on y expose hardiment ou que l'on y improuve : tout cela ne dé-
pend-il pas des mœurs, des habitudes, des opinions du peuple pour lequel la comédie est faite?
et ces mœurs, ces habitudes, ces opinions, ne dé-
pendent-elles pas à leur tour de l'état politique et
civil de la nation; et, en dernière conséquence,
la comédie n'est-elle pas l'histoire morale de l'é-
poque où elle prend telle ou telle forme pour
plaire au peuple rassemblé?

M. Étienne a terminé son discours en nous ras-
surant sur la crainte de voir la comédie s'étein-

dre faute de pouvoir être alimentée par de nouveaux caractères : « La comédie est éternelle, dit-il ;
» elle ne cessera d'exister que le jour où tous les
» hommes seront parfaits : et rien n'annonce
» qu'elle doive finir de sitôt. » Les personnages
de Molière placés dans d'autres circonstances et
prenant de nouveaux masques, deviendront des
personnages nouveaux ; et un nouvel ordre de
choses produit assez de ridicules nouveaux pour
que la comédie ne manque jamais ni de moyens
ni de couleurs.

Cette seconde partie du discours demande à
être méditée ; elle doit avoir encore plus de succès
à la lecture qu'elle n'en a obtenu au simple débit ;
et l'on y trouve enfin, selon l'expression de la
Mothe,

> De ce vrai qu'on est étonné
> De trouver vrai quand on y pense.

M. le comte de Fontanes a répondu à M. Etienne.
Dès les premières phrases de son discours, il m'apprend que prononcer le nom d'un grand écrivain, c'est déjà faire son éloge ; il me suffirait donc
d'annoncer que M. de Fontanes a parlé, et je
n'ai pas besoin d'ajouter qu'il l'a fait avec un talent supérieur : ce talent est trop habituel en lui
pour qu'on en fasse l'objet d'une remarque. Quand
on lit les vers qu'il se plaisait à écrire autrefois,
on regrette qu'il ait abandonné les Muses de la
poésie ; quand on entend ou quand on lit sa prose,
on craint qu'il ne reprenne les goûts de sa jeunesse.

DES CABALES LITTÉRAIRES.

—

IL faut l'avouer, la corruption règne dans la république des lettres comme dans le parlement d'Angleterre; les réputations s'y vendent, et les promotions s'y font par brigues, cabales, complots et coteries. Le gouvernement de cette république pourrait se nommer une anarchie en permanence, et sa jurisprudence est dans une telle confusion, que l'on voit tous les jours vingt tribunaux masculins ou féminins, casser avec scandale les arrêts que d'autres tribunaux ont rendus. En un mot, la république des lettres est une république, et nous savons ce que c'est. Il en était de même autrefois, me dira-t-on; oui, sans doute, mais au moins on avait assez de pudeur pour ne point cabaler ouvertement, et pour ne point avilir la profession d'homme de lettres par les gens de lettres eux-mêmes. Aujourd'hui l'intrigue marche le front levé avec sa troupe de crieurs publics, de stipendiaires et de trompettes. Les plus petits auteurs s'égosillent à proclamer l'excellence de quelques auteurs qui les méprisent, et des suppôts de coteries unissent leurs efforts pour pousser au Parnasse un coryphée qu'ils dénigreront dès qu'il y sera parvenu. Le fauteuil académique, qui est le *nec*

plus ultrà de l'ambition littéraire, n'est point à
l'abri des sarcasmes de ceux même qui le con-
voitent ; en déchirant les académiciens, on leur
demande humblement une petite place à l'Académie.

Le mal ne serait pas grand si les chefs de parti
se bornaient à faire chanter leurs louanges ; les
lois n'empêchent pas un homme de respirer autant
d'encens qu'il lui plaît ; on ne doit pas disputer
des goûts ; on peut même imiter ce fou dont Voltaire parle dans Zadig, qui avait autour de lui une
foule de génies-valets qui lui criaient sans cesse :
Il aura raison; et lui répétaient cent fois par jour
cet aimable refrain : *Ah ! combien monseigneur
doit être content de lui-même !* Mais les suppôts
des coteries ne se bornent point à encenser leur
idole ; ils déchirent impitoyablement les concur-
rens, les rivaux, et même ceux qui n'ont point
exalté en vers ou en prose le génie du président
ou les grâces de la présidente : malheur à tout ce
qui brille sans leur permission ! Ils savent mieux
nuire encore qu'ils ne savent flatter, et ils semblent
avoir pris pour devise : Aimer est bon ; mais haïr
vaut bien mieux.

DES COMITÉS DE LECTURE.

Si Molière, au lieu d'être directeur et maître de sa troupe, avait été obligé de courir la carrière du théâtre, comme les autres auteurs, et de présenter ses pièces à l'aréopage d'un théâtre unique, aurions-nous tous ses ouvrages, les aurions-nous tels qu'il les a faits ? Aurait-il eu le courage de composer ses immortels chefs-d'œuvre après les dégoûts que lui auraient fait éprouver *l'ingénuité*, la *soubrette*, le *père noble* et le *Crispin* dont il aurait dû consulter le goût et le profond savoir ?

Les dernières lignes que je viens d'écrire feront croire que je partage l'opinion générale sur le ridicule de faire juger les ouvrages dramatiques par des hommes étrangers à la littérature, et par des femmes qui, souvent, ignorent jusqu'aux premiers principes de la langue. Cela paraît absurde, j'en conviens, et l'on ne peut s'empêcher de sourire quand on pense que si Racine et Molière vivaient encore, et présentaient l'un de leurs chefs-d'œuvre à messieurs et mesdames les sociétaires, ils seraient condamnés à entendre la lecture de certains bulletins dans lesquels on exigerait des corrections, des suppressions ; dans lesquels on exprimerait un refus, ou, ce qui serait plus plaisant, on leur donnerait des leçons sur l'art dramatique et sur le style. Molière surtout aurait beaucoup à souffrir de la part des soubrettes qui lui feraient des reproches de mauvais ton. Il semble donc au premier aperçu qu'il serait plus raisonnable de faire juger l'auteur par ses pairs, et de substituer un jury d'hommes de lettres à un jury de comédiens. Il ne faut cependant pas de grands efforts de logique pour démontrer que cette mesure serait d'abord fort injuste, et ensuite très-peu profitable aux progrès de l'art.

Dans tous les théâtres, excepté l'Académie royale de Musique, ce sont des sociétés de comédiens ou des directeurs qui font tous les frais, et leur bénéfice, leurs parts ou appointemens, leur existence enfin dépendent de l'excédant des recettes sur ces frais qui sont très-considérables. Or, peut-on forcer ces directeurs ou ces comédiens à se ruiner pour des ouvrages qu'ils n'auraient point choisis ? Ils se trompent souvent, direz-vous ; oui, sans doute, mais c'est à leurs dépens. N'auraient-ils pas le droit de dire aux gens de lettres qui composeraient le jury : « Messieurs, puisque vous nous obligez à faire des frais qui ne vous coûtent rien, garantissez-nous l'événement. On ne préfère votre jugement au nôtre que parce qu'on vous croit plus infaillibles ; si cependant il arrive que vos erreurs, votre négligence ou votre partialité nous forcent d'accepter des ouvrages qui nous ruinent, vous nous devez une indemnité; car, de deux choses l'une : celui qui ordonne une entreprise doit en supporter la dépense, ou celui qui la supporte doit être le maître d'y consentir ou de la rejeter. Pour tout dire enfin, nous voulons bien payer nos sottises, mais non pas les vôtres. » S'il n'y a rien à répondre à ce discours, les comédiens doivent être les juges des pièces qu'ils jouent, puisqu'ils courent tous les risques de leur bon ou mauvais jugement. Un jury d'hommes de lettres n'est donc admissible que dans les théâtres dont le gouvernement ferait tous les frais.

J'ai dit que l'art gagnerait peu au mode qui substituerait les auteurs aux comédiens dans le jury de réception. Cette proposition étonne, mais la réflexion lui fait perdre tout ce qu'elle a d'étrange. Il faut d'abord observer que l'assemblée des comédiens ne prétend point juger si une pièce est éminemment littéraire et faite selon les règles, mais elle tâche de deviner si elle aura du succès. Dans toutes les entreprises, la première condition est de réussir, puisque l'existence des entrepreneurs dépend de la réussite. Les meilleurs juges d'une pièce ne sont donc pas ceux qui connaissent mieux les principes de l'art, mais ceux qui connaissent mieux le public. Il faut observer encore qu'une salle de spectacle n'est pas uniquement remplie d'hommes de lettres et de gens de goût; mais qu'elle admet pêle-mêle toutes les classes de la société, tous les degrés d'instruction et d'i-

gnorance, d'esprit et de sottise. Avec des droits
bien différens, tous les spectateurs ont une égale
prétention, c'est d'être amusés pour leur argent.
La bonté d'une pièce dépend bien du talent de
l'auteur, mais son succès dépend du goût du
public; or, le public se trompe souvent; et l'on
me dispensera d'en recueillir les preuves depuis
Phèdre et *le Misanthrope*. Si l'on doutait cependant encore, malgré tous les exemples que fournissent les annales du théâtre, je demanderais
pourquoi nous méprisons justement aujourd'hui
des ouvrages qui ont obtenu des centaines de représentations, tandis que nous en estimons d'autres
que le caissier de la comédie a le droit de regarder
comme de mauvaises pièces. Convenons donc que
les comédiens, par l'expérience journalière qu'ils
font du goût du public, sont les hommes les plus
capables, non pas de juger des beautés du style et
de la perfection dramatique d'une pièce, mais de
calculer les probabilités de succès ou de chute. Ils
se trompent souvent; mais les gens de lettres se
tromperaient peut-être plus souvent encore, parce
qu'ils jugent littérairement, tandis que les comédiens jugent *théâtralement*. L'Académie elle-
même s'est trompée : un opéra, auquel elle avait
adjugé le prix, déplut complètement au public,
malgré la belle musique de Méhul et un grand
luxe de décorations. Au reste, j'en appelle à la
conscience des gens de lettres; aucun d'eux n'assurera le succès d'un ouvrage, quoiqu'il puisse

très-bien décider sur son mérite dramatique et littéraire. Il faut donc, puisqu'il n'y a de certitude ni d'un côté ni de l'autre, laisser la faculté de choisir les pièces à ceux qui courent les risques de la chute, et qui font les frais de la représentation.

DE LA FIN DU MONDE.

Nous voilà bien fiers ! Parce que le monde n'a pas fini le 18 juillet 1816, nous croyons qu'il ne finira plus, et nous rions comme si nous n'avions pas eu peur. Nous redevenons philosophes, nous nous moquons des bonnes femmes qui disaient leur *meâ culpâ*, et nous demandons en ricanant quand viendra la fin du monde. Point d'impatience, messieurs ! cela viendra comme je vais vous le prouver ; et rira bien qui rira le dernier. Je ne prendrai pas mes démonstrations dans les Livres Saints ; c'est une faible autorité pour un peuple qui a vécu dans un siècle de lumières, et qui a vu consacrer des temples à la RAISON. D'ailleurs vous ne voulez pas entendre parler du *Jugement dernier*, et la trompette de l'ange ne réjouirait pas vos oreilles. Je vais donc invoquer le génie des savans et des philosophes, et, certes, vous ne m'accuserez pas de chercher mes autorités chez les bigots et les capucins.

Oui, la fin du monde est imminente. Cette belle catastrophe a pu être retardée *par indisposition;* les machines peut-être n'étaient pas prêtes, le dénouement de ce grand mélodrame n'a pas paru assez bien amené, et l'on a ordonné des changemens à la pièce : mais on ne perdra rien pour avoir attendu, et nous n'attendrons pas autant qu'on le pense. Une Cosmogonie toute fraîche, qui a paru en 1815, et en quatre gros volumes, consacre un de ses nombreux chapitres à *la Fin du Monde.* Pour faire bien comprendre cette *fin,* il faut que je donne quelque idée du *commencement.*

Avant les temps, tout ce qui constitue l'univers n'était que du calorique. Le calorique est la *matière première,* la *matière unique* de l'univers. Dieu n'a créé que du calorique, puis il a abandonné son ouvrage à l'influence des causes secondes. Or, dans cet océan de calorique, des atomes se sont réunis par juxta-position, et ont formé les *molécules primaires;* ces molécules primaires ont à leur tour formé les *molécules élémentaires;* celles-ci ont gravité les unes vers les autres, et ont fini par former un globe unique qui devait être d'une belle taille, puisqu'il renfermait en lui la matière de tous les soleils, de toutes les planètes, de tous les satellites, de toutes les comètes possibles.

Cette belle boule, nommée à juste titre *l'astre générateur,* s'embrasa, et ses innombrables volcans lancèrent de temps à autre des milliers de

soleils par ci, des millions de soleils par là, qui
pouvaient bien avoir des milliers ou des millions
de lieues de circonférence, mais qui n'étaient que
des atomes comparés à l'astre générateur. Malheureusement pour nous, cet astre s'avisa de nous
jeter dans l'espace quelques milliers de siècles
avant notre soleil, circonstance qui nous rapproche beaucoup de la fin du monde. Notre globe
était un soleil alors, il s'est beaucoup refroidi, et
il a diminué de volume. Son mouvement de rotation, qui se ralentit continuellement, cessera un
jour tout-à-fait ; nous tomberons alors sur le soleil, qui, à son tour, deviendra vieux, infirme,
caduc, ne pourra plus se mouvoir, et se précipi-
tera sur l'astre générateur dont il est sorti; tous
les autres globes célestes s'éteindront et tomberont
de même, à quelques milliards de siècles les uns
des autres; l'astre générateur vieillira et se glacera
comme ses enfans; je suis même étonné que le
père vieillisse le dernier : il deviendra donc immobile, inutile, incapable d'engendrer de nouveau ;
et tous les soleils éteints, toutes les planètes, tous
les satellites, toutes les comètes, réunis en une
même masse, ne formeront plus, au milieu de
l'immensité, qu'une énorme scorie, un colcotar,
un *caput mortuum*, un gros morceau de mâche-
fer, si l'on veut, qui restera dans ce bel état pendant toute l'éternité. Certes, on ne pouvait pas assigner un plus noble but à la création. Mais voici
ce qui nous intéresse dans cette grande catastro-

phe : L'auteur ne donne plus que *quelques mil-liards de siècles* au soleil pour se refroidir, et quelques autres milliards de siècles, après être devenu inhabitable, pour nous entraîner dans sa ruine. Ces milliards de siècles m'avaient un peu rassuré contre la crainte de voir la fin du monde ; mais, par malheur, nous sommes plus vieux que le soleil, et ces milliards de siècles pourront bien n'être pour nous que des millions d'années, ce qui me cause une grande frayeur. Ajoutez à cela que la lune doit se précipiter sur nous, et je ne sais pas si elle tombera sur la tour de Nankin ou sur les tours de Notre-Dame, incertitude qui devrait rendre nos esprits forts un peu plus circonspects. Voilà donc une *fin du monde* fort raisonnable. En voulez-vous une autre? J'en ai une collection.

Il est bien démontré, car les faiseurs de systèmes démontrent toujours, il est incontestable que le fluide aqueux diminue tous les jours sur le globe. Les terres, les pierres, les marbres, les montagnes calcaires, sont évidemment le produit de la digestion des huîtres, des polypes et des testacées en général; or, ces petites bêtes ne peuvent pas créer de grosses pierres sans y employer de *l'eau principe;* et cette eau, qui entre comme constituante dans ces minéraux, est autant de perdu pour le réservoir commun. L'océan s'abaisse donc tous les jours, et notre pauvre terre se dessèche, comme nous en avons une preuve surtout cet été!

Ne sait-on pas, d'ailleurs, que la mer se retire dans le golfe de Bothnie, dans le golfe Arabique, sur les côtes du Languedoc, partout? Il viendra donc un jour où il n'y aura pas une goutte d'eau sur le globe; alors il s'enflammera; les minéraux brûlés rendront en vapeurs toute l'eau qu'ils renferment; cette eau s'élevera dans l'atmosphère en fluide aériforme; elle s'y condensera, se résoudra en pluie épouvantable; ce sera le trente ou quarante millième déluge; la surface du globe ne sera qu'une mer immense; les germes qui auront pu résister à la combustion générale nageront dans cet océan sous la forme de molécules organiques, de volvoces ou de petits zoophytes; après des milliards de siècles, ces volvoces deviendront des homards ou des langoustes; ces homards, des tatous; ces tatous, des singes; ces singes, des hommes qui, après d'autres milliards de siècles, bâtiront des villes, feront des opéras et des cosmogonies. Mais nous autres qui vivons à présent, nous aurons été brûlés, et notre bûcher s'allumera quand il n'y aura plus d'eau sur la terre, considération qui doit nous faire trembler aujourd'hui que l'eau devient si rare!

Si ces deux manières de finir ne sont pas du goût de mes lecteurs, je leur offre une troisième fin du monde qui tient de plus près aux sciences exactes, qui ne menace que notre globe, et laisse même un faible rayon d'espoir à quelques-uns de nous. En 1773, Lalande ayant annoncé un Mémoire où il déterminait celles des comètes connues qui peuvent le plus approcher de la terre, Paris et toute la France frémirent de la supposition, et se crurent à la veille d'être pulvérisés. Un grand géomètre qui a exposé le système du monde d'une manière parfaite, et dont l'ouvrage fait *loi*, a bien voulu nous rassurer un peu sur les inciviles comètes de Lalande; mais il s'en faut bien qu'il ait banni tout motif de crainte. On peut en juger par le passage que je vais transcrire littéralement.

« . . . . . . La petite probabilité d'une pareille
» rencontre peut, en s'accumulant pendant une
» longue suite de siècles, *devenir très-grande.* »
Or, il y a bien des siècles qu'une comète n'a heurté notre globe. Reprenons : « Il est facile de
» se représenter les effets de ce choc sur la terre.
» L'axe et le mouvement de rotation changés; les
» mers abandonnant leur ancienne position pour
» se précipiter vers le nouvel équateur; une grande
» partie des hommes et des animaux noyée dans
» ce déluge universel, ou détruite par la violente
» secousse imprimée au globe terrestre; des espèces
» entières anéanties ; tous les monumens de l'in-
» dustrie humaine renversés : tels sont les désastres
» que le choc d'une comète a dû produire. On voit
» alors pourquoi l'océan a recouvert de hautes
» montagnes sur lesquelles il a laissé des marques
» incontestables de son séjour; on voit comment
» les animaux et les plantes du Midi ont pu »

» exister dans les climats du Nord, où l'on trouve
» leurs dépouilles et leurs empreintes; enfin on
» explique la nouveauté du monde moral, dont les
» monumens ne remontent guère au-delà de trois
» mille ans. L'espèce humaine, réduite à un petit
» nombre d'individus et à l'état le plus déplorable,
» uniquement occupée, pendant très-long-temps,
» du soin de se conserver, a dû perdre entière-
» ment le souvenir des sciences et des arts; et
» quand les progrès de la civilisation en ont fait
» sentir de nouveau les besoins, il a fallu tout re-
» commencer, comme si les hommes eussent été
» placés nouvellement sur la terre. » *Ab actu ad
posse valet consecutio.* Je n'ose traduire ces mots
en français; et comme il y a fort long-temps que
cette catastrophe est arrivée, comme la probabilité de ce désastre s'accroît avec le temps, ainsi
que l'a dit notre grand géomètre, il me semble
qu'il est prudent pour nous de mettre ordre à nos
affaires; car, dans trois ou quatre mille ans au
plus tard, nous verrons une nouvelle représentation de cette grande tragédie. Remarquons, cependant, que nous ne mourrons pas tous; nous
serons seulement *réduits à un petit nombre d'individus.* Je serai, j'espère, du nombre des restans; mes lecteurs en seront aussi, à l'exception
de ceux qui critiqueront cet article.

Je n'ai plus guère de place pour exposer une
autre fin du monde qui me fait déjà frisonner, car
il s'agit de mourir de froid. Buffon nous a dit que

le globe se refroidissait tous les jours. Dès la fin du seizième siècle, on a vu des taches au soleil, et au commencement du dix-septième, on les a comptées. Ces taches, selon les uns, sont des scories adhérentes à la surface du soleil ; selon d'autres, des nuages flottans à six ou neuf cents lieues d'élévation ; selon d'autres enfin, ces taches ne sont que des parties du soleil même, que les nuages lumineux laissent apercevoir en se séparant. Hélas ! on en a compté un jour jusqu'à cinquante, et M. Herschell en a vu dernièrement une petite qui n'avait que dix mille lieues de largeur. Tout cela est fort triste, et la manière dont se conduit notre globe n'est pas plus rassurante. Le vieux Groënland, pays autrefois habitable, est aujourd'hui sous les glaces ; on ne peut même plus en approcher ; en Norwège, des glaciers se sont formés depuis peu dans des endroits où il n'en avait jamais existé ; et quoique M. Léopold de Buch, dans son excellent voyage, veuille dissiper nos craintes sur le refroidissement de la terre, il avoue que cette opinion est générale en Norwège, et que depuis cinquante ans les étés sont plus froids dans ce pays. D'un autre côté, M. Mackensie, qui a visité l'Islande en 1810, a rapporté que le vaste espace de mer qui s'étend entre cette île et le continent, a été entièrement envahi par les glaces. Mais voici bien une autre preuve : en 1803, au mois de juin (notez l'époque), le paquebot *Lady Hobart* a péri contre une mon-

27.

tagne de glace plus haute que ses mâts, au qua-
rantième degré de latitude nord, c'est-à-dire, sous
un parallèle dont la température devrait être plus
chaude que celle de Naples et de Constantinople.
Le navire américain *le Jupiter* périt le même été et
de la même manière. Si l'on veut enfin une dernière preuve du refroidissement général, c'est que
j'écris cet article au coin du feu, au mois de juillet.
Pour savoir à quoi m'en tenir sur ce point, j'ai
fait rougir une brique, dont j'ai ensuite observé
le refroidissement; et, par un calcul plus juste que
celui de Buffon, j'ai trouvé que dans quinze cent
quarante-trois ans, nous serions obligés de quitter
Paris pour nous établir au Sénégal, et je fais déjà
les apprêts du voyage. Quinze cents ans plus tard,
le globe ne sera plus habitable, et le monde finira
pour nous.

J'ai donné la *fin du monde* avec des variations;
les amateurs peuvent choisir, mais j'espère en avoir
assez dit pour faire taire les mauvais plaisans.

TABLEAU

DES DÉSORDRES DE L'ADMINISTRATION DE LA JUSTICE,

ET DES MOYENS D'Y REMÉDIER.

Par J.-B. Selves, ex-législateur, ancien magistrat.

Si je voulais exprimer, par un seul mot, l'impression que m'a faite la lecture de ce livre, je dirais qu'il est effrayant. Jamais autant d'infamies n'ont été entassées dans un si petit espace : exactions, vexations de la part des gens de justice ; vols, brigandage, collusion, fraude, trahison des avoués, j'allais dire des procureurs ; coupable tolérance des juges, complicité des greffiers, rapines et turpitudes des huissiers, forfaitures des juges de paix, pièces soustraites, fabrications de faux actes..... Deux pages ne suffiraient pas pour seulement désigner toutes les espèces d'escroqueries, de crimes et d'horreurs.

Et celui qui trace cet épouvantable tableau (de la justice) dit qu'il élèvera la voix jusqu'à ce que ses cris parviennent aux oreilles du souverain ! Il dit ensuite à ses lecteurs : « Voulez-vous des » preuves ? vous en trouverez au greffe. Les aura- » t-on soustraites ou lacérées ? le dossier du pre- » mier plaideur vous en fournira. Ne savez-vous » pas les connaître ? venez chez moi, je vous en

» montrerai de toutes formes, de toutes couleurs,
» de toute espèce. »

Avant d'entrer en matière, je dois à M. Selves
un tribut de reconnaissance pour l'éminent service qu'il vient de me rendre ; il m'a révélé l'importance d'un bonheur dont je jouis, ou plutôt
dont j'aurais dû jouir depuis longues années. En
effet, mon nom n'a jamais fait retentir les voûtes
d'un tribunal, jamais il n'a été serré dans une
liasse, ou étouffé dans un dossier, et je ne me
doutais pas même de ce bonheur inappréciable !
Oh ! qu'il me serait doux de recommencer ma carrière pour connaître et goûter pleinement une félicité dont M. Selves m'a fait apprécier tous les
charmes ! et à chacun de mes nouveaux jours, je
répéterais avec délices : Dieu soit loué ! je n'ai pas
de procès !

Ne pouvant rien sur le passé, tâchons d'être
prudens pour l'avenir. Oui, je le jure, que l'on
m'outrage, qu'on me dépouille, jamais assigna-
tion n'exprimera mes plaintes ; jamais exploit ne
circulera sous mon nom ; et si dans quelque longue
promenade il m'arrive d'être arrêté par ces *braves
gens* qui prêchent aux voyageurs le mépris des richesses, je leur montrerai mes poches, et leur
dirai : Fouillez et prenez ! L'expédition finie, lorsque je les verrai regagner leur retraite, je leur crierai
de toutes mes forces : Allez en paix, honnêtes brigands ; au moins vous payez de votre personne,
vous ne volez point avec sécurité et protection,

et d'ailleurs je ne vous ai point confié mes intérêts;
vous ne m'avez rien promis, vous n'êtes pas mes
défenseurs, je ne vous ai point avoués : si vous êtes
coupables, au moins vous n'êtes point traîtres ;
non, vous n'êtes pas les plus odieux des hommes,
M. Selves me l'a bien prouvé.

Mais que vais-je faire sur les grands chemins ?
n'est-ce pas chercher aux frontières l'ennemi qui
pille la capitale ? Rentrons donc dans nos limites ;
et pour ne pas m'attirer un procès quand je jure
de n'en point avoir, faisons une déclaration formelle et publique. Je déclare donc que je ne fais
ici que rendre compte du *Tableau des Désordres
de l'Administration*, etc., et de l'impression qu'il
a produite sur moi. Il m'a fait horreur, je l'avoue ;
mais ce sentiment n'est ni un jugement, ni une
affirmation. Je déclare, en outre, que je tiens pour
irréprochables, délicats et désintéressés, tous les
juges, avoués, greffiers et huissiers passés, présens
et à venir ; et comme je ne veux point non plus
avoir de procès avec M. Selves, qui les connaît si
bien, je déclare aussi que je le considère comme
un homme courageux, franc et incapable de mentir.
J'entends quelque avoué me crier qu'il y a dans
ma phrase une absurdité choquante : je le sais
bien ; mais une absurdité ne cause point de procès
à celui qui la dit, tandis qu'on peut être ruiné,
abîmé, anéanti pour avoir dit la vérité.

Après cette étrange lecture, mon premier mouvement a été de demander si l'auteur était appré-

hgndé au corps, traîné à quelque tribunal, et s'il
portait la peine due à sa témérité. On me répondit
que M. Selves était fort tranquille, que l'on n'avait
intenté aucune action contre lui, et que les avoués,
qui, Dieu merci, savent faire pulluler les procès,
n'en avaient point suscité à cet audacieux écrivain.
Étonné de ce calme, qui signifie bien quelque
chose, je répliquai : De deux choses l'une ; ou
M. Selves a grandement raison, ou nos chers
avoués sont les plus tolérans, les plus philosophes de tous les hommes. Je laisse mes lecteurs
choisir entre ces deux suppositions, car je ne veux
me brouiller avec personne.

Mais si l'on n'a pas suscité contre l'ex-magistrat
des tracasseries juridiques, ses ennemis ont employé contre lui cette arme puissante et secrète
pour laquelle *Bazile* avait tant de prédilection, et
dont il vantait la trempe au docteur *Bartholo*. On
a répandu que M. Selves ne pouvait vivre en paix,
que jamais on n'avait vu, *intra aut extra forum*,
un homme plus chicanier, plus processif, et qu'il
était l'Arimane, le Belzébuth ou l'Astaroth du
barreau ; on a parlé de quinze, vingt et trente
procès, qu'il a toujours perdus, comme de raison ;
mais celui qui alléguait ces faits ne disait pas
comme M. Selves : *Venez chez moi, je vous montrerai des preuves.* Je ne demanderai pas combien
l'auteur a eu de procès ; et pour n'en avoir pas
moi-même, je n'examinerai point si les procès ne
proviennent pas des *désordres* que M. Selves a ré-

vélés ; mais qui sait s'il n'a pas recherché avec ardeur ces procès qu'on lui impute, pour connaître dans toute son étendue la matière qu'il voulait traiter ? Le célèbre M. Storck, de Vienne, n'a-t-il pas eu le courage d'avaler des extraits de ciguë, de napel, de jusquiame, de bella-dona, d'euphorbier et de stramonium, pour mieux étudier l'action de ces substances délétères sur les fibres de l'estomac ? L'audacieux Spallanzani n'a-t-il pas aussi avalé des tubes de métal, remplis de mie de pain, pour s'assurer si la digestion chez l'homme se fait par dissolution ou par trituration ? Ne savons-nous pas enfin qu'un docteur anglais s'est inoculé la peste pour mieux apprendre à combattre cet horrible fléau ? Pourquoi donc M. Selves ne se serait-il pas inoculé la chicane pour s'instruire à nous délivrer de cette vilaine maladie ?

Quoi qu'il en soit, il ne s'agit pas de savoir si M. Selves a eu des procès, et s'il s'est ruiné, même en les gagnant, mais s'il a vu clair, et s'il a dit la vérité dans ceux qu'il expose sous les yeux du public. Qu'il ait vu clair, personne n'en doute ; il ne voit que trop bien pour son repos ; qu'il ait dit la vérité, c'est ce que MM. les avoués semblent confirmer par leur silence, mais ce que je me garde bien d'affirmer, tant j'ai peur des procès !

Il divise son *Tableau* en quatre parties : 1° le mal de l'audience des criées ; 2° le mal des procédures ; 3° le mal sur le papier timbré ; 4° le mal des taxes de frais. Les subdivisions portent ces titres : les

avoués, les greffiers, les huissiers, les juges de paix.
Les juges des tribunaux n'ont point de case particulière ; mais ils n'y perdent rien, et M. Selves n'est pas
homme à les oublier dans un *Tableau de désordres*.
Il se trouve de plus, dans cet ouvrage, une digression fort importante et fort curieuse sur le *jury*.

Je vais citer un trait relatif à une vente *aux
criées*. Pour apprécier cette anecdote, il faut connaître la différence qui existe entre une vente faite
aux criées et celle qui a lieu *à la chambre des
notaires*. C'est que, dans le premier cas, les frais
s'élèvent à une somme vingt ou vingt-cinq fois plus
forte que dans le second ; de sorte que, pour la
vente d'un million d'immeubles, faite à la chambre
des notaires, ces frais n'excèderaient pas deux
mille francs ; tandis qu'aux criées, ils vont à quarante ou cinquante mille, selon qu'ils ont été fixés
à quatre ou cinq pour cent. On sent que le zèle des
avoués doit avoir vingt-cinq fois plus de ferveur dans
cette circonstance que dans l'autre, et qu'ils n'épar-
gnent ni soins, ni courses, ni écritures qui fassent
éclore quelque bon procès, pour pousser les ventes
aux criées, et pour en tirer un honnête bénéfice.

Or, il arriva, en 1810, qu'un particulier voulut vendre deux maisons de la valeur de cent mille
francs. Il allait en charger un notaire, quand il
rencontra un avoué (le plus obligeant des hommes) qui offrit de lui éviter toute peine et toute
démarche. Comment refuser une politesse faite
avec autant de grâces ? L'avoué lui écrit ensuite que

ses maisons sont vendues; le particulier va chez
le notaire; mais quel est son étonnement quand
l'acquéreur lui dit qu'il y a, dans la vente *faite
aux criées*, deux propriétaires, et qu'il faut la présence du second vendeur pour payer valablement.
Ces deux vendeurs, au lieu d'un seul, sont-ils un
mal entendu? Non; jamais affaire ne fut mieux en-
tendue que celle-là. Voici le mot de l'énigme:
l'honnête avoué, pour *dissimuler* que cette vente
était *volontaire*, pour la rendre, en apparence,
judiciaire, pour *faire une procédure* et une vente
sous la forme d'une licitation, pour faire foisonner
les frais (car voilà le véritable but); ce brave
homme, dis-je, avait supposé que les maisons ap-
partenaient à *deux propriétaires;* et pour rendre
cette supposition vraisemblable, il avait *fabriqué*
un écrit synallagmatique entre lui et son clerc, qui
transformait ce clerc en second propriétaire, pour
un centième de chaque maison, et les avait ensuite
vendues *aux criées*, par licitation, comme étant in-
divisibles et appartenant *à deux personnes*. La suite
de l'anecdote contient la preuve de sa réalité.

Il me semble entendre mes lecteurs se cour-
roucer et crier à l'infamie; mais qu'ils s'apaisent;
ce trait n'est qu'une gentillesse en comparaison de
ceux dont ce livre fourmille.

On sait généralement qu'en justice souvent *la
forme emporte le fond*. Voici quelque chose de
plus fort: Dans une demande en paiement de *quarante francs*, trois saisies-arrêts et trois instances en

validité, adroitement ménagées, sous prétexte d'arriver à compléter le paiement du capital et des frais, ont fait monter le tout à la somme de *mille francs.* Que l'on dise maintenant qu'il n'y a plus d'alchimistes, et que les avoués ne savent pas faire de l'or !

Je n'ai pas besoin de recommander la lecture de cet ouvrage; il n'aura que trop de succès, et j'en suis sincèrement affligé par l'intérêt que je prends à tant d'honnêtes avoués qui faisaient si paisiblement le meilleur de tous les métiers. Mais ils auront beau faire, le livre circulera; et le monde est si méchant qu'il ne peut prononcer le mot de procureur sans y joindre une rime injurieuse ; et l'auteur, par une adresse bien perfide en vérité, a su donner à son ouvrage tout ce qui peut le rendre populaire. Sans prétention au style élégant, sans déclamation, sans figures de rhétorique, il n'emploie que cette logique traîtresse qui interdit ses adversaires, ou cette raison brutale qui les assomme. Il a banni de son livre tous les termes de chicane, tous ces mots barbares qui font de la langue du barreau un jargon dans la langue française; et pour me servir de ses expressions, il n'a pas voulu forcer ses lecteurs à étudier « ce que c'est que l'action *possessoire,* ou *pétitoire,* ou *récusoire;* l'exception *déclinatoire,* ou *évocatoire,* ou *dilatoire,* ou *péremptoire;* le jugement *préparatoire,* ou *interlocutoire,* ou *provisoire;* le serment *purgatif* ou *décisoire,* le *rescindant* ou le *rescisoire,* ni aucun mot enfin de cet odieux grimoire. »

A tous ces *oire*, Grégoire dirait qu'il aime mieux boire, et il aurait grandement raison ; car il n'y a pas un de ces mots qui n'ait coûté des millions à la nation française.

Il faut hurler avec les loups; cette jolie maxime n'était qu'un proverbe, mais elle est devenue un axiome depuis que des gens de justice ont fait sentir la nécessité de ce précepte. Une famille voulant, après partage, éviter une vente *aux criées* et obtenir, selon la loi, qu'elle fût faite devant notaire, un honnête avoué avait promis de faire cette demande. J'ai expliqué que la vente devant notaire entraîne vingt ou vingt-cinq fois moins de frais que celle faite *aux criées*. Or, on apprit que l'avoué, loin de tenir sa promesse, faisait une *procédure* contraire, et demandait ses chères criées auxquelles il ne voulait pas être infidèle. On le lui reproche, il en convient avec candeur; on lui reprend les pièces, elles sont remises à un autre avoué ; et celui-ci, suivant l'impulsion de son cœur et le vœu de la loi, promet à son tour de terminer cette vente à la satisfaction de la famille. Mais ce brave homme, bien novice sans doute, est mandé à la chambre des avoués, vivement réprimandé d'avoir voulu être juste, menacé de l'inimitié de ses confrères, et d'excommunication majeure s'il persiste dans l'infâme résolution d'être honnête homme. Cet infortuné, bien convaincu que la probité serait une trahison envers ses confrères, et que la justice n'est faite que pour les goujats, écrivit à la famille cette lettre si touchante et si ingénue, qu'elle m'a fait pleurer à chaudes larmes :

« Votre demande étant contraire à *l'intérêt général* des avoués et au vœu BIEN PRONONCÉ *de notre chambre*, dans la séance d'aujourd'hui, à laquelle *j'ai été mandé* à cause de votre affaire, et attendu que je désire vivre en bonne intelligence et amitié avec tous mes confrères (le pauvre homme !), je vous préviens et déclare formellement que je ne peux *occuper* ni me présenter sur la demande dont il s'agit ; en conséquence, je vous renvoie vos pièces, etc... » Cette ingénuité me touche tellement que je ne puis achever de transcrire cette lettre ; mais ce qui me console un peu, c'est la certitude où je suis que cette victime de la probité aura enfin appris à hurler avec les loups, et qu'elle jouit des fruits d'une si belle conversion.

Autre fait du même genre : « La sœur octogénaire d'un des plus estimables sénateurs, trompée par un notaire de Paris, banqueroutier, qui lui avait acheté une terre, a été obligée de la faire saisir devant le juge du lieu. Un avoué cruel, qui sert quelqu'un de ses créanciers, lui a fait la menace de lui faire saisir son mobilier si elle ne consentait à la vente de la terre *aux criées de Paris.* » Le lecteur va dire sans doute : mais il y a recours contre de tels brigands, il y a justice ; non, il n'y a point de recours, point de justice à espérer ; aucun avoué *n'occupera*, ne vous servira contre les *intérêts* d'un confrère, les présidens n'oseront rien ordonner, selon la loi, contre *l'intérêt général* de la chambre des avoués, et..... je ne sais si j'oserai copier le reste, et.... *jacta est alea! Il n'y a pas d'espérance de justice quand les malfaiteurs dominent les juges.*

Il faut voir dans les paragraphes suivans comment les *criées* et les avoués sont des sources intarissables de banqueroutes, et comment les fautes mêmes, les bévues, les erreurs des avoués augmentent leurs bénéfices et grossissent leur fortune. Une erreur engendre une nouvelle procédure, le papier foisonne et c'est toujours le plaideur qui paie tout cela ; ainsi un avoué peut dire avec une douce satisfaction : voilà une affaire qui me vaudra mille bons écus, mais si j'ai le bonheur de me tromper sur quelque petit point, j'y gagnerai une vingtaine de mille francs, en tout bien et tout honneur.

Le même intérêt qui pousse les avoués à porter aux criées les ventes qui devraient être faites à la chambre des notaires, leur fait trouver mille expédiens pour changer en causes *ordinaires* celles qui devraient être *sommaires* par leur nature. Dans ce dernier cas les frais sont assez fixes et toujours modérés, tandis que dans le premier ils peuvent se monter à une somme effrayante ; on entend ce que je veux dire par cette épithète, et certainement ce ne sont pas les avoués qui s'effraient. Il faut encore voir dans cette brochure

quels heureux moyens, quelle finesse, quel génie
enfin les avoués emploient pour écarter l'infruc-
tueux *sommaire*, et pour fabriquer de beaux et bons
procès qui durent bien long-temps et qui exercent
la plume rapide de leurs innombrables clercs.

Parlerai-je des juges de paix, qui occupent un
bon coin du tableau de M. Selves? Mais quoi? des
désordres dans les justices de paix! Hélas! il n'est
que trop vrai : ici, c'est un pauvre garde-cham-
pêtre qui, ayant couru à la préfecture pour avoir
sa commission, est obligé de payer dix ou douze
francs au juge de paix pour un *procès-verbal* du
serment qu'il suffisait de noter sur la commission,
sans lui soustraire une somme si exhorbitante
pour lui; là c'est un juge de paix qui établit son
bureau, je devrais dire sa boutique, dans une
autre maison que la sienne, y fait siéger son
greffier, est toujours nommé présent dans tous les
actes, quoiqu'il ne se montre jamais, et y fait
toujours faire mention d'un serment qui n'est
jamais prêté; plus loin ou plus près, c'est encore
un juge de paix qui ayant un gendre notaire, un
beau-frère greffier, et quelque cousin avoué,
complote en famille des procès qu'il fait naître et
grossir à l'aide des secours qu'il prête et qu'il
reçoit réciproquement. Autre infamie plus révoltante encore : des juges de paix introduisent dans
leur bureau des avoués qui viennent flairer s'il y
a odeur de procès, et qui, pour empêcher que les
parties se concilient, sèment adroitement dans

les *rédactions* de ces notes magiques qui obscur-
cissent la matière, et font un gros procès d'une
misérable vétille. N'est-ce pas ainsi que Satan
obsédait le malheureux Caïn pour l'empêcher de
se réconcilier avec son frère ? d'autres enfin....
mais les greffiers attendent leur tour, et je leur
dois quelques considérations. Les greffiers ! quels
excellens auxiliaires pour les avoués ! ils leur laissent prendre au greffe tout ce qu'ils veulent, les
aident dans leur brigandage en leur prostituant les
registres et les dépôts, surprennent aux juges des
signatures que ceux-ci donnent toujours sans lire,
et pour prix de ces hauts faits, les avoués, dont
aucun n'est ingrat en pareille circonstance, aident
à leur tour les chers greffiers à percevoir le double
ou le triple de ce qui leur est accordé par la loi.
O divine reconnaissance ! tu n'es pas seulement
une justice, tu es une vertu. Mais quel démon
vient troubler une si douce harmonie ? depuis
quelque temps que de catastrophes ! deux plaideurs
se tuent, deux greffiers se tuent, deux autres greffiers désertent le palais ; on a bien raison de le dire,
il n'y a point de bonheur pour les honnêtes gens.

Mais voici venir les intrépides huissiers ! arrivez,
mes braves ; vous qui êtes à la queue de la pro-
cession, vous mériteriez bien d'être à la tête.
M. Selves m'apprend que si vous n'êtes pas sans
reproches, au moins vous êtes toujours sans peur ;
vous avez résisté à trois procureurs impériaux
qui vous poursuivaient, vous vous êtes raillé de

la Cour de cassation qui vous déclarait blâma-
bles ; et vous avez bravement imprimé que les
lois n'avaient pas le sens commun quand elles
vous prescrivaient des devoirs. Si vous enviez aux
avoués leur finesse et leurs ruses, combien ne
doivent-ils pas être jaloux de votre mâle courage.

J'arrive à cette *digression sur le jury* dont j'ai
parlé plus haut : nulle part la logique de M. Selves
ne brille avec plus d'éclat, mais ce morceau vraiment important doit être lu dans son entier ; je le
recommande donc spécialement à mes lecteurs ;
ils y verront que nous n'avons pas le véritable
jury ; que les jurés ont souvent reconnu *complicité* quands ils ne reconnaissaient pas de *délit*,
ce qui est contradictoire ; que des questions mal
posées ont fait acquitter en masse plusieurs pré-
venus dont quelques-uns avaient avoué détenir
encore les objets volés, de sorte que l'arrêt a condamné les voleurs à garder ce qu'ils avaient pris ;
ils verront aussi que dans la réunion des juges
aux jurés pour départager les votes, des accusés
ont été condamnés par *huit* voix, tandis qu'ils
pouvaient être acquittés par *neuf*, si on leur avait
laissé cette faculté. Je le répète, la lecture de ce
petit traité est pleine d'intérêt, et comme elle
n'attaque personne, personne, je pense, ne fera
un crime à M. Selves d'avoir porté la lumière sur
un point qui touche de si près à l'honneur et à la
vie des citoyens.

On croit sans doute que j'ai parlé de toutes les

espèces de désordres, d'escroqueries et de turpitudes; et cependant je n'ai rien dit du papier
timbré, dont on vole pour plus de cinq cents
mille francs par an au trésor public, en supposant
employé, et en faisant payer aux plaideurs celui que
l'on n'emploie pas; car, il faut que tout le monde
le sache, les avoués ne veulent jamais donner un
récépissé des pièces que vous leur confiez, et
soigneux de compter les écus qu'ils vous extor-
quent, ils ne vous permettent pas de compter vos
pièces quand ils vous les remettent; jamais président n'a pu ni voulu les y obliger. J'avoue qu'il me
fallait l'assertion formelle de M. Selves pour croire
à ce fait, si contraire à toute vraisemblance.

Je touche à la fin de ma tâche, et dix articles
ne suffiraient pas pour parler convenablement du
mal sur la taxe des frais; ce seul chapitre contient plus d'abominations que tous les autres
ensemble. Ne pouvant moissonner dans ce vaste
champ, je me contente de ramasser un petit épi
que j'offre à mes lecteurs.

Un président signe une taxe de dépens contre
quelqu'un *qui n'y était pas condamné;* on lui
fait observer l'erreur, il en convient; mais par
orgueil ou autrement, il y persiste, et son erreur
devient une prévarication dont les suites en-
traînent six mille francs de frais. « *Je suis prêt,* dit
M. Selves, *à en montrer les preuves ou à subir les
peines de la calomnie.* »

Je l'avouerai, malgré les assertions multipliées

28.

de M. Selves, quoiqu'il offre sans cesse de faire voir les pièces probantes, je conservais un doute involontaire, parce qu'il n'est point naturel de croire que le sanctuaire de la justice soit souillé de tant d'horreurs. J'étais donc, en écrivant, dans cet état d'indécision qui nous fait condamner à la fois l'accusé et l'accusateur, quand le hasard fit tomber entre mes mains le discours prononcé par M. Courtin, procureur impérial, à la rentrée du tribunal de première instance de Paris, le 3 novembre 1812. Ce discours est plein de sagesse et de modération, et cependant l'orateur y parle avec autant de dignité que de mesure *des révélations et des plaintes qui désignent des vexations, des connivences frauduleuses et même des exactions dans l'administration de la justice.* Il parcourt ensuite avec beaucoup d'ordre et de clarté les différens *objets* de ces plaintes, et, par une concordance bien étonnante, il se trouve que les abus et les désordres sur lesquels M. Courtin appelle la sévère attention du tribunal, *sont précisément ceux que M. Selves a signalés dans son tableau.* J'avoue que cette nouvelle lumière a fort ébranlé mon scepticisme; je ne veux cependant tirer aucune conséquence de cet accord entre les deux écrits, mais je parierais bien que M. Selves n'a pas tort, si la crainte d'un procès ne m'empêchait de dire qu'il a raison.

MES SOUVENIRS.

MES SOUVENIRS.

~~~~~~

IDYLLES.

PARIS DÉTRUIT.

Un jour, sur les bords de la Seine,
Le vieillard Philémon conduira ses enfans;
Et l'heureuse famille assise sous un chêne,
Du père écoutera les chants.

« Vous voyez, mes enfans, ce fleuve si tranquille
Dont l'onde rafraîchit le pied de ces forêts :
Aujourd'hui, grâce au ciel ! son rivage est l'asile
De la candeur et de la paix.
Sur ses paisibles bords règne un profond silence :
Nous pouvons librement, dans ces riants déserts,
Elever jusqu'aux cieux notre reconnaissance;
Un calme saint protège nos concerts,
Et le cri des méchans ne vient point dans les airs
Troubler les vœux de l'innocence.
Ce bois religieux, ce bois dont le regard
Perce à peine la nuit obscure,
Semble dire que la nature
L'a toujours défendu des outrages de l'art.
Tout semble retracer l'image
De cette auguste antiquité;

Tout semble nous offrir de l'heureux premier âge
 L'imposante simplicité;
 Tableau touchant, tableau sublime
 De ces jours de paix où le crime
 N'était point encore inventé.
Ces chênes surannés, ces masses de verdure,
Ce limpide ruisseau qui gazouille, murmure
 Et qui serpente en liberté,
 L'homme exempt de méchanceté,
 La femme exempte d'imposture,
 De nos pasteurs la rustique gaieté,
 De nos enfans l'ingénuité pure,
Feraient croire à mon cœur qu'en ce lieu respecté,
La nature encor vierge étale sa parure
 Et sa première majesté.
Comme tout a changé! Jadis sur ces rivages
 La main de l'homme éleva des palais;
Les palais ne sont plus; et ces vastes forêts,
 Et ces délicieux ombrages
 Qui du temps semblent des bienfaits,
 Du temps attestent les ravages.
 Jadis ce séjour enchanté,
 Dont la richesse nous étonne,
Ce coteau blanchissant où l'œil est arrêté,
Ce pré vaste et fleuri que l'horizon couronne
S'enfermaient dans les murs d'une seule cité :
Espace trop étroit pour un peuple innombrable!
 O mes enfans! ce n'est point une fable :
A nos pères jadis nos aïeux l'ont conté.
Là s'étalaient le luxe et la magnificence,
La molle oisiveté, l'indolente opulence :
C'est ici qu'une digue, ouvrage des humains,

Resserrait l'onde fugitive ;
C'est là qu'un arc de pierre arrondi par leurs mains,
  Mariait l'une à l'autre rive,
Et des chars fastueux volaient rapidement,
Suspendus sur ce fleuve où la rame craintive
Ose à peine agiter un perfide élément.
Ici, dans des jardins où l'onde prisonnière
  Dormait en de larges canaux,
Les tilleuls odorans, les flexibles ormeaux
  Se dépouillaient de leur forme première,
Et leurs fronts inclinés se courbant en berceaux,
Prêtaient à la paresse une ombre tutélaire.
Hélas ! que reste-t-il de tant d'objets si beaux ?
Le temps a moissonné cette cité superbe ;
Ses vestiges épars se dérobent sous l'herbe,
Et les fleurs des gazons tapissent des tombeaux.
  Sous ces arbres touffus et sombres,
  Si je m'égare quelquefois,
Mon œil d'un peuple entier croit voir errer les ombres :
Je crois entendre encor leurs gémissantes voix...»

A ces mots régnera le plus morne silence.
Saisis d'un saint effroi, les enfans, le vieillard,
Soulevant jusqu'aux cieux un timide regard,
Adoreront du temps l'invisible puissance.
Enfin, les yeux lassés d'un si triste tableau,
Ils quitteront ces lieux, théâtre des ravages ;
Et, le cœur accablé de ces sombres images,
Ils prendront en pleurant le chemin du hameau.

L'HERMITAGE.

J'HABITE sous un toit rustique,
Des ans et des vents respecté,
Et couvert d'un tilleul antique
Que mes bons aïeux ont planté.

Ma demeure n'est pas brillante,
Mais je trouve dans ma maison
Le frais, dans la saison brûlante,
Le chaud, dans la froide saison.

Du nectar et de l'ambroisie
J'ignore le charme enchanteur ;
Mais j'ai ce qu'il faut pour la vie,
Et peut-être pour le bonheur.

De mon lit j'aperçois l'aurore
S'éveiller et sourire aux cieux :
Mes rideaux blancs qu'elle colore,
Se teignent de pourpre à mes yeux.

Près de mon asile champêtre,
Un parterre de mille fleurs
Etend le long de ma fenêtre
Un tapis de mille couleurs.

De ces fleurs récemment écloses,
Zéphyre m'apporte l'odeur ;
Je ne respire que fraîcheur,
Je ne respire que des roses.

Bientôt je savoure le lait
Qu'une jeune Io me procure ;

Simple et frugale nourriture:
Mais c'est Claudine qui le trait.

Claudine est blonde, jeune et belle ;
Toujours elle chante, elle rit :
Claudine n'a pas grand esprit,
Mais ses yeux bleus en ont pour elle.

Elle touche à cet heureux temps
Où l'on aime si bien la vie :
C'est la fleur que seize printemps
N'ont point encore épanouie.

Claudine éveille le désir,
Claudine..... chut, Muse indiscrète :
Elle n'est pas le seul plaisir
Que je goûte dans ma retraite.

Quand le soleil, du haut des cieux,
A doré les monts et la plaine,
Je vais d'un regard curieux
Visiter mon petit domaine.

L'œillet, la rose, l'oranger,
La vigne, la simple fougère,
Le petit bosquet, le verger,
Tout reçoit un coup-d'œil de père.

Je vais par un soin amusant,
Qui du temps passé me console,
Epier si le fruit naissant
Paraît sous la fleur qui s'envole.

Satisfait de voir qu'à mes yeux
Tout rit et promet l'abondance,

Je réfléchis sur l'espérance,
Et je m'en retourne joyeux.

Repas simple, mais délectable,
Qu'assaisonne la liberté,
Appelle bientôt à ma table
Trois convives pleins de gaieté.

Ces convives, on les devine;
Malgré ma médiocrité,
Trois amis ne m'ont point quitté :
Bacchus, l'Amour et ma Claudine.

Après midi, quand la chaleur
Du zéphyre a tiédi l'haleine,
Près du bassin de ma fontaine
Je vais respirer la fraîcheur.

C'est là qu'une onde caressante
Qui sort en fuyant du rocher,
M'offre sur la mousse naissante
Doux repos que j'y vais chercher.

Avant que son gentil murmure
Dans le sommeil plonge mes sens,
Je jette des yeux languissans
Sur les charmes de la nature.

Bientôt mon œil plus assuré
S'élève aux cieux; il les mesure,
Et parcourt ce dôme azuré.
Qui couronne un lit de verdure.

Déjà mes regards échappés
Percent au séjour du tonnerre;

Mais trop d'éclat les a frappés,
Ils redescendent vers la terre.

J'y vois les détours du ruisseau
Que forme l'eau de ma fontaine,
Et qui se perd sous le berceau
D'une caverne souterraine.

C'est là qu'une foule d'échos,
Cachés sous la grotte profonde,
Répète le chant des oiseaux
Et le gazouillement de l'onde.

Cette eau qui fuit loin de ces bords
M'inspire un peu de rêverie;
Je pense au cours de notre vie...
Mais heureusement je m'endors.

Dans le tourbillon d'un doux songe
Mes yeux ont vu mille beautés :
Songe n'est pas toujours mensonge,
Claudine était à mes côtés.

Je m'éveille et la vois sourire...
Quel feu soudain vient m'embrâser !
J'ai mille choses à lui dire...
Mille choses ! c'est un baiser.

L'ombre de la forêt voisine,
Avant-courière de la nuit,
En s'allongeant vers mon réduit
Me dit d'y ramener Claudine.

Mes amis, tel fut le destin
Du jour qui vient de disparaître;

Sera-t-il aussi beau demain ?
L'espérance me dit : Peut-être.

Ainsi le temps, d'un vol léger,
M'offre chaque jour ce que j'aime ;
Mon plaisir est toujours le même,
Mais je n'en voudrais pas changer.

LA SOIRÉE D'ÉTÉ.

Volez, soufflez sur ces vertes fougères,
Galans Zéphyrs, ministres de l'Amour,
Rafraîchissez le sein de nos bergères,
Et, balancés sur vos ailes légères,
Opposez-vous à la chaleur du jour.

Du midi la brûlante haleine
A tiédi le cristal des eaux ;
Couchée au pied de ses roseaux,
La naïade respire à peine ;
Les feux qui dévorent la plaine
Font cesser le chant des oiseaux.
Sortez de vos grottes humides,
Zéphyrs légers, accourez tous ;
Soufflez sur ces ondes limpides,
De vos ailes caressez-nous.
J'entends déjà leur troupe obéissante
Murmurer doucement dans le feuillage épais ;
Je sens du soir la fraîcheur renaissante :
Le jeune ormeau de ces forêts
Agite sa cîme tremblante ;
Un air pur, un vent doux et frais

Frémit autour de mon amante.

C'est ici, ma Myrthé, qu'habite le bonheur.

C'est pour nous seuls que la nature
Orna cet asile enchanteur ;

L'amour étend pour nous ce tapis de verdure ;

Ce ruisseau dont l'onde est si pure,

Pour nous seuls de ces bords entretient la fraîcheur ;

C'est pour nous que son eau si doucement murmure.

Le mystère a courbé ces arbrisseaux en fleur,

Pour former cette voûte obscure.

C'est ici, ma Myrthé, qu'habite le bonheur.

Hâtons-nous d'en jouir : quand la saison cruelle

De ses tristes frimats couvrira le gazon,

Nous ne foulerons plus l'herbe tendre et nouvelle ;

Nous ne le verrons plus, le galant papillon,

Voler à Flore qu'il appelle ;

Nous ne l'entendrons plus, la voix de Philomèle ;

Nous ne l'entendrons plus, la naïve chanson

Que fredonne Lycas assis près de sa belle.

L'hiver blanchira les côteaux

Où l'arbre de Bacchus étale un vert feuillage ;

L'hiver enchaînera les flots

Qui murmurent sous cet ombrage ;

Les fruits, les roses passeront,

Les bergers, les agneaux rentreront au village,

Et les plaisirs disparaîtront.

Nous te perdrons aussi, fugitive jeunesse ;

Comme un éclair léger tu vas t'évanouir :

Nous voyons dans ces fleurs l'image du plaisir ;

Nous verrons dans l'hiver l'aspect de la vieillesse.

Saisissons le bonheur, et mortels imprudens,

N'attendons pas l'hiver pour jouir du printemps.

Vois-tu l'astre qui nous éclaire,
Vers l'occident précipiter son cours?
Myrthé, c'est l'heure où les Amours
Dans les bois de Paphos accompagnent leur mère.
Suivons-les, hâtons-nous de voler sur leurs pas;
Marchons au doux son de leurs lyres.....
Mais, que dis-je, insensé! Le bonheur n'est-il pas
Par-tout où je te vois, par-tout où tu respires?
Ce ne sont point les bosquets de Vénus
Qui dispensent le bien suprême :
O mon amante! on a tout quand on aime;
On perd tout quand on n'aime plus.

ÉLÉGIE.

Plus ne verrai,
C'est pour la vie,
Plus n'entendrai
Ma douce amie:
Plus ne verrai
Tant doux bocage,
Qu'elle enchantait;
Joli rivage
Où son image
Se répétait;
Oiseaux volages
Qu'elle appelait;
Tendres herbages
Qu'elle foulait;
Écho sauvage

Qui murmurait
Son doux langage;
Gentil feuillage
Qui la couvrait
De son ombrage,
Plus ne verrez,
C'est pour la vie,
Plus n'entendrez
Ma douce amie:
Vous périrez.
Adieu! zéphire:
Bientôt la mort
Va me conduire
Au sombre bord
Que je désire.
Chêne orgueilleux,
Roi du bocage,
Dont le feuillage
Couvrait nos jeux;
Abri tranquille,
Qui tous les jours,
A nos amours
Servait d'asile;
Vaste berceau,
Retraite sombre,
Prêtez votre ombre
A mon tombeau.
Plus de la vie,
Plus ne verrai,
Plus n'entendrai
Ma douce amie.....
Plus ne vivrai.

FABLES.

L'AMOUR-PROPRE ET LA MODESTIE.

Dans les temps reculés de la mythologie,
    Au beau milieu de la céleste cour,
      On vit naître le même jour
      L'Amour-propre et la Modestie.
Ce couple, dit Jupin, nous vient fort à propos:
      La Modestie avec les sots
      Ira toujours de compagnie;
L'Amour-propre, au contraire, ira chez le génie,
Et le consolera de ses nombreux travaux.
      Mais le destin à barbe grise
      En décida bien autrement.
Ah! vous le devinez sans que je vous le dise:
      La Modestie épousa le talent,
      Et l'Amour-propre épousa la sottise.
L'avis de Jupiter était plus consolant.

LE SONGE DES DEUX BERGERS.

Au beau milieu d'un champ que le soleil brûlait,
L'autre jour en sursaut deux bergers s'éveillèrent,
      Et tous deux ils se racontèrent
      Le songe qui les agitait.

Quelle frayeur ! dit l'un ; dans une nuit profonde
   J'ai cru voguer sur le vaste Océan,
   Quand tout-à-coup un terrible ouragan,
M'a fait aller dormir jusques au fond de l'onde.
Et moi, répondit l'autre, armé comme un soldat,
Je crus aller, j'allais tout tremblant à la guerre ;
Mais un coup de mousquet m'a fait mordre la terre
   Dans le premier feu du combat.
Lycas les écoutait, passant par aventure :
Mes amis, leur dit-il, vos rêves sont fort beaux ;
Mais si vous ne songiez qu'aux paisibles travaux
   Que vous a prescrits la nature,
   Vous ne rêveriez que troupeaux,
   Que moutons, chiens et pâturages,
   Et les combats ni les naufrages
   Ne troubleraient votre repos.

LE MENAGE TROUBLÉ.

   Après six ans de mariage,
   Blaise, avec sa femme Isabeau,
   Faisait encore bon ménage.
   Pour prix d'un exemple si beau,
   Dans la maison chacun fut sage,
L'enfant, le chien, le chat, l'écureil et l'oiseau.
   Noé quand il sauva de l'eau
   Les restes de l'humaine engeance,
Ne vit jamais régner si bonne intelligence
   Dans l'enceinte de son bateau.
   Or, il advint qu'un jour de fête,
   Blaise but tant qu'il en perdit la tête.

Devinez-vous ce qu'il fit en rentrant?
Notre ivrogne battit sa femme :
Pour calmer son dépit, le soir la belle dame
A son tour étrilla l'enfant;
L'enfant pinça le chien, le chien mordit la chatte;
La chatte à l'écureil riposta de la patte,
Et l'écorcha je ne sais où :
Enfin d'un coup de dent l'écureuil en colère
Au pauvre oiseau tordit le cou.

Ainsi la faute d'un seul fou
Trouble une république entière;
Et le forfait du coupable puissant,
Est toujours expié par le faible innocent.

L'ERREUR ET LA VÉRITÉ.

La Vérité, fille des cieux,
Descend quelquefois sur la terre;
L'Erreur, d'un vol audacieux,
S'élève quelquefois au séjour du tonnerre.
Après plus d'un voyage, un jour chez les mortels
Ces deux divinités ensemble descendirent,
Et toutes les deux prétendirent
Qu'on leur élevât des autels.
Aussitôt, grand débat. L'enfant de la folie,
L'homme, du merveilleux amateur empressé,
Trouvait l'une plus belle et l'autre plus jolie,
Et dans son choix flottait embarrassé.
L'Erreur s'en aperçut, et dit à sa rivale :
Voyons qui de nous deux méritera le mieux
Les honneurs et l'encens que l'on réserve aux dieux,

Disputons ce grand prix, et que chacune étale
Ses qualités, ses droits et ses dons précieux.
Vérité, c'est à vous de parler la première.
La Vérité parla : Mortels, écoutez bien,
Dit-elle; vains mortels, hélas ! vous n'êtes rien.
Bizarre composé d'orgueil et de poussière,
Le néant vous attend au bout de la carrière;
Vous allez disparaître, et malgré vos efforts,
Chaque instant, même heureux, vous conduit chez les morts.;
　Insensés, vous vous croyez sages;
　Toujours enfans, toujours sourds à ma voix,
　Vous n'agissez que par de sots usages,
　　Que vous osez nommer des lois.
　Vous vous trompez tous à la fois;
Infidèles époux de femmes infidèles,
　Mauvais fils ou mauvais parens,
Victimes ou bourreaux, esclaves ou tyrans,
De ce que vous blâmez vous offrez les modèles;
Vains atômes.... L'Erreur interrompt brusquement:
Mortels, n'en croyez rien, la Vérité vous ment;
Vous êtes tous parfaits, admirables, sublimes,
Grands dans tous vos projets et même dans vos crimes;
Charmans dans vos plaisirs, superbes dans vos maux,
Vous êtes tous des dieux parmi les animaux.
　Amans, aimez d'adorables amantes,
　　Vos feux sont purs, ils sont constans;
Vos amis sont tous vrais, vos femmes sont charmantes.
A compter d'aujourd'hui vous serez tous contens;
Si ce n'est pour toujours, du moins c'est pour long-temps.
Ne songez à la mort qu'avec indifférence :
Elle est si loin de vous ! Peut-être désormais
Ne viendra-t-elle plus, car ma sœur l'Espérance

Va trouver le secret de ne mourir jamais.
Non, vous ne mourrez point.... A ces mots, le vulgaire,
Qui de la Vérité ne se souciait guère,
Avec un sot transport se prosterne aux genoux
De l'Erreur, qui dès-lors habita parmi nous.
La Vérité s'indigne ; elle fuit et s'envole
Vers la voûte azurée où le temps la console.
On la regrette en vain ; nos vœux sont superflus :
La déesse est au ciel, et n'en descendra plus.

LE PILOTE ET LES MATELOTS.

Ce que je vais conter, et que je nomme fable,
    Est pourtant une vérité :
Pour toucher, aujourd'hui, c'est peu du vraisemblable,
    Il faut de la réalité.

Sur un vaisseau chargé d'un nombreux équipage,
    Commandait un pilote sage :
A tous ses matelots il ne prescrivait rien
    Qu'avec douceur, et réfléchissait bien
      Avant que de rien entreprendre.
      Différent des autres marins,
Il avait le cœur droit, pieux, sensible et tendre,
      Et les sentimens plus humains
Que d'un homme de mer on n'en devait attendre.
Mais un pilote, hélas ! doit-il être si doux ?
Aux yeux des matelots, cette extrême sagesse
      Etait ignorance ou faiblesse :
Cette funeste erreur fut la perte de tous.
Par lui désobéir, d'abord ils commencèrent ;

Bientôt après le méprisèrent
   Et l'outragèrent;
Puis, comptant sur leur nombre et sur l'impunité,
Après l'avoir noirci d'un forfait inventé,
   Les scélérats l'assassinèrent.
Lui mort, les matelots, sans honte et sans regrets,
Chantèrent son trépas, en buvant à longs traits.
Pour jouir promptement des revenus du crime,
Chacun s'appropria les biens de la victime,
Et le droit du plus fort leur servant de raison,
   Ils pillèrent la cargaison.
Tant que la mer fut calme, ils firent grande chère,
Buvant, jurant, sacrant selon leur caractère,
   Et du défunt dévorant les trésors,
   Non sans frayeur, mais sans remords.
Le bonheur des méchans passe comme un nuage.
Le ciel devint obscur, l'Océan s'agita,
Et contre ces brigands Éole suscita
   Le plus épouvantable orage.
Il fallait manœuvrer : mais dans tout l'équipage,
Chacun se croit pilote, aucun ne veut servir;
   Du gouvernail chacun court se saisir;
Jusqu'au mousse, chacun prétend régler l'ouvrage;
Tous veulent commander, et personne obéir.
Ils avaient force bras; mais n'ayant plus de tête,
Ils font tant et si mal, que le pauvre vaisseau,
Sans voiles et sans mâts, battu par la tempête,
   Ouvert partout, et faisant eau,
Sous l'abîme des mers va trouver son tombeau.

LA ROSE ET L'IMMORTELLE.

DANS un bosquet, la rose et l'immortelle
　　Prirent dispute un beau matin.
Vous qui de ces deux fleurs ornez votre jardin,
Ecoutez leurs raisons, et jugez la querelle.

　　　La rose disait : je suis belle.
　　　Fille de Flore et du Zéphyr,
　　　Je m'ouvre en saluant l'aurore ;
Je vois à mon aspect tout le ciel s'embellir,
Et les rayons du jour me recherchent encore
　　Lorsque dans l'onde ils vont s'ensevelir.
Des doux pleurs du matin, mes feuilles imbibées,
Et vers mon sein vermeil mollement recourbées,
　　　Forment une grotte d'amour
D'où s'exhale une odeur qui parfume le jour.
J'accompagne Vénus, je flotte à son corsage ;
Et lorsque dans Paphos on lui vient rendre hommage,
　　　Les amours ont souvent douté
　　　Laquelle plaisait davantage
　　Ou de la fleur ou de la déité.
Enfin, mon doux parfum, mon éclat, ma verdure,
Fixent autour de moi les amours du canton,
　　　Et j'orne du plus beau fleuron
　　　La couronne de la nature.
　　　Ma sœur, vous vous vantez toujours,
Reprit l'humble immortelle, et vous n'êtes pas sage.
Plus que moi, je le sais, vous plaisez aux amours,
　　Mais j'ai sur vous un bien grand avantage :
　　　Vous mourrez avec les beaux jours,
　　　On me voit briller à tout âge.

O vous ! en qui la vanité
Fait préférer à tout la gloire d'être belle,
  Retenez bien cette moralité ;
  Sexe charmant, la rose est la beauté,
  Mais le talent est l'immortelle.

LE SINGE ET LE BŒUF.

Devant un bœuf fort sérieux,
Un singe gambadait, faisait mainte grimace,
  Et se tourmentait de son mieux.
A tous ces jolis tours le bœuf est tout de glace,
Et sur le baladin fixant ses deux gros yeux,
Il ne laissa pas même échapper un sourire.
Le stupide animal, disait le bateleur !
Voyez comme il ressent la gaieté que j'inspire.
Très-sot, répond le bœuf, j'en conviens de bon cœur :
  Tu veux pourtant que je t'admire.

LA ROSE ET LE BOUTON.

  Une rose encor nouvelle
  Disait un jour au bouton :
  Voyez, petit avorton,
  Voyez, comme je suis belle !
  Moi, dont s'exhale toujours
  Une odeur suave et pure ;
  J'étale aux yeux des amours
  L'ornement de la nature,
  Et vois croître tous les jours

Le luxe de ma verdure,
Et l'orgueil de mes atours.
Mais vous, qui commencez d'être,
Dans un berceau resserré,
Vous végétez ignoré
De Zéphyr qui vous fit naître.
Le bouton ne répond rien
A ce superbe langage;
Mais le temps le vengea bien
De la rose et de l'outrage.
Déjà, déjà la chaleur
A fait fuir la douce aurore:
Le soleil le fait éclore,
Le soleil flétrit sa sœur.
La rose est la jouissance,
Le bouton est l'espérance:
Choisissez, ami lecteur.

LA NOUVEAUTÉ.

Aux lieux où règne la folie,
Un jour la Nouveauté parut:
Aussitôt chacun accourut;
Chacun disait: Quelle est jolie!
Ah! madame la Nouveauté,
Demeurez dans notre patrie;
Plus que l'esprit et la beauté
Vous y fûtes toujours chérie.

Lors la déesse à tous ces fous
Répondit: Messieurs, j'y demeure;

Et leur donna le rendez-vous
Le lendemain à la même heure.

Le jour vint. Elle se montra
Aussi brillante que la veille :
Le premier qui la rencontra
S'écria : Dieux ! comme elle est vieille !

L'HOMME

QUI COURT APRÈS LE BONHEUR.

Un homme heureux, autant que l'on peut l'être,
Le plus heureux de tous peut-être,
S'ennuyait de son sort. L'homme est capricieux,
Le bien-être constant lui paraît ennuyeux ;
Il faut qu'il craigne ou qu'il espère ;
S'il est bien, il veut être mieux.
Hélas ! par un destin contraire,
Quand le plaisir vient sur la terre
Les désirs remontent aux cieux.
Bref, notre impatient se fourra dans la tête
Que le bonheur gissait dans un endroit caché,
Et qu'il voulait être cherché.
Plein de ce fol espoir, il part, rien ne l'arrête ;
Il marche, il marche, il marche, et parcourt au hasard,
L'Afrique, l'Amérique, et l'Europe, et l'Asie,
Pays blanc, pays noir, voire la Barbarie :
Peine et plaisir partout, de bonheur nulle part.
Il n'est pas rebuté. Chacun avait beau faire
Et beau dire : Restez chez nous,
Le bonheur est ici, notre climat est doux ;

Nous dansons, nous buvons, nous faisons bonne chère;
Nous connaissons l'amour, nous ignorons la guerre;
  Nos maris ne sont pas jaloux;
  Nos femmes ne sont pas mégères;
  Nos amis sont francs et sincères;
  Nos poètes ne sont pas fous;
Et mieux que tout cela, nos sots savent se taire.
Damis (c'était son nom) Damis les croyait tous;
  Le lendemain il croyait le contraire.

    Enfin après maint gros labeur,
    Après maint et maint long voyage,
Damis, devenu vieux, n'en devient pas plus sage,
Et, tout près du cercueil, croit encore au bonheur.
Un jour qu'il s'égara dans une forêt sombre,
Il crut apercevoir, il aperçut dans l'ombre,
Un objet qui semblait se dérober aux yeux.
Damis se hâte, approche, et voit un ancien temple
  Qu'environnait un bois silencieux.
Saisi d'un saint effroi, le voyageur contemple
Ce dôme suranné, dôme majestueux,
Dont le faîte semblait se perdre dans les cieux.
    Par un voile mystérieux,
Une main invisible en a caché l'entrée,
    Et sur cette toile sacrée,
Le temps grava ces mots: *Point de maux en ces lieux.*
Dieux! s'écria Damis; je vais donc être heureux!
    Soudain, plein d'un brûlant délire
D'une main empressée, il soulève, il déchire
    Le secret et fatal rideau:
Le temple s'ouvre... Ciel! Damis voit un tombeau.

Que de petits Damis je vois dans ce bas monde!

Légers, impatiens, jouets d'un fol orgueil,
Ils vont courant les mers et la machine ronde,
Et travaillent cent ans à gagner un cercueil.

LA VIE ET LA MORT DE L'AMOUR.

L'AN je ne sais combien, la dame de Cythère
    Accoucha d'un petit poupon,
Bien joli, bien gentil : Amour était son nom.
    Demander quel était son père,
    C'est indiscrète question,
    Jamais la chose n'est bien claire ;
Mais très-certainement Vénus était sa mère.
    En naissant, le petit poupon
    Fit à tous un malin sourire,
Qui fit bien soupçonner qu'il ne serait pas bon ;
Mais il était joli, cela devait suffire :
    Belle bouche a toujours raison.
    Dans un moment cette naissance
    Fit du bruit dans les environs :
    Jeunes filles, jeunes garçons,
    Hommes, femmes, de tous cantons
    Accoururent en diligence.
    Le petit drôle fut fêté
    Pendant une semaine entière,
    Puis fut élevé dans Cythère
    En véritable enfant gâté.
Pour sa nourrice on choisit l'Espérance,
Fort bonne femme, et qui berçant très-bien,
    Endormait le petit vaurien
    Dans ses momens d'impatience.

Le voilà grand. Il faut un précepteur.
Qui prit-on? un derviche, un philosophe, un mage?
Non, sans doute. Eh qui donc? On choisit le Malheur.
Le Malheur pour l'Amour! hélas! c'est bien dommage,
　　Dit mainte fillette en son cœur.
N'en dites point de mal, le Malheur est fort sage.
　　Si du jeune homme on eût suivi le goût,
Je crois que le malheur n'eût pas été son maître;
　　Mais c'eût été tant pis peut-être.
Bref, il fut bien fouetté; mais il apprit beaucoup.
　　Voici son printemps qui s'avance;
　　Ne fuyez pas, moment flatteur,
　　Moment plus heureux qu'on ne pense :
Le printemps de l'Amour est l'âge du bonheur.
Amour, fripon d'Amour, que tu fais de conquêtes!
　　Combien tu vas troubler de cœurs!
　　Combien tu vas tourner de têtes!
　　Combien tu vas faner de fleurs!
Ses coupables succès augmentaient sa licence :
　　Sûr de ses funestes appas,
Le petit scélérat a trompé la Prudence;
　　A la naïve et timide Innocence
　　Il vient de causer le trépas,
　　La Vertu même est tombée en ses lacs.
　　Mais enfin chez la Jouissance
Des dieux, des justes dieux l'attendait la vengeance :
　　Il trouve la mort dans ses bras.
　　Hélas! que devint Cythérée,
Quand elle apprit ce triste événement?
　　L'Amour n'est plus! sort cruel, quel tourment!
　　Soudain cette belle éplorée
Se jette dans son char, et les ailes du vent

La transportent dans l'Empirée.
Jupiter attendri, commande qu'à l'instant
Le char brillant de l'Espérance
Ramène Vénus dans sa cour,
Et le maître des dieux envoya l'Inconstance
Qui rendit la vie à l'Amour.
Mais pourtant quelle différence !
Vous ne reviendrez plus; délicieux momens
Qu'Amour passait dans son enfance :
Age du vrai bonheur, vous n'avez qu'un printemps.
L'aimable enfant vieillit, car tout vieillit au monde.
Après avoir volé de la brune à la blonde,
Abreuvé de dégoûts, épuisé de désirs,
Chez la Débauche enfin il chercha les plaisirs.
— Je ne sais pas ce qu'il a fait chez elle;
On m'a dit seulement que dans une querelle
Où la Débauche s'échauffa,
Cette bacchante l'étouffa.
Vénus veut se tuer; mais elle est immortelle :
Elle eut beau se répandre en regrets superflus,
L'Amour pour cette fois ne ressuscita plus.

L'ŒIL ET L'OREILLE.

Un jour l'œil disait à l'oreille :
Écoutez bien ;
Vous vous croyez une merveille :
Il n'en est rien.
Quand un sot parle, pour l'entendre
Faut vous prêter;

Qu'un son soit aigre, dur ou tendre,
    Faut l'écouter.
Je suis, soit dit sans vous déplaire,
    Bien mieux construit,
Et ne crains pas d'être en colère
    Au moindre bruit.
Je puis m'ouvrir à la lumière
    Pour un tendron,
Et vîte fermer ma paupière
    Sur un laidron.
Quand vous êtes près de Zélie,
    Ne voyez pas
Combien elle est fraîche et jolie,
    Qu'elle a d'appas;
Ne voyez pas son teint d'albâtre,
    Cet œil fripon,
Ces dents, ce cou que j'idolâtre,
    Ce pied mignon.....
Lasse de ce vain étalage,
    L'oreille dit:
Ami, songe donc qu'avec l'âge
    Tout s'enlaidit.
Profite bien près de Zélie
    De son printemps;
Mais tout se fane, tout s'oublie
    Avec le temps.
Un jour son air sera moins tendre,
    Son teint moins beau;
Mais j'aurai plaisir à l'entendre
    Jusqu'au tombeau.

LE MIROIR ET LE PORTRAIT.

Au temps jadis une femelle
Sans agrémens, sans esprit, sans beauté,
Et pourtant pas sans vanité,
Désira son portrait. Vint un enfant d'Apelle,
Qui lorgna, dessina, mais surtout qui vanta
Toutes les grâces du modèle.
Vous êtes charmant, lui dit-elle;
Mais ne me flattez point. Le peintre la flatta.
Le portrait fait, il l'apporta.
Dieux! quel plaisir! ô surprise charmante!
Mais c'est bien moi! mais, mais j'y suis parlante!
Parens, voisins sont accourus,
Qui répétèrent en chorus:
Il est parlant! mais c'est à s'y méprendre.
Si ce n'est que madame a l'air encor plus tendre,
Le coloris plus frais, plus de feu dans les yeux;
A cela près, le portrait est au mieux.
Ainsi dans l'art croyant voir la nature,
L'original admirait la peinture,
Sans se lasser de la revoir,
Quand par malheur la folle aperçoit un miroir.
Ciel! quelle horreur, dieux! quelle glace impure!
Que ce verre est mauvais! que ce miroir est faux!
Il m'a renversé la figure.
Vîte au miroir elle tourna le dos
Et caressa la miniature.
On chérit le flatteur qui cache nos défauts,
On fuit l'ami qui les censure.

L'AUTOMNE ET LE PRINTEMPS.

L'Automne disait au Printemps:
Ne vantez plus les agrémens
Que vous procurez à la terre;
Vous faites naître les désirs,
Et moi je donne les plaisirs :
Lequel des deux vaut mieux, mon frère?
— Ma sœur, vous avez bien raison
De préférer votre saison,
Plus que la mienne elle est féconde :
Mais si je suis plus cher au monde,
C'est que les fleurs sont dans mes mains
L'espérance de la nature.

Je ressemble à l'Amour, qui plaît plus aux humains
Par les biens qu'il promet, que par ceux qu'il procure.

THEMIS, L'AMOUR ET LA RAISON.

Au temps de la gaieté, l'Amour et la Raison,
En manière de badinage,
Parièrent un ducaton
A qui peserait davantage.
Le marché fait, les parieurs sont mis
Dans la balance de Thémis.
Cette déesse, alors, pesait en conscience,
Elle avait un bandeau. La Raison l'emporta,
Et l'emporta si bien que Cupidon sauta
Au plus au bout de la balance.
La Raison prit l'enjeu : Cupidon disputa,

S'écria, tempêta; mais surtout inventa
Un plaisant moyen de vengeance.
Le lendemain il court chez la Raison :
Ah! ah! dit-il, ma belle dame,
Vous trichez donc ainsi le pauvre Cupidon!....
Ah! je sais de vos tours! Allons, tricheuse infâme;
Qu'on me rende mon ducaton.
La Raison répondit : Vous plaisantez, je pense.
—Non, non, je ne ris pas, vous aviez mis du plomb
Dans un de vos souliers.—Bon, quelle extravagance!
—Eh bien! ce plomb-là vous confond.
—Allons, mon bon ami, vous êtes en démence;
Et pour prouver mon innocence,
Si vous voulez, nous recommencerons.
Et bien! répond l'Amour, nous nous repeserons :
Voyons, mettez au jeu, madame;
Et pour que vous ne trichiez plus,
Je veux qu'on nous pèse tout nus.
Je le veux encore bien reprit la bonne femme,
Et je prends à témoin votre mère Vénus.
Vénus sourit; mais on voit qu'elle est mère.
Enfin les voilà nus, chacun dans son plateau.
Avant de commencer, dit l'enfant de Cythère,
Thémis ôtera son bandeau
Pour mieux décider de l'affaire.
La Raison y consent sans se douter du tour.
Thémis ouvre les yeux; elle aperçoit l'Amour.
Elle veut être juste; hélas! sans qu'elle y pense,
L'Amour a fait tourner la chance.
L'Amour tout nu pèse plus qu'on ne croit.
Enfin en rougissant, Thémis, du bout du doigt,
Du côté du fripon fait pencher la balance.

30.

L'AIGLE ET LE SERPENT.

Un aigle avait quitté le séjour du tonnerre;
　Modestement il marchait sur la terre.
A peine y marche-t-il, qu'il rencontre un serpent.
　　Aussitôt l'animal rampant,
Au favori des dieux veut déclarer la guerre.
　　Déjà le reptile insolent,
　　Bouffi d'envie et de colère,
Se dresse sur sa queue et s'élance en sifflant.
　　Le roi du peuple volatile
　Peut se venger : mais d'un air dédaigneux,
Il prend un vol sublime et se perd dans les cieux,
Où ne peut s'élever le regard du reptile.

LA DOULEUR ET L'ENNUI.

　Mourant de faim, un pauvre se plaignait;
Rassasié de tout, un riche s'ennuyait.
　　Qui des deux souffrait davantage?
Écoutez sur ce point la maxime d'un sage :
　　De la Douleur et de l'Ennui
　　Connaissez bien la différence :
L'Ennui ne laisse plus de désirs après lui,
Mais la Douleur près d'elle a toujours l'Espérance.

LE RUISSEAU.

　Dans la plus belle des prairies,
Le plus beau des ruisseaux coulait paisiblement;
　Sur ses rives toujours fleuries
Les zéphyrs amoureux se berçaient mollement.

Dans le miroir de son onde argentée,
On admirait des cieux l'image répétée;
　　Enfin son cristal toujours pur
　　Lui fit donner le nom d'Azur.
Il eût en vain couru jusqu'au bout de la terre,
Qu'il n'eût jamais trouvé de séjour plus charmant;
Aussi demeura-t-il dans ce lieu solitaire,
　　Qu'il ne quitta pas d'un moment.
Notre gentil Azur, toujours pur et tranquille,
Caressant tour à tour l'œil, l'oreille et le goût,
Circulait, serpentait dans ce charmant asile;
Et seul en ce séjour il s'y trouvait partout.
　　Or il apprit qu'une grande rivière,
　　Non loin de lui roulait son onde altière.
Ciel! le voilà jaloux! adieu tout son repos.
Funeste ambition! crédules que nous sommes,
　　Que tu nous a causé de maux!
　　Tu viens de corrompre les hommes,
　　Tu vas corrompre les ruisseaux.
　　Flatteuse et terrible nouvelle!
De notre ambitieux déjà l'onde étincelle;
Il s'agite, il se gonfle; il veut franchir ses bords
Pour braver un rival qui rit de ses efforts,
　　Qui ne le connaît pas peut-être.
Azur, mon cher Azur, ton sort était si beau?
　　Pourquoi vas-tu chercher un maître?
Il foule sans pitié les fleurs qu'il a fait naître
　　Pour arriver à son tombeau.
Il se presse, il l'atteint, il y mêle son eau,
　　Qui s'y perd bientôt tout entière.
Qu'arriva-t-il? chacun parla de la rivière,
　　Mais on oublia le ruisseau.

LE TEMPS
ET LE JEUNE HOMME.

Un vieillard, armé d'une faulx,
Portant des ailes à son dos,
Allait fauchant les parterres de Flore.
Une rose venait d'éclore,
Il la coupa. Dieux ! lui dit un Zéphyr;
Cruel ! peux-tu bien sans frémir,
Ravir à mon amour la rose que j'adore ?
Je venais de l'épanouir
Pour en faire hommage à l'Aurore.
Elle n'est plus ! que vais-je devenir ?
Elle n'est plus ! hélas ! si jeune encore....
De tout anéantir si la soif te dévore,
Appesantis ton inflexible bras
Sur ces fleurs sans parfum, sur ces roses fanées,
Filles de Flore abandonnées,
Qui vont mourir demain, et qu'on ne plaindra pas.
Mais respecte du moins la jeunesse et les charmes...
Tais-toi, lui dit le Temps, je sais ce que je fais :
De cette fleur qui te coûte des larmes,
Un jour de plus eût fané les attraits;
Alors elle eût péri sans te causer d'alarmes,
Sans emporter un seul de tes regrets.
Plus heureuse cent fois, elle meurt regrettée.
Au milieu d'un beau jour, dans la nuit emportée,
Cette fleur à tes yeux sans cesse s'offrira;
Quand tu seras même infidèle,
Tu surprendras ton cœur à soupirer pour elle;
A ce doux souvenir, il s'épanouira,
Et tu diras : Elle fut toujours belle.

L'AMOUR ET L'HYMEN.

Las de voir usurper ses droits,
L'Hymen se plaignait à sa mère
Des larcins que l'Amour son frère
Lui faisait à titre d'exploits.
Je vois, dit-il, à ma puissance
Se dérober tous mes sujets :
L'Amour a-t-il donc tant d'attraits ?
Ou qu'ai-je fait qui les offense ?
Bientôt à cet usurpateur,
Forcé d'abandonner l'empire,
Je vais fuir, et pour son malheur,
Lui laisser le pouvoir de nuire,
Qui semble faire son bonheur.
Du bonheur, lui répond sa mère,
La défiance est le tombeau ;
Pour être heureux comme ton frère,
Il faut en avoir le bandeau.

CONTES.

—

LA FAUSSETE.

Dans les temps si vantés, où le séjour céleste
    Était peuplé de trois cents dieux,
Les plus doux passe-temps des habitans des cieux,
    Étaient le vol, l'adultère et l'inceste.
Dans ces jours fortunés d'innocence et de paix,
    On bâtit des temples aux vices,
    Et les hommes dans leurs forfaits,
  Avaient toujours des patrons pour complices ;
    Vous pensez que la Vérité,
  Chez ces messieurs était fort incommode,
    Aussi partout la Fausseté
    Etait la déesse à la mode.
Mais le père des dieux, l'inexorable Temps,
    Qui dévore tous ses enfans,
    Lassé de leurs mauvais exemples,
  Anéantit ce peuple de brigands,
Renversa leurs autels, dispersa leur encens,
Et laissa seulement subsister quelques temples,
    De sa fureur antiques monumens.
  Ainsi périt cette race immortelle.
On m'a dit cependant, je ne l'assure pas,
    Que dans la chûte universelle,
La Fausseté put seule échapper au trépas :
Quand elle vit le temps s'avancer pas à pas,

Et lever l'arme meurtrière,
On dit qu'elle sut s'y soustraire
Par un beau compliment que ce dieu crut sincère,
Et fit tomber la faulx de son terrible bras.
Mais elle abandonna la céleste contrée :
Seule elle s'ennuyait sous la voûte azurée,
  Et vint se loger à Paris,
 Qui fut pour elle un nouvel Empirée.
  Chez les grands et chez les petits,
  Chez les sots et les beaux-esprits,
  Aussitôt elle fut admise ;
  A son accent, à son souris,
  Chacun la prit pour la Franchise.
Ceux qui m'ont fait ce conte ont encore ajouté,
  Que pour régner en sûreté
  Sur les habitans de Lutèce,
La déesse quitta le nom de Fausseté,
  Et se nomma la Politesse.

BONHEUR ET MALHEUR.

Bonheur et Malheur sont deux frères,
  Mais ennemis ;
Fortune et Hasard sont leurs pères,
  Mais sont amis.
Malheur, à la figure noire,
  Fut peu fêté ;
Bonheur fut, comme on le peut croire,
  L'enfant gâté.
Le couple eut à peine atteint l'âge
  Où l'on s'instruit,

Qu'au collége du voisinage
    Il fut conduit.
Malheur avait fort bonne tête
    Et de l'esprit,
Mais Bonheur était un peu bête,
    Et rien n'apprit.

Malheur à travailler sans cesse
    Fut condamné;
Monsieur Bonheur à la paresse
    Fut destiné.
Pourtant dame Philosophie,
    S'en enticha,
Et pour époux toute la vie
    Le rechercha.

Mais las, Bonheur de la Folie
    S'amouracha.
Malheur ne plaisait à personne,
    Il était laid;
Mais l'orgueil que le savoir donne
    L'en consolait.

Qu'arriva-t-il? Bonheur, peu sage,
    Bientôt vieillit;
Il devint timide, volage,
    Il s'amollit,
Mais Malheur en butte à l'orage,
    Point ne faiblit,
Il vainquit tout, et son courage
    L'énorgueillit.

Pourtant, enfin, au mariage
    Chacun pensait,
Pour charmer les ennuis de l'âge
    Qui s'avançait,

Bonheur épousa l'Inconstance,
Il dépérit ;
Malheur, qui plut à l'Espérance,
Enfin sourit.

L'AMOUR ET CUPIDON.

L'Amour et Cupidon sont deux dieux différens,
Quoique n'en dise rien la fable :
L'un est ce bel enfant, doux, caressant, affable,
Véritable ami des amans ;
L'autre est cet effréné, libertin, indomptable,
Capable des excès les plus avilissans.
Ainsi dans l'amoureuse flamme
L'Amour est le tyran de l'âme,
Cupidon est celui des sens :
Notez bien ces deux points, ils sont intéressans.

Cupidon soupirait pour la jeune Glycère,
Et n'osait demander sa main ;
Il avait bien raison, car son air libertin
Eût effarouché la bergère.
Il pria donc l'Amour, son frère,
De faire de sa part la déclaration.
Le petit séducteur se chargea de l'affaire,
Et s'acquitta fort bien de la commission :
Son air doux, innocent et tendre,
Prévint Glycère en sa faveur ;
Elle consentit à l'entendre ;
Bref, le fripon gagna son cœur.
Vous savez qu'il promit à Cupidon, son frère,
Qu'il ne séduirait la bergère

Que pour la remettre en ses mains ;
Tout dépend des marchés et de l'art de les faire,
   Entre les dieux comme entre les humains :
      Et c'était par délicatesse
      Qu'il en manquait à sa maîtresse.
      Il introduit dans la maison
      Le vif et bouillant Cupidon.
Dans tout autre moment l'aspect du téméraire
Aurait fait frissonner la timide Glycère ;
Elle eût fermé les yeux sur ses atours trompeurs,
Elle eût fermé l'oreille à ses discours flatteurs ;
Du vilain Cupidon la fourbe eût été vaine :
Présenté par l'Amour on le reçut sans peine.
      Que dis-je ? on eut bien du plaisir.
Familiarisée avec son air farouche,
   Glycère ouvrit l'œil, l'oreille, la bouche,
Le cœur enfin, ce cœur d'où sortait un soupir
      Que Cupidon savait bien recueillir.
On devait épouser monseigneur de Cythère,
On nommait Cupidon le cher petit beau-frère,
      Et vous verrez qu'il sera le mari.
Il plaisait pour le moins autant que l'Amour même,
      Et sitôt qu'il se vit chéri,
Il voulut régner seul en monarque suprême.
      La jeune Glycère après tout
Eût voulu conserver les deux amans ensemble :
L'un d'eux disait tout d'or, l'autre prouvait beaucoup.
   Et c'est bien doux quand on rassemble
Le sentiment, l'amour et la preuve surtout.
Hélas ! voici la fin de votre belle histoire,
      Pleurez, Glycère, pour toujours,
      La fuite de vos jolis jours ;

C'est bien assez pour votre gloire
D'avoir enchaîné deux amours.
Entre les deux amans il s'élève une guerre;
Plus de fraternité, plus de douce amitié;
   O mes amis, croiriez-vous que Glycère
      Y contribua de moitié?
      En vain le tendre dieu de l'âme
      Voulut rallumer son flambeau;
   Le dieu des sens en éteignit la flamme,
      Il lui déchira son bandeau;
Et tout dieu qu'il était, il l'eût mis au tombeau,
      Pour peu que l'eût voulu madame.
      Des ce jour délogea l'escorte
   Des ris, des jeux, des soupirs, des attraits;
Et comme le plus fort, sans honte et sans regrets,
Le brutal Cupidon mit son frère à la porte.
Mesdames, Cupidon s'enfuit bientôt après.

L'ORIGINE DU DRAME.

Quand de Sapho les jeunes prosélytes,
Au cœur brûlant, aux regards hypocrites,
Par les douceurs d'un art tout féminin
Charmaient l'oubli du sexe masculin,
On n'a point vu leur fureur libertine
Se féconder dans leurs baisers menteurs,
Et de tout temps la matrone Lucine
A dédaigné leurs stériles ardeurs.
Mais de nos jours, au milieu du Parnasse,
De deux tendrons le couple fortuné,
Au grand regret de Phébus étonné,

Vient de donner un germe de sa race.
Au seul récit de cet étrange hymen,
Mon cher lecteur, sans beaucoup d'examen,
A reconnu Melpomène et Thalie;
L'une si belle, et l'autre si jolie,
Et, pour leurs fils, ce drame basanné,
Rieur amer et pleureur forcené.
Le nouveau né suivit la double trace
De ses parens, et leurs diverses lois;
Mais voulant rire et pleurer à la fois,
On dit qu'il fit une horrible grimace.
A son aspect tout le Pinde frémit;
A ses accens, Apollon le maudit:
Ses deux mamans de honte se cachèrent,
Et pour leurs fils trois fois le renièrent.
Mais un conseil qui bientôt s'assembla,
Fixa le sort du nouveau phénomène;
Sous les lauriers qui bordent l'Hippocrène,
Le blond Phébus en ces termes parla:
Puisque ce monstre, enfant de deux pucelles,
Est né chez nous, qu'il y reste avec elles.
Mais en vertu de notre autorité,
Nous l'excluons de l'immortalité;
Et si jamais une Muse facile
S'amourachait de ce drame éhonté,
De par le Styx! elle sera stérile:
Monstre jamais n'eut de postérité.

L'ORIGINE DU MAL.

Sur les religions quand je réfléchis bien,
Parmi les contes bleus dont l'histoire nous berce,
Je m'arrête toujours au dogme de la Perse,
    Et je serais manichéen,
Si je ne préférais encor d'être chrétien.
La belle invention que ce manichéisme!
Comme il sait rendre compte et des biens et des maux!
    Que j'aime à voir ce fameux schisme,
Entre deux tout-puissans, l'un de l'autre rivaux!
    De là vient que de ces deux êtres
Le mauvais fit le mal, et le bon fit le bien;
Le mauvais fit le chat, et le bon fit le chien,
Du moins c'était ainsi que pensaient nos ancêtres;
    Et je me suis toujours douté,
Que cet article là de la Bible persane
    Fut jadis chez nous transporté;
Car les fils de Zerdust appelaient Arimane
Ce que nous nommons Diable, Astaroth ou Satan,
De l'empire infernal invisible sultan.
En un point seulement notre dogme diffère:
Dieu règne, nous dit-on, de toute éternité;
    Le diable, c'est une autre affaire,
Sa noblesse n'a pas la même antiquité,
    Et chez Zoroastre, au contraire,
Il existait entre eux parfaite égalité,
Si ce n'est que le diable a toujours su mieux faire
    Ce qu'il avait prémédité.
Mais au lieu des grands noms d'Arimane, Oromase,
    Qu'un pédant mettrait en tout lieu,

Approuvez, cher lecteur, que, bannissant l'emphase,
Je dise bonnement, le diable et le bon Dieu.
Or, le bon Dieu fit l'homme; et cet ouvrier sage,
    Le fit si bien à son image,
    Que les anges émerveillés,
    Prenant le mortel pour Dieu même,
Devant lui saintement se sont agenouillés,
Le saluant, en chœur, du nom d'être suprême.
C'est ainsi qu'autrefois, par une illusion,
Sysigambis la vieille, et Statyra la tendre,
Tombèrent à genoux devant Ephestion,
    Qu'elles prenaient pour Alexandre.
Mais le diable voyant, du fond d'un soupirail,
Du Dieu, son ennemi, le chef-d'œuvre céleste,
Il emporte soudain l'infernal attirail,
Il traverse les airs d'un vol rapide et leste,
Il frappe, il entre, il crie au monarque des cieux:
Tout beau! si tu fis bien, je prétends faire mieux.
    Le très-haut riait dans son âme,
    Et croyant être le vainqueur,
    Il disait d'un souris moqueur :
Que diable fera-t-il? Le diable fit la femme;
Il anima son corps d'une subtile flamme;
Et pour mieux différer de l'autre créateur,
Il la fit en-dedans semblable à son auteur.
L'œuvre fait, il fallut décider la querelle;
On recueillit les voix du brillant comité :
L'angélique sénat, sans partialité,
    Jugea la femme la plus belle;
Et Dieu fut bien confus, lorsque l'homme enchanté,
Quitta son créateur pour courir après elle.
Hélas! depuis ce jour, il n'eut plus de repos;

Il maudit, mais suivit sa compagne infernale,
Jusqu'à ce qu'il trouva cette pomme fatale
D'où nous sont venus tous nos maux.

Enfans célestes que nous sommes,
A quoi nous a servi ce titre précieux?
L'homme devait un jour mener la femme aux cieux,
Et la femme a damné les hommes.

L'ORAGE.

La campagne languissait,
Aride, embrasée,
Et Flore dépérissait
Faute de rosée.
D'Aurore les tendres pleurs
Ne pouvaient suffire,
Tout brûlait l'émail des fleurs,
Même le Zéphyre.
Enfin le ciel se couvrit,
On reprit courage;
Mais une autre frayeur prit,
C'était un orage.
Déjà le vent déchaîné
Fait frémir la terre;
Dans le nuage entraîné
Gronde le tonnerre;
Le crêpe affreux de la nuit
Cache la lumière;
Le voyageur tremblant fuit
Sous une chaumière;

Mais la peur qui l'y conduit
  Entre la première.
Cependant de longs torrens
  D'une fraîche pluie,
Humectent les prés mourans,
  Leur rendent la vie ;
Déjà Flore a soulevé
  Sa tige flétrie,
Et le gazon abreuvé
  Rit dans la prairie.
Hier de même il m'advint
  Que près d'Aspasie,
Une querelle survint,
  C'était jalousie.
Dame Discorde entre nous,
  Criait, faisait rage ;
Mais l'Amour à nos genoux,
  Riait de l'orage.
Enfin ce dieu prévalut ;
  Douce paix fut faite,
Et l'orage me valut
  Récolte complète.

ÉPITRE.

A MA CRUELLE.

QUE tu te trompes, ma Sylvie,
Quand tu penses que ta froideur
Fait le désespoir de ma vie !
Est-ce donc un si grand malheur
Que d'adorer une maîtresse,
Qui ne veut de nous que le cœur,
Et dont l'éternelle rigueur
Eternise notre tendresse?
Que je plains ces heureux amans
Qui n'ont plus de souhaits à faire !
Ils n'ont plus ces troubles charmans
Que nous donne l'espoir de plaire;
Ils regretteront ces tourmens,
Enfans de la beauté sévère,
Et ces chagrins pleins d'agrémens,
Qu'on ne connaît plus à Cythère.
Troubles divins ! que je préfère
A ce délicieux moment
Qu'on me refuse, et que j'espère,
Et qui fuit si rapidement.
C'est ce charmant désir, ma chère,
Toujours trahi, jamais éteint,
Qui prête aux roses de ton teint
L'éternel moyen de me plaire.

31.

Oui, celui-là seul est heureux
Qui n'a pas tout ce qu'il désire :
Mon bonheur est d'être amoureux,
Mon plaisir est de te le dire.
Lysandre est aimé de Thémire,
Il n'a plus rien à désirer;
Plus de trouble, plus de délire,
L'ingrat la voit sans soupirer.
Philis, le cœur rempli d'alarmes,
Près de Damis se désolait;
L'heureux Damis la regardait,
Je n'ai pas vu couler ses larmes.
Philinte, en maître impérieux,
Règne sur la tendre Glycère;
Le perfide semble honteux
D'avoir trop aimé sa bergère.
Ah ! si de l'excès du bonheur
On voit naître l'indifférence,
Combien ma pénible constance
Doit-elle être chère à mon cœur !
Va, ne crains pas que je t'accuse
De la rigueur de mes destins;
Je chéris jusqu'à tes dédains,
Ils ont la vertu pour excuse :
Trop heureux de baiser ta main;
Content si ta main s'y refuse :
Le fol espoir d'un lendemain
Me console, quoiqu'il m'abuse.
L'espoir, qui me trompe toujours
Sans fatiguer ma confiance,
Se plaît à nourrir mes amours
Des glaces de l'indifférence.

Hélas ! on ne peut réunir
Le plaisir de la jouissance
Au doux espoir de l'obtenir :
Ils nous faut être à l'avenir
Sans bonheur ou sans espérance.
Insensé qui se réjouit
D'avoir vaincu la beauté fière !
Le prompt moment dont on jouit
Vaut-il le moment qu'on espère ?
En vain, Tircis, me vantez-vous
Une félicité divine,
Vos plaisirs sont toujours moins doux
Que les plaisirs que j'imagine.
Mon sort est plus cher à mon cœur
Quoique rempli d'inquiétude ;
Je vais lentement au bonheur,
Et vous courez à l'habitude.
Les vœux de Tircis sont remplis ;
Mais voyez le bel avantage,
Quand les miens seront accomplis,
Tircis sera déjà volage.
Achève, cruelle beauté,
De m'accabler de ta fierté ;
Mes maux flattent ta vanité,
Je les chéris, loin de m'en plaindre ;
Semblable à la Divinité,
Pour te faire aimer, fais-toi craindre.
Va ! quand nous sommes tous les deux,
Moi rempli d'amour et d'ivresse,
Toi sans désirs et sans tendresse,
Ne suis-je pas le plus heureux ?

STANCES.

MES REGRETS.

De l'âge heureux de l'innocence ,
J'ai perdu le calme enchanteur ;
Douces erreurs de mon enfance ,
Vous ne charmerez plus mon cœur..

Au lieu du plus riant mensonge ,
J'ai vu la triste vérité :
Malheureux ! j'ai vu fuir le songe ;
Le regret seul m'en est resté.

Hélas ! il m'en souvient encore ;
L'haleine des légers zéphyrs ,
Le tendre incarnat de l'aurore ,
Etaient moins purs que mes désirs.

Un arbre était une Dryade ,
Dont les bras m'offraient un berceau ;
Mon œil cherchait une Naïade
Au fond du plus petit ruisseau.

Plein d'une imposante magie ,
Quand j'entendais siffler les vents ,
C'était toujours quelque génie
Qui maîtrisait les élémens.

La nuit avait sa jouissance ;
Tous ses fantômes me plaisaient :
J'aimais son ombre, son silence ;
J'aimais l'horreur qu'ils me causaient.

J'aimais l'histoire extravagante
D'un loug-garou, d'un revenant ;
A son récit, mon âme errante
Suivait l'esprit en frissonnant.

Mais l'heure sonne, mon enfance
Va s'éclairer d'un nouveau jour.
Mon cœur s'émeut, un dieu s'avance ;
J'ouvre les yeux : je vois l'Amour.

O prestige ! ô magique ivresse !
Dans cet âge délicieux,
Une amante est une déesse,
Qui pour nous seuls quitte les cieux.

Ainsi je caressais l'image
De ce bonheur qui s'envolait :
Il a passé comme un nuage ;
L'Amour m'a paru tel qu'il est.

Ce n'est plus cet enfant aimable,
Si vrai, si naïf et si doux :
Ce n'est plus qu'un dieu de la fable,
Et la fable n'est rien pour nous.

Tu n'es plus, heureuse ignorance ;
Avec toi j'ai vu fuir l'Amour :
Hélas ! n'ai-je plus l'espérance
Avec toi de renaître un jour ?

Quand le cercle des destinées,
Au tombeau nous aura conduits,
Reviendrez-vous, jeunes années,
Dont je n'ai pas connu le prix?

LE PROVINCIAL A PARIS.

ENFIN, j'ai vu la ville immense
Où les Provinciaux vont chercher le bonheur;
J'ai dit, en la voyant : quelle magnificence !
Le monde est un grand corps dont Paris est le cœur.

J'ai vu ces tours où l'art insulte à la nature :
    Temples saints que l'orgueil bâtit;
J'ai vu ces longs bosquets, colosses de verdure,
Et ces palais si grands où l'homme est si petit.

Dans des chars transparens, où le luxe se joue,
    J'ai vu des dieux nonchalamment portés;
J'ai mieux fait que les voir, ils m'ont couvert de boue:
Noble émanation de leurs divinités.

J'ai vu multiplier les Muses et les Grâces;
    J'ai vu, sur quatre ou cinq Parnasses,
Le chaste Chérubin et le décent Jeannot;
Les prisons de Sedaine et les cercueils d'Arnaud.

    Dans un temple de la magie,
Où les arts alliés joignent leur énergie,
J'ai vu des paladins (rare et sublime effort!)
Danser à l'agonie et même après la mort.

J'ai vu des nymphes surannées
Inscrire sur leurs fronts le chiffre de vingt ans ;
J'ai vu des fleurs d'hiver et des roses fanées
Disputer la fraîcheur aux filles du printemps.

J'ai vu mainte Laïs, en habit de bergère,
Afficher le plaisir, le chagrin dans le cœur,
    Et des Vénus dans la misère,
Crier : Venez ici, nous vendons le bonheur.

Dans ce Paris, enfin, chacun veut aller vivre ;
    C'est le rendez-vous des souhaits :
    Cependant je n'y vis jamais
Un seul homme content, à moins qu'il ne fût ivre.

LA MORT.

CETTE mort dont la main sûre
Met un terme à nos travaux,
Est l'abri que la nature
Nous donna contre les maux.
Quoi ! son aspect t'épouvante !
Ah ! mortel, songes-y bien :
Future elle te tourmente,
Présente elle n'est plus rien.

Les frayeurs qu'elle a données
En font l'unique tourment ;
Crainte depuis tant d'années,
Elle passe en un moment.
Tout meurt, tout fuit, tout s'écroule,
Tout a souffert, expiré :

Du sable que mon pied foule,
Chaque atôme a respiré.

Hélas! notre temps se passe
A mesurer notre temps;
C'est en raccourcir l'espace
Que d'en compter les instans.
Moissonnons les fleurs écloses,
Et le bandeau sur les yeux,
Prenons un chemin de roses
Pour rejoindre nos aïeux.

Vois-tu l'onde fugitive?
C'est l'image de nos jours :
Ni la digue, ni la rive
Ne peut arrêter son cours;
Là, coulant sur la verdure,
Là, fuyant dans les déserts,
Elle porte son murmure
Dans le vaste sein des mers.

Dans l'aurore de la vie
Les jeux font tous nos plaisirs;
A cette heureuse folie
Succèdent d'autres désirs,
Bacchus, dans notre vieillesse,
Fait oublier les amours;
La mort vient, le charme cesse,
Et nous dormons pour toujours.

Bravons la Parque ennemie,
Vivons. Eh! ne sais-je pas
Que le sentier de la vie
Doit me conduire au trépas?

Cent jours passés de notre âge
Ne sont pas cent jours perdus,
Mais cent pas vers le rivage
Où nous ne souffrirons plus.

Pense à cette nuit charmante,
Où dans les bras du repos
Ton âme assoupie, absente,
Te laisse oublier tes maux :
N'est-elle pas préférable
Aux plus délicieux jours ?...
Ce moment si désirable,
Meurs, il durera toujours.

Fuyez de mon cœur paisible,
Sentimens tumultueux ;
Bercez mon âme sensible,
Abandon voluptueux :
Que chaque jour de ma vie,
Heureux jusqu'à son déclin,
Soit une rose cueillie
Qui s'effeuille dans ma main.

A L'ESPÉRANCE.

Eh quoi ! vous me trompez, séduisante Espérance,
Qui faisiez luire au loin les éclairs du plaisir !
Hélas ! je n'ai que vous pour calmer ma souffrance :
Vous montrez le bonheur, laissez-moi le saisir.

Bonheur tant désiré, n'êtes-vous qu'un mensonge ?
Ne charmerez-vous pas le printemps de mes jours ?

Bonheur trop peu connu, si vous n'êtes qu'un songe,
Heureuse illusion, fais-moi dormir toujours.

Vous ressemblez, hélas! à l'heure fugitive;
L'instant qu'elle promet de loin nous réjouit:
Mais dès qu'elle a frappé mon oreille attentive,
C'en est fait pour jamais elle s'évanouit.

Ainsi vous nous bercez dans l'aurore de l'âge;
Ainsi vous nous bercez au déclin de nos ans:
Vous promettez toujours, Espérance volage,
Et vos appas trompeurs sont toujours séduisans.

Le jeune ambitieux, heureux à son aurore,
Dans le cours de cent ans ne voit aucun écueil;
Et l'infirme vieillard croit voir errer encore
Le fantôme d'un siècle autour de son cercueil.

Espoir consolateur, tout ressent ta puissance!
Veillant dans les palais, veillant dans les hameaux;
Apaisant la douleur, doublant la jouissance,
C'est ton bras qui soutient la chaîne de nos maux.

Ne m'abandonne pas; l'éclat de ta lumière
Pour être mensonger n'en sera pas moins beau;
Et quand je serai près de fermer la paupière,
Que je te voie encore, assis sur mon tombeau!

ROMANCES.

CHAGRINS D'AMOUR.

En voyant fuir le temps de ma jeunesse,
Sans m'attrister, je disais l'autre jour :
Plus de l'amour n'aurai la douce ivresse;
Mais plus n'aurai cuisans chagrins d'amour.

Amour m'entend, d'un nouveau trait me blesse,
Et le malin vient me dire à son tour :
Plus tu n'auras de ma tant douce ivresse,
Mais bien encore cuisans chagrins d'amour.

Le petit traître ! il tient bien sa promesse,
Et j'aime, hélas ! sans espoir de retour :
Mais si d'amour n'ai plus la douce ivresse,
Gardons au moins tant doux chagrins d'amour.

Qui sut aimer au temps de la jeunesse,
Voudrait aimer jusqu'à son dernier jour.
Qui sut aimer, même dans sa vieillesse,
Regrette encor tant doux chagrins d'amour.

LE MAL D'AMOUR.

N'AVOIR qu'une seule pensée,
N'éprouver qu'un seul sentiment,
Avoir toujours l'âme oppressée
Par un chagrin plein d'agrément ;
Voir et sentir toujours de même
Matin et soir et nuit et jour :
Voilà comme on est quand on aime,
Voilà le mal qu'on nomme amour.

Quitter sa mie avec tristesse,
Et vouloir être au lendemain ;
La revoir avec douce ivresse,
Trembler en lui prenant la main ;
Ne parler que pour dire j'aime,
Le répéter le long du jour,
Le lendemain dire de même :
Voilà le mal qu'on nomme amour.

Regarder comme un bien suprême
La plus légère des faveurs,
Ressentir un tourment extrême
A la moindre de ses rigueurs ;
Pleurer, rire, espérer et craindre,
Jouir et souffrir tour-à-tour :
Si c'est un mal, faut-il s'en plaindre?
C'est le doux mal qu'on nomme amour.

LES ADIEUX.

Je souffre, hélas! sans espérance,
D'un mal que rien ne peut dompter;
Mon seul remède est dans l'absence :
Faut-il partir? faut-il rester?
Mais désirer toute sa vie,
Et ne jamais rien obtenir;
Toujours aimer ingrate amie,
C'est trop de mal : il faut partir.

Pourtant un jour, m'a dit Glycère,
Mon cœur ne peut te résister :
Amitié tendre est ton salaire.
Ah! répondis-je, il faut rester.
Mais soupirer toute sa vie
Sans faire naître un seul soupir;
Brûler d'amour pour froide amie,
C'est trop de mal : il faut partir.

Si pourtant cette amitié tendre,
A chaque jour peut s'augmenter,
Et si l'amant peut s'y méprendre,
Ah! je crois, moi, qu'il faut rester.
Non, non, mon cœur en vain l'espère,
Et dès demain il faut partir;
Mais aujourd'hui, dis-moi, ma chère,
Quand ton ami doit revenir.

POUR ELLE.

Sombre et douce mélancolie
M'occupe la nuit et le jour ;
Ne dites pas que c'est folie :
Tristesse est aimable en amour.
Fille sensible autant que belle,
En me blessant m'a su charmer :
Je veux enfin vous la nommer.....
Eh bien, oui : mes amis, c'est elle !

Oui, c'est elle ! c'est elle-même !
Eh ! pourrais-je la nommer mieux !
Le nom de celle que l'on aime
Ne se lit-il pas dans les yeux ?
Ah ! voyez ma peine mortelle,
Voyez mon trouble à chaque instant :
Souffrirais-je, aimerais-je autant.....
Si j'en aimais une autre qu'elle ?

Je ne fus pas toujours à plaindre,
Un baiser paya mon amour ;
Mais le destin va nous contraindre
A nous séparer sans retour.
Trop malheureux et trop fidelle,
Je l'aime, hélas ! et je la fuis :
Mes tristes jours, mes longues nuits...
Il faudra les passer loin d'elle.

Aisément vous pourrez connaître
Celle qui cause mon tourment,
Si parfois vous voyez paraître
Fille au regard triste et charmant ;

Dans sa douleur encor plus belle,
Se trahissant par un soupir,
Et regardant sans voir venir.....
Mes amis, vous direz : c'est elle.

L'AIMABLE ENNEMIE.

Laisse-moi mon repos,
Trop aimable ennemie,
Ou partage mes maux,
Ou guéris ma folie.
Ah ! dis-moi de te fuir,
Donne-m'en le courage :
C'est assez pour souffrir
D'emporter ton image.

Chaque jour je te vois,
Je languis, je soupire ;
Si je parle, ma voix
Sur mes lèvres expire :
De cesser de souffrir
Puis-je avoir l'espérance,
Quand je crains de guérir
De si douce souffrance ?

Par le fer du chasseur,
Une biche blessée,
Va portant dans son cœur
Le trait qui l'a percée :
Pareil sort, loin de toi,
Me menace en ma fuite,

Car je porte avec moi
Ce qu'il faut que j'évite.

Le serment de chérir
Cette douce ennemie,
Le serment de la fuir,
De la fuir pour la vie,
Sont gravés de ma main ;
(Mais, par un sort contraire :)
Le premier sur l'airain,
L'autre sur la poussière.

———

LE BAISER.

Sur le gazon, dans la prairie,
Lycas au déclin d'un beau jour,
Demandait à sa douce amie
Le salaire de son amour.
Elle se tait ; c'est faire entendre
Que son ami peut tout oser :
Lycas aimait d'amour bien tendre ;
Il se contenta d'un baiser.

O volupté ! bonheur suprême !
Combien leurs cœurs furent émus !
Un baiser vaut mieux quand on aime,
Que tout, sitôt qu'on n'aime plus.
Couple charmant, dans ton délire,
Garde-toi bien de tout oser ;
Ce doux moment doit te suffire :
On est heureux par un baiser.

Mais plein du feu qui le dévore,
Lycas heureux et non content,
Se plaint, demande et veut encore...
Hélas ! nous en ferions autant.
De Cloris l'œil humide et tendre,
Lui dit qu'il peut encore oser :
Mais cette fois ce qu'il sut prendre
Ne se nomme pas un baiser.

Depuis ce jour, j'entends la belle
Dire partout avec douleur
Que son Lycas est infidelle,
Qu'il l'abandonne à son malheur.
Je plains l'ennui qui te dévore :
Mais, hélas ! pourquoi tant oser !
Ton Lycas t'aimerait encore
S'il n'avait reçu qu'un baiser.

Et vous, si près d'une maîtresse,
Vous sentez croître le désir,
Ah ! prolongez sa douce ivresse ;
Sachez qu'attendre c'est jouir.
Malgré le feu qui vous dévore,
Gardez-vous bien de trop oser :
Vous aimerez demain encore
Si vous n'obtenez qu'un baiser.

UN PREMIER AMOUR.

L'HOMME, selon son caractère,
Cherche à varier ses destins :
Mille plaisirs sont sur la terre,
Mille fleurs sont dans nos jardins.
Plus d'une agréable folie
Vient nous séduire tour à tour ;
Mais il n'est rien dans cette vie
De plus doux qu'un premier amour.

Il est des amours de tout âge ;
L'homme est inconstant et léger :
Quel que soit le nœud qui l'engage,
Dès qu'il possède, il veut changer.
Une nouvelle fantaisie
Viendra l'occuper quelque jour ;
Mais que je le plains s'il oublie
L'objet de son premier amour !

L'autre soir, la beauté que j'aime,
Sous un berceau, dans un jardin,
Pour prix de ma tendresse extrême,
M'abandonna sa belle main.
Baiser une main qu'on adore
Est un grand plaisir ; mais un jour,
Un regard m'en fit plus encore :
C'était à mon premier amour.

Hier, à l'heure où tout sommeille,
Cloris, lasse de refuser,
Sur sa bouche humide et vermeille,
Me laissa cueillir un baiser.

Baiser la bouche qu'on adore
Est un grand plaisir; mais un jour,
Une main m'en fit plus encore :
C'était à mon premier amour.

D'une beauté plus indulgente,
J'obtins dans de plus doux momens,
Pour prix de ma flamme éloquente,
Ce tout désiré des amans.
Ce tout de celle qu'on adore
Est un grand plaisir; mais un jour,
Un baiser m'en fit plus encore :
C'était à mon premier amour.

Comme un autre je fus volage,
Comme un autre je fus heureux :
Plus d'une a reçu mon hommage;
Pour plus d'une j'ai fait des vœux.
Ces souvenirs de ma jeunesse
Pourront s'effacer pour toujours;
Mais je veux, jusqu'en ma vieillesse,
Chanter mes premières amours.

———

L'ABSENCE.

J'y songerai toute ma vie;
Voilà le lieu
Où ma tant belle et douce amie
Me dit adieu :
Chaque jour au même bocage
Je viens exprès,
Et ne trouve sous le feuillage
Que des regrets.

Pourtant, moi qui suis tant à plaindre,
　　Je fus heureux;
Trop heureux, j'étais loin de craindre
　　Ce coup affreux.
Toujours auprès de ce que j'aime
　　Sous ce berceau,
Mon plaisir fut toujours le même,
　　Toujours nouveau.

En vain, touchante souvenance,
　　Vous me flattez :
Au lieu d'adoucir ma souffrance,
　　Vous l'augmentez.
Quand on est loin de ce qu'on aime,
　　Plus de plaisir !
Le souvenir du plaisir même
　　Coûte un soupir.

NOUVEAUX ADIEUX.

Le sort commande, il veut que je te quitte;
Il faut céder à son injuste loi :
Console-moi, dis-moi que dans ma fuite
Ton cœur s'échappe et s'éloigne avec moi.

Songeons, Eglé, dans les maux de l'absence,
Au seul moyen qui peut les adoucir;
De nos beaux jours gardons la souvenance,
Et que nos pleurs soient encore un plaisir.

Moins malheureux, je verrai ton image
Dans un climat qui ne te vit jamais;

Puisse des vents le rapide message
Te rapporter les vœux que j'aurai faits?

Quand les oiseaux annonceront l'aurore,
Levons au ciel nos regards inquiets;
Et nos regards se confondront encore
En se fixant sur les mêmes objets.

Quand de Phébé la lumière tremblante
D'un voile pur aura blanchi les cieux,
Regardons-la, sa clarté bienfaisante
Me renverra tout l'éclat de tes yeux.

Belle Phébé, si jamais l'inconstance
De mon Eglé vient m'enlever le cœur,
Ne m'ôte pas la douce confiance;
Ah! par pitié laisse-moi mon erreur.

Que chaque nuit ta clarté lui rappelle
Tous les plaisirs que nous avons perdus :
Ces doux momens où tu me vis près d'elle,
Dis à son cœur qu'ils nous seront rendus.

Daigne sourire, indulgente déesse,
A tous les vœux que nous t'adresserons:
Tu recevras, tu nous rendras sans cesse
Tous les baisers que nous nous enverrons.

LE TOMBEAU.

DANS un désert loin du hameau,
Sous un peuplier solitaire,
Hylas éleva ce tombeau,
Et sa main grava sur la pierre :
« Quiconque en ce lieu passera,
» De douces larmes versera. »

Assis au pied du monument,
Fidèle à l'ombre qu'il adore,
Hylas lui conte son tourment,
Il lui parle, il l'appelle encore :
Écoutons ce qu'il va chantant,
Croyant que sa Lise l'entend.

Hélas! tout près de nous unir
Par le saint nœud du mariage,
J'ai vu ma belle se mourir,
Encore au printemps de son âge.
Moi, qui vivais pour l'adorer,
Je reste ici pour la pleurer.

Ici, j'ai reçu pour adieux,
Pour dernier gage de sa flamme,
Le dernier regard de ses yeux,
Le dernier soupir de son âme.
Cette âme pure s'exhala,
Et puis vers le ciel s'envola.

Voici le lieu de son trépas;
C'est là que j'enfermai moi-même
Celle qui mourut dans mes bras,

Et mourut en disant je t'aime.
Le monde n'a plus rien de beau,
Plus rien pour moi que ce tombeau.

Je vous demande une faveur,
Dieux qui m'avez séparé d'elle,
Au moins laissez-moi la douceur
D'expirer où mourut ma belle.
Amour! Amour! quand je mourrai,
Dis-moi si je la reverrai.

CHANSONS.

L'AMOUR ET LA JEUNE FILLE.

Un jour sous la coudrette,
        L'Amour
S'en vint dire à Lisette
        Bonjour !
La jeune bergerette
        Le vit,
Et sitôt la pauvrette
        Rougit.

Le dieu qui voit son trouble
        Subit,
D'empressement redouble,
        Et dit :
Vous savez bien, bergère,
        Charmer ;
Il faut encor, ma chère,
        Aimer.

Avec un doux sourire,
        Un mot,
Rend un cœur qui soupire
        Bien sot ;
La jeune bachelette
        Se tut,
Mais son âme jeunette
        S'émut.

Tandis qu'elle palpite
De peur,
L'Amour saisit bien vîte
Son cœur :
Dès qu'il en fut le maître,
Il rit,
Et puis le petit traître
Partit.

Tandis que la victime
Gémit,
L'ingrat, fier de son crime,
S'enfuit.
Plaignez, jeune fillette,
Lison;
Et profitez de cette
Leçon.

A CELLE QUI S'Y RECONNAITRA.

Il ne faut plus songer à moi,
Me dit hier dame Lucrèce :
A l'hymen j'ai donné ma foi,
Je lui dois touté ma tendresse.

Recevez ce baiser bien doux,
Pour prix de votre amour sincère;
Mais par respect pour mon époux,
Oubliez que je vous fus chère.

Baisez encor, baisez ces yeux
Qui vous causent tant de souffrance;

Mais que ce soit pour nos adieux,
Et que ce soit sans espérance.

Ah ! si jamais je m'enflammais,
L'amour me tournerait la tête,
Et j'aimerais trop si j'aimais :
Mais, grâce au ciel ! je suis honnête.

Comme elle pérorait ainsi,
J'entends du bruit à la fenêtre ;
Voilà mon pauvre cœur transi :
Fuyons, c'est le mari, peut-être.

Non, messieurs, c'était un amant
Qui venait..... vous devez m'entendre,
Et qui toussait impoliment,
Parce qu'il s'ennuyait d'attendre.

———

LISE,

ou

LE PETIT ROMAN.

Sous une paupière innocente,
Elle cachait un œil malin ;
Elle était lascive et décente,
Son esprit était simple et fin.
Toujours maîtresse de sa tête,
Caressant ou piquant le goût,
Avec adresse elle était bête,
Elle était vierge et savait tout.

Le doux aveu, le *je vous aime,*
Bien sagement fut reculé,
Le délire du baiser même
Par la raison fut calculé.
Quand elle m'eut tourné la tête,
Croyant encor mieux m'attacher,
Elle feignit d'être plus bête :
Moi je l'étais sans y tâcher.

Tout bienfait a sa récompense;
Le moment fatal arriva :
Je vis de tout près l'innocence,
Et notre roman s'acheva.
Hélas! au premier tête à tête,
Tout le prestige disparut :
Soudain, je cessai d'être bête,
Mais c'est la belle qui le fut.

L'ENFANCE DE LISE.

Quand Lise était encore enfant,
Et c'était la saison dernière ;
Quand Lise était encore enfant,
On la caressait tant et tant !
A présent elle est déjà fière,
Et la friponne s'en défend :
  Ah! Lise, l'heureux moment,
  Quand tu n'étais qu'un enfant !

Je cueillais un si doux baiser
Sur les lèvres de l'innocence,

Je cueillais un si doux baiser,
Qui semblait alors t'amuser.
Il te plairait encor, je pensé;
Eh! pourquoi donc le refuser?
  Ah! Lise, l'heureux moment,
  Quand tu n'étais qu'un enfant!

Quoi, déjà cet air de hauteur
Au sortir de la simple enfance!
Quoi, déjà cet air de hauteur
Dément ton heureuse candeur!
Hélas! en perdant l'innocence,
On a donc perdu le bonheur!
  Ah! Lise, l'heureux moment,
  Quand tu n'étais qu'un enfant!

Crains les zéphyrs séducteurs,
Charmant bouton qui vient d'éclore;
Crains les zéphyrs séducteurs,
Conserve tes vives couleurs.
Sois bouton, s'il se peut encore;
Le temps, le temps fane les fleurs.
  Ah! Lise, l'heureux moment,
  Quand tu n'étais qu'un enfant!

MON BONHEUR.

Ma foi! j'aurais tort de me plaindre
Quand tout me dit d'être joyeux:
A quoi sert d'espérer ou craindre,
Puisqu'ici tout est pour le mieux?

Si je pense à la politique,
Que de gloire! que de profit!
Je vis dans une république,
Et je suis libre, à ce qu'on dit.

Si je sors, vingt fois dans la rue
L'on s'informe de ma santé;
Bien poliment on me salue;
De me voir on est enchanté;
De plus, maîtresse que j'adore,
Bien sincèrement me chérit :
Et puis, quelle maîtresse encore!
Elle est fidèle, à ce qu'on dit.

Si de l'orgueil j'ai la faiblesse,
J'ai bien de quoi me contenter:
En tout lieu je trouve sans cesse
Quelque sot qui vient me flatter.
Je fais mille et mille distiques
Dont par hasard l'un réussit;
On m'accable de cent critiques:
C'est de l'honneur à ce qu'on dit.

Il est vrai que j'avance en âge,
Et que par un sort affligeant,
Chaque jour trouve en mon ménage
Plus de soucis et moins d'argent.
Je vois s'enfuir à tire d'ailes,
Amour, santé, plaisir, esprit;
Mais qu'importent ces bagatelles?
Je suis heureux, à ce qu'on dit.

Enfin, même en perdant la vie,
Lecteur, je n'aurai rien perdu;

Un article *Nécrologie*
Vous apprendra que j'ai vécu ;
Mais la mort, en coupant ma trame,
Ne pourra rien sur mon esprit,
Et j'en rirai, puisque mon âme
Est immortelle, à ce qu'on dit.

PIÈCES DIVERSES.

LE FAUX CALCUL.

De crainte de l'inconstance,
Lison fit choix d'un magot,
Dans la frivole espérance
Qu'un amoureux laid et sot,
Rebuté de chaque belle,
Et trop heureux de son lot,
Lui serait toujours fidèle.
Hélas ! vaine illusion !
Thersite, en quittant Lison,
Fit voir à la pauvre fille,
Que la plus laide chenille
Devient un jour papillon.

LES TROIS AGES DE L'AMOUR.

J'aime l'Amour dans son enfance,
Il est timide et caressant :
Le petit fripon en blessant
Imite si bien l'innocence !

Mais après les tendres aveux,
Tout-à-coup vous le voyez croître ;

C'est un jeune homme audacieux,
Qui d'esclave est devenu maître.
Hier enfant, homme aujourd'hui :
Mais demain, quelle différence !
C'est un vieillard qui meurt d'ennui
Dans les bras de la jouissance.

DISTIQUE

SUR L'HISTOIRE ANCIENNE.

L'ANTIQUITÉ des temps ressemble en ses effets,
Au disque de cristal qui grossit les objets.

EPITAPHE

D'UN ENFANT MORT AU BERCEAU.

CI-GÎT, qui, bien digne d'envie,
Mourut exempt de nos douleurs,
Et trouva le repos aux portes de la vie,
Sans l'acheter par des malheurs.

TRIOLET.

Si j'aime encore, et j'aimerai,
Ferai-je encore une folie ?
Tout me dit que je souffrirai,
Si j'aime encore, et j'aimerai.

Vous, pour qui seule je vivrai,
Répondez-moi, belle Zélie :
Si j'aime encore, et j'aimerai,
Ferai-je encore une folie ?

AUX FEMMES.

Vous savez mieux plaire et séduire,
Vous savez mieux aimer que nous ;
Vous avez un parler plus doux,
Vous avez un plus doux sourire ;
Mais pour compléter votre empire,
Et nous mettre en tout après vous,
Mesdames, il faut encor dire :
Vous savez mieux tromper que nous.

AVANT ET APRÈS.

QUAND on n'a rien obtenu de sa mie,
On est rêveur, mais on espère avoir ;
Et quand l'amour a comblé notre envie,
On est heureux, mais que devient l'espoir ?

A LISE.

AIMER est doux, plaire l'est davantage ;
Le premier est mon lot, le second est à vous ;
Mais je préfère mon partage :
Je n'aime que vous seule, et vous plaisez à tous.

33.

L'IDOLE DU SIÈCLE.

Il est un dieu que tout mortel encense;
Aucun de nous n'échappe à sa puissance;
Il est charmant, et tous les autres dieux
Sans celui-là déserteraient les cieux.
C'est pour lui seul que l'amoureuse Flore
S'épanouit, se pare, se colore;
C'est pour lui seul que l'ardente saison
Brûle nos champs, fait mûrir la moisson;
C'est pour lui seul que la jeune bergère
Prend en secret le chemin de Cythère;
C'est par lui seul, enfin, que nous vivons,
Faute de lui, lecteur, nous périssons.
Quel est son nom! je l'ai lu dans l'histoire,
Car nos savans parlent beaucoup de lui:
On l'a nommé, si j'ai bonne mémoire,
L'Amour jadis, et Plutus aujourd'hui.

L'HISTOIRE DU LUXE.

Le luxe, un jour, naquit de l'abondance.
Chacun se réjouit; on le trouvait charmant,
  Mais on eut un pressentiment
Qu'on se repentirait de la réjouissance.

Enfant, il fut criard; jeune, il fut libertin;
Le temps développa son méchant caractère:
A ses vices bientôt il ne mit plus de frein,
  Et finit par tuer sa mère.

Ne croyez, pas que ce brutal
Ait long-temps joui de son crime :
De ses vices bientôt il devint la victime,
Et mourut dans un hôpital.

LA SEMAINE.

Lundi, je vis, j'aimai Colette ;
Mardi, je déclarai mes feux ;
Mercredi, je fus malheureux ;
Jeudi, je plus à la follette :
Vendredi, pleura la pauvrette ;
Samedi vit combler mes vœux ;
Et dimanche.... j'aimais Lisette.

LE SIFFLEUR.

L'autre jour un auteur demandait à Florville :
Pourquoi me sifflez-vous ? Le siffleur répondit :
Monsieur, c'est qu'il est plus facile
D'acheter un sifflet que d'avoir de l'esprit.

PETITE CONSOLATION.

La mort est bien épouvantable,
Me disait-on ; je le sais bien ;
Elle a pourtant ceci d'aimable :
Quand on est mort, on n'en sait rien.

DEMAIN.

J'ENTENDS toujours l'homme crier misère,
Et chaque jour accuser le destin;
Mais chaque jour on attend, on espère,
Et chaque jour, nous vivons pour demain.

CONSEIL UTILE.

SI vous êtes dans la détresse,
O mes amis! cachez-le bien;
Car l'homme est bon, et s'intéresse
A ceux qui n'ont besoin de rien.

LA VÉRITE ET L'ALMANACH.

FEMMES que le plaisir enchante,
Vous ne redoutez pas les ravages du temps;
La vanité vous dit encor vingt ans,
Quand l'almanach vous dit quarante.

EPIGRAMME.

J'AIME l'esprit, j'aime les qualités,
Les grands talens, les vertus, la science
Et les plaisirs, enfans de l'abondance;
J'aime l'honneur, j'aime les dignités;

J'aime un ami presque autant que moi-même,
J'aime une amante un siècle et par de là;
Mais; dites-moi, combien faut-il que j'aime
Le maudit or qui donne tout cela?

A ROSE.

AIMABLE fleur à peine éclose,
Défiez-vous de Cupidon;
Il regrettera le bouton,
Quand il aura fané la rose.

TABLE DES MATIÈRES

CONTENUES DANS CE VOLUME.

MÉLANGES.

MES SOUVENIRS.

IDYLLES.

FABLES.

CONTES.

FIN DE LA TABLE.